마법사의 황금 동화책

대양 파랑새 문고 ③

아동 · 청소년극본집 ⑫

마법사의 황금동화책

곽영석 지음

대양미디어

마법사의 황금 동화책을 엮으며

책을 만드는 일이 쉽지 않습니다.

40여년 동안 이렇게 준비하고 모은 것이 140여권을 헤아리게 되었습니다.

책을 내기위해 원고를 모으는 일은 발표와 함께 전자책이나 종이책으로 모아지고 초안이 남겨지니 때가 되면 한권 두 권 만들게 되는데, 뮤지컬이나 청소년 극은 공연상황이 달라 즉흥적 대사가 많이 삽입되다보니 순회공연이라도 하고 나면 원본의 줄거리마저 바뀔 때도 있습니다.

이 책에는 월간문학이나 펜 문학, 계절문학에 발표했던 원고와 학예회 발표연극, 청소년 1인극경연대회 준비원고로 만든 20여 편과 순회공연용으로 만든 작품 몇 편을 모았습니다.

등단 45년을 맞아 칼럼 집과 동요동시집, 산문집, 인문학도서 몇 권과 함께 엮으려 했는데, 청소년연극경연대회 모범 대본이 없다는 지적에 따라 청소년의 달에 맞춰 책을 펴내기로 했습니다.

학창시절 라디오드라마 당선한 것을 문단연륜에 넣는다면 올해가 등단 46년이 되지만 한국일보 신춘문예 당선내용을 기준으로 하면 아직 몇 년을 기다려야 합니다.

특히, 청소년 1인극 작품은 연기자 선발 자료로 활용하던 대본으로, 성격이 다른 여러 대역을 소화할 수 있는지 테스트용으로 쓰이던 내용입니다.

이 짧은 대본을 통해 자기의 주제를 바르게 전달할 수 있도록 소품이나 변조를 통해 자기의 개성을 나타내는 기술이 필요할 것입니다.

그동안 인형극이나 동화극, 오페레타, 연출을 맡아준 하영사, 임광수, 김영섭, 이대영, 나윤석, 고미영, 김미순 선생께 감사드리며 공연사진을 보내준 조승현 작가에게도 감사의 마음을 전합니다.

어려운 출판여건에도 원만이 책이 나올 수 있도록 도와준 정영하 편집장과 서영애 대표께도 심심한 사의를 표합니다.

2016년 5월
지은이 곽 영 석

| 차례 |

제1부 아동극

(동화극 · 인형극 · 오페레타 · 생활극)

숲속나라의 개구쟁이 늑대

-1막 3장-

나오는 탈 인형들

외삼촌(사냥꾼) · 호랑이 · 늑대 · 암탉 · 할머니 · 호돌이(호랑이의 새끼)
호순이(호랑이의 새끼) · 명순(할머니의 손녀) · 개구리1~3

때 옛날

장소 숲속의 오두막집과 호랑이 집

무대 깊은 숲속에 자리한 할머니가 사는 오두막집이다.

이 연극은 탈 인형극이다. 무대 오른 쪽에서 왼쪽 후면으로 비스듬히 놓여있는 이 집은 연기자들이 집을 한 바퀴 돌 수 있도록 공간을 여유 있게 만들어야 한다. 이 집은 연기자들이 마루만 사용하므로 일부는 접고 펼 수 있게 제작하면 극의 진행을 빨리 할 수도 있을 것이다.

무대 앞으로는 장독대와 싸리 담장이 있고, 호박넝쿨이 담장을 타고 지붕위에까지 계속되어있다. 이 담장을 접으면 호랑이가 사는 숲속 바위굴이 된다.

제 1 장

막이 열리면-, 오두막집 마당이다. 경쾌한 음악소리와 함께 개구리와 까치소리가 한가롭게 들려오고, 왼쪽 돌우물 주위에 개구리들이 모여 춤을 추며 곡① **'할머니의 보리쌀'** 을 노래한다.

> 오두막집 할머니 인정도 많아
> 끼니마다 보리쌀 나눠주셨다.
> 개구리도 두꺼비도 꼬꼬 암탉도
> 한 알 두 알 보리쌀 먹고 살았다.

> 개굴개굴 개구리 목청도 좋아
> 오두막집 돌우물 지키고 산다.
> 산비둘기 까치도 놀러왔다가
> 보리보리 보리쌀 나눠먹는다.

개구리1 (산길을 바라보며)할아버지가 오실 때가 되었는데 왜 안
　　　　　오시지?
개구리2 오늘 포도 따신다고 했어.
개구리들 포도?
개구리2 응. 할머니가 오늘 머루랑 포도 따서 맛있는 빵을 굽는다고
　　　　　하셨거든.
개구리3 와-. 할머니가 드디어 빵을 굽는구나.
개구리1 할머니는 음식솜씨가 좋지.

개구리들 그래그래. (암탉이 집 뒤쪽에서 바구니를 들고 나타난다.)

암　탉 (개구리들을 보고)너희 개구리들은 일 안하고 놀기만 할 거니?

개구리 2 (돌우물 옆 바위에 앉아 있다가)할머니가 연못에서 놀라고 하셨어요.

개구리들 (앵무새처럼)연못에서 놀라고 하셨어요.

암　탉 할머니를 얼마나 귀찮게 했으면 놀라고 했을까?

개구리 3 아니에요.
　　　　　 부엌이랑 마루에 있는 파리를 열심히 잡았다고 칭찬까지 하셨는데요?

암　탉 그래? 난 우리 아기병아리들이 잡는 줄 알았는데?

개구리 2 우리 개구리들이 잡았어요.

암　탉 열심히 잡아라. 그런데, 저 울타리 구멍은 누가 뚫었니?

개구리들 구멍요?(울타리 구멍을 살피고 고개를 갸우뚱한다) 어?
　　　　　 구멍이 언제 생겼지?

암　탉 너희들도 몰라? (곡② **'콩쥐 엄마는 밭 갈고'**를 노래한다)

　　　　콩콩 콩쥐 엄마 암탉아줌마
　　　　콩콩 하얀 콩밭 밭을 갈다가
　　　　구멍 난 울타리 발견했어요.
　　　　너구리 고라니 여우길일까
　　　　늑대가 숨겨놓은 비밀길일까
　　　　할머니가 아시면 걱정할 거야.

개구리 1 (곡③ **'누구 짓일까'** 를 노래한다)

누가, 누가 그랬나, 울타리 구멍
여우 늑대 너구리 오지 않았어.
산 고양이 고라니 오지 않았어.
할아버지 만드신 찔레울타리
개구리 우린 몰라 아무도 몰라.

암　　닭 내가 나무씨앗을 얻어 가지고 오길 잘 했지.

개구리 2 아줌마,(바구니를 보고) 이 콩알과 찔레나무 열매는 뭐 할
거예요?

암　　닭 콩은 밭에 심을 거고, 찔레나무 씨는 울타리에 심을 거다.
왜 너희들도 돕고 싶어?

개구리 2 찔레나무는 무서워요.

개구리들 무서워요.

암　　닭 이 녀석들아, 힘센 산짐승에게 쫓길 때 바위틈이나 물속
으로만 뛰어들 거야? 이 찔레나무 울타리가 숨기에는 그
만이다.

개구리 2 우리한테는 필요 없어요.

개구리들 그래그래.(이때 늑대가 살금살금 들어와 울타리 옆에
숨는다.)

암　　닭 알았다. 개구리 너희들은 뱀만 무서워한단 말이지?
(울타리 구멍을 나뭇가지로 가리고 나가며)집 살보고 있
어라.

개구리1 아줌마, 어디 가셔요?

암　닭 할아버지 일하시는 포도밭에 갔다가 오마.
우리 병아리들 유치원에서 오면 울타리 밖으로 나가지 말
라고 하고. 알았지?

개구리들 예.

늑　대 (암탉이 나간 것을 확인하고 구멍으로 들어와 집안을 휘 둘
러본다.)야ー, 역시 내가 생각했던 대로야. 숲속에 이런 오
두막이 있을 줄이야.
이집을 빼앗아 내가 살아야 하겠다.(개구리1과 눈이 마주
친다) 으 아ー!

개구리1 (늑대를 보고 놀라며)악어다!

늑　대 (서로 놀라서)악어다!(집 뒤로 도망친다.)

개구리2, 3 악어?

개구리1 (가리키며)악어야. 악어가 집 뒤에ー 아이 무서워!

개구리2 (늑대가 도망친 곳으로 가서)악어가 있다고?

개구리1 정말이야. (시늉하며)송곳니가 이만큼 크고 눈이 빨간 것
이 사과만큼 컸어.

개구리3 (개구리2의 어깨 너머로)악어가 어디?
(그사이에 늑대는 집을 돌아 개구리들 뒤에 서서 함께 집
뒤를 바라본다.)

늑　대 악어가 어디 있어?

개구리1 집 뒤로 갔다니까?

늑　대 집 뒤? 야, 집 뒤에 아무도 없어.

개구리1 뭐? 집 뒤로 갔다니까.(돌아보다가 늑대를 보고)어? 너 누

구야? (놀라)여기 아 악어다!

늑　　대 (놀라서 허둥대며)악어다?

개구리들 (늑대를 피한다.)

늑　　대 (문득 자기 뒤쪽을 보고)야, 내 뒤에 악어가 있냐?

개구리 1 (가리키며)너 악어 아니야?

늑　　대 늑대야!

개구리 3 늑대래. 악어가 아니라 늑대야!

개구리 2 늑대?

늑　　대 뭐? 그럼 나를 보고? 악어라고 한 거야?
　　　　(안심하고 앞으로 나오며 곡④ **'나는 개구쟁이 늑대'**를
　　　　부른다)

　　　나는 개구쟁이 늑대늑대
　　　심술궂고 욕심 많은 늑대늑대
　　　오두막집 연못동네 싸움꾼이다.

　　　나는 개구쟁이 늑대늑대
　　　숲속마을 개구쟁이 늑대늑대
　　　아이들은 나만 보면 멋쟁이라지.

개구리들 싸움꾼?

개구리 2 멋쟁이?

늑　　대 그래. 그런데 뭐? 나를 보고 악어라고! 가만,
　　　　(가리키며)야, 너희들 이상하게 생겼다. 네 이름이 뭐냐?

개구리 1 개구리요.

늦　대 뭐? 개구리? 헤헤. 야, 이 녀석들 정말 입이 크네. 응?

개구리 2 가까이 오지 말아요.

개구리들 가까이 오지 말아요.

늦　대 (눈을 부릅뜨고)뭐? 가까이 오지 말라고?
　　　(한걸음 나서서 냄새를 맡고는 뒤로 물러서며)와ㅡ. 이게
　　　무슨 냄새야? 야! 너 입술 안 닦았지?

개구리 2 (입을 가린다)

늦　대 야, 머리를 감지 않으면 아침저녁 입술이라도 꼭 씻어야지.
　　　(코를 잡으며)아유 이 냄새! 연못에 사는 아이들이 왜 이렇
　　　게 게으르냐?

개구리 3 우리를 잡아먹을 거예요?

늦　대 입술 예쁘게 닦고 목욕하고 올래?

개구리 2 (뒷걸음 치며)정말 잡아 먹으려나봐.

늦　대 야, 너 고추 좀 보자!

개구리 2 고추는 왜요?

개구리 1 아저씨, 성희롱은 나쁜 짓이랬어요.

늦　대 (시늉하며)아저씨 성희롱은 나쁜 짓이랬어요.
　　　(협박하듯)아유 이것들이 그냥? 내가 잡아먹기라도 하냐?
　　　한 번 만져보자고 했잖아. 똥꼬는 어디에 붙어있니?

개구리 3 안돼요. 그건 나쁜 일이예요.

개구리 1 그래. (울상이 되어)아ㅡ 할아버지가 빨리 오셨으면?(부른
　　　다)할아버지ㅡ.

늦　대 히히히. 그런데, 이걸 어쩌니?

할아버지가 오시려면 해님이 서쪽 산마루에 걸려야 하는데

개구리 3 (기도하듯)할아버지, 살려주세요.

늑　　대 (시늉하며)할아버지 살려주세요. 가만,

(갑자기 화를 내며)야! 이것들이, 살려주고 싶으면 내가 살려주는 거야.

개구리 2 살려주세요. 늑대아저씨.

늑　　대 싫어! 내가 숲속 유치원 원장님을 한다니까 반대했잖아.

개구리들 아저씨!

늑　　대 (가리키며)하지만, 한 가지 조건이 있어.

개구리 2 조건요?

늑　　대 그래. 할아버지가 입고 있는 호랑이 가죽옷 있지.

나 그게 지금 필요하거든. 그 옷을 가지고 와.

개구리 2 안돼요. 할아버지의 겨울옷인데 그걸 어떻게 달라고 해요?

개구리들 그래그래.

늑　　대 너희들은 이 늑대아저씨가 불쌍하지도 않니?

너희들은 겨울잠을 자면 추운 줄 모르지만, 이 아저씨는 눈보라를 맞으며 얼마나 떨어야 하는지 아니? 불쌍하지도 않아?

개구리 3 불쌍해요? 아저씨는 일 안하고

개구리 2 욕심만 부리고

개구리 1 나쁜 짓만 하잖아요.

늑　　대 (눈을 크게 뜨고)너희들 정말? 혼이 나고 싶은 모양이로구나. 응? (이때 암탉과 할머니가 들어온나.)

할 머 니 아니, 늑대 너 이 오두막에는 웬일이냐?

늑　　대　(깜짝 놀라)어? 할머니! 포도 따고 계시지 않았어요?

개구리들　(안심하며)할머니, 무서워요.

할 머 니　(늑대에게)너 우리 개구리들을 괴롭히고 있었구나. (멀리
천둥소리─)

늑　　대　(빤히 바라보며)예? 괴롭혀요?
할머니도 참, 제가 아이들을 괴롭히는 늑대같이 보여요?

개구리1　할머니 늑대아저씨가 우리들 고추 좀 보자고 했어요.

개구리들　(앵무새처럼)보자고 했어요.

암　　탉　할머니, 아이들이 무서워 입술이 파랗게 질려있어요.

할 머 니　(늑대를 가리키며)너는 언제까지 아이들을 괴롭히고 다닐
거냐? 응? 비가 오려고 하면 어린아이들이 집을 잃지 않도
록 살피고 도와줘야지.(바구니를 장독대위에 놓는다)

늑　　대　할머니, 저는 유치원 선생님이 아니에요.

암　　탉　그럼, 유치원 선생님이 안 되었다고 일부러 심술을 부리는
거야?

늑　　대　그건 아니지만,

할 머 니　사슴을 선생님으로 뽑기를 잘 했지.
네가 선생님이 되었으면 아이들이 심술부리는 것만 배웠
을 거야.

늑　　대　할머니는 왜 이 늑대만 나쁜 짐승으로 보셔요? 저도 착해요.

암　　탉　뭐?

늑　　대　(자랑하듯)꿩 새끼를 쫓아 다니며 달리기를 시켰지요.
여우들을 연못에 빠트려서 수영을 시켰지요.
호랑이 새끼들에게 병아리 잡는 법도 가르쳤다니까요.

암　　닭　어머머! 병아리를 잡는 법을 가르쳤다고?

늑　　대　할머니, 잘 했지요? 호랑이 엄마도 칭찬을 하셨어요.

암　　닭　뭐? 네가 잘 했다고?

할 머 니　(혀를 차며)늑대야, 네가 이 숲에 온 뒤 하루도 조용할 날이 없구나. 며칠 전에는 아기토끼의 치마를 벗기려고 했다며?

암　　닭　어머머, 정말요?

할 머 니　산비둘기의 가슴도 만졌지?

늑　　대　그 그건? 산비둘기가 이야기 했어요. 아이 참, 비밀로 하기로 했는데?

개구리2　할머니, 아저씨가 아기염소의 찌찌도 만졌어요.

개구리들　그래그래.

할 머 니　(놀라서)정말이야. 찌찌도 만졌다고?

늑　　대　할머니, 그건 아기염소가 예뻐서 그런 거예요.

할 머 니　아니, 그런 나쁜 짓을 어디서 배웠단 말이냐?
　　　　　　(할머니가 곡⑤ '**안 돼 안 돼!**' 노래한다.)

안 돼 안 돼 어린이들 몸
소중하고 아름다운 어린이들 몸
건강하고 깨끗하게 하늘빛처럼
모든 이가 지켜줘야 할 아름다운 몸
안 돼 안 돼 어린이들 몸
함부로 대해서는 정말 안 돼! (큰 소리로)안 된다고 알았어?

암　　닭　할머니 숲속 아이들에게 단단히 주의를 주어야 하겠어요.

모르는 사람이 과자를 사준다고 따라가지도 말고, 친절한 아저씨처럼 다가와 말 타기 놀이를 하자고 으슥한 곳으로 데리고 가는 나쁜 짐승도 많대요.

할머니 아니 그런 일이 있었어?

늑　대 (울상이 되어)아이, 왜 그래요? 내가 잘못한 거예요?(비가 오기 시작한다.) 내가 뭘 잘못 했다고? 치 - . 싫어. 모두 싫어요!(퇴장한다.)

할 머 니 (부르며)얘, 늑대야, 비 오는데 어디 가?

늑　대 호랑이집에 갈 거예요.

할 머 니 뭐? 가서 또 무슨 소리를 하려고?

개구리2 할머니 비가 와요.

개구리들 비가 와요.

할 머 니 (하늘을 보며)이를 어쩌면 좋으냐? 할아버지가 이 비를 다 맞으시겠구나.

(아이들에게)너희도 비 맞지 말고 어서 들어오너라.

모　두 예.(무대에는 개구리들만 남아 춤을 추며 곡⑥ **'비가 온 다. 통 통 통'**을 부른다)

비가 온다. 비가 온다. 통! 통! 통!

비가 온다. 비가 온다. 퉁! 퉁! 퉁!

여우비 이슬비 지나간 뒤에

숲속나라 연못가 무지개 떠요.

비가 온다. 비가 온다. 통! 통! 통!

비가 온다. 비가 온다. 퉁! 퉁! 퉁! (무대의 불이 꺼진다.)

제 2 장

무대가 밝아지면 호랑이 굴이다. 아기호랑이가 책을 읽고 있는데, 늑대가 들어온다. 늑대, 주위를 살피다가 아기호랑이들에게 다가간다.

늑　대 애들아, 집에 아무도 안계시냐?

호돌이 누구세요?

늑　대 응, 마음씨 좋은 늑대 아저씨 이야기 들어보았니?

호돌이 아뇨? 호순아, 너 알아?

호순이 아니, (발톱목걸이를 보다가)맞아.
　　　　저 아저씨 발톱 하고 이 목걸이 발톱이 똑같다. 그치 오빠?

늑　대 호순아, 그게 무슨 말이냐?

호순이 (가리키며)우리할아버지가 잡은 늑대 왕 발톱이에요.
　　　　할아버지가 이런 발톱을 가진 짐승은 잡아서 가죽을 벗기라고 하셨어요.

늑　대 (화들짝 놀라며)뭐 가죽을 벗겨? 잘못 들었겠지. 너희들 생각 안나? 병아리 잡는 법을 가르쳐준 선생님.

호돌이 아, 양털모자 선생님.

늑　대 그래그래. 너는 기억을 하는구나. 아주 똑똑해.
　　　　내가 바로 양털모자 늑대 선생님이야.

호순이 아닌데….아저씨 가슴 털은 수달처럼 젖어 있어요.

늑　대 아, 이거? 조금 전에 소낙비가 내리지 않았니?
　　　　오두막집에 갔다가 오는 길에 비를 흠뻑 맞았단다.

호 랑 이 (굴에서 나오며)뭐? 오두막집에서 온다고?

늘   대 (반갑게)호랑이 어머니! 안녕하세요?

호 랑 이 너 자주 우리 집을 찾는구나? 웬일이냐?

할아버지의 가죽옷은 가지고 왔어?

늘   대 아니요. 집에 갔는데 개구리랑 할머니가 있어서

호 랑 이 야, 늘대야. 개구리가 무서워 가지고 오지 못했다는 게 말이 되냐?

늘   대 걱정 마셔요.

할머니가 지금 오늘 딴 포도를 가지고 과일즙을 짜고 빵을 굽거든요. 내일 할머니의 손녀딸이 외삼촌댁에 갈 때 길목을 지키고 있다가 잽싸게 빼앗으면 돼요.

호 랑 이 그 빨강치마를 입고 다니는 예쁜 아가씨 말이냐?

늘   대 예. 그 아이 외삼촌은 개울가 통나무집에 혼자 살거든요.

호 랑 이 통나무집에 누가 살든 나는 상관 안 해.

난 우리 아버지의 가죽옷만 찾으면 되거든?

(곡⑦ **'호랑이의 원수'** 를 부른다)

나는, 나는 잊지 못해 우리의 원수

아버지의 가죽 벗긴 숲 마을 원수

한 놈도 남김없이 잡아먹을 래

모두모두 잡아다가 팔아버릴 래

늘   대 그런데, 호랑이 어머니는 왜 사람을 그렇게 무서워해요?

호 랑 이 듣고 싶니?

늘   대 예.

호 랑 이 오랜 이야기다.

숲속 오두막집의 아기를 훔쳐오려다 우리 아버지 호랑이
가 총에 맞아 돌아가셨어. 싸워 보지도 못하고 '쿵!' 하고
넘어지셨어.

(눈물을 찍으며)그리고 가죽이 벗겨져서 오두막집 담벼락
에 걸렸단다. 으-, 분해!

호 순 이 우리는 오두막집에 안 가요.

호 돌 이 포도밭 할아버지는 무서운 분이예요.

호 랑 이 그래. 나도 무서워. 할아버지가 그 호랑이 가죽을 입은 모
습을 보면 나는 다리가 마비되는 것만 같아.

늘   대 (고개를 끄덕이며)그러니까 빨강치마를 입은 아가씨 때문
에 아버지 호랑이가 돌아가신 거잖아요.

호 랑 이 그래.

늘   대 그럼, 일찍 말씀 하셔야지. 가죽옷을 찾는 것보다 먼저 할
아버지를 잡아먹으면 되잖아요.

호 랑 이 잡아먹어? 이 녀석 간이 부었구나. 총을 맞으면?

늘   대 쏘기 전에 피해야죠. 포도밭 할아버지도 늙어서 총 쏘는 솜
씨는 옛날 같지 않을 거예요.

제가 빨강치마 아가씨를 유인 할 테니 호랑이님은 숨어서
기다리다가 할아버지만 잡아먹으세요. 아셨지요?

호 랑 이 (고개만 끄덕인다)좋아. 야, 가슴이 뛰는구나.

늘   대 왜 그래요? 자신이 없어요? (괜히 화가 나서)내가 노와준다
고 했잖아요.

호 랑 이 알았다. 아버지의 가죽옷을 찾지 않고는 잠을 잘 수도 없어.

늑 　 대 좋아요. 그럼, 난 가서 숲길에 함정을 파겠어요.(나간다)

호 돌 이 엄마, 정말 포도밭 할아버지를 잡으러 갈 거야?

호 랑 이 응. 빨강치마를 입고 다니는 딸도 잡을 거야. 그 애를 훔쳐 오려다 아버지가 죽었으니까.

호 돌 이 엄마, 훔치는 것은 나쁜 짓이잖아요?

호 랑 이 (문득)뭐? 어이구 너 호랑이 엄마 자식 맞아? 입 다물고 가만히 있어.

호 돌 이 예.

호 순 이 엄마, 무서워요.

호 랑 이 (몸을 뒤틀면서)흐흐흐. 내일이면 그 맛있는 포도밭도 우리 호랑이 차지가 되겠구나. 흐흐흐

(하늘을 보며)아버지, 내일 아버지를 돌아가시게 한 그 늙은 사냥꾼과 딸을 꼭 잡아 먹겠습니다.(불이 꺼진다)흐흐흐흐.

제 3 장

＊무대가 다시 밝아지면, 할머니가 빨강치마를 입은 명순에게 호랑 무늬 옷을 입히고 있다. 조그만 보퉁이가 옆에 놓여있다. 할머니가 다시 한 번 주의를 준다.

개구리들이 곡⑧ **'조심해 안심 해'**을 부르며 놀고 있다)

조심 해 안심 해 숲길 갈 때는

아무도 믿지 마 조심해야 돼
친구와 함께 가 길을 갈 때는
무서우면 소리쳐 길을 갈 때는
예쁘다고 말해도 선물주어도
아니에요 싫어요. 낯선 사람은
내 몸은 내가 지켜 안심하세요.

할 머 니 명순아, 덥더라도 이 가죽옷을 벗으면 안 된다.

명　순 알았어요. 할머니.

할 머 니 총을 가지고 갈래? 혹시 호랑이를 만나면 물리쳐야 하니까

명　순 이 가죽옷만 입으면 호랑이들이 벌벌 떠는데요 뭐.

할 머 니 사나운 늑대도 있을지 몰라.

명　순 그래도 괜찮아요. 친구로 사귀지요. 뭐.

할 머 니 산짐승이 무섭다고 해도 넌 두렵지도 않니?

명　순 무섭긴요. 모두 숲에 사는 친구들인걸요.

할 머 니 알았다. 외삼촌한테 물고기 고맙게 받았다고 인사드리고
자, 이제 가 보렴.

명　순 예.

＊ 할머니 들어가며 울타리를 접으면 숲의 풍경이 펼쳐진다.
　명순 무대를 한 바퀴 돌아 제자리로 온다. 늑대가 숨어 그 모습을
지켜보고 있다.

명　순 아, 지름길이다. 어디로 갈까?

우거진 숲길로 가면 저녁때나 돼야 도착할 텐데, (생각한
다)어디로 가지? 바위산 지름길은 호랑이가 사는데—

늑 대 (객석을 보며)분명 지름길로 갈 거예요. 히히히—

명 순 그래. 용기를 내서 지름길로 가자!
내가 입은 이 가죽옷을 보면 호랑이도 숨어버리니까

늑 대 내 말이 맞았지요?(숲에서 나와 앞을 막아서며) 너 어디
가냐?

명 순 아이 깜짝이야. 하마터면 병을 깨트릴 뻔 했네.

늑 대 (호랑이 가죽옷을 만지며) 야, 정말 좋은 옷이다?
할아버지가 너 주신 거냐?

명 순 만지지 말아요.

늑 대 나도 한 번 입어보자.

명 순 빼앗으려고 그러지요? 이 가죽옷을 욕심내는 거 내가 모
를 줄 알아요?

늑 대 너는 함박눈이 내린 겨울이면 나처럼 외로운 늑대가 얼마
나 추위 속에 떠는지 아니?

명 순 (갑자기 늑대얼굴을 자세히 보다가)아저씨!

늑 대 왜 내 얼굴에 뭐가 묻었니?

명 순 정말 더럽게 생겼어요.

늑 대 (버럭) 뭐?(쫓는다)

명 순 더럽고 사납게 생겼다니까요.(도망치다 가죽옷이 벗겨지
고 잡힌다)

늑 대 잡았다! (숨을 몰아쉬며)아, 숨차! 나는 왜 착하게 살아서
이런 소리를 듣는지 몰라.

명 순 (울상이 되어)아저씨, 살려 주세요.

늑 대 그래, 난 살려주고 싶은데 호랑이가 안 된대.

명 순 호랑이요?

늑 대 호랑이 아버지가 너를 오두막집에서 훔치려다 활에 맞아
       죽었다고, 오늘 너를 잡아먹는다고 했어.

명 순 잡아먹어요?(운다)엄마―! 무서워.

늑 대 운다고 내가 마음 약하게 너를 풀어줄 거라는 생각은 마라.
       호랑이는 지금쯤 오두막집을 깨끗이 청소하고 있을 거야.
       히히히, 바로 내가 살 집이지. ㅎㅎㅎ.

명 순 뭐라고요?

늑 대 야, 아직 감이 안 오는 모양이구나.
       네가 살던 집을 이제 내가 차지하기로 했다고.
       내 친구 호랑이랑 약속을 했다고. 이제 정신이 드냐?

명 순 그럼, 할머니랑 할아버지는?

늑 대 지금쯤 암탉이랑 염소도 호랑이와 회색늑대가 다 잡아갔
       을 거다.

명 순 (가만히 생각하다가 술병을 내밀며)아저씨,

늑 대 그래. 잘 생각했다.
       너는 여기서 나한테 잡히지 않더라도 (가리키며) 저 길옆
       에 숨어있는 붉은여우랑 늑대에게 잡히거나 내가 파놓은
       함정에 빠지게 되어있으니까 아예 도망칠 생각은 하지 않
       는 게 좋아.(가죽옷을 주워 입는다)

명 순 (객석을 향해서)누가 노와주실 분 없어요?(실망하며)없
       어요? (무대를 돌아보며)아무도 없네.

늑 대 (옷을 입고 어깨를 으슥해 보이며)역시 가죽옷은 좋아.

(명순에게)흠, 네가 가지고 가던 음식이 뭐냐?

명 순 (늑대에게 주며)할머니가 구워낸 빵하고 포도즙이에요.

늑 대 먹자! (병을 들어 냄새를 맡으며)포도즙? 흠흠.

이거 술 냄새가 나는데? 애야, 이거 신거 아니냐?

가만, 어? 향기가 좋은데?(뚜껑을 열고 홀짝홀짝 마신다)

아, 맛있다.

명 순 벌써 포도즙이 시었다고요?

늑 대 (비틀거리며)아니, 좋아. 아 이런 맛 처음이야.

명 순 (갑자기 좋은 생각이 난 듯 혼잣말처럼)옳지, 술을 더 마시

게 해서 잠이 들면 도망을 쳐야지.

그래(객석을 향해)쉿. 여러분 도와주실 수 있죠?

늑 대 너 뭐라고 중얼거리고 있는 거냐?

명 순 포도즙을 아저씨가 시기 전에 마시니까 좋다고요.

늑 대 아 그래그래. 넌 마음이 너무 착해서 큰일이다.

(비틀거리며)어? 왜 몸이 붕하고 뜨는 거 같지?

(병을 쥔 채 넘어지듯 쓰러져 잠이 든다)

명 순 아, 빨리 도망을 가야지.

늑 대 (도망을 치려는데 늑대가 벌떡 일어나 반쯤 앉는다)너!

명 순 (놀라서)예? 아이 가슴이야. 깜짝 놀랐네.

늑 대 내가 일어날 때까지 그대로 가만히 있어. 알았어?

명 순 예. 제가 가긴 어딜 가요?(앉으며)이렇게 앉아 있을게요.

늑 대 그래그래.(다시 누워 쿨쿨 잠이 든다)음냐, 음냐. 쿨쿨

명 순 (사이─.보퉁이를 찾아들고, 늑대 눈 위에 손을 저으며)아

저씨! 아저씨! (놀리듯)아저씨! 똥고에 개미 들어가요. (방백)잠이 깊이 들어야 하는데….

(시늉)아저씨, 똥고에 개미 들어간다니까요.(큰소리로)아저씨!

늑 대 (잔다)쿨! 쿨!

명 순 빨리 외삼촌을 모시고 와야지.(나가려다가)가만, 늑대가 깨어나 나를 쫓아오게 할 수는 없지. 그래. 칡 덩쿨로 묶어 놓고 가자.

(개구리들이 풀숲에서 나타나 곡8 **'빨리 도망 쳐'**를 노래한다)

빨리 빨리 도망 쳐 어서 도망 가
늑대삼촌 잠을 깰라 어서 도망 쳐
외삼촌을 불러 와 어서 도망가
늑대삼촌 물리칠 용감한 삼촌.

   * 명순, 칡넝쿨을 잘라 늑대의 손과 발을 묶어 놓고, 숲길을 몇 번 돌아 밖으로 나간다. 불안한 음악소리와 함께 멀리 까마귀 소리가 들려온다. 불빛이 바뀐다. 늑대가 부스스 일어나다가 자기의 손발이 묶여 있는 걸 발견한다.

늑 대 아, 잘 잤다. 어? 이게 뭐야? 이 아가씨가 나를?(일어나려고 발버둥 친다. 이때 가까이 총소리—.) 아, 이길 어쩌지? 사냥꾼이 숲에 온 모양이네. 으 이걸 어쩌나?

외 삼 촌 (총을 들고 주위를 살피며 들어온다)

　　　바위산 옆에 늑대를 묶어 놓았다고 했지?

늑　　대 아 이제 꼼짝없이 죽게 되었네. (발버둥을 친다)아, 어떻게

　　　한다지? 호랑이님 도와주세요. 어떻게 하지?

　　　죽은 척이라도 해야 하겠다.(넘어진다) 늑대 꼴가닥!

명　　순 (살며시 들어온다)도망갔으면 어떻게 하지?

외 삼 촌 명순아, 이곳이 맞느냐?

명　　순 예.(손가락으로 가리키며)외삼촌, 저기요.

외 삼 촌 (늑대를 발견하고 어이가 없는 듯)야 이놈 뱃장도 좋다.

　　　아직까지 잠을 자고 있네. 잡아서 털가죽을 벗겨야 하겠

　　　구나.

명　　순 외삼촌 조심하셔요. 사나운 늑대라고요.

늑　　대 (눈치를 보다가)늑대 꼴―가닥!

외 삼 촌 이 녀석 죽은 척 하는 꼴 좀 봐라. 가만, 이렇게 취해 있으

　　　니 총알을 낭비해서 잡을 필요도 없지. (늑대를 둘러메고

　　　집 뒤로 간다. 잠시사이―늑대의 비명소리가 들려온다.)

명　　순 (밖을 향해)외삼촌!

늑　　대 (소리만)아저씨, 잘못 했어요. 숲속 아이들 꾀어서 나쁜 짓

　　　도 안 시킬 것이고요.

　　　고추도 안 만지고 치마도 벗기는 아이스께끼 놀이도 안 할

　　　거예요.

외 삼 촌 (소리만)네 거짓말을 내가 믿으란 말이냐?

늑　　대 (소리만)아저씨, 아파요. 제 털가죽이 다 벗겨진다고요.

외 삼 촌 (소리만)허허 이놈, 가만있지 못해?

외 삼 촌 (털가죽을 들고 들어온다)하하, 고놈 털가죽은 벗기기도 쉽군. 명순아, 이것 좀 봐라. 네 외투를 만들면 꼭 맞겠구나.

늑   대 (털가죽이 벗긴 채 하얀 속옷차림으로 등장한다)아저씨! 아저씨! 엉엉!

외 삼 촌 이놈아, 어떠냐? 호랑이 가죽을 탐을 내다가 그것도 모자라 오두막에 사는 숲속 친구들 집까지 넘봐?

명   순 외삼촌, 늑대의 털가죽을 벗기니까 하얀 강아지 같아요.

외 삼 촌 강아지? 허허 그렇구나.(숲속 친구들이 등장한다)강아지야. 강아지!

할 머 니 애, 호랑이를 잡았다며?

외 삼 촌 예 누님. 지금 막 저 늑대도 잡아서 털가죽을 벗겼습니다.

명   순 할머니!

할 머 니 명순아, 너도 무사해서 천만다행이구나.

암   탉 어머나,(가리키며)저 강아지가 그럼 늑대예요?

할 머 니 뭐? 늑대라고?

늑   대 엉엉! 난 강아지가 아니라 늑대에요.

외 삼 촌 예. 늑대가 맞습니다. 이제 숲속 오두막이 조용할 것입니다. 안심하세요.

개구리1 아저씨, 고맙습니다.

개구리들 고맙습니다.

외 삼 촌 그래그래.

할 머 니 이제 포도밭에 갈 때 호랑이 가죽옷을 입지 않아도 되겠구나. (호놀이와 호순이가 들어온다. 이어 상처투성이의 엄마호랑이도 등장한다)

호 순 이 할머니!

암　　닭 할머니, 호랑이 새끼예요.

호 돌 이 할머니, 엄마호랑이가 이빨에 총을 맞아 다 빠졌어요.

호 랑 이 할머니 제가 잘못 했습니다.

　　　　　 앞으로는 절대 숲 마을 친구들을 괴롭히지 않겠습니다.

할 머 니 뭐? 그 말이 정말 이야?

호 랑 이 예.

호 순 이 엄마는 물고기만 잡아서 먹는데요. 절대 숲속 친구들 해치
　　　　　 지 않겠대요.

호 랑 이 예. 다시는 나쁜 마음 갖지 않겠습니다.

명　　순 (아기호랑이를 보며)그럼, 너희들은?

호 돌 이 엄마가 친구들과 사이좋게 살라고 하셨어요.

호 순 이 잘못 했습니다. 저는 지금까지 복수할 마음만 가지고 살았
　　　　　 습니다.

외 삼 촌 그래. 지금이라도 잘못을 뉘우치고 친구들과 사이좋게 지
　　　　　 내겠다니 반가운 소리로구나.

할 머 니 (늑대의 털옷을 늑대에게 주며)늑대야. 너도 친구들을 괴
　　　　　 롭히지 말고 거짓말 하지 말고 착하게 살아야 한다.

늑　　대 (울며)할머니!

할 머 니 그래. 잘못을 뉘우치면 됐다.

　　　　　 우리 다 함께 멋진 숲 나라를 만들어 보자구나.

모　　두 (즐거워서)할머니!

할 머 니 자. 모두 오두막에 가서 싱싱한 포도와 맛있게 구운 빵을
　　　　　 먹자!

모　두　예.

(비가 내리기 시작한다. 모두 ⑥번 곡인 **'비가 온다 통통**
통' 을 합창한다)

비가 온다. 비가 온다. 통! 통! 통!
비가 온다. 비가 온다. 통! 통! 통!
여우비 이슬비 지나간 뒤에
숲속나라 연못가에 무지개 떠요.
비가 온다. 비가 온다. 통! 통! 통!
비가 온다. 비가 온다. 통! 통! 통!

＊ 모두 즐겁게 노래하며 퇴장하려고 할 때 경쾌한 음악소리와 함
께 무대의 불이 꺼지고 막이 내린다.　**막 -.**

마음을 비추는 거울

- 1막 2장 -

나오는 사람들

왕경박사(발명가. 63세쯤) · **오 박사**(왕경박사와 경쟁상대의 물리학 박사)

연구조교(왕경박사의 수제자. 34세) · **날 강도**(조직폭력배의 두목)

노랑머리(유엔 기자단 대표) · **사진기자1−3**

준태(어린이기자) · **현주**(어린이신문기자) · **이선규엄마**

불량배1~3 · **박 선생** · **송 박사** · **아나운서**

때 현대

곳 연구실과 6개의 공간

　무대 이 연극은 왕경박사의 연구실과 창고, 변호사 사무실, 길거리, 기자회견장 등 다목적 공간이다. 연구실에는 많은 거울조각 액자와 컴퓨터, 현미경 환등기, 분석 장치 등이 놓여 있다.

　막이 열리면 연구실. 신비스런 음악이 들려오며 안개가 피어오른다. 시험도구가 터지고 불빛이 번쩍이며 무대의 불이 꺼진다. 잠시 사이―. 왕경박사가 은박지와 셀로판지로 만든 거울을 살피며 논문을 살피고 있다. 대단히 만족한 얼굴이다. 왕경박사, 탁자를 탁 치며 일어선다.

왕경박사 하하하, 드디어 성공을 했구나. 성공을 했어. 에디슨도 발명하지 못한 세기적 발명품을 내가 만든 거야. 하하하. 조교, 데이터 수치는 어떤가?

연구조교 박사님, (컴퓨터 의자에서 일어나며)데이터도 정확합니다.

왕경박사 그래?

연구조교 (사진을 들어 보이며) 박사님, 3차원의 세상이 존재한다는 사실이 알려지면 학자들도 기절할 정도로 놀랄 것입니다.

왕경박사 '마음을 비추는 거울' 이라? 박 조교, 수고했어!

연구조교 박사님, 정말 존경스럽습니다. 노벨상위원회가 우리의 발명 내용을 알게 되면 노벨 평화상은 물론 물리학상과 화학상까지 수여하려고 할 것입니다.

왕경박사 (즐거워하며)노벨상은 무슨? 이 세기적인 발명을 지켜본 자네가 부럽네.

연구조교 예?

왕경박사 자네는 앞으로 이 보다 더 훌륭하고 인류에게 공헌할 발명품을 만들 수 있을 테니까 말이야.

연구조교 (겸연쩍게 웃으며)저야 아직 햇병아리인걸요.

왕경박사 (논문을 탁자에 놓으며)박 조교! 노벨상을 받고 싶은가?

연구조교 (놀라)예?

왕경박사 (고개를 끄덕이며) 마음속에 생각까지 속이지 말게. 나는 마음까지 다 살필 수 있으니까.

연구조교 헤헤헤. 박사님, 거울로 보셨군요.

왕경박사 그래. 정말 신기한 일이야. 마음을 비추는 거울을 만들 것이라고 어디 생각이나 했나 말이야.

연구조교 예.(조교가 기계를 작동시킨다. 오색전구가 반짝인다. 그 사이 왕경박사는 서류뭉치를 들고 방을 나간다. 연구실의 불이 꺼졌다가 밝아지면 기자 회견장이다. 기자들, 사진을 찍는다.)

윤 박사 (반갑게)왕경박사님!

왕경박사 윤 박사님. 어서 오십시오.

윤 박사 박사님. 정말 수고 하셨습니다. 전 세계의 학자들이 분자 물리학의 혁명이라고 칭찬이 대단합니다.

왕경박사 윤 박사님의 격려가 큰 힘이 되었습니다.

윤 박사 (기자들에게)여러분, 이번에 '마음을 비추는 거울'을 발명하신 왕경박사이십니다.(모두 박수를 친다)

현주기자 어린이 신문 이현주 기자입니다. 박사님께서 발명하신 '마음을 비추는 거울'에 대해서 설명해 주십시오.

왕경박사 (어리둥절해서)예. 이번에 발명한 '마음을 비추는 거울'은 우선 범죄 없는 사회를 만드는데 큰 역할을 할 것입니다.

기 자 들 (환호한다)와ㅡ.

왕경박사 이 거울은 자기 마음을 비춰볼 수 있기 때문에 앞으로 일어날 수 있는 나쁜 일도 미리 예방할 수도 있고, 때와 시간만 입력하면 영화를 보는 것처럼 거울에 자기 모습을 비춰 볼 수 있기 때문에 어린이들은 일기를 쓰지 않아도 될 것입니다.

준태기자 정말 놀라운 발명품이군요.

윤 박사 에— 제가 설명을 보태자면 앞으로 경찰서나 검찰청 같은 데서 거짓말 탐지기 같은 것은 사용하지 않아도 되게 되었다 이런 이야기입니다.(조교가 들어온다)

준태기자 친구들의 물건을 빼앗고도 시치미를 떼는 친구들은 이 거울 앞에 세우기만 하면 되겠네요?

윤 박사 그렇지요.

현주기자 박사님, 죄를 지으며 사는 나쁜 사람들에게는 반가운 소식만은 아니잖아요?

왕경박사 (웃으며)그렇게 되나요?

노랑머리 유엔본부 기자단 대표로 온 돌 마리기자입니다.

왕경박사 마리 기자님!

노랑머리 저는 박사님의 논문 내용 일부가 발표된 직후 국제 범죄 조직이 거울공장을 폭파시키고 연구원들을 살해하겠다고 협박을 했는데 어떻게 생각하시는지?

왕경박사 인류를 위해 정의를 위한 일이라면 이보다 더한 발명품도 만들 계획입니다.

노랑머리 박사님, 이번에 만드신 '마음을 비추는 거울' 말고 따로 연구하고 계신 것이 있나요?

왕경박사 …….에—그게…지금 발표해도 되나 모르겠네.

모 두 (술렁인다)

왕경박사 에—. '영혼과 대화할 수 있는 선화' 입니다.

모 두 (놀라서)영혼과 대화할 수 있는 전화요?

왕경박사 그렇습니다. 하지만, 언제까지 만들어 낸다는 기약은 없습니다.

준태기자 (즐거워하며)와ー, 이 뉴스야말로 특종이다. 특종!

현주기자 그럼, 죽은 이와도 대화를 할 수가 있겠네요.

왕경박사 그렇습니다. 링컨이나 이순신 장군, 세종대왕하고도 전화로 이야기할 수 있을 것입니다.

현주기자 예수님 하고도 통화할 수 있을까요?

왕경박사 외국어 공부도 많이 해야 할 것입니다. 예수님이나 부처님과 대화를 하려면 그 시대의 글도 알아야 할 것이고, 종교적인 이해도 뛰어나야 하겠지요.

준태기자 전화번호는 어떻게 알지요?

왕경박사 그것은 비밀입니다.

노랑머리 왕경박사님, 한림원의 오나라 박사를 아십니까?

왕경박사 아 한여름에도 쥐 털 가죽옷을 입고 다니시는 박사님이시죠?

노랑머리 오 박사님이 만드는 미래를 비추는 거울에 대해서 알고 계신 것이 있습니까?

왕경박사 예. 사실 우리의 연구도 미래를 볼 수 있는 거울을 만들자는 생각으로 시작을 했습니다. 그러나 어린이들이 자기의 미래를 알면 공부를 하지 않거나 게을러지고 많은 사회적인 문제가 일어날 수 있기 때문에 생각을 바꾸게 됐습니다.

노랑머리 마녀의 무덤에서 물을 떠다가 거울을 만들고 있다는 이야기도 알고 계십니까?

왕경박사 사회를 안전하고 바르게 이끌 수 있는 발명품을 만들기를 기대합니다.

준태기자 그럼, 박사님이 만드는 거울이 사회적으로 많은 문제를 일으킬 수도 있다는 말씀입니까?

왕경박사 마녀의 무덤에서 구한 것이라면 그럴 수도 있지 않나 생각합니다. 송 박사님, 여기까지 할까요?(인사한다)

송 박사 자. 오늘은 여기서 인터뷰를 마치겠습니다. 여러분 고맙습니다. 또 다른 정보가 있으면 연락을 드리겠습니다.

기 자 들 (카메라 앞에서 기사를 전한다)

현주기자 (마이크를 잡고)전국에 계신 어린이 여러분, 드디어 '마음을 비추는 거울'이 발명되었습니다. 한국과학원 왕경박사와 연구조교 박 인호 교수팀이 발명한 '마음을 비추는 거울'은 거울 앞에서 서서 지나간 시간과 장소를 생각하면 영화처럼 거울 속에 자기의 행동이 비춰지는 세계적인 발명품으로 내일 오전10시 첫 제품이 생산됩니다.

이제 이 거울의 발명으로 죄를 짓는 사람들은 거짓말을 할 수 없게 되었고, 경찰이나 재판에 간여하는 많은 사람들이 일자리를 잃게 될지 모른다는 우려가 조심스럽게 나오고 있는 실정입니다. 어린이 방송신문 이현주 기자입니다.

＊ 무대 위에 세계 여러 나라 텔레비젼 뉴스 방영 모습이 필름으로 소개되는 가운데 무대의 불이 꺼진다. 무대의 한쪽에 불이 밝아지면 불량배들이 텔레비젼을 보다가 두목인 듯한 날강도가 일어선다.

날 강도 한심한 놈들, 이번 주에만 벌써 몇 명이야? 교도소에 가는 게 자랑이야?

불량배 2 이제 아이들 용돈을 빼앗는 것 보다 꼬마들을 납치해서 큰 돈을 받아 내는 사업으로 바꿔야합니다.

날 강도 (버럭) 그래서 우리 아들놈을 납치를 했냐? 너희들 정신이 있는 놈들이야?

불량배 2 형님, 그게 좀 잘못 돼서….

날 강도 그리고 너 땅거미!

불량배 3 예. 형님!

날 강도 임마, 납치할 아이가 없어 고아원 아이를 납치 하냐? 응? 이런 멍청한 놈들 때문에 내가 경찰서에 가서 조사를 받아야 하다니? 정말 정신 안 차릴 거야?

불량배 2 저―어, 부잣집 아이를 납치하기가 어렵기도 하고….

불량배 3 죄송합니다. 형님.

불량배 1 형님, 이제 거짓말을 할 수도 없고 조사실에 들어가기만 하면 우리가 저지른 행동이 거울 속에 영화처럼 상연되니―. 죄송합니다.

날 강도 죄송하다? 지금 '죄송' 이라는 말이 나와? 벌써 12명이나 구속이 됐어. 임마, 그래서 요령껏 피해 다니라고 했잖아?

불량배 2 그것도 좀….

날 강도 무슨 소리야?

불량배 3 형님, 다음 달 부터는 골목길이나 은행, 학교 앞에도 이 거울을 세운다고 합니다.

날 강도 학교 앞에도?

불량배 1 형님, 이대로 몇 달 지나면 우리 같은 사람은 거리도 다닐 수 없을 것입니다 그래서 거울을 보는 대로 부수고 공장을 습격해서 거울을 생산하지 못하도록 해야 합니다. 개미파 아이들도 행동을 같이 하겠다고 연락을 해 왔습니다. 우리도 거울을 훔쳐다 깨도록 허락해 주십시오. 형님.(싸이렌 소리 들려온다)

날 강도 거울을 깬다고? (사이)뭐야? 경찰이잖아?

불량배 1 형님, 창고 쪽으로 오는데요. 조사받는 아이들이 일러준 게 아닐까요?

불량배 2 뭐해? 튀어야지?

 * 갑자기 경찰차량이 다가와 멎는 소리ー. 불량배들 당황하여 무대를 나간다. 잠시 불이 꺼졌다가 밝아지면, 왕경박사의 연구실이다. 송 박사와 오 박사 일행이 들어온다. *

송 박사 오 박사님, 여기입니다.

오 박사 예. (휘 돌아보며) 듣던 대로 대단하군요. 제 연구실에 비하면 구멍가게 같습니다. 이런 곳에서 어떻게 그런 발명품을 만들었는지 궁금하네요.

송 박사 원리는 비슷하니 이 연구실에서 완성을 하십시오.

선규엄마 박사님, 돈은 제가 몇 억이라도 대 드리겠습니다. 50년 후 제가 천당에 갈 수 있는지 아니면 지옥에 가서 살고 있는지 볼 수 있게 해 주십시오.

박 선생 박사님, 부탁입니다 이 거울은 만들지 말아주십시오!

송 박사 박 선생!

박 선생 아이들이 자기의 미래를 미리 본다면 아예 공부를 하지 않
거나 친구들을 업신여기는 일이 생길 것입니다. 이런 문제
는 어린이들을 가르치는 교사로서 가만히 볼 수가 없습니
다. 제발 어린이들의 미래를 위해서 중지해 주십시오.

오 박사 박 선생 이 연구야말로 세기적 발명이 될 거요.

박 선생 오 박사님, 아들 상민이를 생각해서라도 중지해 주십시오.

오 박사 상민이?

박 선생 예. 아이들 물건이나 탐을 내고 여자아이들을 때리거나 동
생 같은 아래 학년 아이들에게 돈을 빼앗고 있어요. 거울
을 보고 이다음에 교도소에 갇힌 자기 모습이나 불량청년
이 되어 있는 모습이라도 보면 어떻게 변할지 짐작할 수가
없습니다.

오 박사 상민이? 그래. 나도 그걸 고민했었어.(괴로워한다)

송 박사 박사님, 저는 지금 흥분이 됩니다. 이 기계가 발명되면 이
세상의 종교가 달라질 것입니다. 미래 세상을 본다는 것은
신기함 뿐 아니라 세상을 뒤바꿀 수 있는 세기적 사건입니
다. 노벨상은 틀림없습니다.

오 박사 노벨상? 노벨상은 학자들의 명예이고 꿈이지. 맞아. 내가
그 상을 탈 수만 있다면 못 할 것도 없지.

선규엄마 (울듯이 기뻐하며) 오 감사합니다. 박사님, 그 거울이 빨리
만들어져서 제가 죽은 뒤 부활 할 수 있는지도 보고 싶습
니다. 부활하지 못한다면 그 이유라도 알고 싶습니다. 고
맙습니다.

오 박사 부활? 아이고 머리야!

송 박사 (머리를 두드리며)이거 골치 아프게 생겼군.

박 선생 박사님!

오 박사 (실험실 유리컵에 가지고 온 실험 자료를 따른다. 전구에 불이 들어온다)원리는 너무 간단합니다. (이때 왕경박사와 연구조교가 들어온다. 연구실에 있는 사람들을 보고 놀란다)

연구조교 아니, 여기서 무엇을 하고 계신 것입니까? (전원을 급히 내린다)안 됩니다!

오 박사 (놀라서)아, 박사님!

왕경박사 송 박사님!

송 박사 아니, 일본에 안 가셨습니까?

왕경박사 내 연구실에서 무엇을 하고 계신 것입니까? 송 박사님 오 박사와 내 연구실에서 비밀리에 미래를 보는 거울을 만들려고 일본 천황이 면담을 요청한다는 거짓 말씀을 하신 것입니까?

송 박사 박사님, 그건 사실입니다.

왕경박사 오 박사님, 오 박사님이 이런 분이셨습니까?

오 박사 (난처해서)그게 저….저도 제품을 완성을 했습니다. 여기서 그 제품과 비교를 하고 싶어서….

선규엄마 왕경박사님, 오 박사님이 연구를 계속하게 해 주십시오. 박사님은 이미 '마음을 비추는 거울'을 발명 하셨고, 이쪽에 오 박사님이 '미래를 비추는 거울'을 만드신다면 세계 학자들이 우리나라의 기술을 인정할 것입니다.

왕경박사 난 오늘 모든 것을 포기하기로 했습니다. 박 교수 자네가 이야기하게.

연구조교 예. 사실입니다. 발표논문의 취소도 요구하셨고, 발명하신 '마음을 비추는 거울'도 스스로 깨지도록 신호전파를 발사하셨습니다.

송 박사 아니 왕경박사, 당신 미친 거 아니요? 내 사업을 망치게 하겠다고?

왕경박사 나는 오늘 내가 그동안 큰 잘못을 저질렀다는 것을 깨달았습니다. 과학이 우리인류에게 편리함을 주도록 발전을 해 온 것이 사실이지만, 질서와 조화를 깨트리게 해서는 안 된다 하는 것을 알았습니다.

송 박사 왕경박사님 지금 무슨 말씀을 하시는 것입니까?

왕경박사 과거도 유쾌하고 즐거운 일이 아니면 오히려 괴로움만 주는 일이고 미래를 보는 일도 오히려 즐거움 보다는 괴로움을 안겨줄 수 있다는 사실을 알았다는 것입니다.

연구조교 예. 박사님께서는 국민들에게 사과하고 발명품을 모두 파괴하기로 하셨습니다.

송 박사 (버럭)왕경박사, 당신 제 정신이오?

선규엄마 오 박사님! 제가 연구비를 드릴 테니 연구를 계속하셔요. 예? 제 소원 좀 이루게 해 주셔요. 저는 천국과 지옥을 보고 싶다니까요?

박 선생 (인사하며)박사님, 자라는 어린아이들을 위해 큰 결심을 하셨습니다. 고맙습니다. 이제 안심하고 아이들을 가르칠 수가 있게 되었습니다.

왕경박사 박사님, 욕심은 끝이 없습니다. 그 욕심이 지나치면 목숨을 잃기도 하지요. 미래모습을 보고 달라 질 수 있는 것은 혼란밖에 없습니다. 이것은 과학자의 양심으로 지켜 볼 수 있는 일이 아닙니다.

오 박사 (박사에게 악수를 청하며)왕경박사님, 그렇습니다. 제가 욕심이 지나쳐 엉뚱한 생각을 했습니다. 부끄럽습니다.

왕경박사 오 박사님!

오 박사 그래도 '마음을 비추는 거울' 은 세기의 발명품입니다.

연구조교 부끄러운 과거를 감춰두는 것도 우리가 건강한 사회를 만들어 가는데 도움이 된다는 사실을 우리는 잊고 있었습니다.

송 박사 (사이— 가벼운 한숨을 쉬며)그래요. 사실 나도 새로운 발명품이 나올 때마다 무서웠소. 어제 어린이 기자들이 찾아와 미래 자기 모습을 서로 바꾸어 살 수는 없느냐고 물었을 때 눈앞이 깜깜했어요.

선규엄마 오 박사님!

송 박사 내 욕심이 지나쳤습니다. (이때 전화벨이 운다)

왕경박사 (전화기를 들고)예. 제가 왕경박사입니다만, 예.(잠시 듣다가)예? 세종대왕님 요? 네? 휴대폰 문자를 보내면서 알 수도 없는 글자를 만드는 백성을 모두 잡아다 직접 국문하신다고 했다고요.

오 박사 아니, 그게 무슨 말씀입니까?

왕경박사 누가 전화를 발명한 거지? 전화를 먼저 거신 것을 보면 세종임금님이 발명하신 건가?

송 박사 그럼, 세종임금님께서 영혼과 대화를 할 수 있는 전화를 발명하고도 숨겼다는 이야기입니까?

왕경박사 집현전 학자들과 하늘나라 복숭아밭에서 쉬다가 전화를 하신다고 했다네?

박 선생 아, 이런 이야기를 아이들에게 어떻게 이야기 해 주지?

송 박사 아 좋은 생각이 있습니다. 전파 관리소에 가서 그 전화 발신지를 추적하면 하늘나라 복숭아밭이 어디 있는지 알 수가 있을 것입니다.

선규엄마 복숭아 밭요? 천도복숭아 맞죠? 그것만 먹으면 죽지 않고 영원히 살 수 있다는….

오 박사 송 박사님. 우리 과학이 모르는 사실도 많이 있을 것입니다. 우리 후손들에게 부끄러운 학자로 남지 않도록 합시다.

연구조교 예. 좋은 말씀입니다.

왕경박사 자, 기자회견장에 가서 사과를 하고 거울 발명은 부작용으로 폐기한다고 발표합시다. (모두 나가려고 하는데 실험 기구와 컴퓨터에 불이 들어오며 아나운서의 소리가 들리며 기계들이 작동한다.)

아나운서 (컴퓨터 소리)정지모드 해제, 정지모드 해제. 해주 2공단 제1공장. 프랑스 파리 제2공장, 중국 천진 제3공장으로 설계도면 전송 중. 전송이 완료되었습니다. 미래를 비추는 거울은 30초 후부터 생산라인이 가동됩니다.

모　두 (당황하여)뭐야? 전원을 껐잖아?

오 박사 제가 컴퓨터 부킹을 잘못했나 봅니다.

송 박사 빨리 조치를 취하세요.

왕경박사 박 교수, 바이러스!

연구조교 예. (디스켓을 장착하고 가동시킨다) 10초 후에 동작합
니다.

  * 비상벨이 울린다. 모두 당황하여 무대를 오고 갈 때 기계에서
연기가 피어오르며 불이 번쩍인다. 이어 무대의 불이 꺼진다. 그 어
둠속에서 서로 부르는 소리가 메아리친다.

연구조교 (소리)박사님! 괜찮으세요? 제 몸이 이상해요. 작아지고
있어요. 어어— 박사님. 박사님!

송 박사 (소리)왕경박사님! 박 교수가 컴퓨터에 빨려 들어갔습
니다.

왕경박사 (소리)뭐라고요?

오 박사 (소리)컴퓨터에 빨려 들어갔습니다!

선규엄마 (소리)시제품이 한대는 만들어 진 것인가요?

박 선생 (소리)메모리칩을 어서 빼내세요.

왕경박사 (소리)박 교수! 조교! 이게 어떻게 된 거야? 컴퓨터가 사람
을 삼키다니, 이게 말이 돼요? 컴퓨터가 사람을 삼키다
니…….막이 내린다. **막 -.**

금보다도 귀한 선물

나오는 새들과 짐승들
황새(회갑을 맞은 숲 마을의 어른) · **비둘기①-②** · **두루미①-③**
여우 · **쇠똥구리(숲 속의 청소부)** · **멧돼지** · **시궁쥐**
며느리(황새의 며느리)

때 여름 오후

곳 늪지가 있는 언덕의 느티나무

무대 이 연극의 무대는 저수지 근처의 늙은 느티나무 언덕이다. 후면 열려있는 공간에는 산마을과 이어지는 계곡과 소나무 숲이 보인다.

막이 열리면 -, 느티나무 마을의 황새 회갑 날이다. 중앙 탁자 위에는 회갑선물꾸러미가 높이 쌓여있다. 이 탁자를 사이에 하고 좌우로 잔칫상이 놓여있다. 무대 밖에서 풍물패의 공연이 계속되는 가운데 두루미들과 산비둘기들이 들어온다.

황 새 (모두에게)자, 많이들 드시게1

모　두　(인사하며)예. 어르신. 축하드립니다. 오래오래 사세요.

황　　새　고마워!

두루미③　어르신, 회갑을 축하드립니다.

황　　새　어서들 오시게. 고마워.

비둘기②　어르신, 오래오래 사십시오.

황　　새　아이들은 잘 자라고 있지?

비둘기②　예. 큰 아이는 벌써 날개 짓을 배우고 있습니다.

황　　새　(짐짓 놀라며)뭐야? 벌써 그렇게 자랐어? 그 뱀에게 물린 막내는 건강하고?

비둘기①　이제 다리의 상처가 다 아물었습니다.

황　　새　그래그래 다행이로구먼.

비둘기①　어르신이 뱀을 잡아 주셨으니 망정이지 아이들을 다 잃을 번 하였습니다.

비둘기②　예. 정말 고맙습니다. 어르신.

황　　새　그래, 새들이 하늘을 날며 먼 곳을 본다고 자랑을 하지만, 바로 한 자도 안 되는 자기 집 주위를 살피지 못한다네. 아이들 잘 기르게.

비둘기들　예.

두루미②　어르신, 이제 숲속에서 나뭇가지를 타고 오르는 뱀들은 저희 두루미들이 모두 잡겠습니다.

두루미①　예. 저희 두루미 형제들이 있는 한 산새들은 모두 안전할 것입니다.

황　　새　그래. 서로 도와가며 살아야지.

두루미들　예.

비둘기① 이제 청설모만 조심하면 되겠네요?

모　두 청설모?

황　새 청설모라니? 그 녀석이 행패라도 부렸단 말인가?

비둘기① 예. 성미가 보통이 아닌가 봐요. 신갈나무 숲에서 다람쥐 사냥을 하다가 이사를 왔다는데 행패가 심해요.

비둘기② 꿩들은 벚꽃이 지자말자 아기들을 데리고 이사를 갔어요.

황　새 허허. 그러면 안 되지. 내가 사는 이 숲 마을에서 청설모가 무서워 이사를 가서는 안 되지.

며 느 리 (황새에게)아버님, 새로 오신 손님들 음식은 왕벚나무 가지위에 준비해 놓았습니다.

황　새 잘 했다. (비둘기들에게)자네들도 시장할 텐데 음식을 먹어야지.

두루미① (선물을 내밀며)어르신, 이거 우리 두루미들의 선물입니다. 논두렁 밑 늪지에서 키운 살찐 미꾸라지입니다.

두루미② 작은 선물이라 죄송합니다.

두루미③ 실뱀도 두 마리 따로 챙겼습니다.

황　새 그냥와도 될 걸 뭐 이런 귀한 선물을 가져 왔나. 고맙네.(며느리에게 건넨다.)

비둘기② 저희 비둘기들은 숲에서 자라는 방아깨비와 풀무치를 구워왔습니다. (준다)

황　새 허허허, 산비둘기들 덕분에 내가 10년은 더 살겠구먼. 고마워. 자 어서 왕벚나무가지에 가서 앉게.

비둘기들 예.(왼쪽의 나무 등걸에 앉는다. 이때 멧돼지와 시궁쥐가 바구니를 들고 들어온다.)

멧 돼 지 황새어른! 저 왔습니다.

황　　새 오 멧돼지 삼촌이로군. 어서 오게. 늦었구먼?

멧 돼 지 맛난 돼지감자를 캐 오느라고요. 좋은 선물을 준비하려고 했지만, 산중에서는 그래도 이 돼지감자만큼 귀한 먹을거리가 없어서요.

황　　새 에이 그냥 오면 어때서, 고맙네. 이 귀한 선물은 두었다가 손님들 오시면 접대용으로 써야 되겠군.

시 궁 쥐 어르신, 저 시궁쥐입니다.

황　　새 오, 그래. 아이들 키우느라 힘들 텐데 잊지 않고 왔구먼?

시 궁 쥐 (웃으며)애 엄마가 지난주에 아기 쥐를 여섯이나 낳았지 뭡니까?

황　　새 아. 그랬어. 허허 축하하네. 어느 집이나 자손이 많아야 사는 재미가 있지.

시 궁 쥐 감사합니다. (선물바구니를 내밀며)어르신 시궁창에서 잡은 지렁이를 좀 가지고 왔습니다.

황　　새 (짐짓 놀라고는 태연하게)지, 지렁이라고? 그 귀한 것을 아이들에게 주지 않고?

시 궁 쥐 그래도 어르신 회갑인데, 한 달 전부터 저희 부부가 먹지 않고 모은 귀한 식량이랍니다.

비둘기들 히히, 지렁이가 귀한 식량이래.

두루미① 지렁이가 뭐야? 생일 선물에?

두루미③ 그래. 좀 너무했다.

모　　두 너무했어.(소곤거린다.)

비둘기② 쉿!

황　　새　(중앙의 탁자에 선물을 올려놓는다. 돌아보며 만족한 듯) 허허 푸짐하구나. 이 숲속 나라 식구들이 여러 날 나눠먹을 수가 있겠어. 고마운 일이야. 선물을 주는 이들은 주어서 기쁘고, 받는 이는 정성어린 마음을 받으니 좋고,

　＊ 이때, 여우와 쇠똥구리가 들어온다. 쇠똥구리는 자기 키 만큼이나 큰 쇠똥을 굴리며 들어와 수건으로 땀을 훔친다. 여우는 깔끔한 차림으로 작은 보자기에 썩은 고기를 말아서 들고 온다.

여　　우　(모두에게 인사하며)여러분, 안녕하세요. 밤나무골에 살고 있는 멋쟁이 여우 인사 드려요.

비둘기들　여우님, 어서 와요.

두루미들　늦었네요.

멧 돼 지　(가리키며)이리 와. 여우야, 여기 자리가 남아.

여　　우　예. (황새에게)어르신, 좀 늦었습니다.

황　　새　여우로구나. 너 요즘 다이어트 하니? 살이 많이 빠졌구나?

황　　새　아뇨. 생신을 축하드립니다. 천년동안 오래오래 사세요.

황　　새　그래. 고마워. (문득, 쇠똥구리를 보고)이게 누구야? 숲속의 청소부 쇠똥구리가 아닌가?

쇠똥구리　(히죽히죽 웃으며)황새 영감님!

황　　새　그래. 안 오면 어때서? 바쁠 텐데 (잔칫상을 받은 짐승들은 코를 막고 고개를 흔든다.)

쇠똥구리　생신을 축하드립니다.

황　　새　세월이 지나다보니 이렇게 나이만 먹었네.

쇠똥구리 그래도 황새어른은 이 숲에서 제일 지혜로운 어른이세요.

황　　새 허 이 친구 아첨할 줄도 아네 그려? 자, 이리 오게. 차린 것은 없지만 많이 드시게.

쇠똥구리 예. 어르신. (주저하며)저 선물을 가지고 왔는데요.

황　　새 선물?

쇠똥구리 (가리키며)저기 저……

황　　새 저게 뭔가?

쇠똥구리 (겸연쩍게 웃으며)소똥입니다.

황　　새 소똥? 뭐, 소똥? 소가 응아한 거 말인가?

쇠똥구리 예.

모　　두 소똥?

비둘기들 소똥이라고?

멧 돼 지 뭐야? 소똥을 선물이라고 가지고 왔다고? (벌떡 일어나 큰소리로)야, 이 쇠똥구리야. 넌 황새영감님 회갑선물로 정말 소똥을 가지고 왔단 말이야?

쇠똥구리 저, (당황하며) 저는 이 소똥이?

멧 돼 지 저 녀석 정신없는 녀석 아니야? 어떻게 생일선물로 소똥을 가지고 올 수가 있어?

쇠똥구리 우리는 저 소똥으로 아이들을 기르고 아침저녁 음식을 만들어 먹는데……

두루미들 음식을 만들어 먹어?(갑자기 구역질을 하며)우엑!

황　　새 (소똥을 탁자 옆에 굴려 놓으며)여러분! 자, 여러분, 제 말을 들어보세요.

모　　두 (쇠똥구리를 손가락질하며 소근 댄다.)

쇠똥구리 (울먹이며)어르신, 제가 잘못 하였나요? 그런 겁니까?

황 새 아니야. 잠간 기다리게. (모두에게)여러분, 쇠똥구리는 오늘 나에게 아주 귀한 선물을 가져다주었습니다. 마음속에 기다리고 있던 선물입니다.

비둘기① 소똥이랍니다. 황새영감님.

황 새 알고 있어요. 난 오래전부터 이 숲의 연못에 소똥을 넣어 미꾸라지 양어장을 만들 생각이었다.

모 두 양어장요?

황 새 그래. 두루미나 청둥오리들이 겨울철에 날아와 이 숲에 쉬면서 고기를 잡을 수 있도록 쉼터를 만들 작정이었어.

두루미① 와, 우리도 개천까지 날아가서 고기잡이를 하지 않아도 되었네.

두루미들 그래그래.

황 새 여기 있는 쇠똥구리는 오늘 여러분이 선물한 그 어떤 선물보다 아주 값진 선물을 내게 주었습니다. 더럽고 지저분한 것이라도 곤충이나 짐승들에게 소중한 자원이 될 수 있다는 걸 여기 참석한 여러분들께서는 이 기회에 잘 알아 두기 바랍니다.

멧 돼 지 황새어른, 저는 그것도 모르고 쇠똥구리에게 너무 심한 말을 하였습니다.

황 새 그래. 알았으면 어서 사과부터 해야지.

멧 돼 지 쇠똥구리야. 미안 해.

황 새 쇠똥구리야, 너는 우리 숲 마을의 청소부이자 없어서는 안될 일꾼이야.

멧 돼 지 그래. 미안해 용서 받아주는 거지?

쇠똥구리 정말?

모　　두 (박수를 치며)미안 해.

여　　우 (탁자위에 보자기뭉치를 놓으며)전 썩은 사슴고기를 가지고 왔는데 욕하지 마서요.

며 느 리 어머, 썩은 고기를 생일선물이라고 가지고 와요?

여　　우 예?

며 느 리 썩은 고기잖아요.

여　　우 우리 여우들은 이 썩은 고기를 먹으며 생활을 한답니다. 아기들도 기르고요.

두루미③ 그래도 싱싱한 고기를 구해서 가지고 와야지. 생일선물인데. (모두를 돌아보며)안 그래요?

모　　두 (고개를 끄덕인다.)

황　　새 자, 여러분, 우리는 서로가 사는 방법이 다르지요? 시궁창에 사는 시궁쥐는 개똥벌레나 지렁이를 잘 먹어요. 쇠똥구리는 소똥을 가지고 아기들을 키우고 여우는 살아있는 짐승보다 죽은 고기를 즐기며 크게 배가 고프지 않으면 살생을 하지 않는 짐승이에요.

모　　두 (미안한 듯 웃으며)예.

황　　새 멧돼지가 이른 봄 먹을 것이 없을 때 캐 먹는 돼지감자를 우리 황새는 먹지 못해요. 오늘 나한테 선물한 여러분의 마음이 소중하다는 것은 바로 자기가 가장 소중한 먹을거리를 가지고 왔다는 것입니다. 다른 짐승에게는 전혀 소중하지 않은 지렁이 한 마리라도 시궁쥐한테는 하루의 식사

거리가 된다는 사실이야.

두루미② 어르신 저희들이 어리석었습니다.

모　두 어리석었습니다.

며 느 리 아버님, 죄송합니다. 제가 지혜가 없어 손님들을 실망시켰습니다.

여　우 아니에요. 우리는 서로 무엇을 좋아하는지 몰랐잖아요.

모　두 그래그래.

황　새 이제 금보다도 귀한 선물이 무엇인지 알았는가?

모　두 예. 어르신.

황　새 자, 그럼 다투지 말고 즐겁게 맛있는 음식을 들게 나!

모　두 예.

황　새 (밖을 향해)이보게, 풍물패는 어서 신나게 놀아보세!

풍 물 패 (밖에서 소리만)예.

＊ 풍악소리가 다시 일어나며 잔치에 온 새들고 짐승들이 즐겁게 어울려 놀 때 무대의 불이 꺼진다.　**막－.**

엄마 바꾸기

나오는 사람들

동민(초등학교 2학년)

오 소장(가게의 주인–여자) · **상혁**(동민의 친구)

이 과장(가게의 직원–여자) · **연주**(초등학교 3학년)

박 소장(아동문학가–남자) · **명희**(연주의 친구) · **왕 깨순**(오 소장의 딸)

상희(유치원생)

할아버지(동민이 외할아버지) · **별이이모**(새엄마 지원자)

선희아빠(아내를 바꾸고 싶어 하는 아빠) · **직원1–2**(경비원)

때 이른 여름

곳 엄마를 바꿔주는 가게

무대 유치원 옆에 자리한 '엄마를 바꿔주는 가게' 이다.

이 가게 안에는 빨강 노랑 파랑불이 깜박이는 로봇이 있고, 이 로봇 옆으로는 가게주인인 소장님과 상담간사의 책상과 응접의자가 상담실과 대기실로 무대를 구분하고 있다. 그리고 좌우에 출입문이 있는데, 객석에서 볼 때 왼쪽은 상담하는 어린이가 이용하는 문이

고, 오른쪽 뒤편 분홍빛 레이스로 장식된 문은 어린이들이 바꾸고
싶어 하는 새엄마가 등장하는 문이다.

　　범종소리와 함께 막이 열리면 –, 왈츠 곡에 맞춰 명희가 엄마
를 새로 바꾼 별이 이모와 춤을 추고 있다. 춤이 끝나고 명희와 별이
이모가 손목을 잡고 인사하려고 할 때 사회를 맡은 이과장이 마이크
앞으로 나온다.

이 과장　　(객석을 향해 손뼉 치는 흉내를 내며)여러분, 박수!

관 객 들　　(박수를 친다)와 –

이 과장　　예. 너무 아름다운 모습이지요? 오늘 엄마를 새로 바꾼 박
　　　　　　명희 어린이와 별이 이모를 위해 여러분 다시 한 번 큰 박
　　　　　　수 부탁해요.

관 객 들　　(다시 박수를 친다)와 –

명　　희　　(이모와 함께)

별이이모　　감사합니다.(다시 인사한다)

이 과장　　(명희에게) 명희야, 축하한다.

명　　희　　고맙습니다.(인사하고 이모와 퇴장한다)

이 과장　　다음 순서는 우리 가게의 사장님이시고, 속눈썹이 예쁜 오
　　　　　　나라 소장님을 모시겠어요.

관 객 들　　(다시 우렁찬 박수소리 –)와 –

오 소장　　(손을 흔들며)여러분, 반가워요! 속눈썹이 예쁜 오나라 소
　　　　　　장입니다.(사이 –.관객석을 돌아보고) 엄마를 바꿔 달라
　　　　　　는 어린이가 정말 많군요.

이 과장　　소장님, 모두 365명입니다.

오 소장 그래요?(자세를 바로하고)에ー,우리 이 선생님한테 들어
서 알고 있겠지만, 엄마를 새로 바꾸기 위해서는 지켜야
할 일이 참 많아요. 우선 자기가 얼마나 예쁘고 착한 아이
인지를 설명해야 해요.

이 과장 네. 그리고 할머니 할아버지나 아버지가 반대 하시면 안
되는 거 아시지요?

관 객 들 (우렁찬 목소리로)예ー!

오 소장 좋아요. 먼저 상담실에 들어가기 전에 번호표를 확인하고
자기 엄마가 다른 친구의 새엄마가 되었다고 화를 내거나
우는 일이 있어서는 안 돼요. 아셨지요?

관 객 들 예!

오 소장 (이 간사에게)그럼, 상담을 시작할까요?

이 과장 예. 소장님!(마이크를 들고 나간다. 소장은 무대 후면의 자
기 상담실로 간다.)

직원 1 (차임벨 소리와 함께 목소리만)어린이 여러분, 지금부터
상담을 시작하겠습니다. 손자 손녀들과 함께 회사에 오신
어른들께서는 거울 방 컴퓨터에 기록된 어린이들의 희망
사항을 먼저 읽어 주시기 바랍니다.(다시 차임벨 소리ー)

＊ 객석을 밝히던 조명이 꺼지고 예쁜 풍선으로 장식된 상담실의
밝아진다. 잠시 후, 어린이들이 출입문을 통해 들어온다.
직원2가 번호표와 이름을 확인하고 상희와 연주를 상담실로 안내
한다.

직원 2　소장님, 꿈나라 유치원에 다니는 상희 어린이입니다.

오 소장　상희?(기록을 보고) 아, 엄마가 동생만 좋아하고 자기는 미워한다고 생각하는 어린이?

상　희　(인사한다)안녕하세요.

박 소장　어서 오너라!

상　희　(가리키며)연주 언니예요.

연　주　상희가 겁이 많아서 함께 왔어요.

오 소장　그래. 잘 했다. 거기 의자에 앉아라.

연　주　예.(상희와 의자에 앉는다)

이 과장　(기록을 보며)상희는 세수도 혼자하고, 옷도 스스로 찾아 입는다니 정말 착한 아이로구나

오 소장　얼마 전에 남동생이 태어났네? (상희에게)너 동생이 싫으냐?

상　희　싫은 건 아니지만 엄마랑 아빠가 동생만 좋아해서 미워요.

박 소장　엄마도 네가 엄마를 바꾸려고 하는 것을 알고 계시니?

상　희　새엄마를 만나러 간다니까 가방까지 싸 주셨어요.

박 소장　(놀라서)뭐? 가방까지 싸 주셨다고?

연　주　할머니는 다리 밑에서 주어온 아이니까 좋은 엄마 만나게 해 주라고 하셨대요.

박 소장　(호들갑스럽게)어머나, 너 많이 슬펐겠구나.

상　희　정말 저를 다리 밑에서 주워 왔을까요?

오 소장　그럼, 친엄마부터 찾아야 하겠구나?

이 과장　어린아이한테 그런 쓸데없는 이야기를 해서 방황하게 만들건 뭐람….

상　희　(울상으로)아저씨, 정말 제가 주워온 아이일까요?

박 소장　글쎄다. 내가 본 것도 아니고—.

오 소장　옛날에는 호랑이가 어린 아기를 물고 가다가 개 짖는 소리에 놀라 떨어트리고 갔다는 이야기가 있었지요.

이 과장　진돗개 백구가 버려진 아이에게 젖을 물려 길렀다는 이야기도 있어요.

상　희　(손등으로 입술을 닦으며)아이 더러워! 그럼, 제가 개 젖을 먹고 자랐단 말이에요?

오 소장　네가 그랬다는 게 아니고….

박 소장　소장님, 다리 밑에서 주워 왔다면 앞을 보지 못하는 심 봉사 어른이 젖동냥을 하며 길렀다는 그 청인가 뭔가 하는 그 애가 아닐까요?

연　주　(화가 나서)아저씨, 지금 무슨 이야기를 하시는 거예요?

모　두　뭐?(자세를 바로 한다)

박 소장　자,(모두에게)상담을 합시다. (상희에게)넌 어떤 새엄마를 원 하니?

상　희　예. 얼굴은 곱지 않더라도 마음씨가 착하고 저만 사랑해 줄 수 있는 분요.

오 소장　(웃으며)욕심이 크구나. 대신 100일 동안 잘 지켜야 한다.

　＊ 컴퓨터에 자료를 입력한다. 로봇의 머리에서 파란불이 반짝이며 프린트 기로 종이가 한 장 인쇄되어 나온다. 직원1이 그 인쇄물을 집어 오 소장에게 건넨다.

직원 1　소장님, 상희어린이 상담 결과입니다.

오 소장　(받으며)어디 봅시다! (인쇄된 내용을 살피고는)너 너를 키워준 엄마한테 하루에 '어머니, 키워 주셔서 고맙습니다. 10번씩 인사할 수 있겠니?

상　희　열 번이요?

오 소장　그래. 너무 힘들면 안 해도 되고—.

상　희　새엄마를 만나는 일이라면 스무 번이라도 할 거예요.

박 소장　결심이 대단하구나.

오 소장　(종이를 주며)보이지 않는 컴퓨터의 눈이 네가 하는 일을 지켜보고 있을 테니까 꼭 지켜야 한다. 아침저녁으로 엄마 발을 씻겨 드리는 것도 잊지 말고.

연　주　상희야, 너 힘들지 않겠어?

상　희　언니, 나를 사랑하는 새엄마를 만나는 일이라면 무슨 일이든 할 거야.

박 과장　그래. 100일 후에 웃는 얼굴로 다시 보자.

상　희　아저씨, 고맙습니다.(인사하고 일어선다)

이 과장　힘들면 못 하겠다고 언제든지 이야기 하고

상　희　잘 할 테니 걱정 마셔요. (상희와 연주, 인사하고 나간다)

오 소장　다음 어린이!

직원 2　(상희와 연주를 내 보내고 동민이와 할아버지를 안내하여 들어간다) 소장님, 김 동민 어린이입 니다. 이리 오세요.

오 소장　어서 오너라!

동　민　김 동민입니다.(인사하고 앉는다)

오 소장　네가 아침에 전화한 아이로구나.

할아버지	저는 이애 외할아버지 되는 김 덕팔 이올시다.
박 소장	어서 오십시오.(동민에게)엄마를 바꿔달라는 이유가 엄마가 키도 작고 못 생겼다는 이유만 이냐?
동 민	그럼, 안 되나요?
오 소장	부모님도 동의를 하셨니?
할아버지	그건 제가 말씀 드리지요.
	제 엄마 때문에 학교에서 왕따를 당하는 모양입니다.
	엄마가 키도 작고 살도 찌고, 거기다 머리까지 하얗게 세었으니 땅꼬마니 돼지니 할머니니 별명 도 많았어요.
이 과장	엄마가 급식 당번을 하시는 날에는 화장실로 도망을 갔다가 오곤 했다고요?
할아버지	나이 40이 되어 얻은 아이라 다른 친구들의 놀림을 받는 것을 볼 수가 없었습니다.
박 소장	(고개를 끄덕이며)그래서 가족회의에서 결정을 했군요.
할아버지	태어난 근본이야 엄마를 바꾼다고 바꿔지기야 하겠습니까?
오 소장	동민아, 너도 엄마를 미워하는 것은 아니지?
이 과장	엄마를 미워하는 아이가 어디 있어요? 친구들이 놀리지만 않는다면 지금 엄마랑 살고 싶지만 여자 친구들도 놀려서….
할아버지	(가볍게 한숨을 쉬며)소장님, 동민에게 예쁜 엄마를 구해주십시오. (손을 모아 잡고 기도하 듯)이렇게 빕니다.
오 소장	동민아. 얼굴도 예쁘고 옷도 예쁘게 입는 분이 좋겠지?
동 민	친구들이 놀리지만 안 하면 돼요.
이 과장	(컴퓨터에 자료를 입력한다.) 소장님, 상담 자료를 입력하

였습니다.

오 소장   그래요.(직원1에게 손짓한다)

   * 로봇장치의 빨강불이 반짝이며 프린트 기에서 인쇄된 종이 한 장이 나온다. 직원1이 그 종이를 가져다 오 소장에게 준다. 오 소장, 잠시 그 내용을 읽다가 동민을 바라본다.

오 소장   동민아, 앞으로 100일 동안 엄마의 발을 씻겨 드리며 '엄마 사랑해요. 동민이를 용서 하세요' 하고, 하루 30번씩 인사를 해야 하는데 할 수 있겠니?

동 민   30번이요?

오 소장   그래.

할아버지   (눈물을 훔치며)우리 딸애는 가슴이 무너질 것입니다. 그래도 아이 때문에 새엄마를 얻어 줘야 하니…흐흐ㅡㄱ.

오 소장   할아버님, 고정 하십시오.

동 민   왕따를 당하지 않는 거라면 인사뿐 아니라 목욕도 시켜드릴 거예요.

이 과장   엄마 때문에 네가 마음의 상처를 많이 받은 모양이로구나.

오 소장   (종이를 주며)네 소원이 이뤄지도록 열심히 노력 하여라. 100일이다.

할아버지   (일어나 인사하며)선생님들 정말 고맙습니다.

박 소장   어르신, 살펴 가십시오.

직원 2   (잠시 대기하다가 문 쪽으로 인도한다)이리 오십시오.

동 민   (나가려다가 돌아서서)저 100일이 지나 정말 엄마를 사랑하는 마음 때문에 새엄마를 얻기 싫으면 어떻게 해야 돼요?

오 소장 음, 그건 네 마음대로 해도 된다. 바꾸고 싶으면 바꾸고, 싫으면 가게에 엄마를 바꾸기 싫은 이유 100가지를 써서 내야 한다. 할 수 있겠지?

동 민 100가지요?

이 과장 그래. 엄마를 바꾸는 것도 쉬운 게 아니 듯, 엄마를 바꾸려고 했다가 안 바꾸려고 하는 것도 쉬운 게 아니야.

동 민 (고개를 끄덕이며)알았어요. (나간다)

직원 2 다음 어린이 들어오라고 할까요?

오 소장 그래요. 다음은 (기록을 보다가)강 상혁이지?

직원 2 (상혁을 인도하여 온다. 이때 명희와 별이 이모가 다툰 모습으로 들어와서 대기실 의자에 앉는다.) 강 상혁 어린이입니다.

상 혁 (인사한다)강 상혁입니다.

오 소장 씩씩하구나. 어린이 회장이라고?

상 혁 예.

박 소장 (상담 자료를 보다가)어머니가 직장에 나가시는구나?

상 혁 예. 저나 동생은 할머니가 키우셨어요.

오 소장 엄마랑 밥을 먹어보는 게 소원이라고?

상 혁 1주일동안 엄마 얼굴을 보지 못하는 때도 있었어요.

이 과장 동생도 엄마를 바꾸는 것을 찬성했다고 적혀 있는데, 엄마는 뭐라고 하시든?

상 혁 그냥 미안하다고만 하셨어요.

상담자들 미안하다고?

상　혁　예. 엄마는 지금까지 밥을 짓거나 반찬을 만드신 적이 없어요.

박 소장.　그래서 학교에서 돌아오면 따뜻한 밥을 지어놓고 너희들을 기다려주는 엄마를 찾아달라고 했구나.

오 소장　엄마한테 너희들의 고민을 이야기 하지 않았어?

상　혁　이야기 해 봤어요.

이 과장　그런데?

상　혁　지금까지 잘 해 왔는데, 새삼스럽게 엄마젖이 먹고 싶어서 그러냐며 핀잔을 주셨어요. 새 엄마를 얻을 수 있으면 얻어 보래요. 아빠는 웃기만 하시고요.

박 소장　너 화가 많이 났었구나?

상　혁　그래도 나를 낳아준 엄마인 걸요.

오 소장　(컴퓨터에 자료를 입력하며) 흠, 외로움을 견디며 훌륭하게 자란 모습이 대견하구나.

* 컴퓨터가 작동한다. 노란불이 반짝이며 프린터기에 종이 한 장이 인쇄되어 나온다. 직원1이 그 인쇄물을 가져다 오 소장에게 준다.

상　혁　저도 새엄마를 만날 수 있을 까요?

오 소장　(인쇄물을 보며)어디 보자. 너 잠을 줄여야 하겠다.

상　혁　잠요?

오 소장　그래. 엄마가 퇴근할 때까지 기다렸다가 발을 씻겨 드리며 '엄마, 사랑해요.' 를 10번씩 외치고, 출근할 때 두 번씩 안아드리고—,

상　혁　전에도 그렇게 해 봤는데, '왜 안 하던 짓을 하냐' 며, 징그
　　　 럽다고 뿌리치셨어요. 그래도 해야 해요?

오 소장　그래. 엄마를 바꾸기 위해서는 그래야만 한다면 해야지.

상　혁　(고개를 끄덕이며)알았어요.(상담지를 받는다)100일 동안
　　　 하루도 빠짐없이 해야 한다고요?

박 소장　그래 잘 알고 있구나.

상　혁　(인사하고 나간다)안녕히 계세요.

이 과장　그래. 100일 뒤에 보자!

　　＊ 이때 건달처럼 옷을 차려입은 선희 아빠가 들어온다. 선희 아
빠는 상담순서를 무시하고 상담실에 들어가려다가 직원2에게 제지
를 당한다.

직원 2　(밀쳐내며)아, 들어가시면 안 된다니까요.

선희아빠　아, 이 양반 정말 인정머리도 없네. 딱 3분이면 된다니까!

직원 2　글쎄 3분이 아니라 1분도 안된다니까요.

선희아빠　좋아, 그럼 1분, 1분만 상담하고 갈게.

오 소장　(자리에서 일어나 대기실로 나와서)무슨 일입니까?(문득
　　　 명희와 별이 이모를 발견하고)어머나, 명희 왔구나? 별이
　　　 이모 무슨 일이예요? 다퉜어요?

별이이모　흥!

직원 2　소장님을 뵙겠다며 벌서 두 번이나 찾아와서 이럽니다.

오 소장　(선희 아빠에게)무슨 일입니까?

선희아빠　(주위 눈치를 살피며 소장의 팔을 잡고 상담실로 가며)제

가 조용히 상의드릴 말씀이 있어서—,

오 소장 뭔데, 그래요?

선희아빠 (다른 상담자들에게 눈으로 인사하고)저 아침에 선희라는
여자아이 상담하고 갔지요?

이 과장 어머! 그럼 선희 아버님이세요?

선희아빠 (겸연쩍게 웃으며)예. 이 앞 골목길에서 '바람난 오리 가
족' 이라는 만화가게를 하고 있습니다. (주머니에서 명함
을 꺼내 한 장씩 나눠준다)

오 소장 왜 선희가 마음을 바꾸었나요?

선희아빠 (말하기를 주저하며)아, 아닙니다. 그게 아니고—,

박 소장 시원하게 말씀해 보세요.

선희아빠 저 선희가 바라는 새엄마는 좀 젊고 몸맵시도 이쁜 (시늉
하며)쭉쭉 빵빵 미인으로 잘 골라 달라는 말씀을 드리고
싶어서…예. 그래서 왔습니다.

오 소장 그러니까 엄마를 바꾸려고 하는 게 선희 뜻이 아니라 아빠
의 희망사항이네요.

선희아빠 아니, 선희 생각이나 제 생각이 같다는 것을…?

오 소장 경비!

직원 1 예 소장님.

오 소장 이분 밖으로 내 보내고 이 과장, 선희 상담자료 다시 검토
하세요.

이 과장 예.

선희아빠 소장님, 제가 저녁 한 번 모실게요.(밀려 내 ◎긴다)

오 소장 (손으로 부채질을 하며)아, 나 이런 사람 보면 왜 화가 나

는지 몰라. 여기가 결혼상담소인 줄 아는 거 아냐?

박 소장 선희 어머니는 뭐 하신다고 했지요?

이 과장 시장에서 생선가게 하시잖아요. 오징어 젓도 담고 새우젓도 팔고ㅡ, 생선냄새 때문에 자주 싸우신다고 했잖아요.

박 소장 (명함을 보며)울트라 만화산업 대표?(고개를 갸웃하며)가만, 이 제목으로 동화나 한편 써 볼 까? 동화책 펴낸 지도 오래 됐는데ㅡ.울트라 만화산업이라?

이 과장 박 소장님, 상담 아직 안 끝났습니다.

박 소장 아, 아직 상담중이지요.

오 소장 골목길 만화가게 사장 명함치고는 너무 거창하네요.

직원 2 소장님 명희와 별이 이모가 왔는데 들어오라고 할까요?

오 소장 (잠시 잊은 듯)아, 어서 들어오라고 하세요.

직원 2 (대기실을 향해)들어 오세요. (명희와 별이 이모가 들어와 의자에 등을 지고 앉는다. 명희와 토라진 모습이다)

이 과장 별이 이모님, 무슨 일이에요?

오 소장 명희야. 새엄마랑 다퉜니?

별이이모 (보라는 듯)소장님, 내가 명희네 집에 식모로 취직을 한 게 아니지요?

오 소장 무슨 일이 있었어요?

별이이모 난 컴퓨터가 예쁜 엄마를 찾는다는 아이의 소원만 들어주기로 하고 간 것인데ㅡ,

오 소장 왜요?(컵에 물을 따라 주며)좀 진정하시고 천천히 말씀해 보세요. 무슨 일이에요?

별이이모 (명희를 가리키며)이 아이가 '엄마 왜 내방 청소를 안 했어요?' '밥 주세요'. '엄마 내 스타 킹 왜 안 빨았어요?
내가 식모입니까? 이 아이가 그러더라고요.

명　희　엄마들은 다 하는 일이예요.

별이이모　너 이상하구나. 왜 엄마가 다 해야 해. 네가 하면 안 되니?

명　희　저는 아직 어리잖아요.

별이이모　뭐? 어리다고? 그래서 나보고 하라고? 내가 왜 그런 일을
하니?

명　희　예?

별이이모　생각을 해 봐. 엄마라는 이유로 식모노릇만 하면 얼마나
불공평한 일이니? 난 손에 더러운 물 묻히는 것도 싫고, 먼
지 마시며 청소하는 것은 생각도 못 해본 일이야.

명　희　(어이가 없다는 듯)어머머! 정말 이상한 엄마야!

별이이모　너 청소하고 빨래하고 내 얼굴과 손이 밉게 되면 밉다고
또 엄마 바꾸려고 할 거 아니야.

명　희　누가 바꾼다고 했어요?

별이이모　너 너의 어머니가 밉게 생겼다고 엄마를 바꾼 거 아니니?
난 싫어. 난 컴퓨터 나라가 싫어. 왜 어린이만 엄마를 바꿀
수 있게 만들었는지 모르겠어. 엄마들도 착한 아들과 딸을
고르게 해야 하는데 말이야.

오 소장　자 이제 그만 하세요.

명　희　소장님, 이런 엄마하고 어떻게 살아요?

별이이모　나도 싫다.

명　희　흥, 엄마가 하는 일은 하나도 안 하면서 같이 살기만 하면
엄마예요?

오 소장 명희야, 네가 잊고 있는 것이 있었어. 네가 싫어도 6개월 동안은 어쩔 수 없이 새엄마와 살아야 해. 그것이 법이거든?

명 희 (놀라며)어머, 6개월이요?

이 과장 180일이니까 금방 지나간다. 벌써 하루가 지나지 않았니? 잘 참고 지내 봐. 지내다 보면 정이 들고 그러면 예전의 엄마보다도 더 좋은 엄마가 될 수도 있을지 모르잖아?

별이이모 (명희를 보며)명희야, 네가 나하고 살려면 밥도 네가 짓고, 청소도 네가 해야 해. 난 집안 일로 이 예쁜 몸이 미워지는 게 싫거든.

명 희 (박 소장에게)소장님!

박 소장 명희야, 네가 예전에 살던 엄마를 다시 찾고 싶어도 6개월이 지나야 한다. 그리고 지금 살고 있는 새엄마가 찬성을 해야만 하고.

명 희 새엄마가 찬성하지 않으면요?

박 소장 계속 살아야 하지. 그러니까 말 잘 듣고 착하게 지내야 할 거다. 엄마를 바꾸기는 쉽지만 다시 바꾸는 일은 무척 어렵거든?

명 희 (운다)나는 그럼 어떡해요? 매일 밥도 하고 청소도 하고, 빨래도 내가 해야 한다고요?

이 과장 (명희어깨를 다독거리며)그러니까 처음부터 생각을 잘 했어야지. 지금 와서 떼를 쓰면 어떻게 하니?

박 소장 그래. 서로가 조금씩 양보를 해야지. 모두가 처음부터 다 마음에 드는 것은 아니야.

오 소장 별이 이모, 명희가 본래 착한 아이니까 이해하시고 돌아가세요. 용서해 주세요.

별이이모 예. 아이가 무슨 잘못이 있겠어요. 예전에 함께 살던 자기 엄마가 오냐오냐 하고 공주처럼 키워서 그런 걸요.(명희에게)얘. 너 안 갈 거야?

명　희 (울상으로 일어나 나가며 훌쩍인다)엄마, 죄송해요. 제가 잘못했어요.

별이이모 너 그 말 나한테 하는 말이니 아니면 예전의 네 친 엄마한테 하는 말이니?

명　희 둘 다요!(울며 뛰쳐나간다. 별이 이모, 따라 나가는데 왕 깨순이가 들어오다가 핸드백 고리에 걸려 넘어진다)

별이이모 (깨순에게)넌 앞도 안 보고 뛰어 다니니?(나간다)

왕 깨순 죄송합니다.(직원2에게 인사한다)엄마 있어요?

직원 2 너 웬일이야?

왕 깨순 내 순서잖아요.

직원 2 뭐? 너도 엄마를 바꾼다고?

왕 깨순 왜 나는 엄마를 바꾸면 안 되나요? 100일이 지났잖아요.

직원 2 소장님은 아직 모르시잖아?

왕 깨순 에이 아빠도 웃으시며 동의 하셨으니까 엄마만 찬성하면 돼요. 상담하면서 동의하라고 하면 되지 뭐?

직원 2 너 엄마 기절하시는 모습 보고 싶어서 그래?

왕 깨순 걱정하지 마세요. 엄마는 기절 안 하시니까. 빨리 안내해요.

직원 2 (고개를 갸웃하며)무슨 영문인지 모르겠구나. 마지막 상담자입니다.

상담자들　마지막?

직원 2　예.

왕 깨순　(인사하며 들어온다)안녕하세요. 왕 깨순입니다.

오 소장　어머, 너 여기 웬일이야? 엄마가 '회사에는 오지 마라'고 했잖아?

왕 깨순　엄마, 나도 엄마를 바꾸고 싶어서!

오 소장　뭐? 너 지금 엄마랑 장난하고 싶어서 온 거야?

왕 깨순　장난이 아니야.

박 소장　깨순아, 넌 왜 엄마를 바꾸려고 하지? 그동안 많이 생각을 해 봤니?

왕 깨순　소장님이 하라는 대로 엄마가 늦으시면 밥도 지어놓고 청소도 하고 세탁기도 돌리고 그랬어요. 물론 엄마도 내가 많이 달라졌다고 칭찬을 하셨고요.

오 소장　그럼, 박 소장님이 상담을 해 주신 거예요?

박 소장　오늘이 100일이라고? 상담을 한지가 엊그제 같은데 벌써 그렇게 되었구나.

왕 깨순　와— 이제야 내 진정을 알아주시는군.(의자에 비스듬이 앉는다)

오 소장　박 소장님.

박 소장　너 엄마가 밉구나.

왕 깨순　아뇨. 영순이 때문에 엄마를 바꾸려고요.

상담자들　영순이?

오 소장　영순이가 누구야?

왕 깨순　교통사고로 엄마아빠가 모두 돌아가셨잖아. 동생 셋이 너무 어려서 보살펴줄 어른이 필요 하거든.

이 과장 그 일하고 네가 엄마를 바꾸는 거와 무슨 상관이야?

왕 깨순 우리엄마가 영순이 엄마가 되게 하려고요.

상담자들 (놀라서) 뭐? 영순이 엄마?

오 소장 왕 깨순!(눈을 흘긴다)

왕 깨순 엄마!

오 소장 안 된다고 했지? 엄마 하는 일도 바쁜데 어린아이 셋, 아니 영순이까지 넷을 어떻게 보살피라고 떼를 쓰는 거야?

왕 깨순 그러니까 내 말을 들어줄 엄마를 바꾸게 해 줘.

오 소장 뭐?

왕 깨순 엄마를 바꾸고 싶다니까? 엄마가 이 가게 주인이니까 착한 엄마를 정해주면 되잖아요.

오 소장 아니, 얘가 떼를 쓸 것을 써야지. 안 된다고 했잖아.

왕 깨순 아빠도 찬성했다면 들어줄 거야?

오 소장 (자신만만해서 미소하며) 후후ー.아빠는 엄마를 사랑하니까 그런 일은 없어요.

왕 깨순 홍. 엄마, 너무 자신하지 마세요. 아빠도 동의 했어요.

오 소장 뭐?(전화벨이 운다)여보세요?

왕 깨순 아빠지?

오 소장 당신이 웬일이에요? 예? 깨순이 여기 있어요. 네? 깨순이가요?

왕 깨순 (웃으며)아빠구나.

오 소장 뭐에요? 깨순이가 '아버지를 바꿔주는 가게' 를 만들어 당신이 다른 아이들의 아버지가 됐다고요?

상담자들 (놀라서) '아버지를 바꿔주는 가게'?

박 소장 어머, 그런 회사가 언제 생겼지?

오 소장 (전화하며)예? 6개월간은 집에도 못 와요? 아이들이 좋아하면 집에 오고 싶어도 그 애들 아빠로 그냥 살아야 한다고요?

박 소장 그 회사도 우리 가게 규칙하고 같네요.

오 소장 뭐라고요? 안 돼요! 예? 당신도 어쩔 수 없다고요? 그럼 난 어쩌라고요? 여보! 여보!(울먹인다)

왕 깨순 엄마, 왜 울어? 멋진 아빠 새로 바꾸면 되는데?

오 소장 (전화를 닫는다. 버럭 소리를 지르며) 왕 깨순, 너 지금 무슨 일을 하는 거야? 응? 엄마가 아빠를 얼마나 사랑하는데 네 마음대로 바꿨어. 응?

왕 깨순 엄마는 무슨 일을 하시는데요? 엄마도 아이들 생각과는 다르게 엄마를 바꿔주고 계시잖아요. 제 말이 틀려요?

오 소장 엄마가 내 마음대로 골라 주는지 아니? (가리키며)모두 컴퓨터로 알맞은 짝을 골라 연결하는 거야.

왕 깨순 (천연덕스럽게)엄마, 나도 컴퓨터로 짝을 골라서 아버지를 바꿔주면 되잖아요.

오 소장 뭐?

박 소장 (관객들에게)여러분, 부녀간 다툼이 언제 끝이 날지 모르겠네요.

이 과장님, 불 끄고 우리 갑시다.

이 과장 (자리에서 일어나 사무실 불을 끄려다가)잠깐만요. 제가 컴퓨터로 예쁜 딸을 바꾸고 싶다고 입력했는데 아직 처리

가 안 돼서…,

무리한 자료는 아닌데−,

박 소장 그래요?(컴퓨터를 바라본다)컴퓨터가 처리를 할 수 있을까?

  ＊ 컴퓨터가 작동한다. 빨강불이 반짝이며 자료가 출력되어 나온다. 직원1이 다가가 그 인쇄물을 보고 깜짝 놀란다. 그 모습을 박 소장과 이 과장이 본다.

이 과장 왜 그래요?

직원 1 분명히 예쁜 딸을 바꾸고 싶다고 했나요?

이 과장 예. 뭐가 잘못 되었어요?

직원 1 (자료를 준다) 돼지네요.

모　두 돼지?

이 과장 (자료를 보고 놀라 다시 살피며)무지개 마을 16번지 철수네 둘째 돼지. 꿀꿀이죽도 잘 먹고 건강함.

(울상이 되어)아니 소장님, 이게 뭐예요?

오 소장 돼지가 왜 나오지? 이 간사님 나도 모르는 일이예요.

이 과장 모르는 일이라니요. 하늘나라 사람과도 교신할 수 있는 컴퓨터라면서요.

오 소장 글쎄, 난 모른다니까요.

박 소장 이거 큰 일 났네. 지금까지 우리가 아이들에게 엄마를 모두 잘못 바꿔준 것은 아닌지 모르겠어요. 이 과장님. 이걸 어쩌죠?

이 과장	소장님?
박 소장	어서 불을 끄라니까요?
이 과장	예.(무대의 불을 끈다)
오 소장	아니, 왜 불을 끄고 그래요?
직원 1	소장님, 돼지가 나왔다니까요.
오 소장	(어둠속에서)연극이 끝나면 우리깨순이 아빠는 어떻게 찾아요? 어서 불을 켜세요. 불을 켜라니까요!
왕 깨순	(어둠속에서)엄마, 6개월 후에 만날 수 있어요. 그때도 아빠가 엄마를 사랑한다면….
오 소장	뭐라고? 사랑하지 않으면?
왕 깨순	영영 다른 아이들 아빠로 사시는 거지.
오 소장	뭐? 안 돼!
이 과장	(소리만)어머나, 그럼 소장님도 잘못 하면 남편을 잃어버리는 거네요? 어쩌면 좋아?

＊ 즐거운 웃음소리와 함께 닭울음소리가 들려온다. 이어 막이 내린다. **막 -**.

금빛사슴 이야기

나오는 사람들
임금(사슴 사냥을 즐기는 왕) · **신하1-3**
요리사(궁궐의 임금님의 전문 요리사) · **시녀1-3**
금빛사슴(사슴나라의 왕) · **사슴1-6**

때 늦은 가을
곳 궁궐이 있는 숲

무대 무대의 절반 왼쪽은 궁궐의 거실이고 오른쪽으로는 궁궐안의 숲으로 무대 앞쪽에 울타리는 밖으로 계속되어 있다.
막이 열리면-. 신하들이 급히 등장한다.

신하 1 (부른다) 요리사, 요리사는 어디 있느냐?
요리사 (거실의 오른쪽 문에서 등장하며) 예. 부르셨습니까?
신하 1 임금님의 아침식사는 어찌 되었기에 아직도 소식이 없느냐?
요리사 예. 곧 나옵니다.

신하 1   빨리 서둘러라. 오늘은 이른 새벽에 사슴사냥을 가신다는 것을 가까스로 지금까지 계시게 했는데 아침식사까지 늦어지다니….

요리사   예. 지금 사슴고기를 굽고 있는 중이옵니다. 임금님께서는 사슴고기가 없으시면 식사를 못하십니다.

신하 1   그렇지. 맛있게 구워라.

요리사   예. (오른쪽 문으로 다시 퇴장한다)

신하 2   (활과 화살을 들고 등장하여)대감께서는 여기서 무슨 걱정을 하고 계시오?

신하 1   (문득 돌아보며) 아, 어서 오십시오. 방금 임금님의 식사 준비가 어찌 되었나 확인하던 참이었습니다.

신하 2   아랫사람들에게 시키시지 않고 직접 여기까지….

신하 1   예. 임금님의 식성이 워낙 까다로워서 이렇게 확인을 하지 않으면 마음을 놓을 수가 있어야지요.

신하 2   (고개를 끄덕이며) 이해합니다. 임금님께서는 식사 때마다 사슴고기가 없으면 식사를 못하시지요.

신하 1   그래. 오늘은 어느 산으로 사냥을 갈 셈이오?

신하 2   일 년 내내 눈이 덮여 있다는 히말라야 눈 덮인 계곡 근처로 갈까합니다.

신하 1   그렇군요.(신음하듯 한숨을 쉬며)이 나라의 사슴이 머지 않아 씨가 마르겠습니다. 하루도 사냥을 거르시는 일이 없으시니

신하 2   (먼 산을 보며) 대감, 저도 그게 걱정이랍니다. 임금님께서 사슴고기를 좋아 하시니까 백성들까지 사슴이라면 너도

나도 잡아먹으려고 하니

신하 3 (두루마리 종이뭉치를 들고 들어오며)오, 대감님들께서 이곳에 계셨군요. 아침식사는 하셨습니까?

신하들 어서 오십시오.

신하 3 (두루마리를 주며) 임금님의 명령입니다. 나라 안의 숲에 있는 사슴을 모두 잡아서 이 궁궐안의 숲에 풀어 놓으라는 명령이십니다.

신하 1 하지만, 지금은 보리를 베고 추수를 하느라 바쁜 철인데 백성들에게 어찌 사슴몰이를 시킨단 말이오?

신하 3 좀 있으면 겨울이 닥쳐 올 텐데, 추수를 빨리 하지 않으면 안된다는 것을 대감님은 모르십니까?

신하 2 사실은 저도 그 말씀을 여쭈었지만 임금님께서는 화를 내시며 명령대로 시행하라고만 하셨습니다.

신하 1 (신하2에게) 대감, 이 일을 어찌하면 좋겠습니까?

신하 2 (한숨을 쉬며) 임금님의 명령이시니 따라야지요.

신하 1 예. 할 수 없군요.

신하 3 그럼 그리 알고 백성들에게 알리겠소이다.

신하 1 (신하3에게) 대감, 임금님을 설득시킬 다른 묘안은 없소?

신하 3 임금님께서 사슴고기를 좋아하시는 한 사슴사냥은 계속되어야 할 것입니다.

신하 1 그렇다면 할 수 없군요. 백성들이 우리 대신들에게 어떠한 욕을 하더라도 참아야 하겠군요.

신하 3 이 공고문을 백성들에게 전해야 하는 제 마음도 편안치 못합니다.

    * 이때, 임금님이 시녀들을 거느리고 등장한다. 어깨에는 화살
통이 메어 있고, 손에는 활이 들려있다.

임　금　오, 대감들이 모두 여기 있었군. 사냥터 이야기를 하고 있
　　　　　었소?

신하들　(허리를 굽혀 절을 하며)예.

임　금　그래. 오늘은 어느 산으로 사슴사냥을 갈 계획이오?

신하 2　예. 눈 덮인 설산 근처의 향나무 숲으로 갈까 합니다.

임　금　설산? 설산이라? 아, 일 년 내내 눈이 덮여있다는 그 히말
　　　　　라야 산 말이오?

신하 2　예.

임　금　(기뻐한다)허허허. 오늘은 아주 즐거운 사냥이 되겠구나.
　　　　　그렇지 않아도 내 그곳에 꼭 가보려고 했는데

신하 2　임금님께서 기뻐하시니 저희들도 기쁘옵니다.

임　금　자, 어서 떠나도록 합시다.

신하 1　임금님, 식사 준비가 거의 다 되었습니다.

임　금　식사는 다음에 하겠소. 난 지금 그 아름다운 설산에서 뛰
　　　　　어 노는 사슴을 잡고 싶소.

신하 3　임금님, 백성들에게 알리는 이 공고문을 어쩌면 좋을런
　　　　　지요?

임　금　(얼굴을 찡그리며)어찌하다니, 어서 백성들에게 알려 사
　　　　　슴을 잡아들이라고 하지 않았소?

신하 3　(신하1의 눈치를 살피고는) 예. (반절을 하고 퇴장한다)

신하 1　임금님, 지금 나라 안 백성들은 추수를 하기에 잠시도 쉴

틈이 없는 줄 아옵니다.

임　금 추수를 하더라도 나를 위하여 사슴을 잡는 일이 나쁜 일이란 말이오?

신하 1 그 그게, 그런 말씀이 아니옵고

임　금 듣기 싫소. 어느 누구라도 내일을 방해하거나 불평하는 자는 용서하지 않을 것이오.

신하 1 (움찔 놀라며)임금님, 명심하겠사옵니다.

신하 2 (신하1를 보다가)그러하옵니다. 걱정하지 마옵소서!

요리사 (쟁반에 식사를 들고 나오며)임금님, 식사 준비가 다 되었사옵니다.

임　금 (갑자기 상냥해지며) 오 그래. 사슴고기는 잘 익었느냐?

요리사 예.

임　금 너는 나의 충실한 신하로다. (냄새를 맡아보며)음ㅡ. 정말 먹음직스런 식사로구나. 역시 난 사슴고기가 없으면 밥을 먹을 수가 없다니까.

요리사 임금님의 사냥솜씨가 최고이시지요. 매일같이 이렇게 살진 사슴은 저도 처음 봅니다.

임　금 그래그래. (기분이 좋아서)네 요리솜씨도 최고지. 어서 식탁에 가져다 놓아라.

요리사 예. (쟁반을 들고 왼쪽 문으로 나간다)

임　금 (시녀들에게) 얘들아, 공주도 오늘은 이 아비와 함께 식사를 하자고 일러라. 며칠 동안 사냥터에 있으려면 볼 수도 없을 테니ㅡ

시녀 1 마마, 황공하오나 공주님께서는 고기는 드시지 않는다고 하옵니다.

시녀 2　　예. 고기 비린내가 난다고 이 식당근처에는 오시지도 않는 걸요.

임　금　　참, 그렇지. 그 아이는 왕비를 닮아서 고기라면 머리부터 설레설레 흔든다니까.

시녀 3　　임금님께서 사슴을 잡아 오실 때마다 울면서 기도를 드리고 있는 공주님을 뵐 때면 저희들의 가슴도 메이곤 했습니다.

임　금　　헛 참. 그 아이 이야기는 그만두어라! 이 아비가 무료함을 달래기 위해서 사냥을 하는 것을 그토록 못마땅하게 생각하다니. 괘심한 녀석 같으니라고

신하 2　　임금님, 어서 식사를 드시고 떠나셔야 합니다.

임　금　　(문득)그래, 해가 벌써 동산위에 떠 있구나. 그대들도 어서 준비를 하여라.

신하들　　예!

임　금　　함께 갈 병사들에게도 일러라. 말에게 물을 너무 많이 먹이지 말라고,

신하들　　예이―.

임　금　　(식당으로 퇴장한다)가자!

신하들　　예.

　＊ 임금님과 시녀들이 퇴장을 하면 신하1, 2가 서로 얼굴을 보고 귓속말을 주고받다가 오른쪽으로 퇴장한다. 이어 무대의 불이 꺼진다.

제 2 장

무대가 다시 밝아지면, 며칠 후, 해가 돋기 직전이다. 사슴들이 모여 있다.

사슴 2 (사슴1에게)너무 슬퍼하지 마셔요. 우리들도 얼마 안 있으면 임금님의 활에 맞아 죽거나 아니면 요리사한테 죽고 말 거예요.

사슴 1 나는 우리 아기를 꼭 낳고 싶어요. 아기를 낳고서 죽는다면 원통 하지도 않을 텐데 아 아기한테 너무 미안해요.

사슴 3 사슴엄마의 마음 잘 알아요. 하지만, 누가 죽음을 대신하여 줄 수가 있겠어요.

사슴 1 그렇군요. 이제 날이 밝으면 저는 여러분을 영영 볼 수가 없게 되는군요.

사슴 4 우리 모두 저 하늘나라에 가서나 다시 만날 수 있겠지요.

사슴 5 아, 임금님은 왜 우리들 사슴의 고기만 좋아 하실까?

사슴 6 난 죽기 싫어요. 푸른 들판과 울창한 숲 속으로 다시 돌아갈 거야. 울타리 문을 부수고 꼭 도망갈 거야.

사슴 4 나도 함께 할게.

사슴 3 매일 아침마다 임금님이 활로 우리 사슴들을 쏘아 잡을 때 보다는 덜 무섭지만.

사슴 5 그래. 우리들이 죽을 순서를 정해서 요리사 앞으로 다가갔을 때 요리사는 놀라서 도망을 가려고 했었지.

사슴 6 이것이 우리의 운명이라면 기쁜 마음으로 그 날을 기다리겠어.

사슴 2   그래도 목숨을 잃는다는 것은 슬픈 일이야.

사슴 1   여러분, 그만 하셔요. 아기를 낳아 기르려고 했지만, 우리 아기가 우리와 같이 불행한 일을 겪는다면 참을 수가 없는 일이에요.

사슴들   사슴엄마!

사슴 1   이 숲 속이 우리들이 살던 숲속보다도 아름답고 먹을 것이 많지만, 우리들은 우리들이 살던 고향을 잊어서는 안돼요.

사슴들   (고개를 끄덕이며)예.

사슴 1   자, 그럼 나는 요리사가 숲으로 오기 전에 식당의 문 쪽으로 가서 기다릴게요. 그동안 고마웠어요.

사슴들   사슴엄마!

사슴 1   슬퍼하지 마셔요. 우리는 우리 몸을 버려서 임금님을 깨우치게 해야 돼요.

사슴 6   예. 언제인가 임금님도 잘못을 깨달을 때가 있을 거예요.

금빛사슴   (오른쪽 문으로 나오며)잠깐, 잠간 기다리시오.

사슴 1   (웃으며)이제 두렵지 않아요. 아기를 훌륭하게 키우겠다는 생각도 잊을 수가 있어요. 고마워요. 잘 계세요.

금빛사슴   (사슴1의 앞을 막아서며)오늘 아침이 바로 사슴엄마의 차례라는 것을 저도 잘 압니다.

사슴 1   그럼, 저를 잡지 마셔요. 제가 목숨을 버리는 것은 다른 사슴이 대신해 줄 수는 없는 일입니다.

금빛사슴   아닙니다. 사슴엄마께서는 뱃속의 아기를 낳아 훌륭하게 기르십시오. 사슴엄마 대신 오늘은 제가 요리사에게 죽겠

습니다. 대신 여러분은 사슴엄마의 순서를 맨 마지막으로
해 주십시오.

사슴들   (놀라서 술렁댄다)대신 죽어요?

금빛사슴   제가 사슴엄마 대신 오늘 차례가 되겠습니다.

사슴 1   아니, 그게 정말이셔요?

금빛사슴   예.

사슴 3   당신은 임금님이 가장 아끼시는 금빛 털을 가진 사슴이 아
닙니까?

금빛사슴   (무리의 한 가운데로 가며)임금님이 나를 귀하게 여긴다
면 우리 모두의 목숨도 귀중하다는 것을 알려야 합니다.

사슴 1   (울며)아니에요. 그것은 안 됩니다. 정해진 순서를 바꿀
수는 없습니다.

금빛사슴   괜찮습니다. 나의 죽음으로 여러분을 구할 수가 있다면 나
는 기꺼이 내 몸을 임금님께 바치겠습니다. (사슴1에게)꼭
숲 속으로 돌아 가셔요. 그리고 훌륭하고 튼튼한 아기사슴
을 낳으셔요.

사슴 5   정말 무섭지 않습니까?

금빛사슴   죽음은 모두 무섭지요. 그러나 사슴엄마는 아기를 품고 계
십니다.(사슴1에게)어서 뒤로 물러서십시오.

사슴 1   (마지못해 뒤로 물러서며)금빛사슴님, 고맙습니다.

금빛사슴   (모두를 가리키며)자, 내 걱정은 말고 어서 숲 속으로 돌아
가십시오.

사슴 4   부디 편안히 가셔요. (눈물을 주먹으로 찍으며)잘 가셔요.

모 두   잘 가셔요.

사슴 1   죄송합니다.

금빛사슴   자, 어서 가십시오. 이 궁궐 숲의 맑은 이슬을 먹음은 싱싱
한 풀잎을 뜯으세요. (민다)어서 가셔요. 어서요.

　*　사슴들, 금빛사슴에게 절을 한 뒤에 숲으로 나간다. 무대에는
금빛사슴이 혼자 남아있다. 불빛이 환히 밝아진다. 요리사가 하품을
하며 큰 칼을 들고 나온다.

요리사   (울타리 쪽으로 오며)오늘은 어떤 사슴을 잡을까? (다시
하품을 한다)아−, 아침마다 사슴을 잡는 일도 이제 짜증
이 나는구나. (문득 자기 앞에 서있는 금빛사슴을 발견하
고는) 아니, 넌 금빛사슴이 아니냐? 오늘이 네 차례냐?

금빛사슴   ……

요리사   (혼잣말로)임금님께서 무슨 일이 있어도 금빛사슴은 살려
두라고 했는데 어떻게 한다지?(망설인다)

금빛사슴   (요리사에게 가까이 가며)오늘이 내 차례입니다. 저를 죽
여 임금님의 음식을 만드십시오.

요리사   아니야. 넌 안 돼!

금빛사슴   (칼을 든 손 밑으로 목을 가져다 대며)오늘이 내 차례입
니다.

요리사   (놀라 두려워하며)아니야, 안 된다니까.(망설인다)아, 이
일을 어떻게 할까? 그래. 임금님께 말씀을 드리자.

　*　요리사, 칼을 한쪽 선반아래에 놓고 왼쪽 문으로 급히 퇴장한

다. 사이-, 임금님과 요리사가 등장한다. 임금님은 겉옷만 입은 상태이다.

요리사 (가리키며)임금님. 보십시오. 저렇게 목을 길게 내밀고 죽여주기를 청하고 있습니다.

임　금 (바라보며) 오늘이 저 금빛사슴의 차례란 말이냐?

금빛사슴 (임금님 앞으로 다가가서) 임금님, 저를 잡으십시오. 그리고 제 고기를 드십시오.

임　금 (한걸음 물러서며)아니다. 나는 너 금빛 털을 가진 아름다운 사슴을 잡을 생각이 없느니라.

요리사 그래. 임금님께서는 너를 살려두라고 하셨어.

금빛사슴 아닙니다. 저를 죽여주십시오.

임　금 사슴아, 난 너를 죽일 생각이 없다. 다른 사슴이라면 몰라도 너를 죽여 고기를 먹을 생각은 없느니라. 다른 사슴을 잡을 거야.

금빛사슴 임금님, 아닙니다.

요리사 임금님께서 다른 사슴을 잡으라고 하시지 않았니? 그러니 넌 어서 숲으로 돌아가거라!

금빛사슴 임금님, 오늘 제가 죽지 않으면 새끼 밴 엄마사슴이 죽어야 합니다.

임　금 뭐? 새끼 밴 엄마사슴?

금빛사슴 예. 저는 새끼를 밴 엄마사슴의 차례가 되었기 때문에 대신 죽으려고 하는 것입니다. 제가 죽지 않으면 그 엄마사슴이 죽어야 합니다. 그러니 저를 죽이십시오.

임 금 (놀라서)무엇이? 새끼를 밴 엄마사슴을 대신해서 죽으려고 한다고?

금빛사슴 그렇습니다. 어서 저를 잡아 맛있는 요리를 만들게 하십시오.

임 금 (무엇인가 골똘히 생각한다)

요리사 사슴아, 어서 숲으로 돌아가라. 너는 죽는 것이 무섭지도 않니?

금빛사슴 어서 저를 잡아 식사를 준비하십시오.

임 금 (결심한 듯)사슴아, 내가 잘못했다. 나는 너처럼 자비심이 많은 짐승을 사람들 중에서도 보지 못했다. 너 때문에 나의 눈이 트이는 것 같구나. 어서 일어나라! 너와 새끼 밴 암사슴을 살려주겠노라.

요리사 사슴아, 어서 일어 서! 임금님이 살려 주신다고 했잖니?

금빛사슴 임금님, 우리 둘의 목숨은 건질 수 있다고 하더라도 다른 사슴들은 어떻게 되겠습니까?

임 금 (잠시 사슴을 뚫어질 듯 바라보다가) 흠, 그래. 다른 사슴들의 목숨도 내가 지켜주겠노라.

금빛사슴 임금님, 네발 달린 짐승은 안전하겠지만, 두 발 가진 짐승은 임금님의 사냥 공포에 떨고 있습니다.

임 금 좋다. 두 발 가진 새들도 내가 다스리는 땅에서는 보호하여 주겠노라.

금빛사슴 임금님, 새들은 안전하겠지만, 물속에서 살고 있는 물고기들은 어떻게 되겠습니까? 그들도 죽어야 하는 고통을 알고 있을 텐데요.

임 금 사슴아, 착하구나. 내가 다스리고 있는 나라 안에서는 그
들도 모두 안전하게 해 주겠다.

금빛사슴 감사합니다.

임 금 사슴아, 네가 나의 어두운 마음의 문을 뜨게 해 주었구나.
고맙다. 울타리의 문을 열어 줄 테이니 어서 너희들이 살
던 숲으로 돌아가도록 하여라.

금빛사슴 (인사하며)임금님, 고맙습니다.

요리사 사슴아, 이제 안심하고 살게 되었구나. 그리고 난 사슴을
잡는 일을 하지 않아도 되었고 말이야.

금빛사슴 임금님. (인사한다)저는 우리 사슴들을 데리고 숲으로 돌
아가겠습니다. 안녕히 계십시오.

임 금 그래. 잘 가거라.

금빛사슴 예.

  * 무대의 불이 꺼진다. 밝은 한줄기의 빛이 금빛사슴을 둥글게
비추다가 꺼진다. 이어 막이 내린다. **막-**.

눈사람을 찾아온 아기사슴

나오는 사람들

아기사슴 · 폭풍장군(겨울나라의 장군)
나비공주(봄꽃나라의 공주) · **흰나비①~③ · 눈사람 · 고양이 · 감나무**
까치①~② · 바람천사①~⑤(폭풍장군의 병사들)

때 1경 : 눈 내린 달밤

2경 : 봄꽃이 핀 3월 같은 장소 낮

곳 어느 산골 오두막집

무대 산기슭 감자밭 끝자락에 자리한 오두막이다.

집 뒤쪽으로는 대나무 숲. 키 큰 감나무가 이 오두막의 지붕을 반쯤 덮고 있고, 싸리문 옆으로 눈사람이 서 있다. 그리고 오른쪽 돌담 옆에는 장독대가 있는데, 깨진 장독 두 개와 고만고만한 장독이 사이좋게 놓여있다.

막이 열리면 – . 오두막집이 있는 언덕. 회오리 눈바람이 사납게 불며 바람의 천사들이 등장하여 곡① **'겨울나라 눈꽃나라'** 를 노래한다. 눈사람은 리듬에 맞춰 뒤뚱거리며 무대를 한 바퀴 돈다.

겨울나라 눈꽃나라 곡①
겨울나라 눈꽃나라 하얀 눈 나라
바람천사 나팔소리 하늘 열리고
구름 나무 눈꽃나무 꽃이 피어요.
어름공주 살고 있는 눈꽃나라에
폭풍장군 신랑감이 찾아왔어요.
심술쟁이 욕심쟁이 누가 말릴까
눈꽃나라 어름나라 걱정이래요.

* 천사들 바람처럼 퇴장하고 눈사람은 무대를 이리저리 오가다가 자고 있는 늙은 감나무에게 다가가서 살피다가 조심스럽게 말을 한다.

눈사람   아저씨! 아저씨, 주무서요?

감나무   누구냐?

눈사람   달이 밝아서 잠이 안 와요.

감나무   (하늘을 바라보며)달이 밝아서? (뒤척이며)춥다. 어서 자!

눈사람   아저씨는 바람도 불지 않는데 춥다고 하셔요?

감나무   넌 눈꽃나라에서 왔으니까 추위도 모르지.

눈사람   아저씨, 감꽃을 예쁘게 피우려면 날씨가 추워야 한다니까요.

감나무   인석아, 꽃눈이 얼면 꽃을 피울 수가 없다는 걸 몰라?

눈사람 아저씨는 참 이상해요. 왜 어깨 아프게 감을 많이 달고 있으려고 하셔요?

감나무 너는 내 것을 나눠주는 것이 얼마나 기쁜 일인지 모르지? 배고픈 새들에게 나눠 줄 거야.

눈사람 아, 아저씨는 새들을 기다리고 있었군요.

감나무 그래. 그 녀석들이 지저귀는 소리를 듣다보면 세월 가는 줄을 모르지. 어서 따뜻한 봄이 왔으면 좋겠구나.

눈사람 아저씨, 그때쯤이면 저는 겨울나라에 가 있을 거예요.

감나무 고향에 돌아가니까 좋겠구나.

눈사람 고향에 가도 반갑지 않아요. 폭풍장군이 또 무슨 일을 시킬지 모르니까요. 심술 많고 욕심 많고 질투에 의심은 얼마나 많다고요?

감나무 공주님하고 결혼하면 좀 달라지겠지.

눈사람 성격이 사나워서 임금님도 걱정을 하실 정도예요. 아저씨, 장군의 마음을 바꾸게 할 방법이 없을까 모르겠어요.

감나무 그것은 해님만이 할 수 있는 일이야. 해님에게 부탁을 해보지 그러니?

눈사람 해님만 보면 가슴이 두근두근 뛰고 식은땀이 나요.

감나무 (웃으며)넌 눈 나라에서 왔으니까 그렇지. 날이 새면 한 번 말씀 드려 봐.

눈사람 해님은 사슴에게 물어보랬어요.

감나무 사슴에게?

눈사람 예. 그런데 싸락눈이 발자국을 지워서 다시 올 수 있을까 모르겠어요.

감나무 그건 걱정하지 마라. 아기사슴은 이 오두막을 잘 알고 있거든. 산위에서 보면 잘 보일거야.

눈사람 (반갑게)그래요?

감나무 할아버지가 집에 계셨다면 숲속의 아이들이 많이 놀러 왔을 게야.

눈사람 정말 할아버지는 짐승들의 말을 할 줄 아셨어요?

감나무 할아버지는 이 세상에 바람과 불과 물이 태어날 부터 사셨으니까 모르는 게 없으시지. 들어보아라.(곡 ② **'하늘이 열리고'**를 부른다)

하늘이 열리고 곡②

하늘이 열리고 거대한 땅이 솟아오르고
비바람 속에 피어나는 풀꽃들을 보아라.
일하는 자 쉬어라 어둔 밤이 생기고
열매를 맺어라 따사로운 햇살이 내리네.
초록의 이 세상 빛나는 산과 들에
여기가 우리가 살아갈 미래의 낙원.
세상을 만드신 초록별의 할아버지
아름답게 예쁘게 가꿔요 푸른 세상

눈사람 우와. 정말 대단하셔요.(이때 고양이 들어온다)

고양이 눈사람아, 너도 할아버지가 보고 싶니?

눈사람 고양이로구나! 어서 와!

고양이 (다가오며)할아버지는 겨울이 제일 바빠! 겨울동안 봄을 그리는 물감을 만들어야 하거든. 세상을 아름답게 꾸밀 그림물감!

눈사람 봄을 그리는 물감?

감나무 그래. 마술사도 흉내 낼 수 없는 일을 하고 계시다. 빨강 꽃 노랑 꽃, 그리고 하늘을 색칠할 파란물감도 만드시고 계시지.

고양이 이 숲도 강도 산도 할아버지가 만드셨어. 아름드리 소나무도, 샛노란 단풍나무도, 하얀 억새꽃도 할아버지가 심으신 거야.

눈사람 그럼, 내가 사는 눈꽃나라에 할아버지를 모시고 갔으면 좋겠다.

고양이 뭐?

눈사람 우리 하얀 눈꽃나라에도 색깔을 입히면 좋잖아. 빨강 눈, 노랑 눈. 파란 눈. 와 정말 멋있을 거야.

고양이 파란 눈?

감나무 아니다! 그건 안 돼. 그러면 새들이 놀라서 집을 찾기 힘들 거야.

고양이 예. 맞아요. 새들 때문에 안 돼.

눈사람 (실망하며)우리 어름공주님이 보시면 좋아하실 텐데.

고양이 (노래한다) **'이상한 나라'** 곡③

산위에는 눈 내리고 바람도 불고
내 발자국 따라 가다 길을 잃었어.
눈꽃나무 꽃이 피어 바람이 불어

온 세상에 하얀 이불 펼쳐놓았지.

겨울나라 눈꽃나라 구름 먼 나라

언제 갈까 눈사람은 발만 굴러요.

눈사람　칫, 노래만 부르지 말고 사슴을 찾아 줘.

고양이　산꼭대기 산양아저씨네 집에 있어. 산위에는 아직 눈이 내리고 있어 지금은 못 온다니까.

감나무　눈이 오고 있다고? 음. 그래서 오지 못하고 있구나. 눈사람아, 그럼. 조금만 기다리자.

눈사람　어름공주님이 샤프란 꽃이 피기 전에 돌아오라고 했거든요.

고양이　눈사람아, 너만 바쁜 척 하지 마!

눈사람　뭐?

고양이　나는 봄꽃이 피어날 자리를 고르느라 바빠!

눈사람　봄꽃이 피어날 자리?

고양이　그래. 내가 발자국을 찍는 곳마다 봄꽃이 필 것이거든. 제비꽃, 냉이 꽃, 할미꽃….

눈사람　넌 할아버지와 친한가 보구나.

고양이　할아버지는 나에게 밤을 지키라고 하셨지. 그래서 할아버지의 할아버지도 쥐들의 골목길을 지키고 있는 거야.

감나무　그래. 고양이는 사람들이 잘 때 꿈을 훔쳐가는 쥐들을 잡고 있단다.

눈사람　우와, 넌 정말 좋은 일을 하고 있구나.

고양이　할아버지가 맡기신 일이니까.

눈사람	그래도 얼마나 즐겁고 보람된 일이야? 난 하루 종일 마당가에서 멀뚱멀뚱 먼 산만 바라보고 있는데. 강아지도 나를 싫어해. 가끔 와서 오줌만 갈기고 가지 뭐야.
고양이	눈사람아, 넌 이 세상을 하얗게 덮어주는 재주가 있잖아.
감나무	그래. 맞다. 헐벗은 산이나 무너진 논밭이나 오염된 강물을 하얗게 덮어주는 일은 쉽지 않은 일이야.
눈사람	사람들은 자연을 소중하게 가꿀 줄을 몰라요.
고양이	네가 겨울동안 잠시 왔다가 가는 뜻을 알 거야. 사람들은 바보가 아니거든.
감나무	태풍을 일으키고 홍수에 소나기를 퍼부어도 하늘의 뜻이려니 생각하는 사람도 있지만 자기들이 상처 낸 자연 때문이라는 것을 아는 사람이 더 많아.
고양이	아이들은 너를 만들고, 눈싸움도 하고, 미끄럼도 타고, 눈이 오길 기다리는 아이들이 얼마나 많아?
눈사람	(고개를 끄덕이며)맞아. 곡④ '눈사람'을 부른다.

눈사람 곡④

뒤뚱뒤뚱 걸어 볼까 하얀 눈사람
겨울바람 걱정 없어 옷도 입었지
큰소리로 노래 불러 발도 구르며
눈꽃나라 겨울나라 하얀 눈사람

달님 얼굴 닮았나봐 하얀 눈사람
밤길조심 걱정 없어 내가 지킬게

밀짚모자 눌러 쓰고 오뚝이처럼

눈꽃나라 겨울나라 하얀 눈사람

＊ 눈사람의 노래가 끝날 무렵, 사나운 바람소리와 함께 폭풍장군
의 웃는 소리가 들려온다. 고양이와 눈사람 긴장한다. 잠시사이─.
폭풍장군이 천사들과 나타난다. 무대 위의 고양이와 눈사람 쫓기는
춤이 이어지다가 폭풍장군이 긴 레이저 봉으로 바닥을 쿵쿵 두드리
면 모두의 동작이 풀어진다.

폭풍장군　　모두 꼼짝하지 마! (눈사람에게)이 놈 도망을 치면 잡히
　　　　　　지 않을 줄 알았더냐?

눈 사 람　　폭풍장군님!

폭풍장군　　이 지구는 없어져야 해. 낙원은 이제 없어! 일 년 내내 눈
　　　　　　바람이 불고 온 세상이 꽁꽁 얼어붙는 하얀 눈꽃나라를
　　　　　　만드는 거야. 새로운 빙하시대를 창조하는 거라고. 하하
　　　　　　하하, 얼마나 통쾌한 일이냐?

고 양 이　　빙하시대라고요?

폭풍장군　　왜 겁이 나니? 무섭니? 무섭구나, 그렇지? 하하하하. (관
　　　　　　객석을 가리키며)아무도 살아남지 못할 거야. 여기 있는
　　　　　　사람 아무도 살아남을 수가 없어. 지구마을 여기저기에
　　　　　　서 화산이 폭발하고 매운 화산연기에 일 년 열두 달 해를
　　　　　　보지 못한다면 어떨까? 뭐? 시간을 달라고? 내가 왜 시간
　　　　　　을 줘야 하는데? 지금까지도 멋대로 살았잖아. 경고했
　　　　　　지. 지진에다 폭풍우에다 화산까지 터트려 보여주었잖

아. 지구 자원 소중하게 쓰라고 말이야.

감 나 무　장군님, 일 년만 겨울이 계속되면 지구마을은 살아남지 못할 것입니다. 우리 나무들도 다 죽고 말아요.

폭풍장군　죽거나 말거나 무슨 상관이야. 더 이상 너그러운 마음을 가지고 있을 수가 없어. 모두를 없애버리고 말겠어. 그 래. 내 마음은 바뀌지 않아. 사람들은 자연을 파괴한 벌을 받아야 해! (곡⑤ **'나는 모른다.'** 를 부른다.)

나는 모른다. 나는 모른다.

죽거나 말거나 나는 모른다.

지구별은 너희 것 내 것 아니야

지구별 살고 있는 너희들의 것

가꾸지 않으면 모두 잃는 법

후회해도 소용없어 이제는 그만

바람천사들　(곡⑥ 합창 **'눈꽃나라 어름궁전'** 을 노래한다.)

우리는 어름궁전 바람의 천사

눈꽃나라 어름궁전 내가 지킨다.

천둥신검 치켜들고 달려 나가서

어름나라 눈꽃나라 만들고 온다.

바람천사①　장군님, 서유럽 쪽으로 달려가겠습니다. 라인 강을 범람시키고 이탈리아 화산공의 문을 열겠습니다.

폭풍장군 그리 하여라!

바람천사② 장군님, 인도양에 폭풍우를 만들어 해일을 만들겠습니다. 물의 무서움을 보여주겠습니다.

폭풍장군 누가 태평양을 건너가겠느냐? 대서양에 가서 거대한 폭풍을 만들어라!

바람천사④ 장군님, 대서양은 제가 맡겠습니다. 제 친구들은 벌써 미국의 서부에서 땅의 뿌리를 잡고 흔들어 지진을 일으켰습니다.

폭풍장군 일본의 후지 산 화산공도 열어라! 백두산의 화산공도 열어라! 하와이의 수중화산도 열어라!

바람천사들 예! (바람천사들 북소리가 들려오면, 바람처럼 사라진다.)

눈사람 장군님, 제발 이 초록별은 아직 희망이 있는 곳이에요.

폭풍장군 뭐? 희망이 있는 곳? 어리석은 눈사람 같으니. (손가락질을 하며)내가 뭐라고 했느냐? 이 세상은 희망이 없다고 했지. 모두 어름 속에 가두고 새로 창조하는 거야. 새로 탄생하는 생물들이 미래의 이 초록별을 가꿀 거야.

눈사람 안 돼요. 안 돼요. 장군님 결혼하실 때까지 만이라도 미뤄주세요.

폭풍장군 흠, 내 마음은 바뀌지 않는다고 했지.(관객들에게)마지막 인사를 들어주지. 이제 모두 차가운 어름 속에서 화석이 되고 말테니까. (눈사람에게)가엾은 녀석 오지 않을 사슴을 기다리고 있다니?

고양이 감나무 아저씨, 더 늦기전에 저는 봄 꽃씨를 심고 오겠어요.

감나무 그래. 내 가지의 감 씨도 가지고 가렴.

고양이 예.

감나무 산에 열리는 먹감나무는 산짐승들에게는 요긴한 한 겨울 먹을거리야.

고양이 예. 감나무 아저씨! 발자국마다 꽃씨도 심을 거예요.

폭풍장군 너희들, 지금 무슨 소리를 하는 거야? 뭐? 산과 들에 발자국을 찍어 꽃을 피우고 오겠다고. 감나무를 심어? 왜? 왜? 눈꽃나라 겨울나라를 만든다고 했을 텐데 넌 뭐야?

고양이 겨울이 다시 온다고 해도 꽃씨를 심고 와야 해요. 까치랑 약속했거든요. 이 숲은 우리의 것이니까요.

폭풍장군 우리의 것? 정말이냐? 정말?(비틀거린다)

고양이 (곡⑦ '**들꽃나라 봄 나라**'를 부른다.)

눈꽃지고 봄이 오면 새봄이 오면
산과들에 아름다운 꽃을 심어요.
숲 마을에 옹기종기 꽃을 심어요.
미운마음 화난마음 모두 버리고
봄꽃나라 찾아와서 봄꽃 보셔요.

폭풍장군 (실망하며)아니야. 내가 잘못 들었을 거야. 내가 눈꽃세상, 어름나라를 만드는데 꽃씨를 심으러 가겠다니? (갑자기 괴로워하며)아, 갑자기 귀가 멍멍해. 왜 이러는 거지. 바람나라의 임금님 말씀처럼 사랑한다는말을 듣지 말라고 했는데 내가 저 고양이 때문에 몸이… 오 오 왜 내 귀가 갑자기, 아!

고양이   장군님, 나는 밤마다 벽이나 갉아대는 쥐 잡이 고양이가 아니에요.(나간다.)

폭풍장군   (당황하여)뭐? 너는 우리 겨울나라 임금님이 보낸 밀정이냐?

고양이   (나가며)우리가 사는 땅은 우리 스스로가 가꾼다고요.

폭풍장군   스스로? 사랑한단 말이구나. 두 번 다시 그런 말을 하지 마. 어지러우니까.

눈사람   장군님, 보셔요. 제가 말씀드렸지요. 지구별은 아직 희망이 있다니까요. 착하고 고운 마음을 가진 짐승들도 많이 산다고요.

폭풍장군   으, 이제 바꿀 수 없어. 이미 시작이 되었다고! 아, 이걸 어쩐다? 지구마을 곳곳에 폭풍군단의 병사들이 파견되었는데? 이걸 어쩐다? 겨울이 올 거야. 춥고 매운 겨울나라가 시작될 거라고 바람아, 불어라, 비바람아 몰아쳐라!

* 천둥번개와 함께 거센 비바람소리가 들려온다. 바람소리에 무대가 흔들리다가 불이 꺼진다. 잠시 사이─.경쾌한 왈츠곡이 흐르며 무대가 밝아지면, 봄꽃이 활짝 핀 숲속이다. 나비공주의 생일 잔칫날이다. 모두 일을 하고 있다. 공주는 숲을 찾아 나들이를 온 모양이다.

무대의 짐승과 나비들이 곡⑧ **'나비나라 풀꽃나라'** 를 합창한다.

나비나라 풀꽃나라 곡⑧

긴 긴 겨울 지나간 뒤 새봄이 되어
산과들에 나무들이 새잎 피우고
풀꽃들은 조롱조롱 꽃을 피워요
나비나라 풀꽃나라 초록빛 나라
우리들이 가꾸어요. 향기의 나라
잔치해요 어서 와요 봄꽃잔치에
아지랑이 할머니도 춤을 추어요.

모 두 공주님, (인사하며)축하드립니다.

나비공주 고맙습니다. (주위를 돌아보며)겨울나라에 간 사신들은
아직 안 왔나요?

고양이 공주님, 곧 올 것입니다. 종달새가 하늘 높이 올라가 지키
고 있습니다.

흰나비들 (앵무새처럼)종달새가 망을 보고 있습니다.

아기사슴 다람쥐들도 도토리를 다 심으면 올 것입니다.

흰나비들 (앵무새처럼)도토리를 다 심으면 함께!

나비공주 까치님들은?

까치들 (들어오며)나비공주님, 저희들 돌아왔습니다.

나비공주 수고하셨어요. 나무들이 새 옷으로 갈아입으니까 정말 싱
그러워요.

까치② 나무들도 잎을 피우느라 땀을 뻘뻘 흘리고 있었습니다.

나비공주 고로쇠나무들은 약수를 나눠주고 있다고요?

까치① 머루 나무도 약수를 나눠주고 있었습니다.

나비공주 고마운 일이군요. 그렇게 착한 나무들이 있으면 겨울나라
는 다시 오지 못 할 거예요.

흰나비들 (앵무새처럼)폭풍장군도 다시는….

까치① 공주님, 꿀벌들이 제일 열심히 일을 하고 있었습니다.

나비공주 예.

까치② 공주님, 지난겨울 저희 까치들이 솔 씨를 물어다 심은 곳에
서는 아주 작은 소나무가 싹을 틔우고 자라고 있었습니다.

나비공주 어머나, 그래요? 언제 한 번 보고 싶어요.

까치① 달래 밭 옆입니다.

감나무 눈사람이 보았더라면 아주 즐거워했을 텐데.

고양이 착한 눈사람이 눈물이 많았어요.

아기사슴 예. 눈사람은 우리 풀꽃나라 친구들이 서로 도우며 사는
사랑과 나눔이 있다는 것을 모르고 갔어요.

감나무 그래. 네가 조금만 일찍만 왔어도 눈사람을 만났을 텐데.

나비공주 그런데 감나무님, 눈사람이 우리 산마을을 많이 걱정 했다
고요?

감나무 예. 그 사나운 폭풍장군에게 겨울나라를 만들지 말라고 애
원을 했지요.

나비공주 그래요. 우리의 이 행복은 누가 만들어 준 게 아닙니다. 우
리가 가꾸고 우리 후손들이 오래도록 살아갈 터전이에요.
오염물질도 버리지 말고, 자원을 낭비하지도 말고 잘 가꿔
야 하겠어요.

모　두 예.

* 이때 멀리 북소리가 들려오며 비바람소리가 들려온다. 흰나비 ③이 급히 들어온다.

흰나비③ 공주님, 어서 피하셔요. 겨울나라 감옥에서 탈출한 폭풍장군이 지구마을 곳곳에서 행패를 부리고 있답니다.

모　두 (당황한다) 뭐 감옥에서 탈출을?

나비공주 장군이 탈출을 했어요?

흰나비들 공주님, 어서 피하셔요.

아기사슴 공주님. 걱정 마셔요. 폭풍장군은 꽃에 앉은 노랑나비를 보면 힘을 잃는다고 했습니다.

나비공주 그게 무슨 이야기예요?

아기사슴 폭풍장군과 함께 온 바람의 천사들을 만났습니다. 폭풍장군의 힘은 바로 나비의 날개에서 힘을 얻는다고 하였습니다.

감나무 허 그거 참.

고양이 고 작은 실바람이 폭풍을 만든다니…?

흰나비② 우리가 부채질을 하거나 꽃들에게 입맞춤을 할 때 날개 짓이 바람을 일으키거든요.

까치② 그래서?

흰나비① 그 날개바람이 지나가며 다른 바람을 일깨우게 한 대요. 그리고 산을 넘어가서는 돌개바람이 되었다가 폭풍도 만든대요.

나비공주 아, 저도 들었어요. 사람들이 말하던 '나비효과' 라는 것이지요.

흰나비③ 그럼, 우리 나비들이 쉬고 있으면 되겠네요.

나비공주 (나비②)그래요. 부전나비나 파랑나비나 나비들은 모두 일터에서 쉬라고 하세요.

흰나비② 예. 공주님!(잠시 퇴장한다. 사이ㅡ.나팔소리가 들려 온다.)

아기사슴 등잔 밑이 어둡다는 속담이 있는데 우리는 가장 가까운 곳에 있는 무서운 힘을 생각하지 못하고 있었어요.

감나무 그렇구나. (이때, 바람소리와 함께 날개옷으로 갈아입은 바람의 천사들이 들어온다.)

고양이 아니 너희들은? 폭풍장군의 호위무사들이 아니냐?

바람천사① 예. 바람의 천사들입니다.

바람천사들 바람의 천사들입니다.

바람천사② 새로 태어났습니다.

감나무 새로 태어났다고?

바람천사⑤ 저희들은 겨울나라 어름공주님을 모시고 있답니다.

나비공주 이 봄꽃나라에는 웬일이죠?

바람천사④ 공주님, 저희들이 잘못 하였습니다. 논밭을 쓸어 덮고 집을 무너트리며 지구마을에 온갖 나쁜 짓은 다 하고 다녔습니다.

나비공주 잘못을 고백하는 일은 쉽지 않아요. 이제부터라도 좋은 일을 하고 다니세요.

감나무 그래. 잘 왔다.

바람천사⑤ 겨울나라 공주님이 잘못을 빌고 오라 하셨습니다.

나비공주 (꽃 한 송이를 주며)공주님에게 이 봄꽃을 전해 주셔요.

언제나 마음 따뜻하게 지내면 세상이 아름다워진다고 전해주세요.

바람천사들 예

고양이 얘, 눈사람은 어름궁전에 잘 있느냐?

바람천사② 예. 산마을 여러분들을 그리워하고 있습니다. 아기사슴을 찾아오려다 햇살에 녹아 두 번이나 물이 되어버리기도 했어요.

아기사슴 정말이야?

바람천사③ 함께 돕고 사는 여러분들이 그립다고 늘 이야기 한답니다.

감나무 겨울이 오면 또 올 텐데.

나비공주 (모두에게)여러분! 이제 봄을 부르러 갑시다. 산꼭대기에 올라가 종달새처럼 소리치며 봄노래를 불러요.

모 두 봄노래요?

나비공주 자, 손잡고 가요 산꼭대기에 가서 들판을 내려다봐요.(곡 ⑨ **'산위에 오르면'** 을 부른다.)

산 위에 오르면 곡⑨

산―위에 오르면 너른 들과 산들이
올망졸망 내 눈앞에 펼쳐져 있어
새하얀 흰 구름도 파―란 하늘도
가슴을 활짝 열―면 담을 수 있어.

모 두 (모두 2절을 합창한다.)

산—위에 오르면 예쁜 꽃과 새들이
생글생글 지지배배 노래를 하지
초록빛 숲 마을의 파란 이야기
가만히 귀를 모으면 들을 수 있어.

＊ 우렁찬 음악이 나오며 무대의 불이 꺼진다.　　**막 —.**

숲속의 울보공주

– 탐미문학상 희곡부문 수상작품 –

나오는   사람들
거북이 · 시녀1~4 · 달팽이 · 시종1~3
대왕 · 나무꾼 · 공주 · 병정1~6
왕 비 · 대신1~3 · 나무신령
이밖에 노래하는 버섯요정과 새들

때 늦은 여름
곳 깊은 숲속 풀꽃나라의 궁전

무대 깊은 숲속에 자리한 풀꽃나라의 버섯 궁전이다. 이 궁전은 중앙계단 위에 왕의 집무용 의자가 놓여있고, 뒤쪽에는 궁전 내실로 통하는 출입문이 있다.

이 집무용 의자 왼쪽에는 코끼리만한 달팽이가 앉아있고, 오른쪽 벽면에 기대어 나무가 동화적으로 꾸며져 있다

제 1 장

막이 열리면 -. 나팔소리와 북소리가 들려오면서 왕과 대신들이 탈을 쓰고 곡1 '**울보공주는**'을 노래하며 등장한다.

> 숲속나라 울보공주 매미공주는
> 밤하늘이 무섭다고 울고 있어요.
> 별님달님 따다가 준다고 해도
> 앙앙 엉엉 울보가 되어 버렸어.

대　왕　그래. 밤하늘의 별을 따다가 준다고 해도 싫다고 했단 말이냐?

시종 1　예, 마마.

대　왕　(헛기침) 에이, 벌써 석 달하고도 열흘이 지났다. 언제까지 공주가 울음을 그치기를 기다려야 한단 말이냐?

대신 1　마마, 공주님의 병은 약으로는 고칠 수가 없사옵니다.

대　왕　뭐? 약으로 고칠 수가 없다면 평생 저렇게 울며 지내야 한단 말이냐? 결혼도 못하고….

대신 1　마마, 그래서 저희들이 생각한 것은 씩씩한 왕자를 찾아서 결혼을 시키면 어떨까 생각했습니다만….

대　왕　허허, 또 장수하늘소 아들을 불러 올 셈이냐? 아니면 머리털이 빠진 들쥐삼촌을 또 불러올 거야?

대신 1　마마, 공주님이 결혼을 하시면 부끄러워서라도 울지를 않을 것입니다.(곡2 '**공주님이 결혼 하시면**'을 부른다)

그래그래 공주님 결혼 하시면
예쁜 모습 보이려고 울지를 않아
맴맴맴맴 우리 공주 매미공주님
장군매미 사랑하다 목이 쉬었나

대신 3   마마, 공주님의 부마를 뽑을 것이라면 목소리가 우렁찬 장
군매미를 신랑으로 삼으십시오. 장군매미는 쉬지 않고 일
주일을 울 수 있다하옵니다.

달팽이   예. 장군매미라면 공주님도 우렁찬 목소리에 놀라 울음을
그칠지도 모르는 일입니다.

대　왕   (머리를 흔들며) 아니야, 안 돼! 결혼하여 아이라도 낳으면
그 울음소리를 우리 숲 나라 백 성들이 어찌 감당하란 말
이냐? 생각지도 말라.(곡3 **'생각지도 말라'**)를 노래한다.

울보공주 결혼은 생각지 말라
장군매미 들쥐삼촌 안 된다 안 돼
청개구리 왕자도 결혼은 안 돼
울보공주 눈물이 마르면 된다.

달팽이   마마, 공주님의 울음을 그치게 하기 위해 세계의 유명한
의학박사들이 자문을 해왔습니다. 그리고 수학자들은 공
주님의 울음을 분석하여 많은 논문도 발표하였습니다.

대　왕   그래도 공주의 울음은 그치게 하지를 못하였다.

달팽이   마마, 수학자들은 공주님의 울음소리는 나뭇잎 풍차를 돌

릴 수 있는 힘을 가졌으며, 일생동안 23만 9천 8백21초 동안 울 수 있고, 눈물의 양은 도토리 깍지 6개에 담을 수 있다고 하였습니다.

대　왕　(한숨을 쉬며) 이 세상에 밤이 오지 못하게 할 수 있는 이는 아무도 없다.

대신 1　마마, 한낮의 햇빛을 모아 어두운 밤에 쓸 수 있는 방법은 어떨까요?

대신 3　그보다 밤을 잊을 수 있도록 하얀 안경을 쓰게 하는 게 좋을 듯싶습니다.

시녀 1　마마, 공주님이 한밤에 깨어나지 않도록 잠을 자게 하는 것은 어떨까요?

대　왕　잠자는 풀잎을 구했다더니 조사를 해 보았느냐?

시녀 1　사슴벌레 의사가 하는 말에 의하면, 이 풀잎을 달여 마시면 목소리도 작아질 것이라고 하 였습니다.

대　왕　(웃으며) 오. 정말 듣던 중 반가운 소리로구나. 내전에 일러 정성을 다해 약을 만들라고 하여라.

시녀 1　(반절을 하며) 예.

달팽이　대왕마마, 갑자기 많은 잠을 자다보면 살이 찌고 병이 들기 쉽습니다. 쇠똥구리 나라에서 보내온 하느님이 잃어버린 눈물을 먹게 하시옵소서.

대　왕　뭐 하느님이 잃어버린 눈물?

달팽이　예, 마마, (곡4 **'잔디밭의 파란 이슬'** 을 노래한다)

잔디밭에 구르는 파란 이슬은

하느님이 잃어버린 눈물이래요.
하느님의 구름눈물 떨어진 곳에
쇠똥구리 아저씨들 눈물 주워요.
딩가딩가 쇠똥구리 잔디밭에서
하느님의 구름눈물 줍고 있어요.

대　왕　하느님이 잃어버린 눈물이라?

달팽이　예. 대왕마마!

대　왕　아니야, 울음소리를 듣다보면 언제나 기운이 넘쳐 보이는
　　　　데, 쇠똥구리나 먹는 그 구름 눈물을 꼭 먹어야 하느냐?
　　　　(의자에 앉는다)

달팽이　이 숲 나라의 왕위를 이어갈 공주님이십니다. 마마의 건강
　　　　이 중요하듯 공주님의 건강 역시 숲속 나라 백성들의 걱정
　　　　이 될 수 있사옵니다.

대　왕　그래. 쇠똥구리 의사들은 어떤 영양 간식을 만들라고 하였
　　　　느냐?

달팽이　(메모판을 살펴보고는) 예. 쇠똥구리 의사들은 공주님의
　　　　영양 간식으로는 귀뚜라미 발바닥에 고양이 속눈썹 두 개,
　　　　그리고 방울새의 눈물방울을 넣어 아침햇살로 끓여서 아
　　　　침저녁으로 두 번 드시라고 하였습니다.

대　왕　시종장!

달팽이　예, 마마!

대　왕　그 아침햇살을 건지려다가 물총새 의관들이 호수에 빠져
　　　　목숨을 잃지 않았느냐? 더 이상 우리 공주 때문에 숲속 나

라의 백성들이 아까운 목숨을 잃게 할 수는 없다.

대신 1 마마, 옛날 문서에 보면 용궁에 살던 멸치대왕이 이빨이 아파 울고 있을 때 개구리 부레를 이용했다는 기록이 있으며, 삼천 갑자를 산 동방삭이 어머니는 아기를 낳을 때 얼마나 고통스러웠던지 보름을 울었는데, 사마귀의 간과 노루 눈곱을 먹고서야 울음을 그쳤다고 하옵니다.

왕 비 (시녀들의 호위를 받으며 등장한다) 뭐, 노루 눈곱이라고요?

모 두 (허리를 굽혀 인사하며) 왕비마마!

왕 비 장관님, 공주에게 사마귀간과 노루 눈곱을 먹이란 말씀이세요?

대신 1 왕비마마, 이것은 곽거사라는 사람이 쓴 옛날 문서에 나와 있는 것을 말씀드린 것입니다.

왕 비 말도 안 됩니다. 공주의 울음소리가 듣기 싫다고 사마귀간에다 노루 눈곱, 아니 강아지 똥도 좋다고 하지 않았어요?

대신 3 그것은 제가 드린 말씀입니다.(곡5 **'강아지 똥'** 을 노래한다)

멍멍 망망 우리강아지
말동 말동 귀여운 우리강아지
응아도 이뻐요 쉬하는 것도
망망 멍멍 짖는 모습도
공주님은 사랑해 좋아 할 거야
똥강아지 멍멍 우리 강아지

왕 비 　공주는 이 숲 나라의 보위를 이어갈 귀하신 몸인 것을 몰라서 그러십니까? 그런데, 불손하게도 개똥에 생전 처음 들어보는 사마귀간이며, 노루 눈곱을 먹이게 하려 들다니 백성들이 알면 이 나라 대신들을 얼마나 한심스럽게 생각하겠어요?

대 왕 　그래. 백성들이 얼마나 한심스럽게 생각하겠는가?

왕 비 　병을 알면서도 고칠 수가 없다니, 어둠을 무서워하는 공주의 고통을 그대들이 조금이라도 이해한다면 결코 공주의 울음소리가 시끄럽다거나 듣기 싫은 소음으로는 여기지는 않을 것이오.

모 두 　황공하옵니다.

대 왕 　(혼잣말처럼) 과인이 이렇게 외로울 때 왕자라도 하나 곁에 있었다면 얼마나 큰 위안이 되었을까?

왕 비 　마마,

대 왕 　아니오. 왕비께서 왕자라도 생산해 주셨다면 울보공주가 덜 외로웠지 않을까 해서 하는 말이오.

왕 비 　마마, 밤을 이 나라에서 없애십시오.

대 왕 　뭐요? 밤을 없애라고?

모 두 　(웅성댄다)

대신 2 　왕비마마, 이 숲 나라에서 밤을 없애는 일은 쪽박으로 바닷물을 퍼 올리는 일보다 어렵사옵니다.

대신 3 　그렇습니다. 옛날 너구리굴에 살던 토끼임금은 까만 밤을 밝히려고 보름달을 나오리고 하였습니다. 그런데, 어찌 되었습니까? 아직까지 달님에게 잡혀서 달나라에 살고 있지 않았습니까?

대신 1   왕비마마, 우리 숲 나라의 대신들은 왕실에서 필요한 것이라면 무엇이든 구하였습니다. 방울새 아기의 이불을 만들기 위해서 사슴의 배꼽 털도 구해 왔고, 궁전의 창문 장식을 위해서 서쪽 하늘에 걸린 무지개도 잘라왔습니다.

대 왕   우리 공주는 밤이 무서워 울고 있다고 하지 않았소?

대신 3   (한숨을 쉬듯) 마마, 밤은 지우개로 지울 수도 없고 불로 태워버릴 수도 없는 것이옵니다.

대신들   그러하옵니다. 마마.

대신 2   밤을 없애는 일은 거미줄로 여치소리를 모으는 것보다 어려운 일이며, 호랑이 수염에 구슬을 꿰는 것보다도 어렵사옵니다.

대 왕   (일어서 걸음을 옮기다가) 아, 이 숲 나라에는 밤이 오지 않게 할 위인은 없단 말인가? 답답한 일이로다.

대신 2   마마, 아뢰옵기 황송하오나 불가능한 일이옵니다. 그리하여 공주가 울지 않게 할 수 있는 약을 짓거나 음식 만드는 일에 저희 대신들은 백방으로 알아 본 것이옵니다.

왕 비   마마!

대 왕   왕비, (바라보며) 숲속 나라의 임금인 나도 어찌 할 수가 없다니 그저 안타까울 뿐이오.

왕 비   이웃나라에 사신을 보내십시오. 지혜를 모아야 합니다.

대 왕   (문득) 사신을?

왕 비   예. 지혜 있는 과학자를 부르십시오. 삽살개 나라나 호숫가에 사는 잠자리 나라에도 사신을 보내시옵소서.

대 왕	왕비, 그들도 이 숲 나라에 밤이 오지 않게 할 수 있는 방법은 모른다고 했어요.
왕 비	(놀라며) 그럼, 벌써 사신을 보내시었습니까?
대 왕	그래요. 햇님이 지지 않도록 끈으로 묶어서 숲 나라만 비치게 할 수도 없고, 밤하늘 멀리 떠있는 별님을 끌어 올 수도 없는 일이니…. 그저 답답할 뿐이오.
왕 비	마마, 아닙니다. 밤이 오게 하지 않을 방법이 있습니다. 우리가 그것을 모르고 있을 뿐입니다.
대 왕	왕비! (어깨를 안는다)
왕 비	우리 공주의 울음소리에 하늘의 별들이 밤마다 쏟아져 내리고 있습니다.
대 왕	압니다. 싱싱하던 나뭇잎은 시들어 가고, 시냇물은 강으로 흘러가기를 멈추었지요.
모 두	마마, 황공하옵니다.

  ＊ 세찬 바람소리가 지나간다. 무엇인가 떨어져 폭발하는 소리가 들린다. 무대가 잠시 흔들리고 무대 위의 왕과 신하들은 두려워 떨고 있다. 멀고 가까이 산짐승들의 울음소리가 시끄럽다.

어둠이 내리면 (곡6)
숲속나라 궁전에 어둠이 내린다.
부엉이 소쩍새가 밤을 지킨다.
개미굴에 나무구멍 숨어있던 까만 어둠이
숲속나라 골목마다 스믈스믈 스며 나온다.

시종 2　마마, 어서 내전으로 드시옵소서. 어둠이 깃들고 있사옵니다.

시녀들　(하늘을 보고)왕비마마, 하늘의 별들이 떨어지고 있습니다.

왕 비　언제까지 이렇게 숲 나라의 불안한 밤이 계속된단 말이냐?

달팽이　마마, 밤이 오고 있습니다. 어서 내전으로 드십시오.

대 왕　왕비, 오늘은 보름달이 돋아날 것입니다. 무서워하지 마세요.

왕 비　이슬 내린 나뭇잎을 치면서 바람도 찾아오고 있어요.

시종 2　그렇습니다. (시를 읊듯) 개미굴에 숨어있던 어둠도 기어나오고

시종 1　밤의 신령들이 바람을 타고 날아오고 있습니다.

시종들　(하늘을 보고 놀란다) 아—.

*다시 세찬 바람소리가 지나간다. 번갯불과 천둥소리—, 그때마다 산짐승들이 놀라서 우는 소리가 무대를 뒤흔든다.

왕 비　마마, 어서 안으로 드십시오. 멀리에서 캄캄한 어둠이 내리고 있습니다.

대 왕　그래요, 갑시다.

대신들　마마, 평안한 밤이 되시옵소서!

대 왕　(나가려다가) 공주의 방을 잘 지키도록 하여라. 박쥐굴의 지옥새가 찾아와도 열어주지 말라 고 하라!

병정들　예이ㅡ.

＊ 왕과 왕비, 시녀들이 궁전 내실로 퇴장하면, 무대의 불빛이 바뀐다. 오른쪽에 서 있던 나무가 뒤뚱뒤뚱 무대 중앙으로 나온다. 달팽이가 그 모습을 보고 부축하려고 가다가 옆으로 피해 선다.

달팽이　(비켜서며) 나무신령님!

나무신령　달팽이, 자네는 왜 내전으로 들어가지 않나?

달팽이　밤이면 제가 할 일이 없습니다.

나무신령　(나뭇가지를 휘저으며) 오늘도 지루한 밤이 되겠군.

대신 1　나무신령님, 대왕마마는 밤의 어둠을 몰아낼 방법을 꼭 찾을 것입니다.

나무신령　그래. 왕비의 채근이 심하니까.

달팽이　이 푸른 숲을 잃지 않는 일이라면 저는 찬성입니다.

나무신령　(한숨) 그러나 왕비는 공주의 일이라면 무슨 일이라도 저지르고 말 것이다. 버섯궁전이 사 라져도 슬퍼할 사람이 아니야.

대신 2　임금님께서는 세계 여러 나라에 사신을 보냈습니다.

나무신령　시종장!

달팽이　예, 나무신령님.

나무신령　잘 듣게. 내일 해가 돋으면 천살 먹은 거북대왕이 찾아와 울보공주를 만나려고 할 거야. 그 거북대왕이 이 숲 나라에 오지 않기를 그렇게 소원했지만, 그것을 내 힘으로 막을 수는 없었네.

모　두　거북대왕이라면?

나무신령　그가 나무꾼을 이 숲 나라에 불러 올 거야.

모　두　(놀라) 나무꾼요?

달팽이　나무신령님, 사람들이 우리 궁전 숲을 본다면 나무를 베는 데 시간을 아끼지 않을 것입니다.

나무신령　그래. 민달팽이 한 마리도 살아남지 못하겠지.

달팽이　난 이 숲에서 삼백 오십년을 살았습니다.

나무신령　난 천 이백년을 살았다.

대신 1　나무신령님, 거북대왕이 데리고 올 나무꾼을 어떻게 ◎아 냅니까?

대신 2　거북대왕을 우리나라에 오지 못하게 할까요?

나무신령　(본래 있던 자리로 가며) 이 밤이 걷힐 때까지 내 뿌리를 썩혀서 향기로운 송이버섯을 기를 것이다. 그 송이버섯을 따 가지고 가게 해라.

대신 3　나무신령님, 뿌리를 썩혀 송이버섯을 기르신다면?(머리를 흔들며)안 됩니다. 나무신령님은 우리 숲 나라의 상징입니다.

나무신령　이것이 이 숲과 숲 나라의 궁전을 지킬 수 있는 방법이다 달팽이는 물을 길어다 내 뿌리가 썩도록 도와주렴.

달팽이　알겠습니다. 그 울보공주 때문에 나무신령님이 큰 고통을 겪게 되시는군요.

대신 3　나무신령님, 저희들이 부족하여 이런 일이 생긴 것입니다.

나무신령　떠버리 박쥐들이 보기 전에 어서 일을 시작하자.

모　두　알았습니다.

달팽이 자, 모두 나무신령님의 말씀을 잘 들으셨지요? 물을 길어
다 뿌리고 이끼를 뜯어다 뿌리를 덮읍시다!

모 두 예. (곡7 **'일을 시작하자'**를 합창한다

물을 길어오자 이끼를 덮자
나무나무 할아버지 뿌리를 덮자
떠벌이 박쥐가 보기도 전에
버섯 길러 이 숲을 지키러 가자.

물을 길어오자 이끼를 덮자
나무신령 할아버지 유언이 있다
거북대왕 나무꾼 이곳에 올 때
향기 있는 버섯을 키우러 가자.

 * '쿵' 소리와 함께 무대가 흔들린다. 나무신령은 '저 건너편 숲
이 없어져서 산이 무너지는 소리야!' 하고 눈을 감는다. 바람소리가
크게 들려오면서 무대의 불이 꺼진다.

제 2 장

무대가 다시 밝아지면 -, 무대에는 크고 작은 버섯들이 자라있
다. 창문에도 대왕의 집무용 의자 옆에도 초가지붕을 닮은 버섯이
자라있다. 대신3이 톱보기도 이 버섯들을 살피고, 시종1은 그리게로
버섯에 물을 뿌리고 있다. 잠시 사이-. 공주와 시녀들이 등장한다.

공주의 얼굴은 눈물 자욱이 길게 그려져 있다. 매미의 울음소리가 시끄럽다.

시녀 4　공주마마, 숲속 나라에 예쁜 버섯들이 돋아났습니다.

공　주　그래. 정말 그렇구나. (살핀다) 정말 예쁜 버섯이야.

시녀 3　용궁의 거북대왕이 오시는 날 이런 경사스런 일이 일어났습니다.

공　주　그래. 이 숲속 나라 궁전이 더욱 예뻐졌구나.

시녀 2　예, 마마.

대신 3　(허리를 굽히며) 공주마마, 울지 않으시니 얼굴이 참 곱습니다.

공　주　내 날개옷이 젖었어요. 밤새내린 이슬을 나뭇잎이 가지고 있다가 내 옷에 부어 버렸어.

대신 3　공주님, 그것은 억지이옵니다.

공　주　흥, 난 썩고 냄새나는 나무는 싫다고. (가리키며) 저 나무에서는 냄새가 나. 나무를 베어 버리게 할 거야.

시녀 3　(놀라서) 공주님, 안됩니다.

시녀들　예. 나무들이 없으면 우리 궁전은 보기 흉해서 백성들이 숲을 떠나 버릴 것입니다.

공　주　그래. 궁전에서나 이 숲에서 나를 좋아하는 이는 하나도 없지.

시종 1　공주님, 대신들은 공주님의 병을 고치기 위해 많은 고생을 하셨습니다.

공　주　흥, 모두가 밤이 무섭다고 이야기를 해도 모른 척 했는걸?

대신 2   그것은 밤이 무섭다고 궁전의 숲을 모두 없앨 수는 없는 일이기 때문입니다.

대신 1   공주님, 우리 대신들은 예쁜 별똥별을 주어서 목걸이도 만들었고, 별빛을 모아 공주님의 침대도 밝혀 드렸습니다.

공 주   싫어! 난 나무가 울창해서 어둠이 일찍 찾아오는 것이 싫다니까!

   * 이때, 왕비와 대신들이 거북대왕을 안내하여 등장한다. 시종들은 의자와 음식상을 차린다. 시녀들과 노래하는 버섯요정들과 새들이 나타나 춤을 추며 곡8 '어서 오세요'를 합창한다.

      어서 오세요 거북대왕님
      동해바다 용궁의 거북대왕님
      어서 오세요 거북대왕님
      우리공주 울보공주 병이 났어요.
      거미줄 그네도 소용없어요.
      구슬치기 이슬도 필요 없어요.
      오늘도 울보공주 울고 있어요.(버섯요정과 새들 퇴장한다)

시종 2   (멀리) 쉬—이. 용궁의 거북대왕 납시오!

병정들   (창을 밤쯤 눕히며) 거북거북 만세! 거북거북 만세!

왕 비   (안내하며) 대왕님, 이리 오십시오.

거북이   (만족해서)이렇게 초대하여 주셔서 고맙습니다. (둘러보며)숲 나라 왕비님, 정말 아름다운 궁전입니다.

왕비	예. 칭찬해 주시니 감사합니다.
시녀 2	(과일바구니를 들고 나와서 권한다)거북대왕마마, 과일입니다.
거북이	그래. (포도 알을 따서 입에 넣으며) 흠, 향기로운 과일이로구나.
왕 비	우리 숲속 나라에서 생산되는 과일이옵니다. (문득 공주에게) 공주야, 거북대왕님께 인사해야지.
공 주	예. 거북대왕님, 숲속나라에 오신 것을 환영하옵니다.
거북이	울보공주라고 소문이 났다더니 내가 온다는 소릴 듣고 울음을 그쳤느냐?
왕 비	낮에는 괜찮지만, 공주침실에 그늘이 지기 시작하면 하염없이 운답니다.
거북이	그럼, 그늘을 없애면 될 것이 아닙니까?
모 두	(놀라)예? 그늘을 없애라고요?
거북이	그래요. 그늘을 없애면 되겠구먼.
대신 2	마마, 그늘을 없애려면 궁전 숲의 나무를 베어내야 합니다.

궁전 숲의 나무를 (곡9)
아름다운 궁전 숲의 푸른 나무를
하나하나 베어야 없앨 수 있어
숲속나라 백성들 모여 사는 곳
푸른 나무 하나하나 베어야 하지

거북이	(고개를 끄덕이며) 그렇지. 그런데 왜 그 쉬운 방법을 알면

서도 나무를 베지 않고 있소?

대신 1 거북대왕님, 산짐승이나 벌레들은 숲이 있어야 보호를 받습니다.

거북이 그럼, 산짐승들이나 풀벌레가 숲 나라의 왕실에 안녕보다 중요하오?

대신 1 그 그건?

거북이 한심한 신하들입니다. 아직까지 그대들이 궁전에 살고 있다는 것이 이상할 뿐입니다. 당신들 같은 신하들이 있으니 왕비나 대왕께서 마음이 편할 날이 없는 것입니다.

왕 비 나무를 베어도 아무 문제가 없겠지요?

거북이 우리 용궁나라에는 나무 한 그루 자라지 않아도 잘 살고 있습니다. 백성들도 평안하게 잘 살고요.

왕 비 정말 용궁나라가 부럽습니다.

거북이 왕비님,

왕 비 예.

거북이 공주님의 병은 저대로 두었다가는 큰 병이 될 수 있습니다. 옛날 넘치대왕이 바다를 다스릴 때 인어공주가 파도소리를 무섭다고 울다가 그만 하얀 물거품으로 변해버린 일도 있습니다.

시녀들 (놀란다) 어머나!

왕 비 어머, 정말 가엾네요.

공 주 거북대왕님, 우리 숲에 어둠이 오지 않게 해 주세요.(곡10 **'무서운 숲에는'** 를 노래한나)

앙앙 엉엉 너무 무서워

밤하늘 어둠이 너무 무서워

숲속 나라 버섯궁전 나무숲 나라

햇님 달님 별님만 오게 하셔요.

대신 3   공주님, 고정 하옵소서. 이 숲 나라의 궁전에 나무가 없다

면 우리 모두가 이곳에서 살 수가 없습니다.

대신들   그렇습니다.

거북이   내가 바다를 거슬러 오다가 산기슭에서 쉬고 있는 나무꾼

을 만났습니다.

모 두   나무꾼이요?

거북이   그 나무꾼에게 내가 부탁을 했습니다.(곡 11 **'나무꾼이**

최고야' 를 노래한다)

우람한 팔뚝을 바라만 봐도

도끼와 쇠톱을 바라만 봐도

나무꾼은 숲 그늘 없앨 수 있지

나무꾼이 최고야 내가 불렀다

모 두   (웅성거린다)

대신 2   안됩니다. 이 숲을 무너트릴 수는 없습니다.

달팽이   안 돼요. 절대 이 숲을 베어내서는 안 됩니다.

거북이   아니, 이 벌레는 누구인가?

시녀 3   숲속나라 역사학자 민달팽이 영감이십니다. 시종장도 겸

하고 계시지요.

거북이　가서 낮잠이나 주무시지.

달팽이　거북대왕님, 이곳은 바다 속의 용궁나라가 아닙니다.

대신들　그렇습니다. 용궁나라가 아닙니다.

거북이　물론, 용궁에는 나무도 없고 숲도 없다.

왕　비　우리가 초청한 것은 공주의 울음을 그치게 해 달라는 것입니다.

대신 3　왕비님, 우리가 나무를 베는 방법을 몰라서 여쭙지 않은 것이 아닙니다.

대신들　그러하옵니다.

＊ 가까이에서 까마귀의 울음소리가 들려온다. 사이ー. 병정5와 6이 나무꾼을 안내하여 들어온다. 나무꾼은 긴 톱과 도끼를 들고 있다.

나무꾼　(주위를 살피며)야ー아, 이런 곳에 궁전이 있었다니... 정말 잘 가꾸어진 숲이로구나. 10년은 베어내도 되겠는 걸?

거북이　어서 오시게.

나무꾼　아, 거북대왕님이 말씀하시던 곳이 여기였군요.

대신 1　나무꾼님, 이 숲을 지켜주십시오.

나무꾼　숲을 지켜달라고? 난 나무를 베어 팔아서 가족을 먹여 살려야 해. 그게 내 직업이니까.(곡 12 '숲속이 나의 일터'를 노래한다)

나는요 나무꾼 부지런한 나무꾼
숲속의 나무를 베어 파는 나무꾼
숯 구워 시장에 가지고 가서
쌀도 사고 돈도 벌고 나는 나무꾼

대신 2　송이버섯을 가지고 가십시오.

나무꾼　뭐? 송이버섯, 송이버섯이 있어?

대신 2　맛있고 향기로운 송이버섯과 약으로 팔 수 있는 상황버섯입니다.

나무꾼　(기쁘다) 상황버섯도 있다고?

왕　비　나무를 베어 가십시오. 난 이 숲속나라의 왕비입니다.

나무꾼　숲속나라의 왕비? 난 돈을 벌어야 해. 나무를 베는 일도 버섯을 따는 일도 사랑하는 가족을 위해 하는 거야. 힘을 덜들이고 돈을 벌수 있는 있다면 난 그 일을 할 거야.

왕　비　나무꾼님, 나무를 베시라니까요.(춤을 추며 곡 13 **나무를 베시라니까**'를 노래한다)

나무꾼님 나무를 베어가세요.
나무도 풀잎들도 가져가셔요.
숲속 나라 울보공주 밤이 무서워
울음소리 하루도 그칠 날 없죠.
(시녀들도 왕비와 합창한다.)
나무꾼님 나무를 베어가세요.
나무도 풀잎들도 가져가셔요.

숲속 나라 숲 그늘 밤이 무서워
울보공주 오늘도 울고 있어요.

나무꾼　난 돈을 벌어야 해요. 송이버섯이 있다면 이 숲을 지켜줄
　　　　수도 있지.

공　주　나무꾼 아저씨, 숲 그늘이 무서워요. 그늘을 없게 해 주
　　　　셔요.

나무꾼　너는 아주 나쁜 아이로구나. 너 때문에 숲을 없애는 것이
　　　　좋다고? (살피며)우와! 정말 좋은 버섯이다. 돈을 많이 벌
　　　　수 있게 되었어.

거북이　나무를 베지 않을 것이오?

나무꾼　그래요.(버섯을 하나 따서 들고)이 정도의 버섯이면 나무
　　　　한 짐을 팔아도 살 수가 없어요. 그만큼 비싼 값으로 팔수
　　　　가 있단 말입니다.

거북이　(기가 막혀서)허허 그거 참.(이때, 대왕이 집무실에서 나
　　　　온다. 나무꾼은 신이 나서 버섯을 들고 곡14 **'나는요 나
　　　　무꾼'**을 노래한다)

나는요 나무꾼 숲속의 친구
멋쟁이 나무꾼 쓱삭— 쓱삭—
숲속의 나무를 베어서 파는
멋쟁이 나무꾼 나를 보세요.
이제는 나무를 베시 안을 태
숲속의 진주를 이제야 찾았다.

대신들 (대왕을 보고) 마마!

대 왕 (거북대왕을 보고 반기며)거북대왕님, 어서 오십시오.

거북이 (얼굴을 보고) 얼굴에 아직도 근심이 가득하옵니다.

대 왕 (계단에 올라서서) 모두 듣거라!

모 두 예─이.

대 왕 내가 어리석은 임금이었다. 숲속나라 임금이 숲을 없애려
했다니, 나무를 베어낼 걱정은 하지 말아라.

모 두 (기뻐하며) 대왕마마!

시종들 마마,

대 왕 오늘 반딧불이 나라에서 1천 마리의 반딧불이 등불병사들
이 왔다.

모 두 반딧불이 병사라고?(즐겁게 곡 15 **'반딧불이 병사는'** 을
노래하며 춤을 춘다) 만세!

어두운 숲속에 불을 밝히자
별빛 닮은 반딧불이 불빛을 모아
공주님 침실에 불을 밝히자
울보공주 이제는 무섭지 않아

대 왕 그래그래. 이 등불병사들은 앞으로 공주의 침실을 환하게
밝혀 줄 것이다.

모 두 만세! 만세!

시종 2 마마, 정말 잘 되었습니다.

대 왕 나무를 베어 그늘을 없앤다는 말을 듣고 반딧불이 여왕께

서 직접 비행기를 타고 왔었습니다.

왕 비 정말 고마운 일입니다.

달팽이 마마, 이제 백성들에게 일러서 숲속에 솔이 씨와 풀씨를 심게 하십시오.

대 왕 숲에 솔이 씨와 풀씨를 심으라고?

달팽이 그러하옵니다. 보십시오.(가리키며) 우리가 사는 숲의 큰 나무들의 뿌리가 썩고 있습니다.

대 왕 무엇이? 뿌리가 썩어?

시종들 예. 뿌리가 썩고 있사옵니다.

달팽이 마마, 나무들이 스스로 뿌리를 썩게 해서 값이 비싼 송이 버섯을 기른 것입니다.

대 왕 (가슴을 치며)오, 내 잘못이다. 이것은 과인의 잘못이다.

나무신령 (간신히 몸을 세우며) 대왕님, 그리고 왕비님 나를 보십시오.

대 왕 나무신령님.

나무신령 이제 더 이상 이 숲을 지켜 줄 힘이 없습니다. 이번 일을 교훈 삼아 대왕은 더욱 숲을 잘 가꾸고 지키도록 하시오.

대 왕 나무신령님.

모 두 나무신령님!

나무신령 (공주에게) 공주야, 내 곁으로 가까이 오너라. (가리키며) 저기 내 발끝뿌리에 자란 송이를 먹어라. 두려움이 없어지고 울음을 그치게 할 것이니(비틀 거린다)

공 주 신령님, 제가 잘못했어요. 죽지 마세요.

나무신령 숲을 다시 가꾸려면 1백년 이상 정성으로 보살펴야 한다.

나무꾼 신령님, 사람들도 잘 알고 있습니다. 지키지 못할 뿐이지요.

거북이 그래요. 숲을 잘 가꾸어야 강물도 맑아지고 바닷물도 맑아져요.

나무신령 숲속 나라 백성들이 나를 나무할아버지로 불러 줄 때가 무척 행복했단다. (곡 16 **'숲에 나무를 길러'** 를 부른다)

푸른 숲 맑은 물 강물을 따라
아웅, 다웅 사람들 모여 산단다.
나무도 풀숲도 바위 하나도
이 숲을 지키는 친구들이다.
나무, 나무 할아버지 떠난 자리에
나무씨앗 하나를 심어줬으면

모 두 할아버지!

나무신령 (모두에게 힘이 겨운 듯 신음하며)내 몸에서 힘이 조금씩 빠져나가고 있는 것 같구나., (앞으로 한걸음 나서다가)내 뿌리와 몸이 썩으면 아기굼벵이도 기르고, 송이도 기르고 씩씩한 새 나무 씨를 기르시오. 그것이 이 아름다운 이 숲을 지킬 수 있는 방법입니다. 아시겠습니까? ('쿵! 하고 넘어진다)

모 두 (모여들며) 나무할아버지!

공 주 나무 할아버지! 이제 나무를 베지 않게 할게요. 할아버지, 그만 일어나서요! 할아버지! 일어나서요. 제가 잘못

했습니다.

모　두　나무할아버지! 나무할아버지!

달팽이　나무신령님! 흐흐흐ㅡㄱ.

　＊ 천둥소리와 번갯불이 번쩍이며, 산짐승과 풀벌레들의 울부짖는 소리가 무대 가득히 들려오며 합창곡이 울려온다.　**막ㅡ.**

토끼의 재판

나오는 사람들
토끼 · 소나무(3백년 된 늙은 소나무)
호랑이(산짐승의 왕) · **까치 · 여우**
선비(과거 시험을 보러 가는 선비) · **아낙1-2 · 나무꾼1-2**

때 이른 봄
곳 숲속의 공터

무대 숲속의 공터. 숲속 옹달샘가의 쉼터이다.

무대 뒤쪽으로 짐승을 잡기위해 파놓은 웅덩이(함정)이 풀과 나뭇가지로 반쯤 숨겨있고, 그 옆으로 숲길이 무대 오른쪽 밖으로 계속되어 있다. 중앙에는 늙은 소나무가 바위에 걸려 비스듬히 누워있고, 억새풀숲 옆에 옹달샘이 있다. 그리고 왼쪽 후면에는 하늘이 틔여 있는데, 그 아래로 계곡과 계곡을 따라 굴 껍질처럼 붙어있는 산자락과 산골 마을의 경치가 멀리 보인다.

막이 열리면, 여우와 토끼가 함정을 살피고 있다.

여 우 (함정 쪽으로 갔다가 앞으로 나오며)와— 꽤 깊이 팠네.

소나무 사람들이 호랑이를 잡으려고 파 놓은 거야.

토 끼 (고개를 갸우뚱하며) 호랑이를 잡는다고?

소나무 응, 마을 사람들이 호랑이한테 벌써 세 사람이나 죽었어.

여 우 야. 호랑이가 사람들에게 그렇게 쉽게 잡힐 거 같니?

토 끼 글쎄.

소나무 그래도 마음씨 나쁜 사람을 혼내 줄 수 있는 짐승은 이 숲 속에 호랑이 밖에 없는데….

토 끼 내가 살펴보니까 함정이 일곱 개나 되었어.

여 우 뭐? 일곱 개?

소나무 여우야, 호랑이에게 알려 주는 게 어떨까?

여 우 호랑이에게? (사이) 음—. 호랑이는 나만 보면 짜증을 내고 덤벼들어. 잡아먹을 것처럼 말이야.

소나무 토끼야, 네가 호랑이에게 알려 주어라!

토 끼 난 싫어.

소나무 왜?

토 끼 호랑이는 우리 할아버지를 잡아간 적이 있어. 내가 왜 호랑이한테 좋은 일을 하니?

소나무 그럼, 까치한테 부탁을 해야 하겠구나.

토 끼 얘 소나무야! 넌 호랑이가 밉지도 않니? 밤마다 네다리에 털가죽을 비벼대는 것이 좋아?

소나무 난 사람들이 더 미워!

여 우 사람들이 모두 미운 것은 아니야.

소나무 다 나쁘다니까!

여 우 (소나무를 바라보며)소나무야, 넌 참 이상한 아이구나.

소나무 뭐?

여 우 사람들이 왜 나쁘다는 거야?

소나무 사람들은 우리 나무들을 베어다가 집을 짓기도 하고 아궁이에 넣어 불에 태워 버리기도 한다고.

토 끼 응. 그래서 아기솔방울을 많이 달고 있는 것이구나.

여 우 뭐? 아기솔방울?

토 끼 그래. 나무를 마구 베어가니까 솔방울을 많이 맺어 씨앗을 많이 품고 있는 거라고. 맞지?

소나무 그래.

여 우 응. 알았다. 나무들이 가을이 되면 많은 씨앗을 숲속에 날려 보내는 이유를 알겠어.

소나무 (갑자기 몸을 흔들며)쉿!

모 두 (긴장한다)

토 끼 왜? 무슨 일이야!

소나무 가지 끝에 있는 눈으로 보니까 약초를 캐러 갔던 사람들이 내려오고 있어. 너희들 빨리 숨어!

여 우 그래?(모두 숨는다) 보이니?

소나무 그래. 보여.(바위 옆에 가서 서며)빨리 숨어. 꼭꼭!

토 끼 (소리만)소나무야, 나 보이니?

소나무 아니, 사람들이 지나 갈 때까지 움직이지 마. 가만있어. 알았지?

모 두 (낮은 목소리로)알았어.

＊ 잠시 사이-.나무꾼과 마을 여자들이 숲길을 따라 내려온다.

나무꾼 1 (지게를 벗어 세우며)자, 이곳에서 쉬어 가세.

나무꾼 2 응 (지게를 세우며)나도 목이 말라 물을 마시려던 참이
었어.

아낙 1 밝은 대낮에 마을 사람들이 이렇게 모여 다니니까 이상
해요.

나무꾼 2 이게 다 안전 때문이지요. 혼자서는 호랑이 무서워 산에
못 올라가요.

나무꾼 1 상돈이 어머니도 혼자서 송이버섯을 따러 갔다가 변을 당
하셨어요.

아낙 2 (걱정스러운 듯)이제 산에 오르는 것이 겁이나요. 호랑이
가 지켜보는 것만 같아서요.

아낙 3 예. 사냥꾼을 불러다가 잡든지 불안해서 못 살겠어요.

나무꾼 2 (한숨을 쉬며)예. 호랑이 무서워 원님이 살고 계신 성내로
갈 수도 없고

아낙 2 (나무군1에게)함정을 판다고 하더니 소식도 없고.

나무꾼 1 아닙니다.(가까이 다가와서)벌써 아홉 개나(눈치를 살피
며) 호랑이가 아주 영물이라서 사람의 말을 듣는다니까.

아낙 3 (놀라며)어머나! 그럼 내 말도 들었겠네.

아낙 1 뭐?

나무꾼 2 아무튼 이대로 우리가 호랑이한테 당하고만 있을 수 없
어요.

아낙 2 어른들 말씀이 아기 업은 여자를 노린다고 들었는데….

아낙 1 아니에요. 호랑이는 한 번 마음먹은 짐승이나 사람은 빈틈
만 보이면 집에까지 찾아와 물어 간대요.

아낙 3 (물을 떠 마시고)자, 어서 내려가요. 오늘이 당산 굿을 하
는 날이잖아요.

모 두 (지게를 지고 나물바구니를 들고 일어서 마을 쪽으로 퇴장
한다. 여우와 토끼가 주위를 살피며 나온다.)

여 우 (숲을 향해)야, 갔어. 토끼야, 갔다고!

토 끼 (뒤에서)알아. 야, 여우야. 함정을 아홉 개나 팠다니 언제
그렇게 파 놓은 거지?

소나무 (가까이 오며)사람들은 한 번 결심하면 꼭 하고야 말거든.
너희 산짐승들 하고는 달라.

호랑이 (살며시 소나무 뒤로 나타나)뭐? 산짐승이 사람과는 다르
다니? 야, 그게 무슨 말이냐?

토 끼 (바위 옆으로 숨으며)소나무에게 물어 보세요.

여 우 (벌벌 떨면서)예. 소나무가 그랬어요.

호랑이 소나무야, 너 지금 내 욕을 하고 있었구나.

소나무 욕?(웃으며) 내가 네 욕을 하려면 바람이 불 때 하지 이렇
게 햇빛이 맑은 날에 하겠니?

호랑이 바람이 불 때?

소나무 응, 바람이 불 때 큰소리로 '호랑이는 나쁜 놈' 이렇게 외
치면 숲속의 모든 친구들이 들을 수 있을 테니까.

호랑이 (웃으며)하하하. 야, 웃기지 마. 지금까지 이 숲에서 나를
욕하는 소리를 아직 난 듣지 못했다. 욕을 하긴 누가 해.

토 끼 사람들이 하는 이야기 듣지 못했어요?

호랑이	사람? 그놈들은 앞으로 욕을 못 할 거야.
여 우	그건 왜요?
호랑이	(자랑스럽게)웅ー. 내가 모두 잡아먹어 버릴 거니까. 사람들은 친구를 헐뜯기 좋아하고 곧잘 싸우고 착한 사람을 모함하기도 하지.
소나무	호랑이야, 정말 모두 잡아먹을 거야?
호랑이	그래. 지금 당산나무가 서있는 절터에 가는 길이야. 나무꾼 하나가 지금 나무를 베고 있거든?
토 끼	안 돼!
호랑이	뭐?(노려보며)안된다니?
토 끼	(놀라서)아 아니에요.
호랑이	가만, 너 아까부터 좀 이상하다 했는데 뭐 숨기는 거 있지?
토 끼	아니요. 거기서 오늘 당산제를 지내잖아요.
호랑이	음ー, 그건 나도 알고 있다. 얘, 소나무야. 난 앞으로 숲속의 짐승은 잡지 않을 거야.
여 우	그 말이 정말이에요?
호랑이	그래.(모두에게)사람을 잡는 것이 쉬워. 숲속의 짐승을 잡는 것처럼 힘이 들지도 않고.
소나무	함정을 조심해!
호랑이	함정? 하하하. 내가 함정을 두려워 할 줄 알아?
소나무	호랑아. 인간들이 너를 잡기 위해 숲속에 얼마나 많은 함정을 파 놓았는지 알아?
호랑이	(웃으며)내가 누군가? 이 숲속의 왕이 아니냐? 네기 사람들이 파놓은 함정을 모를 수가 있겠니?

토 끼   (호랑이의 눈치를 살피며)바로 이 옆에도 함정이 있어요.

호랑이   (다가가서)어디? (나뭇가지를 헤치며) 옳지. 여기 있구나. 흐흐, 감쪽같이 숨겨 놨구나.

여 우   호랑이님 조심하세요.

호랑이   이 함정에 빠져 내가 잡힐 거라고 사람들이 생각하고 있단 말이지?(어슬렁거리다가 함정에 빠진다)아이쿠!

소나무   어? 정말 빠져 버렸네.

여 우   아, 어떻게 하지?

토 끼   내가 조심하라고 했는데….

호랑이   (함정 안에서)야, 나 좀 꺼내줘. 구덩이가 무척 깊다고.

소나무   조심을 해야지. 우리가 어떻게 너를 도와?

토 끼   맞아. 우린 도와 줄 힘이 없어.

　＊ 이때 멀리 농악대의 풍물소리가 들려온다. 선비가 나들이차림으로 옹달샘으로 온다. 여우와 토끼 숨는다. 호랑이의 울음소리ー.

선 비   (움찔 놀라며)이크ー, 호랑이가 가까이 있는 모양이군.

호랑이   살려 주세요. 살려 주세요.

선 비   (함정으로 다가가 들여다보고는)아니, 호랑이가 함정에 빠져 있네.

호랑이   선비님, 저 좀 살려 주세요. 은혜를 꼭 갚을게요.

선 비   뭐? 은혜를 갚는다고?

호랑이   예. 선비님이 저를 살려 주시면 금과 은이 숨겨진 동굴을 가르쳐 드릴게요.

선 비   글쎄. 난 지금까지 호랑이가 은혜를 갚았다는 이야기를 한
           번도 듣지 못했다.

호랑이 (울며) 살려 주셔요. 살려만 주신다면 무슨 일이든 다 하겠
           어요.

선 비   (잠시 하늘을 바라보다가)호랑아, 먹이에 욕심을 내다보
           면 아무리 영특한 짐승이라도 실수를 하는 법이란다. 하지
           만, 위험에 있는 호랑이를 선비가 구하지 않는 것도 도리
           가 아니지.

호랑이 선비님, 고맙습니다. 고맙습니다.

선 비   (칡 덩쿨을 함정에 늘어뜨린다)호랑아, 자, 이걸 움켜잡고
           나오너라.

호랑이 예. 고맙습니다.(가까스로 기어 나온다) 아, 숨차. 하마터
           면 사람들에게 잡혀가 가죽을 벗길 뻔 했어.

선 비   (한걸음 물러서며)응? 왜 나를 노려보느냐? 나는 너를 구
           해주지 않았느냐?

호랑이 선비, 당신은 내가 금은보화가 묻혀있는 동굴 이야기에 솔
           깃해서 나를 구해 준 거야. 안 그런가?

선 비   (어이없다는 듯)아니? 허허. 구해 달라고 할 때는 언제고?

호랑이 난 지금 배가 고파. 당신을 잡아먹어야 하겠다.

선 비   아니, 이런 경우가 어디 있나?

소나무 (나뭇가지를 흔들며)호랑아, 사람들은 믿지 마.

호랑이 (가리키며)들어 봐. 저 소나무가 뭐라고 하는지?

소나무 그래. 사람들은 우리 나무들이 숲을 가꿔주는데도 그 고마
           움을 모르고 살아. 베어다가 집을 짓기도 하고 불을 지피

기도 하지. 홍수가 왜 나는지 알아?

선 비 이것은 공정한 방법이 아니야!

여 우 (나무 뒤쪽에서 나오며)공정해요!

선 비 뭐?

여 우 선비는 호랑이를 당연히 구해 주어야 해!

호랑이 옳지. 여우가 이제 바른 소리를 한마디 하는구나.

선 비 은혜를 원수로 갚는 법이 어디 있는가?

호랑이 (선비를 가운데 두고 빙글빙글 돌며)이 함정은 사람들이 판 거야.

선 비 내가 판 것은 아니지.

까 치 (나무위에서)야. 왜 이렇게 시끄러워! 우리 까치아기들이 잠에서 깨었잖아?

선 비 옳지. 얘, 까치야. 이런 경우가 어디 있니? 내가 함정에 빠진 호랑이를 구해 주었더니 나를 잡아먹으려고 하는구나.

까 치 정말 잡아먹으려고 했어요?

선 비 그래. 이런 억울한 일이 또 어디 있겠니?

까 치 (나무에서 내려온다)억울해요?

선 비 그럼, 은혜를 원수로 갚겠다는 이야기가 아니고 뭐겠니?

호랑이 아, 배고파!

까 치 사람들은 우리 새들을 잡아서 구워 먹고, 볶아 먹고, 하루도 마음 편히 지낸 날이 없었어요.

선 비 (놀라)아니, 까치 너 마저….

토 끼 왜요? 까치 말이 맞잖아요?

까 치 그래요. 선비를 잡아먹으려는 호랑이님의 판단이 옳아요.

선 비 아, 내가 무엇을 믿고 어리석은 짓을 했지?(운다) 아, 이제 꼼짝없이 호랑이의 밥이 되는구나.

토 끼 (잠시 바라보다가)선비님, 왜 우십니까?

선 비 뭐?

토 끼 호랑이님이 선비를 구했다면 당연히 밥이 되어도 감사해야지요.

호랑이 뭐, 이놈 봐라.

선 비 호랑이가 나를 구한 게 아니고 내가 함정에 빠진 호랑이를 구했다니까.

토 끼 정말예요?

호랑이 야, 토끼야. 너 아까 내가 구덩이에 빠지는 거 봤잖아?

여 우 (어리둥절해서)토끼야, 너 지금 무슨 소리야?

토 끼 (시치미를 떼고) 저 호랑이님이 사람들이 파놓은 함정에 빠졌다면서?

소나무 그래. 이제야 정신이 드는 모양이구나.

토 끼 호랑이님은 (가리키며) 여기 있잖아?

여 우 호랑이님이 저 구덩이에 빠졌다니까!

토 끼 아니, 그 깊은 함정에서 호랑이님이 빠졌으면 어떻게 나올 수가 있었느냐고?

선 비 옳지. 토끼 네가 옳은 판단을 하는구나. 내가 (시늉하며) 칡넝쿨을 이렇게 내려 주어서 그걸 잡고 호랑이가 올라왔단다.

토 끼 (가리키며)선비님이 올라오셨어요?

호랑이 (화를 벌컥 내며)아니 이놈이 내가 올라왔다고 했잖아!

토 끼	(웃으며)하하하, 호랑이님은 이 숲의 왕이신데 저 함정에 빠질 리가 없어요. 거짓말 하지마세요.
선 비	거짓말이 아냐!
여 우	토끼야, 정신 차려 선비 말이 사실이라니까!
소나무	그래. 호랑이가 진짜 함정에 빠졌었단다.
토 끼	정말예요?
호랑이	(화가 나서)이 미련한 토끼 놈아, 내가 보여주지.(함정으로 풀석 뛰어들며)이렇게 빠졌단 말이다!
토 끼	(놀라)아, 정말 호랑이님이 빠지셨네요.
호랑이	이 미련한 토끼야. 이제야 알겠느냐? 알았으면 어서 나를 꺼내다오.
토 끼	왜요?
호랑이	아니, 저 놈이?
토 끼	선비님, 어서 가셔요. 덫에 친 우리 엄마 토끼랑 할아버지 토끼를 구해준 은혜를 이제야 갚습니다.
선 비	고맙다. 너의 재판은 훌륭한 것이었다. 고맙다.
호랑이	살려주세요. 선비님 약속을 지킬게요. 분명히 금과 은이 숨겨진 동굴이 있어요. 전 필요 없는 물건이니 선비님 다 가지세요.
토 끼	자 이제 알았지. 호랑이는 우리에게도 약속을 지키지 않을 거야. 숲속 짐승을 잡아먹지 않겠다고 했지만, 사람들이 없으면 무엇을 먹고 살겠어.
여 우	그래 잘했어.
호랑이	토끼야! 여우야! 선비님!

소나무	호랑이가 불쌍하게 되었군.
선 비	(칡넝쿨을 던져주며)호랑아, 이 칡넝쿨 줄 테니 네 힘으로 올라오너라!
호랑이	선비님 끝을 잡고 있어야 올라가지 그냥 던져주면 어떻게 해요?
선 비	그러니까 네 마음대로 해 보라니까!
모 두	(웃는다)하하하.

＊ 경쾌한 음악소리와 함께 불이 꺼지고 막이 내린다.   **막－.**

마법사의 황금 동화책

나오는 사람들
마법사(마법의 성 책가게 주인, 45세쯤)
동화작가(동화책을 구하려는 아가씨) · **반달공주**(달님나라의 공주)
백팔마녀(소금요정) · **생쥐**(마법에 걸린 아이)
도깨비①－④ · 개구리①－③

때 현 대
곳 1경 · 마법사의 책가게
　　 2경 · 구름나라 인형의 집
　　 3경 · 개구리의 연못

무대 이 연극은 탈 인형극으로 노래무용극의 형태로 꾸며야 한다.
　장치로는 오래 된 책장과 인형으로 장식된 책가게와 연못, 인형의
집으로 구분된다. 중앙의 창문으로는 **'마법의 성'** 망루가 그림처
럼 펼쳐져 있고, 왼쪽으로는 책가게로 들어오는 출입문, 오른쪽은
오래 된 책들이 쌓여있는 책장이다.
　중앙의 벽 뒤로는 낡은 벽난로가 있고, 그 옆으로 여러 가지 마법

도구가 놓여있다. 어둠속에서 곡① '마법의 성에는' 곡이 흘러나오면서 인형과 출연자들이 노래하며 춤을 춘다.

박쥐 성을 지나서 소금강 건너
백팔마녀 사는 곳 마법 성에는
예쁜 아이 착한아이 아이들 모아
하늘구름 만드는 도깨비 있어.
하얀 퀴즈 못 풀면 노예 만들어
구름 빵 만드는 가게도 있지

* 불빛이 바뀌며 인형들이 퇴장하고, 마법사와 생쥐가 실험실을 청소하고 도구를 정리하며 노래를 부른다.

마법사　(노래한다) 곡② **'나는요 마법사'**

나는요 마법사 슐탄 아저씨
똑똑한 마술사 멋쟁이 신사
천년을 살았어. 죽지도 않고
이 세상 무엇이나 바꿀 수 있는
나는요 마법사 책가게 주인

* 생쥐가 곡③ **'마법사 슐탄아저씨'**를 부른다.

이상해요 궁금해요 슐탄 아저씨

오천년을 살고도 늙지 않아요.

아프지도 않아요. 잠도 안자요.

이상해요 궁금해요 슐탄 아저씨.

마법사 (웃으며)하하하, 이놈 생쥐야, 늙지 않고, 잠도 안자는 게 궁금하다고?

생 쥐 아저씨, 정말 궁금해요.

마법사 흠. 생쥐야, 너 같으면 알려 주겠니?

생 쥐 몸이 아픈 것은 싫어요.

마법사 (생쥐의 말을 흉내 내며) 몸이 아픈 것은 싫어요. 아픈 것은 나도 싫어!

생 쥐 아저씨, 어떻게 하면 아프지 않고 어른이 될 수 있어요?

마법사 뭐? 아프지도 않고 어른이 되고 싶다고?

생 쥐 예?

마법사 너 내가 알려주면 약 만들어 팔려고 그러지?

생 쥐 (얼굴을 빤히 바라보며)아저씨, 제가 약을 만들어 팔면 저를 놓아주실 거예요?

마법사 놓아줘? 누구 너를?

생 쥐 예.

마법사 허허 고놈 참, 30년을 잡아두고 고물상의 책을 훔쳐오게 했는데, 그 일은 누구에게 시키고…?

생 쥐 아저씨! 20년이 지나면 풀어준다고 했잖아요.

마법사 (고개를 끄덕이며)그래, 20년만 내 밑에서 일하면 풀어준다고 했지.

생 쥐   (볼멘소리로)그런데, 30년이 지났잖아요.

마법사   넌 소금요정 백팔마녀가 낸 문제도 풀지 못했지? 또 물어
보자! 생각이 열리는 나무는 어디에 심어야 하지? (머리를
흔들며)머리 속에! 아직도 모르겠니?

생 쥐   그건…. 아저씨, (울먹이며) 이제 놓아줄 때도 되었잖아요.

마법사   너, 나 하고 일하기 싫으냐?

생 쥐   20년 하고도 10년이 더 지났는데….엄마도 보고 싶단
말에요.

마법사   잠깐, 너 생쥐가 몇 년을 사는 줄 아니? 5년도 못 살아. 넌
몇 년을 살았지?
마법사 아저씨를 만나 행운인 줄 알아. 인석아!

생 쥐   (입을 삐죽거리며)칫ㅡ, 매일 일이나 시키면서….

곡④ **'마법사의 조수'** 를 노래한다.
마법사 아저씨 생쥐 조수는
청소하고 빨래하고 밥도 짓고요
밤에는 마법의 성 울음소리에
공부도 못하고 잠도 못자요.

마법사   멍청한 녀석, 공부할 생각은 하지 않고 잠이나 잘 생각을
하다니?

생 쥐   (외치듯) 아저씨, 저는 책을 읽고 싶다니까요!

마법사   (놀라는 척하며) 아. 인석아, 누가 들으면 내가 책을 못 읽
게 하는 줄 알겠다.

생 쥐   사실인데요 뭐.

마법사   공부는 누가 시켜서 하는 게 아니야.

그리고 책이라면 이 세상에서 마법사 아저씨의 책가게 보
다 더 큰 가게가 있든? 그런데, 뭐가 부족해서 투정이냐 투
정이?

생 쥐   (가리키며)흥, 이 낡은 책을 누가 봐요? 먼지만 풀풀 나는
데…. (이때 동화작가가 문을 열고 들어온다.)

동화작가 계셔요? (사이) 어머, 주인이 계셨네요?

마법사   누구신가?

동화작가 (인사하며) 예, 동화작가 고등어라고 합니다.

생 쥐   고등어요? (갑자기 쿡쿡거리고 웃으며)이름이 고등어래.
해해해ㅡ.

마법사   (잠시 생각하듯)고등어? 동화작가라고?

동화작가 예. '마법의 성'을 찾아가는 길이에요.

마법사   마법의 성? 거기는 무슨 일로 찾아가니?

동화작가 생각이 열리는 동화책이 있다고 해서요. 그 책을 꼭 읽고
말 거에요.

마법사   그래? 그건 그렇고 너 해골성에 군사들이 지키는 소금호
수는 어떻게 건넜지?

생 쥐   작가누나! 소금호수는 어떻게 건넜어요?

동화작가 소금호수? 응, 공주님을 만나 도움을 받았어.

생 쥐   반달공주님 말이에요?

동화작가 그래.

마법사   (놀라며)공주가 정말 너를 도와주었다고?

동화작가 공주님이 성 꼭대기에 초승달이 그려진 깃발을 보고 찾아 가라고 하셨어요. 그곳에 세상에서 가장 아름다운 이야기 가 들어있는 황금 동화책이 있다고요.

마법사 그럼, 너는 세상에서 가장 착한 마음을 가지고 있다는 말 인데….

동화작가 (웃으며)그런데 아저씨, 그 성에 찾아가면, 이 세상이 만들 어질 때부터 나온 책들이 모두 있다는 것이 사실이에요?

생 쥐 맞아요. 여기에는 셀 수 없을 만큼 책이 많아요.

동화작가 생쥐야, 그럼, '마법의 성'은 어떻게 찾아가야 하니?

생 쥐 여기가 '마법의 성'이에요.

동화작가 뭐? (기뻐서)정말이야?(마법사를 가리키며)그럼, 이 분은 마법사 슐탄 아저씨?

마법사 그래. 내가 바로 마법사 슐탄이란다! (가까이 다가가며)책 을 빌리러 온 모양인데(차가운 표정으로) 이 성에서 책을 빌려갈 수는 없어!

동화작가 빌려주지 않으시면 읽고 가겠어요.

마법사 이 성의 주인은 그렇게 친절하지 않거든?

곡⑤ '해골 성에는'을 부른다.
마법사 슐탄님의 해골성에는
밤마다 반달공주 책을 읽는다.
방울방울 눈물방울 이야기되어
황금빛 동화책이 만들어진다.

동화작가 곡⑥ '친절하신 마법사님'을 부른다

친절하신 마법사님 슐탄 아저씨
재미있고 아름다운 이야기책도
읽어서 들려줘야 재미있지요.
책을 읽고 좋은 글 쓸 수 있도록
친절하신 마법사님 도와주셔요.

마법사 (갑자기 화가 난 듯)하! 야야, (가리키며)너는 마치 내가 당
연히 가르쳐 줄 것이라고 생각을 하는구나. 어림없는 소리!

동화작가 (애교를 부리듯)아—잉.

마법사 (울듯이)왜 그래?

동화작가 (애교)아저씨!

마법사 (몸을 비틀며)그러지마! 내 몸이 변한다고?

생 쥐 누나, 마법사님은 다른 사람에게 사랑한다는 말만 들어도
변신 로봇처럼 몸이 변해요.

동화작가 뭐? 변신로봇? (재미있다는 듯)정말이야? 재미있겠다. 응?

생 쥐 예? 사자로도 변하고, 호랑이도 변하고, 아이 무서워! (숨
을 곳을 찾으며 허둥댄다) 표범이 되어 나를 잡아먹을 지
도 몰라!

동화작가 그 말이 정말이라면?(빙글빙글 웃으며)마법사 아저씨, 사
랑해요!

마법사 뭐라고?

생 쥐 (손을 저으며)안 돼요. 누나!

동화작가 사랑해요 아저씨!

마법사 (비명을 지르며, 귀를 막는다)아ー! 살려 줘!(무대를 돌면서 허둥댄다)

동화작가 (관객들을 보고)우리 친구들, 큰소리로 '마법사님을 사랑한다'고 외쳐주세요. 알았죠? 마법사 아저씨가 무엇으로 변할까 보셔요. 큰소리로. 시작!

모　　두 (큰소리로) '마법사 아저씨! 사랑해요.'

＊ 갑자기 천둥소리가 들리며 무대의 불빛이 어지럽게 흔들거리다가 바뀐다. 그 사이 마법사가 사라지고, 가까이 날카롭게 울부짖는 고양이 소리가 들린다.

생　　쥐 (도망을 치듯)엄마야ー! 고양이! 내가 제일 무서워하는 고양이예요.(무서워 벌벌 떤다)어서 숨으셔요.

동화작가 (무대 한 쪽을 보며)숨긴 왜 숨어. 생쥐야, 내가 지켜 줄께!(고양이를 막아선다)

마법사 (고양이 소리)야옹ー.야옹ー.

생　　쥐 (벽난로 뒤쪽에 반쯤 몸을 숨기며)누나, 제발 고양이가 못 오게 막아주셔요.

동화작가 (손짓하며)야옹아. 이리와! 이리와!

마법사 (목소리만) 으ー, 용서할 수가 없어. 나를 시험하다니….(고양이탈을 쓴 채 일어서서)누구냐? 마법사 슐탄의 약점을 누가 가르쳐 주었지?

동화작가 이제 말씀해 주셔요. 마법의 성에 황금 동화책을 읽게 해

주셔요. 네?

마법사 내가 도와줄 것이라고 생각한다면 어서 포기하는 게 좋을 거야.

동화작가 포기하라고요?

생 쥐 누나, 마법사아저씨가 누나를 소금인형으로 만들지 몰라요

동화작가 소금인형? 걱정 마, (빨간 사과를 꺼내 보여주며)마법사님이 이 빨간 사과를 주어 나를 잠들게 할 거라는 것도 알고 있거든.

마법사 (놀라)뭐야? 누가 알려 주었어? 생쥐, 너냐?

생 쥐 아뇨 전 아무것도 몰라요.

동화작가 (웃으며)마법사님, 저를 소금인형으로 만들어 보셔요. 어서요!

생 쥐 (벽난로 뒤에서 일어나며)누나, 무슨 말이에요?

동화작가 응, 동화작가 안데르센 아저씨가 이야기 해 주셨어. 마법사님이 사과를 주면 받지 말라고. 백설 공주도 마법의 사과를 먹고 잠이 들었잖아?(곡⑦ **'안데르센아저씨가'** 를 부른다)

안데르센 아저씨가 말씀하셨지
마법사의 빨간 사과 잠자는 사과
먹으면 안 돼요 잠이 들어요.
백설 공주 사과 받고 잠이 들었죠.

마법사 안데르센 아저씨가 가르쳐 주었다고?

동화작가 책속에 다 나와 있어요. (웃으며) 아저씨, 책을 안 읽으셨구나. (객석을 가리키며)우리 친구들은 다 읽었는데.

마법사 그렇다면…. (재주를 넘는다)이얍!(소고소리와 함께 안개가 피어오르며 다시 마법사가 고양이 탈을 벗고 나타난다.)

생 쥐 마법사 아저씨!

마법사 (동화작가를 훑어보며) 흠, 만만히 보아서는 안 되겠군. 너, 책을 많이 읽었구나. 책을 많이 읽지 않고는 그런 지혜를 알 수가 없거든.

동화작가 예, 책속에는 모든 지혜가 들어 있으니까요. 마법사님, 생각이 열리는 동화책을 읽고 싶어요. 마법사님의 황금 동화책은 어디에 있어요?

마법사 마녀의 허락을 얻어야 해. 자칫 잘못하면 노예로 잡힐 수가 있다.

동화작가 절대 후회하지 않을 게요.

마법사 그럴까? (사이, 고개를 흔들며)아니야. 네가 아무리 용감해도 그 무서운 인형의 집에서 나오지는 못 할 거야.

생 쥐 누나, 인형의 집에서 퀴즈를 풀지 못하면 노예가 되고 말아요. 저처럼 생쥐가 될 수도 있다고요.

마법사 그래. 난 착한 마음을 가진 사람은 노예가 되는 것을 볼 수가 없어.

동화작가 안돼요. 저는 어린이들이 즐겨 읽을 수 있는 동화를 써야 한다니까요.

마법사 너도 공주만큼이나 고집이 세구나. 그동안 수많은 사람들이 마법의 성을 찾아왔지만, 도깨비들에게 잡혀서 모두 노예가 되었지.

동화작가 저는 돈키호테 아저씨에게 용감하게 싸우는 법을 배웠어요.(이때 벽시계가 6시를 알린다. 생쥐가 시계소리에 놀라서 동화작가의 손을 잡아끈다.)

생 쥐 누나, 도깨비들이 나오는 시간이에요. 빨리 숨어야 해요.(무서운 회오리바람소리와 함께 도깨비들의 노래가 차츰 가까이 들려온다)

마법사 무섭지 않니?

동화작가 예.

마법사 정말이냐?

동화작가 예. 책속에 지혜가 다 있거든요. 도깨비들도 무섭지 않아요. 마녀들이 나온다고 해도 무섭지 않아요.

마법사 자신만만하구나. 그러나 빨리 서두르는 것이 좋을 거야.

생 쥐 누나, 어서 숨어야 한다니까요.

동화작가 (손을 잡혀 따라 나가며)숨긴 어디로 숨는 다고 그래?

＊ 마법사와 생쥐와 동화작가가 퇴장하면, 회오리바람소리가 들려오며, 무대가 어두워진다.

제2경 구름나라 인형의 집

＊ 무대가 밝아지면, 인형의 집이다. 중앙에 왕비의 의자가 놓여있다. 푸른 불빛 속에 작은 북소리와 함께 해골가면을 쓴 도깨비들

이 등장하여 춤을 추며 노래한다.

곡⑧ '도깨비들의 노래'
우리들은 마법의 성 황금도깨비
게으르고 책 안 읽는 아이들 잡아
하늘나라 구름 빵을 만들고 있는
백팔마녀 악마군단 황금도깨비
개구쟁이 욕심쟁이 어서 오세요.
마법의 성 천년노예 만들어 줄게.

도깨비① (주위를 휘 돌아보고는) 오늘은 말 안 듣는 아이들을 사냥
하러 가야지?

도깨비④ 나는 밥을 싫어하고 과자만 좋아하는 아이를 잡으러 갈
거야.

도깨비① 그래. 난 잠잘 때 오줌을 싸는 아이를 잡아올 거야.

도깨비③ 좋아. 백팔마녀님은 그런 아이들을 좋아하시지.

도깨비들 그래그래.

도깨비② (냄새를 맡으며)흠—흠. 아니 이게 무슨 냄새야? 분명히
사람 냄새인데?

도깨비들 뭐? 사람냄새?

도깨비② 응, 사람냄새야.

도깨비③ (동화작가를 끌고 들어온다)빙고! 바로 내가 잡았지요!

동화작가 (괴로워하며)아파요 이 빗줄을 풀어주세요.

도깨비② 어? 동화작가 선생님이잖아? 제가 풀어 줄게요.(밧줄을 풀

어주며 도깨비들에게)도망치지 않을 거야.

도깨비③ 도망을 가도 금방 잡아 올 거야!

도깨비들 그래그래.

동화작가 (둘러보며)여기가 인형의 집인가요?

도깨비② (자세히 얼굴을 바라보다가)맞아. 우리들 '도깨비 이야기'를 지으신 작가선생님이 맞아.

도깨비④ 그럼, 잘 되었다.

도깨비① 그래. 마녀님이 좋아하는 옛날이야기를 매일 들려 드릴 수 있잖아.

도깨비들 그래그래.

도깨비④ 어서 끌고 가자고!

백팔마녀 (바람처럼 나타나며)기다려!

도깨비① 마녀님, (주문을 외듯)팔라, 팔라 백팔마녀님이시다!

도깨비들 (허리를 굽혀 인사하며)백팔마녀님!

백팔마녀 (가리키며) 이 아이가 동화작가라고?

도깨비② 예. 동화책 '바람둥이 수탉'을 지은 동화작가입니다.

백팔마녀 당돌하구나. 감히 이 마법의 성에 올 생각을 하다니….

동화작가 백팔마녀님, 저는 세상의 어린이들이 재미있게 읽을 수 있는 동화를 쓰고 싶어요. 생각이 열리는 마법사의 황금 동화책을 읽고 싶어요.

백팔마녀 (웃으며)그래? 너 반달공주가 쓴 동화를 훔쳐갈 생각이지?

동화작가 아니에요. 저는 도둑질을 하려고 온 것이 아니에요.

백팔마녀 좋다.(의자에 앉으며) 지금부터 내가 세 가지 문제를 내겠다. 이 세 가지 문제를 풀지 못하면 너를 잡아 물뱀을 만들어 버릴 거야. 그래서 평생 개구리들이 우글거리는 연못에 서 살게 할 것이야.

동화작가 물뱀이라고요?

도깨비③ 히히히, 겁이 나는 모양이로구나. (곡⑨ '큰일 났다'를 도깨비들과 합창하며 춤을 춘다.)

예쁜 아씨 동화작가 큰일 났어요.
연못 속에 물뱀 되어 개구리들과
한평생을 살게 됐어 아휴 불쌍해
백팔마녀 퀴즈문제 어떻게 풀까

동화작가 (기도하듯)할머니, 할아버지, 도와주세요.

백팔마녀 왜 겁이 나니? 흐흐흐. 첫 번째 문제, 어항 속에 물을 칼로 잘라서 두 도막을 내려고 한다. 어떻게 하면 되지?

도깨비② 어떻게 하면 되지?

도깨비① 어렵지? 어렵구나. 그렇지?

동화작가 어항을 얼려서 톱으로 자르면 돼요!

백팔마녀 (놀라서 벌떡 일어서며)뭐? 얼려서 톱으로 잘라? 그－그, 문제를 어떻게?

동화작가 길가에 누워 있는 깡통인형이 알려주었어요.

백팔마녀 깡통인형? 좋다. 다음 문제, 물이 땅에 닿지 않도록 거꾸로 세우는 방법을 말해 보렴.

동화작가 물을 거꾸로 세워요?

백팔마녀 그래. 땅에 닿지 않도록! 왜 어려우냐?

동화작가 (생각난 듯)아뇨, 생각났어요. 음-, 지붕위에 물을 뿌려서 고드름이 자라게 하면 돼요.

도깨비들 고드름?

도깨비③ 맞아. 정말 그렇게 하면 되겠네.

백팔마녀 제법이구나!

도깨비④ 이제 한 문제 남았어.

백팔마녀 (가리키며)너 마법사한테 도움을 받았니?

동화작가 아뇨. 우리나라 고전을 읽다보면 재미있는 이야기가 많아요.

백팔마녀 흠, 좋아. 이번 문제는 쉽지 않을 거야. 한라산 백록담 알지? 그 백록담에 달빛이 1년 동안 빠진 양이 얼마나 될까?

동화작가 달빛이요? 1년 동안 한라산 백록담에 빠진 달빛의 양요? 그럴 어떻게 알아요?

백팔마녀 (웃으며)모르겠지?

동화작가 백팔마녀님, 이건 억지에요.

백팔마녀 <u>흐흐흐흐.</u> 노예 하나를 더 얻었구나! 얘들아!

도깨비들 예이-!

백팔마녀 어서 저 발칙한 아이를 끌고 가서 무지개 연못에 검은 물뱀을 만들어 버려라!

도깨비들 예!(동화작가를 끌고 나가려고 한다)이리 와!

동화작가 (놀라)안 돼요. 저는 검은 물뱀이 싫어요!

백팔마녀 뭐 물뱀이 싫다고? 그럼, 얼룩무늬의 황소개구리를 만들어 줄까!

동화작가 개구리, 징그러운 개구리도 싫어요.

백팔마녀 넌 물뱀이 되는 거야. 물뱀! 하하하하.

동화작가 안 돼요.(도깨비들에게 끌려 나가며)무서워요. 살려주세요. 백팔마녀님! 살려주세요!(퇴장한다)

백팔마녀 (웃으며)감히 마법의 성에 황금 동화책을 읽겠다고? (마녀, 객석을 무서운 얼굴로 돌아보다가 퇴장한다. 조명이 꺼진다. 어둠속에서 도깨비들의 노랫소리 곡⑩ '**어디 갔나요**'가 들려온다.)

마음 착한 아가씨 어디 갔나요.

인형의 집 돌아서 도망 치셔요.

초승달이 지기 전에 어서 일어나

해골성의 비밀 문 찾아보셔요.

제3경 개구리의 연못

＊ 물방울 떨어지는 소리와 함께 빨간 연꽃이 피어있는 개구리 연못이다. 개구리들과 물뱀의 탈을 쓴 동화작가가 물안개가 피어오르는 연못가에 앉아있다. 와글와글 울고 있는 개구리방죽의 소리가 들려오며 개구리②가 연근뿌리를 캐 가지고 들어온다.

개구리② 아가씨, 이거 받으셔요. 연근입니다.

동화작가 괜찮아요. 난 배고프지 않아요.

개구리③ 어서 드셔요.

동화작가 걱정 마셔요. 나는 여러분을 잡아먹지 않을 거예요.

개구리① (걱정스럽게) 말은 그렇게 하시지만, 배가 고프면 우리 개
구리를 잡아먹을 거예요. 그러니 저 연근뿌리라도 드셔
요. 3일 동안 아무것도 드시지 않았잖아요.

동화작가 괜찮아요. 마녀의 노예는 될 수 없어요.

개구리② 아가씨, 마녀가 속임수를 쓴 거예요. 달빛을 담을 그릇부
터 달라고 하지 그러셨어요.

개구리③ 문제를 모두 맞히면 마법에 걸린 개구리들이 풀려날 수도
있었는데….

동화작가 미안해요. 여러분!

개구리① (한숨을 쉬며)이제 우리는 몇 년을 더 기다려야 하지?

개구리들 몇 년을 더 기다려야 하지?

동화작가 (곡⑪ **'반달공주님 도와 주셔요'** 를 부른다)

방울방울 눈물방울 반달공주님
백팔마녀 마법으로 뱀이 됐어요.
마법의 주문으로 노예 됐어요..
개구리가 되어버린 가엾은 아이
공주님이 달려와 도와 주셔요.

생　쥐 (책을 들고 지나가려다 고개를 갸우뚱하며)어 이상하다.
많이 듣던 목소리인데…. 누구지?

동화작가 생쥐야!

생　쥐 (두리번거리며)누구세요?

동화작가 나야. 동화작가 누나!

생 쥐 네? (물뱀을 보고 움찔 놀라며) 배—뱀이 누나를 잡아먹고 누나 목소리로 나를 부르는 거 맞죠?

동화작가 (다가오며)아냐, 마법에 걸려 물뱀이 되었단다.

생 쥐 (뒤로 물러서며)가까이 오지 마셔요. 나를 날름 잡아먹으려고 그러죠? 안 속아요. 나 생쥐는 이 마법의 성에서 30년을 살았다고요. 안 속아요.

개구리③ 생쥐야, 안심해. 정말 동화작가 누나이셔!

개구리② 그래, 우리를 봐. 잡아먹히지 않았잖아.

생 쥐 정말이야?

개구리들 그래그래.

생 쥐 정말 작가 누나이셔요?

동화작가 응, 인형의 집에 사는 도깨비들에게 잡혀 이렇게 물뱀이 되고 말았어.

생 쥐 누나, 어떻게 해요? (울상으로)우리는 누나가 어려운 문제를 풀고 마법에 걸린 우리들까지 구해 주실 줄 알았는데—.

동화작가 미안 해, 마녀의 속임수에 넘어가지 않겠다고 다짐을 했는데 그만?

생 쥐 작가누나!

동화작가 생쥐야, 반달공주님을 만나게 해 줘. 공주님은 마법을 푸실 수 있을 거야.

생 쥐 공주님은 나비선녀가 되셨어요.

모 두 나비선녀?

생 쥐 예. 노랑나비의 날개를 달고 훨훨 마법의 성을 나는 것을 보았어요.

동화작가 그럼, 공주님은 '마법의 성'에 들어가실 수 있구나.

생 쥐 성의 망루도 훨훨 날아서 넘으셨으니까 마법의 성에는 문제없이 들어가실 거예요. (잠시 사이-.아름다운 음악소리와 함께 노랑나비로 분장한 반달공주가 등장한다. 개구리와 동화작가는 옆으로 물러선다. 무대의 불빛이 바뀐다. 후면의 영사막에 싱그러운 초여름 풍경이 펼쳐진다.)

동화작가 (반갑게)반달공주님!

반달공주 마음 착한 아가씨! 물뱀의 모습이 웬일인가요?

동화작가 공주님!

반달공주 (고개를 끄덕이며)알았어요. 백팔마녀에게 잡혀 있다는 소식을 들었는데 마법으로 물뱀이 되었군요.

동화작가 공주님, 여기 있는 개구리나 생쥐도 마녀의 주문으로 마법에 걸린 아이들입니다. 마법을 풀어주셔요.

반달공주 어린이를 생각하는 마음이 바다처럼 넓군요.

개구리① 공주님, 노예로 끌려온 어린친구들을 구해 주셔요.

반달공주 착하구나!

개구리③ 공주님, 인형의 집에는 게으름쟁이, 욕심쟁이 아이들이 잡혀와 노예처럼 일을 하고 있어요.

개구리② 예. 하지만, 이제 모두가 착하고 부지런한 아이가 되었답니다.

반달공주 (동화작가를 일으켜 세운다) 일어나서요. 여러분의 착한 마음 잘 알고 있어요. 하지만, 마녀의 힘은 너무 강해서 내 힘으로도 물리 칠 수가 없답니다.

생　쥐	공주님, 도와 주세요!
모　두	도와주세요!
반달공주	(뱀 탈을 벗겨주며)오로지 착한 마음을 가진 사람만 마법을 풀어 줄 수가 있어요.
동화작가	(탈을 벗고 큰 숨을 내쉬며)아ー! 공주님 고맙습니다. 고맙습니다!
반달공주	아가씨, 아가씨는 우리 마법의 성에 마지막 희망입니다. 지금부터 내가 하는 말 잘 기억하고 있다가 실천하세요.
동화작가	말씀하셔요. 마법의 성에 가엾은 친구들을 생각하면 무슨 일이든 하겠습니다.
반달공주	백팔마녀는 소금나라의 요정입니다.
모　두	(놀라며) 예? 소금나라의 요정이요?
반달공주	예. 그래서 물을 무서워하지요. 백팔마녀를 물리치려면 물을 이용하세요. 마녀만 사라지면 마법의 성에 모든 주문이 풀어지고 마법이 풀릴 것입니다. (시녀가 들고 있는 물통을 받아 건넨다)
생　쥐	공주님,(훌쩍이며) 그럼, 저도 집으로 돌아갈 수 있는 거예요?
개구리①	공주님 고맙습니다.
반달공주	(동화작가에게)아가씨, 아름다운 이야기는 어린이들의 마음을 착하게 만듭니다. 용기를 주고 희망을 가지게 합니다. 좋은 글을 아이들이 많이 읽을 수 있도록 써 주세요. 그럼. (불빛과 함께 퇴장한다. 갑자기 사이 회오리바람이 불며 무대의 불빛이 흔들린다. 천둥소리와 함께 백팔마녀가

등장한다.)

백팔마녀 (뱀 탈을 벗은 동화작가를 보고)뭐야? 마법이 벌써 풀렸어?

동화작가 (빤히 바라보며) 소금나라의 요정님!

백팔마녀 무엇이? 소금나라 요정? 누가 그런 소리를?

동화작가 이제 마법의 주문을 거두시지요.

백팔마녀 마법의 주문을 거두라고? 하하하하, 건방진 아가씨로군. 지금 네가 나한테 명령을 하는 게냐?

동화작가 소금물이 되어 바다로 돌아간다면 용서 할게요.

백팔마녀 뭘 용서해?(금방이라도 잡을 듯)네가 더러운 땅속을 기어 다니는 지렁이가 되고 싶은 모양이로구나. 응? (주문을 외 운다)수리수리 마하수리 수수리 마하수리…

동화작가 자, 안녕히 가세요.(물동이의 물을 끼얹는다)소금나라의 요정님!

백팔마녀 이게 무슨 짓이야! 안 돼! 안 돼!(비틀거리며)아악−.

* '펑−' 하는 소리와 함께 하얀 연기가 솟아오르고, 마녀가 비명 을 지르며 사라진다. 무대의 불빛이 바뀐다. 잠시 사이−. 개구리와 생쥐의 탈을 쓰고 있던 연기자들이 탈을 벗으며 즐거워한다. 도깨비 들도 등장하여 탈을 벗으며, 곡⑫ **'마법사의 책가게'** 를 부르며 즐 거워한다.

곡⑫ '마법사의 책가게'
하늘나라 구름나라 마법의 성에
소금요정 백팔마녀 살고 있었죠.

책 나라의 아기요정 모여 살면서
생각나무 파란 꿈 만들고 있죠.
우리 모두 지혜로움 함께 배우며
마법사의 마법주문 찾아보서요.

마법사   (황금 동화책을 가지고 오며 동화작가에게)고맙다. 네 덕분에 이 마법의 성에 주문이 풀렸어. 상으로 이 마법의 황금 동화책을 선물하마! 받아라!

동화작가   황금 동화책?(받으며) 와—, 고맙습니다. 읽고 싶었던 책이었어요.

개구리들   축하해요 아가씨.

마법사   이 책에는 우리가 살고 있는 푸른 별이 탄생할 때부터 만들어진 재미있는 이야기들이 들어있단다. 잘 읽어보고 재미있는 동화를 써 보렴.

동화작가   마법사 아저씨, 고맙습니다. 아저씨 사랑해요!

마법사   (움찔 놀라며)뭐? 사랑한다고?

생 쥐   아저씨, 안심하서요. 마법이 풀렸잖아요.

마법사   아 그렇구나. 하하하.

   * 모두 즐겁게 웃는 사이에 우렁찬 음악소리가 들려오며 막이 내린다.   **막—.**

은빛 샘물 (전4경)

나오는 인물들

영롱이(할머니와 사는 강아지)

고양이(할머니와 사는 고양이)

고슴도치(안개 숲을 지키는 욕심쟁이)

허수아비(가족을 기다리는 아버지)

느티나무(마을 입구를 지키는 5천살의 나무)

할머니(고양이와 강아지를 가족으로 살고 있는 할머니)

용 바위(샘물을 지키는 고슴도치의 어머니)

반디요정①~③ · 물의요정①~⑤

―이밖에 무지개 연못을 지키는 하늘병사①~②(목각인형)

때 현대―봄

곳 숲이 있는 마을

    무대 이 연극은 동화극으로 출연하는 인물의 개성이 뚜렷하기 때문에 무대 장치는 환상적인 분위기로 제작되어야 한다. 주 무대는 마을 입구에 자리한 할머니의 집과 느티나무, 바위가 있는 숲으로 구분되어 진행된다.

제1경 구불 촌 할머니의 집

막이 열리면, 뻐꾸기 소리가 들려오는 할머니의 집. 무대는 비어 있고 집 뒤쪽에서 할머니의 목소리가 들려온다.

할머니　(소리만)이이고, 이게 다 뭐냐? 물고기가 아니야?

영롱이　(소리만)예, 할머니.

할머니　(소리만)너희들이 다 잡은 거야?

영롱이　(소리만)예. 저희들이 집에 없는 동안 할머니 드시라고요. 이 물고기를 구워서 진지를 드셔요.

할머니　(소리만)그래. 고맙다. 석 달을 먹고도 남겠구나.

고양이　(소리만)할머니, 닭장 안에 꿩도 잡아다 놓았어요. 꿩도 잡아서 만두를 빚어 드셔요.

할머니　(소리만)그래? 고양이, 네가 잡아 온 거야?

고양이　(웃으며)예. 영롱이와 제가 집에 없는 동안 끼니를 거르시면 안 되잖아요.(무대로 식구들이 나온다. 할머니는 지팡이를 짚고 있다. 고양이와 강아지는 여행을 떠나는 듯 가방을 메고 있다.)

할머니　온 녀석도. 끼니를 거르긴, 조금만 기다리면 보리도 익고 튼실한 보리알을 거둘 텐데 뭘 걱정이야?

영롱이　할머니, 저희들이 허리를 고칠 수 있는 약을 꼭 구해올게요. 그 약을 드시고 저희들과 오래오래 사셔요.

고양이　(인사하며)예. 영롱이와 할머니의 무릎이 쭉 펴질 수 있는 신비한 샘물도 구해다 드릴게요.

할머니　에이. 그런 약이 어디 있다고?

영롱이　아니에요. 칠보 산에 가면 신비한 약초를 구할 수 있대요. 그곳에 가면 무지개가 녹은 은빛 샘물도 구할 수 있을 거예요.

할머니　은빛 샘물은 또 뭐냐?

고양이　(웃으며)할머니. 라디오에서 들었어요. 이야기 할아버지가 들려주는 걸 영롱이도 함께 들었어요. 그 샘물을 마시면 젊어지는 사람도 있대요.

영롱이　할머니, 정말 신기한 일이잖아요.

할머니　그럼 이야기 할아버지 말만 믿고 너희들이 집을 떠난다는 거야? 그런 거야? (강아지와 고양이 팔을 잡으며)가지 마라. 사람이 나이가 들면 늙는 것은 당연한 거야. 젊어지려고 약을 먹고 그러는 것은 싫다.

고양이　할머니, 영롱이와 저는 여행을 할 거에요. 할머니를 지키는 것은 저희들 책임이거든요.

할머니　말은 고맙지만 라디오 속에 이야기만 듣고 너희들이 약을 구하러 떠난다고 하니 걱정이 돼서 그래. 그만 두고 집이나 지키며 할머니 곁에 있어.

영롱이　할머니, 걱정 마셔요. 고양이와 힘을 모으면 꼭 구할 수 있을 거예요.

고양이　예. 할머니.

할머니　(머리를 짚으며)아이고 머리야.

고양이　(영롱이와 할머니를 부축하며)할머니!

할머니　(툇마루 끝에 놓여있는 라디오를 발견하고)저 라디오부터 없애야 하겠어. 저 라디오가 너희들에게 나쁜 꿈을 꾸게 했나보구나.

고양이 (막아서며)할머니, 안 돼요.

영롱이 (라디오를 집어 다른 곳으로 옮기며)예, 안 돼요. 할머니가 좋아하시는 노래를 들으시려면 이 라디오가 필요해요.

할머니 (잠시 생각을 하다가 돌아서며)오냐. 그래. 내가 만류한다고 너희들 결심을 바꿀 수 있겠느냐?(사이) 아무쪼록 몸조심 하고 다녀오너라. 할머니를 보살피느라 고생도 많이 했지. 답답했을 터이니 여행도 다녀오고 싶었겠지.(이때 집 뒤쪽 편에서 닭들이 쫓기는 소리가 들려온다.) 아이고, 또 너구리 녀석이 닭장에 찾아왔나보구나.

영롱이 할머니, 제가 쫓아내고 올게요.

할머니 그냥 둬. 배가 고파 찾아온 녀석이야. 먹던 밥을 조금 나눠 주면 돼.

영롱이 할머니는 인정이 많으셔서 탈이야.

고양이 그래.

할머니 집 걱정 말고 어서 다녀 오거라. 어서 가.

영롱이 (고양이와 함께 절을 하며) 예 할머니.

　＊ 할머니가 바라보다가 집 뒤쪽으로 퇴장하면, 영롱이 싸리문을 닫는다. 집의 형체가 사라진다.

제2경 마을이 보이는 벌판

무대 전체가 밝아지면 마을 길목 벌판이 열려있다. 영롱이와 아이들 곡① '발 구르지 마 소리치지 마' 를 부르며 들어온다.

'발 구르지 마 소리치지 마' 곡①

1. 발 구르지 마 소리치지 마 새들이 놀라
   산마루에 올라서서 기분 좋아 소리치지만
   아기 새들 잠을 자다가 깜짝 놀라 깰지도 몰라
   발 구르며 소리치면 그 다음엔 어떻게 할래.
   우는 아기 젖줄거야 등에 업고 재워 줄 거야
   발 구르지 마 소리치지 마 새들이 놀라

2. 소리치지 마 발 구르지 마 물고기들이 놀라
   강가에서나 바닷가에서 너만 좋아 소리치지만
   물고기들 공부하다가 깜짝깜짝 놀랄지 몰라
   소리치며 발 구르면 그 다음엔 어떻게 할래.
   물고기들 달리기 공부 네가 가르칠 거야
   소리치지 마 발 구르지 마 물고기들이 놀라.

　＊ 허수아비가 벌판을 내려다보고 있다가 지나쳐 가려는 영롱이와 고양이를 불러 세운다.

허수아비　야, 너희들!

영롱이 웅? 누구지?

허수아비 흠, 어른에게 인사도 없이 지나가려고?

고양이 영롱아, 허수아비 아저씨야.

영롱이 (인사하며)아, 허수아비 아저씨, 안녕 하세요!

허수아비 너희들, 내가 헌옷이나 얻어 입고 새를 쫓고 있다고 업신 여기는 거냐?

영롱이 아뇨. 아저씨가 주무시는 줄 알았어요. 새들한테 들었거 든요.

허수아비 잠만 잔다고? 잠자는 줄 알면서 노래를 부르며 지나가?

고양이 아저씨 죄송해요. 저희들은 아무생각도 없이 그냥

허수아비 그냥?

영롱이 예. 지난 가을에도 두 팔을 들고 새를 쫓고 계셔서 이 길을 지나다가 인사도 못하고 간 걸요.

허수아비 그래? 음, 내가 피곤해서 낮잠을 잘 때도 있지. 참 너희들 칠보 산에 간다고?

고양이 어머, 아저씨가 그걸 어떻게 아셨어요?

허수아비 지나가던 바람이 그러더라.

영롱이 와, 비밀이 없네. 우리만 알고 있는 줄 알았는데.

허수아비 비밀? 인석아, 비밀이 어디 있어. 하늘이 열리면, 해님이 보고, 바람이 듣고, 저녁에는 쥐가 듣고, 하루살이가 듣고, 박쥐가 숨어서 듣고, 달려와서 이야기를 전해 주는 거 몰 랐어?

고양이 아. 그랬구나.

허수아비 내가 너희들 이야기를 어떻게 알았겠니? 아침에 까치가

듣고 와서 이야기 하더라. 칠보 산으로 '은빛샘물' 을 찾으러 간다고

영롱이 (가까이 다가서며)아저씨, 아저씨는 칠보 산의 샘물을 알고 계셔요?

허수아비 흐흐흐, 알면 뭘 하게?

영롱이 아이 웃지만 마시고 말씀해 보셔요.

허수아비 나는 내가 확인한 것이 아니면 거짓말을 못해.

영롱이 아저씨, 아저씨는 알고 계시잖아요.

허수아비 영롱아, 내가 알고 있는 것은 가끔 칠보 산에 구름이 솟아오르면 빛 내림이 있고, 그 빛 내림 속에 눈부신 금빛 햇살이 쏟아지는 곳을 보았다는 것이야.

고양이 아, 그렇구나. (침을 꼴깍 삼키며)그곳에 은빛 샘물이 있어요?

허수아비 그야 모르지. 가보지 않았으니까.

고양이 아이참, 그럼, 아저씨의 소원을 들어 주면 말해 줄래요?

허수아비 소원? 너희들이 들어준다고?

영롱이 예. 아저씨의 첫 번째 소원도 알고 있어요. 다리 한쪽을 얻는 거잖아요.

허수아비 그래. 그보다 심장이 필요해.

고양이 예?

허수아비 난 지금까지 아무도 믿지 않고 살았다. 그래서 가슴이 비어있어. 사랑할 줄도 몰라. 심장이 없으니까. 나에게 쿵쿵 뛰는 뜨거운 심장을 준다면 믿을 수도 있을지 몰라.

영롱이 심장?

허수아비 그래. 허수아비 아저씨한테는 뜨거운 심장이 필요해. 나도 따뜻한 마음을 나눌 수 있는 심장이 있었으면 좋겠다. 심장을 구해 줄 수 있겠니?

고양이 아, 어쩌지? 우리들 힘으로 할 수 있을까 모르겠어요.

허수아비 줄 마음은 있고?

고양이 아저씨가 가슴이 없이 살아오셨다는 말을 들으니까 눈물이 나요.

허수아비 그 말 진심이로구나.

고양이 아저씨, 우리랑 함께 그 기적의 샘물을 찾아가면 안 돼요? 그 샘물을 찾으면 아저씨에게도 나눠드리면 되잖아요.

허수아비 내가 어떻게?

영롱이 다리는 만들어 드리면 되지요.

고양이 아저씨, 우리가 모시고 갈게요.

허수아비 고맙다. 지금까지 이 허수아비한테 따뜻한 말을 해주는 아이들은 하나도 없었는데….

고양이 아저씨 언제인가 라디오에서 들은 건데요. 아저씨에 대한 노래도 알아요. 제목이 '허수아비' 예요.

허수아비 나에 대한 노래가 있다고?

고양이 예. 불러볼까요?(곡② **'허수아비'** 를 노래한다)

허수아비

1. 알록달록 헌옷입고 외다리로 우뚝 서서
　두 필 돌고 춤을 춰요 흔들흔들 춤을 춰요.
　산새들새 앉지 마라 비바람도 불지 마라

두 팔 들고 훠이훠이 새를 쫓아 훠이훠이

2. 밀짚모자 눌러쓰고 검은 두 눈 부릅뜨고
   펄럭펄럭 소리쳐요, 두 손 들고 소리쳐요.
   술래잡기 하지마라 산새들새 앉지 마라.
   두 팔 들고 훠이훠이 춤을 추며 훠이훠이.

허수아비 (고양이를 두 팔로 안으며)고맙다. 너희들은 마음이 따뜻한 아이들이로구나.
그래. 내가 알고 있는 지혜를 모아 할머니를 고칠 샘물을 찾아보자구나.

영롱이 (나무토막으로 허수아비의 다리를 만들어 끼운다.)아저씨, 제가 다리를 고쳐 드릴게요. 자, 됐어요. 아저씨, 이제 높이 뛰어 보세요.

허수아비 뛰어보라고?(제자리에서 쿵쿵 뛰어보며)아하하, 다리가 하나 생기니까 좋구나. 이제 바람이 불어도 넘어지지 않겠어.(걸어보며)하하, 이제 나도 걸을 수가 있게 되었어. 어때 걷는 모습이 의젓하지?

고양이 (박수를 치며)아저씨 축하해요.

영롱이 축하해요 아저씨!

허수아비 고맙다. 너희 둘이서 내 간절한 소원을 이루어 주었구나.

영롱이 허수아비 아저씨, 이제 마음 껏 세상구경도 하셔요.

허수아비 (어깨동무를 하며)그래그래.

＊경쾌한 음악소리와 함께 불이 꺼진다.

제3경 느티나무 언덕

무대가 다시 밝아지면, 칠보 산이 보이는 길가 느티나무 언덕이다. 허수아비가 동요 **'산위에 오르면'**을 부르며 영롱이와 고양이를 데리고 등장한다.

산위에 오르면 곡③
산―위에 오르면 너른 들과 산들이
올망졸망 내 눈앞에 펼쳐져 있어
새하얀 흰 구름도 파―란 하늘도
가슴을 활짝 열―면 담을 수 있어.

산―위에 오르면 예쁜 꽃과 새들이
생글생글 지지배배 노래를 하지
초록빛 숲 마을의 파란 이야기
가만히 귀를 모으면 들을 수 있어.

허수아비 노래를 부르며 오니까 발걸음도 가볍구나.
영롱이 예.
허수아비 영롱아, 저기 느티나무 그늘에서 잠시 쉬다가 가자.
영롱이 이저께기 말히던 그 느티나무예요?
허수아비 그래. 올해 오천 살이나 되는 느티나무 할아버지야.

고양이	와 오천 살? 5천년?
허수아비	(웃으며)할아버지라고 무시하면 안 된다. 이 세상 그 누구보다 지혜가 많으신 어른이니까.
영롱이	알아요. 우리를 길러주신 할머니도 말씀하셨어요.
허수아비	사실 나도 처음 만나는 할아버지야.(느티나무 앞으로 다가온다.)어르신, 편안하셨습니까?
느티나무	(할아버지 목소리로)너희들은 누구냐?
허수아비	가을벌판을 지키던 허수아비입니다.
느티나무	허수아비? 너는 다리가 두 개가 아니냐?
허수아비	예. 이 아이들하고 여행을 가기 위해 다리 하나를 얻게 되었습니다.
고양이	(어리둥절해서 살피며)누구세요? 느티나무 할아버지세요?
느티나무	너 내 어깨위에서 쉴 생각이라면 마음도 먹지마라. 나는 들고양이를 재운 적이 없다. 새들의 안전을 위해서는 재워줄 수가 없어.
고양이	할아버지. 저희들은 부지런히 칠보 산에 가야 해요. 잠을 잘 시간도 아까워요.
영롱이	예. 할머니를 위해 은빛 샘물을 구하러 가는 길이거든요.
느티나무	말은 기특하다만 너희들도 돌아오지 못할 거야. 고생하지 말고 어서 돌아가.
영롱이	아니에요. 우리들은 할머니 약을 꼭 구해가지고 가야해요.
고양이	예,
허수아비	어르신, 돌아오지 못하더라도 아이들을 데리고 칠보 산에

갈 생각입니다.

느티나무 허허 고집불통이로군. 그래도 소용없다. 길을 찾더라도 캄
캄한 두더지 굴로 칠십 리를 가야하고, 다시 강물위에 드리
워진 표주박 넝쿨을 타고 용암이 흐르는 강을 건너야 해.

고양이 할아버지 도와주세요.

느티나무 아니야. 너무 힘이 들어. 용암이 흐르는 강을 건넜다고 해
도 칼날처럼 날카로운 수정 산을 어떻게 넘을 수 있겠니?

영롱이 할아버지가 그 방법을 알려 주시면 되잖아요.

느티나무 (흠칫 놀라며)뭐야? 허허 이놈 봐라. 너는 내 마음도 모르
고 어떻게 도와줄 것이라고 믿는단 말이냐? 응?

영롱이 할아버지는 그 무지개연못에서 살다가 오셨잖아요.

느티나무 (놀라서)호, 그 녀석이 그랬구나. 그 코쟁이 이야기 할아버
지가 그랬지? 또 무슨 이야기를 했어? 으 용서할 수 없어.
이 코쟁이 영감!

영롱이 할아버지! 도와주세요.

느티나무 안 돼! 난 사람들이 죽든 살든 상관 안 해. 너를 기른 할머
니? 병이 들었거나 말거나 내가 왜 상관을 해야 하니? 관절
염으로 다리를 전다고? 허리도 다쳤어? 난 고쳐줄 의무도
없고 고칠 방법을 알고 있다고 해도 알려줄 마음이 없어.

허수아비 어르신 화를 내지 마시고 (가리키며)아이들이 가엾잖아요.

느티나무 할머니를 도와주라고? 왜? 그 할머니는 어릴 때부터 내 가
지를 꺾어다가 아궁이에 불을 지피고 산에 들에 자라는 나
무를 베이디 불에 떼었디. 우리 나무들에게는 원수나 다름
이 없어.

고양이 할아버지도 우리할머니가 우리가 고아가 되었을 때부터 젖을 먹여 기른 이야기를 들으시면 아마 울고 말 걸요.

느티나무 뭐?(갑자기 다정하게)슬픈 이야기야? 이 할아버지는 지금까지 한 번도 울어본 적이 없다. 너희들이 나를 울릴 수만 있다면, 칠보 산을 지키는 고슴도치에게 데려다 줄 수 있지.

허수아비 고슴도치요?

느티나무 그래. 용암이 흐르는 강에까지 두더지 굴이 있다고 했지?

영롱이 캄캄한 굴이 칠십 리나 이어져 있다는?

느티나무 허허 고놈 기억력 하나는 최고로구나. 그래. 칠십 리 두더지 굴을 지키는 욕심쟁이 마술사야.

고양이 고슴도치가 마술사라고요?

느티나무 흐흐. 키가 작다고 얕보지 마라. 나이는 나보다도 많은 칠천 5백60 살이나 먹었으니까.

모 두 와, 칠천 5백 60살이요?

느티나무 흐흐흐, 왜 겁이 나냐? 은빛샘물을 마시고 욕심을 내다가 5천년동안 늪지대를 지키는 벌을 받고 있단다.

허수아비 아니 칠보 산에 뭐가 그렇게 귀중한 게 많다고 칠천 5백60 살이나 먹고도 길목을 지킨대요. 정말 있는지도 모르지만 그 은빛샘물 말고 뭐 귀중한 게 있어요?

느티나무 흠, 멍청한 녀석, 그러니까 가슴이 텅 빈 허수아비라고 놀리지. 은빛샘물이 있는 무지개 연못에 손을 담그고 소원을 빌면 마음먹은 대로 이루어질 수 있거든.

영롱이 (놀라)정말요?

느티나무 (화를 내며)그렇다니까. 의심도 많다. 자 더 이상 묻지 말고 이제 이야기를 해 봐. 아주 슬프고 내가 감동할 수 있는 이야기 말이야. 나를 울려 봐. 너희들 소원을 들어 줄지 모르니까.

고양이 느티나무 할아버지 약속하신 거예요.

느티나무 인석아 너희들이나 약속을 잘 지켜. 어른한테 이래라 저래라 하지 말고.

고양이 알았어요. 영롱아, 네 고조할아버지 이야기부터 들려 드려.

영롱이 알았어.

느티나무 무슨 이야기인데 고조할아버지 시대 이야기가 나와?

영롱이 (이야기를 시작한다)느티나무 할아버지!

느티나무 그래.

영롱이 오랜 옛날 우리가 모시고 있는 할머니가 젊었을 때요. 하루는 할머니와 할아버지가 아기를 재워놓고 일을 하러 가셨나 봐요.

느티나무 사람들은 모두 일을 하지. 그래서

영롱이 예. 그런데 집안에 사람이 없는 것을 알고 늑대가 살며시 찾아와 개를 물고 간 거예요. 그리고 다음 날에는 마루에 앉아 졸고 있는 고양이를 물고 갔어요.

느티나무 저녁에는 뭘 하고 낮잠을 자고 있었단 말이냐?

고양이 아기고양이들이 아파서 잠을 못 주무셨어요.

느티나무 그래도 강아지를 물어갔으면 정신을 차리고 있어야지. 영롱아, 할머니가 사랑하던 아기는 무사했지?

영롱이 아니요. 바로 그 다음 날, 늑대는 방안에 들어가서 아기를 물고 갔어요.

느티나무 강아지만 있어도 아기를 지킬 수 있었을 텐데.

고양이 할머니는 아기를 잃고 온 산을 헤매며 소리를 치셨어요. '우리 아기를 돌려 주세요. 우리 아기를 살려주세요.' 하지만 아기는 찾을 수 없었어요.

느티나무 엄마의 마음 나도 알아. 어머니는 다 그래. 자식이라면 목숨까지 내 놓을 정도로 사랑으로 기르시거든.

영롱이 아기를 물고 간 늑대는 숲속 깊은 곳에 아기를 숨겨놓고 엄마가 지어놓은 아기 밥을 몰래 훔쳐 먹으며 살았어요.

느티나무 그래서? 다음 날에는 아기 강아지를 훔치러 왔구나. 그렇지?

영롱이 할아버지, 그 늑대가요 다음날에 찾아와서는 큰소리로 외쳤어요.(이야기의 계속을 이야기 하듯 손짓을 하며)어쩌구 저쩌구, 병따개 콩 따개, 베짱이 앞다리 고래밥 새우밥 완두콩 콩 자루…

느티나무 (울듯)아이고 그랬구나. 에이 불쌍한 것, 그래 어머니 아버지 모두 잃고 할머니 젖을 먹고 자랐구나? 아이고 불쌍해. 부모님 얼굴도 모르고 고아로 잘랐구나. 이할아버지처럼.

고양이 할아버지!

느티나무 (울며)아 흐흐흑. 불쌍하신 우리 어머니도 회오리바람에 사라진 나를 생각하시며 얼마나 마음이 아프셨을까? 어머니, 어머니!

＊ 갑자기 회오리바람이 일어나 무대가 캄캄해진다. 회오리바람
은 무서운 굉음을 내며 무대를 뒤흔들며 영롱이와 허수아비, 고양이
를 삼켜버린다. 아득히 들려오는 비명소리―. 무대의 불이 꺼진다.

제4경 고슴도치의 지하궁전

회오리가 잦아지며 무대가 어둠속에서 다시 밝아지면. 고슴도치
의 지하궁전이다. 바람에 휩쓸려 떨어지듯 하수아비 친구들이 나뒹
굴 듯 등장한다.

허수아비　(비틀거리며 일어서 주위를 살핀다)여여기가 어디지?

영롱이　야, 고양아

고양이　영롱아, 너 다치지 않았어?(먼지를 털며 다가온다.)허수아
비 아저씨!

허수아비　난 괜찮아. 너희들은 다친데 없어?

고양이　예.

영롱이　고양아, 너는?

고양이　나도 괜찮아.

영롱이　와, 정말 무서운 회오리바람이었어.

고양이　그래그래.

허수아비　그런데, 여기가 어디지? 느티나무 할아버지 말씀대로 칠
보 산 고슴도치 궁전이 아니야?

고슴도치　(번쩍이는 금빛 외투에 삼각 모자를 쓰고 등장한다)고슴
도치 궁전! 하하 정답이다. 어서오너라. 기다리고 있었다.

고양이 고슴도치 장군님 고양이와 제 친구 영롱이에요. 저기 키 큰 친구는 허수아비이구요.

고슴도치 그래그래. 회오리바람에 휩쓸려 여기까지 날려 온 아이들은 이 늪지대가 생기고 나서 너희들이 처음이다. 어서 오너라.

영롱이 예.(모자를 보고)와 아저씨 정말 짱이에요. 나폴레옹장군을 닮았어요.

고슴도치 너 이 녀석, 내가 키가 작다고 흉보는 거 아니지?

영롱이 아, 아니에요 아저씨, (진지하게)그 삼각뿔모자 말에요. 나폴레옹 장군님이 쓰던 거 아니에요?

고슴도치 히히히, 그래? 멋있니? 오래전에 두 개를 만들었다가 용기를 구하러 온 소년에게 주었단다. 그 아이가 프랑스의 대장군이 되었다는 이야기를 듣긴 했지만 난 관심이 없어.

모　두 (감탄한다)와—.

고양이 저도 이다음에 그런 모자를 구하고 싶어요.

고슴도치 너희들은 용기가 아니라 아픈 할머니를 고칠 샘물을 구하러 온 것이 아니냐?

영롱이 예 맞아요. 저희들을 길러주신 할머니가 늙고 병이 들어 앓아누우실 때가 많으셔요. 얼마 전에는 허리도 다치고 무릎도 아파서 걷지를 못하세요.

고슴도치 자기를 희생해서 남을 돕는 일은 쉽지 않은 일인데…. 너희들은 좀 다르구나.

허수아비 고슴도치 장군님(가리키며)여기 저 굴은 다 뭐예요?

고슴도치 그게 궁금한가 보구나. (손뼉을 치면, 반디요정과 물의 요정들이 양철북을 치며 **'고슴도치 바늘장수'** 곡④을 노래하며 등장한다.)

고슴도치 바늘장수 곡④

산밤나무 사촌인가 고슴도치 바늘장수
언덕아래 내려갈 땐 떼굴떼굴 떼구르르
등짐장수 고슴도치 뽀죽뽀죽 바늘장수
아빠 등에 대바늘이 엄마 등에 새 바늘이
어깨 위에 바늘지고 소풍가는 고슴도치.

밤나무 밭 고슴도치 바늘장수 고슴도치
바늘 팔러 시장가나 떼굴떼굴 떼구르르
외삼촌도 바늘장수 이모부도 바늘장수
엄마아빠 등짐장수 뒤뚱뒤뚱 바늘지게
산밤나무 숲길 가에 바늘장수 고슴도치.

반디요정들 (인사하며)반갑습니다. 우리들은 칠보 산 어둠의 길을 안내하는 반디요정들입니다.

물의 요정들 (인사하며)우리는 물의 요정들이랍니다.

반디요정① 어서 오십시오.(물의 요정들과 늘어서며)이 길은 **'영혼의 길'**입니다.

반디요정② 예. 과거 세상으로 가는 길입니다.

반디요정① 눈 끔찍 할 사이 돌아기신 부모님도 만날 수 있고 그리던 고향집도 찾아갈 수 있습니다.

허수아비　　와. 정말 신기한 길이네요.

물의 요정①　(가리키며)이 길은 **'소망의 길'** 입니다. 큰 꿈을 가진 사
　　　　　　람들이 가는 미래의 길입니다.

영롱이　　　소원을 생각하면 이루어 질 수 있나요?

반디요정②　희망하신다면

반디요정③　(가리키며)여기는 **'인연의 길'** 입니다. 입구는 하나이지
　　　　　　만, 12갈래로 나눠져 있지요. 짐승을 사랑하는 사람들이
　　　　　　그 짐승을 따라 친구가 되는 세상으로 가는 길입니다.

고양이　　　그럼, 짐승으로 태어나는 길이네요.

고슴도치　　흠, 이해가 빠르구나. 그렇지. 선택은 너희들 자유이다.

물의 요정③　이 길은 바다로 가는 길입니다. 아픔과 슬픔을 간직하고
　　　　　　사는 사람들이나 짐승들이 이 길을 걸으면서 과거를 잊
　　　　　　고 새로운 희망을 가지고 살게 하는 길이지요. '망각의
　　　　　　길' 이라고 합니다.

허수아비　　 **'망각의 길?'** 아, 제가 살아온 과거를 생각하면 다시는
　　　　　　들판으로 돌아가고 싶지가 않아요. 내가 소망하는 심장
　　　　　　을 얻는다고 해도 다시는 찬바람 부는 들판에서 참새들
　　　　　　에게 업신여김을 당하며 살고 싶지는 않아요.

물의 요정③　(미소 지으며)그럼, 망설이지 마시고 이 망각의 길을 선
　　　　　　택하시면 마음의 평안을 얻게 되실 것입니다.

물의 요정④　새로운 세상에 태어나실 수가 있습니다.

고슴도치　　자기가 살았던 고향이나 가족 친구들도 모두 잊는 거야.

물의 요정④　등불 없이도 가실 수가 있습니다.

허수아비　　하지만 친구들 하고 약속을 깨야 해. 믿음을 잃을 수는

없어.

고슴도치 (혀를 차며)친구? 친구가 네 삶을 대신 살아주는 것도 아
닌데 그런 고민은 잊어버려!

허수아비 그것은 의리 없는 사람들이나 하는 짓이지요.

고슴도치 (낙심하며)뭐? 사람들이나 하는 짓이라고?(화를 내며)야,
의리가 뭐가 그렇게 중요해. 허수아비야, 나 좀 살자. 네
가 여기 이 칠보 산의 고슴도치 궁전을 맡아. 네가 대장
이 되는 거야. 이름도 이제부터 허수아비 궁전으로 고쳐.

허수아비 (생각한다)허수아비 궁전?

영롱이 고슴도치 대장님! 우리들은 할 일이 따로 있어요. 샘물
과 약을 구하러 가야해요.

고슴도치 샘물? 약? 그거 구해 줄게. 너희들 중에 누구 하나라도
이 궁전에 남고 싶은 아이가 없냐?

영롱이 아이참, 여기는 고슴도치 아저씨의 궁전인데 남아서 뭐
를 한데요?

고슴도치 대장!

모 두 대장이요?

고슴도치 그래 대장, (가리키며)저 멋진 물의 요정과 반디요정들
을 다스리며 여기서 대장노릇을 하는 거야.

고양이 정말요?

고슴도치 (반가워서)너 관심이 있구나. 애, 고양아, 아저씨 좀 살
려줘라. 아저씨는 벌써 3천년을 여기서 대장노릇을 했
거든.

고양이 정말 제게 대장일을 물려주실 수 있어요?

고슴도치	(웃으며)오호 이제야 말이 통했나보구나. 물론, 저 휘장 안에 있는 황금의자도 금빛침대도 네가 쓸 수 있어. 이 늪지대의 모든 어둠의 굴을 다스리는 거야. 고양아, 얼마나 재미있는 일이겠니?
허수아비	고양아, 너 정말 이 늪지대의 대장이 되고 싶어?
고양이	왜? 재미있을 거 같지 않아?
고슴도치	그래. 아저씨는 너무 늙어서 이제 쉬고 싶어. 그래서 이 일을 용감하고 의젓한 너 고양이에게 물려주고 싶구나.
고양이	(시원하게)알았어요. 좀 생각을 해보고요.
고슴도치	(실망하며)뭐? 뭘 또 생각을 해야 하는데?
고양이	궁전을 다 돌아보고요.
고슴도치	(한숨을 쉬며)하, 생각한대로 되는 것이 없구나.
물의 요정⑤	이 길은 **'사랑의 길'** 입니다. 내가 아닌 다른 이의 행복과 건강을 위해 봉사와 힘을 모아 실천하는 길이지요.
영롱이	아, 여기다! 우리가 가려는 길이.
고양이	그래. 이 길로 가면 은빛 샘물을 찾아갈 수가 있을 거야. 가자!
허수아비	야 그럼 뭘 망설여. 빨리 가야지.(굴 앞으로 가려는데 고슴도치가 막아선다)
고슴도치	잠간! 너희들 모두 이 길을 갈 수가 없다.
허수아비	뭐라고요? 왜요?
고슴도치	너희들 중에 두 가지 욕심을 가지고 있는 아이가 있으니까.
영롱이	두 가지 욕심이요?

고슴도치	그래. 욕심이 많은 이는 이 늪지대에서 돌아가지 못할 것이라고 여기 오기 전에 느티나무 할아버지가 이야기를 하지 않든?
고양이	아.
고슴도치	이제야 기억이 나는 모양이로구나. 고양이는 잠시라도 늪지대의 대장이 되려는 욕심을 가지려고 했었다.
영롱이	그럼, 고양이는 은빛 샘물을 가지러 갈 수가 없는 거예요?
고슴도치	갈 수는 있지만 너희가 살던 고향으로 돌아갈 수는 없지.
고양이	(절망한다)제가 수천 년 동안 이 지하궁전에서 살아야 하는 거잖아요.
허수아비	고양아, 걱정 마. 우리가 샘물을 구하면 너부터 나눠 줄게.
고양이	고마워.
고슴도치	흐흐흐. 너희들이 용감하고 지혜롭다고 해도 그 길을 통과할 수는 없을 걸
물의 요정③	이 사랑의 길을 가려는 이들은 세 가지 시험을 통과해야 합니다.
반디 요정들	그래그래. 세 가지의 시험.
물의 요정②	정말 착한 마음으로 다른 이의 건강과 행복을 위해 희생할 수 있는지
불의 요정들	우리는 당신들의 마음을 알 수 없습니다.
물의 요정⑤	목숨을 잃을 지도 모르는 무서운 길입니다.

영롱이　　　우리는 두렵지 않으니 길이나 안내해 주세요.

고슴도치　　흐흐흐, 용감하구나.

물의 요정①　먼저 흡혈박쥐가 사는 굴을 지나야 합니다.

고양이　　　흡혈박쥐라고?

고슴도치　　두 번째 시험을 하기도 전에 몸의 피를 모두 빼앗기고
　　　　　　　말 거야.

반디요정들　그래그래.

물의 요정⑤　박쥐들은 숨을 쉬는 동물에게만 달려듭니다.

허수아비　　두렵지 않아요. 우리는 통과할 자신이 있어요.

물의 요정②　좋아요. 이 박쥐 굴을 지나면 맑은 연못이 나옵니다. 뱀
　　　　　　　들이 사는 연못이지요. 뱀들은 연못위에 자라는 표주박
　　　　　　　넝쿨에 올라가 잠을 잡니다.

물의 요정④　예. 지옥에 살던 그 뱀들을 깨우지 않고 연못을 지나야
　　　　　　　합니다.

물의 요정들　그래그래. 깨우지 않고.

허수아비　　연못을 건너서는?

고슴도치　　용기가 대단하구나.

반디요정③　연못을 지나면 뜨거운 용암이 흐르는 강이 나와요.

허수아비　　용암이 흐르는 강?

반디 요정①　예. 화산가스에 눈이 멀지도 모르니 조심하셔야 해요.

반디요정들　따끔따끔 화산가스!

허수아비　　영롱아, 걱정 마, 내가 업고 건널 테니까 넌 눈을 꼭 감고
　　　　　　　있어.

영롱이　　　아, 그러면 되겠네.

고양이 영롱아, 박쥐동굴은 걱정하지 마. 난 어둠속을 환하게 볼 수 있는 눈을 갖었거든. 내가 누구니? 들고양이가 아니야?

영롱이 고마워.

고양이 뱀이 사는 연못도 겁내지 마. 지옥에 살던 뱀들이라고? 여기까지 오면서 우리 음식도 잘 못 먹었잖아. 내가 뱀들을 잡아서 요리해 줄게.

고슴도치 뭐? 요리 요리라고?

허수아비 (문득 생각이 난 듯) 고양아, 그리고 영롱아. 난 뜨거운 심장을 구해도 사랑을 나눌 사람도 없어. 박쥐동굴을 지날 때 내 팔과 다리를 떼어서 횃불을 만들어.

모 두 (놀라서)뭐라고?

영롱이 그게 무슨 말이에요?

허수아비 내 팔과 다리를 떼어 어둠을 밝히라고

고양이 허수아비 아저씨!

허수아비 슬퍼하지 마. 난 너희들을 친구로 두었다는 것이 기뻐. 그렇게 해. 난 세상에 태어나서 남을 위해 뜻있는 일을 할 수 있게 되었다는 것이 즐거워.

* 갑자기 회오리바람이 일어나며 무대가 어두워진다. 천둥소리와 함께 고슴도치가 울며 쓰러진다. 파랑의 희미한 불빛이 머리위에서 쏟아진다.

고슴도치 (울며)어머니, 어머니, 다시 3천 오백년을 이 늪지대 지하 궁전의 마술사로 살게 되었습니다. 욕심이 많아 늪지대 두

더지 굴을 지켜온 지 3천오백 60년. 이곳을 찾아올 마음 착한 이를 기다리며 다시 3천년을 살아야만 합니다. 어머니, 저의 죄를 용서하여 주십시오. 생명의 '은빛 샘물' 을 팔아서 돈을 벌려고 했던 이 아들을 용서하여 주십시오. 어머니, 어머니 흐흐흑.

용 바위 (울림마이크로)어리석은 녀석. 아직도 잘못을 뉘우치지 않고 다른 이에게 무거운 임무를 맡기려고 하다니. 내가 네 마음을 모를 줄 알았더냐?

고슴도치 어머니, 어머니 저도 밝은 햇빛을 보고 싶고 맑은 공기를 마시고 싶습니다.

용 바위 (울림마이크로)너는 그동안 너무도 많은 생명을 빼앗았다. 용서할 수 없는 일이야. 어서 자기를 희생하며 할머니의 약을 구하려는 아이들을 안내 해!

고슴도치 예, 어머니.

　* 소고소리와 함께 어둠속에서 물의 요정들과 반디요정들이 곡 ④ **'고슴도치 바늘장수'** 를 부르며 고양이와 영롱이, 허수아비를 가운데 하고 양철북을 두드리며 퇴장한다.

　이어 불안한 리듬의 음악소리와 천둥소리, 지옥의 비명소리가 들리며 무대의 불이 꺼진다.

제5경 칠보 산 무지개 연못

　* **무대가 밝아지면**, 호리존트의 노을 속에 칠보 산 무지개 연

못이다.

중앙에 샘물이 있고 두 사람의 모각인형 같은 하늘병사 사이에 아름다운 드레스 차림의 용 바위선녀가 앉아 있다. 잠시 사이 ─ . 꽃들이 피어있는 숲 사이로 물의 요정들이 영롱이와 허수아비 고양이를 안내하여 등장한다. 그윽한 리듬의 음악이 흘러나온다.

영롱이 와 (주위를 돌아보며)정말 아름다운 곳이다.

고양이 영롱아, 이곳에 은빛 샘물이 있다는 거야?

허수아비 흠, 세상에 이런 곳이 있다니? 상상도 못 했어.

용 바위 (자리에서 일어나 다가오며)어서 오너라. 나는 이 무지개 연못을 지키는 용 바위 선녀란다.

고양이 안녕하세요. 우리는 양지마을 구불 촌에서 온 강아지와 고양이예요.

허수아비 저는 허수아비라고 합니다.

용 바위 그래. 늙고 병드신 할머니에게 드릴 샘물을 구한다고?

영롱이 예. 할머니는 저희들을 어릴 때부터 길러 주셨거든요.

허수아비 선녀님,(가리키며)이 샘물이?

용 바위 그래. 네게도 나눠줄까?

허수아비 예? 아, 아니에요. (연못을 돌며)와, 신기하기도 하지. 이 빛나는 은빛 샘물이 생명을 돌려준다니? 선녀님, 저는 할머니에게 드릴 것만 얻으면 돼요.

용 바위 허수아비야. 저 샘물을 마시면 너도 사람처럼 뜨거운 피가 흐르는 생명을 얻을 수 있을 텐데 싫어?

허수아비 생명을 얻으면 뭘 해요. 사랑을 나눠 줄 사람도 없는데.

용 바위　그래? 농부가 되어 보고 싶은 꿈은?

허수아비　저를 업신여기던 참새들을 혼을 내 주고 싶기도 하지만ㅡ.

용 바위　네가 소망한다면 농부가 되게 해 주마. 너른 들판에서 곡
　　　　　식을 지키는 일보다 키우는 일이 얼마나 즐겁고 힘든 일인
　　　　　가 체험해 보렴.

허수아비　선녀님이 분부라면 해 보겠습니다.

용 바위　두 손을 그 연못에 담가보아라.

고양이　(영롱이를 앞으로 밀며)무서워 네가 먼저 해.

영롱이　내가 먼저?

허수아비　뭐가 두려워? 내가 넣어볼게.

＊ 손을 연못물에 담근다. 연못물이 끓어오르면서 갑자기 무대가
안개로 가득하다.

허수아비 비명을 지르며 뛴다. 잠시사이ㅡ. 허수아비는 허수아비
복장을 벗고 농부의 차림으로 의상이 바뀐다.

고양이　앗, 바뀌었다.

허수아비　어? 이게 뭐야? 내 몸이 바뀌고 있어.

모　두　바뀌었다!

영롱이　(가리키며)허수아비 아저씨가 맞죠?

허수아비　(가슴에 손을 얹고)와 가슴이 물레방아간의 절구 공이처
　　　　　럼 쿵쿵 뛴다. 나도 심장이 있어. 따뜻한 피가 흐르는 피가
　　　　　흐른다고ㅡ. 하하 우와 이런 일이 생기다니, 가슴에 지푸
　　　　　라기만 넣고 살던 허수아비가 심장을 가진 사람이 되었

다.(절을 하며)은빛 샘물님 감사합니다. 용 바위 선녀님 고맙습니다.

용 바위 농부가 되었구나!

허수아비 제가 이제 농부가 된 거 맞지요?

영롱이 아저씨 축하해요. 이제 농부가 되셨으니 농사를 지으며 행복하게 살아보셔요.

허수아비 그래그래. 하하하하.

영롱이 용 바위 선녀님. 이제 우리들 차례이네요. 시킬 일이 있으시면 어서 시키셔요.

용 바위 시키다니. 시킬 일도 없다. 너희들의 착한 마음씨는 이미 알고 있으니까

고양이 할머니께 드릴 것만 있으면 돼요 선녀님.

용 바위 할머니? 할머니는 걱정마라.

고양이 예?

용 바위 (작은 종을 친다. 그 소리를 듣고 반디요정②가 지팡이를 짚은 할머니를 인도하여 나온다)

모 두 (놀라서)할머니? 할머니가 어떻게?

고양이 할머니!

할머니 아이고 이게 무슨 난리냐?

영롱이 할머니 여기는 어떻게 오셨어요?

할머니 어제 보름날 목욕을 하는데 하늘천사들이 나타나 다짜고짜 구름풍선에 태우고 와서 내가 이제 죽을 나이가 되었나 했는데? (관객들에게)저 이 회 안 죽은 거 맞지요? 꿈만 같아. 내가 하늘을 날아서 여길 오다니 말이야.

용 바위   어서 오세요 할머니. 여기 할머니가 기르던 고양이와 강아지 영롱이가 있습니다.

할머니   우리 영롱이와 고양이요?

용 바위   예. 정말 착한 짐승들이더군요.

할머니   그야 두말 하면 잔소리이죠. 용 바위 선녀님. 사람보다도 나요. 얼마나 믿음직한 아이들인데요. 이 아이들만 집에 있으면 늑대가 찾아와도 든든하답니다.

영롱이   할머니! 그동안 안녕하셨어요.

할머니   오냐. 그래. 우리 강아지 밥은 굶지 않았어? 고양이 너도?

고양이   예. 할머니 여기가 무지개 연못이래요. 할머니의 허리도, 무릎도, 이 샘물로 고칠 수가 있대요.

할머니   아이고 인석아, 욕심 부리면 안 된다고 하지 않았느냐. 나이가 들면 모두가 늙는 것인데 젊어지면 뭐가 달라지누?

영롱이   (호리병에 물을 담아 할머니에게 드린다)할머니, 어서 이 샘물을 드셔요.

할머니   이 샘물을 왜 마시라는 거야?

고양이   어서요 할머니!

할머니   오냐.(마신다. 피리소리와 같은 음악이 들려오며 안개가 피어오른다. '펑' 소리와 함께 할머니가 쓰러진다.)아이고 이게 뭐야? 이게 뭐야? 에그머니나!

* 모두 할머니에게 모여든다. 그 사이 할머니는 젊은 새댁으로 바뀌어있다. 모두 놀라 뒤로 물러선다.

영롱이 와, 할머니, 우리 할머니가 맞아요?

용 바위 할머니 축하드립니다.

요정들 축하드립니다. 할머니!

할머니 (머리와 가슴을 만지며)아이고 이게 웬일이냐? 하얀 머리가 갑자기 다 빠지고 검은 머리가 나고 가슴−, 아이고 이 쭈글쭈글한 젖가슴이 왜 갑자기 탱탱해져서 오 이걸 어쩔꼬.(객석을 행해)뭘 신기해서 웃고 있어요?

허수아비 만세!, 만세! 할머니가 젊어지셨다.

고양이 할머니, 오래오래 사셔요.

할머니 오냐오냐.

허수아비 할머니, 제가 할머니의 집 농사를 다 지어 드릴 테니 이제 평안히 계셔요.

할머니 우리 집 농사를요? (영롱이에게)영롱아, 이 씩씩하게 생긴 분은 누구냐?

고양이 헤헤헤. 왜요. 할머니 마음에 드세요?

할머니 믿음직하니 좋다. 얼굴도 잘생기고.

영롱이 할머니 농사일은 잘하신대요. 새도 잘 ◎고요.

허수아비 농사일은 걱정하지 마세요.

할머니 그래주면 저야 좋지요.

용 바위 너희들 혹시 할머니의 아들과 딸이 되어 함께 살고 싶지 않니? 원한다면 도와주고 싶구나.

고양이 아뇨. 저는 할머니네 집 고양이가 제일 좋아요.

영롱이 저도 할머니 댁에서 사랑받는 강아지로 살래요. 그게 좋아요.

용 바위　그래? 그럼 할머니 모시고 행복하게 살아라.

고양이 · 영롱이　예. 용 바위선녀님!

　*그윽한 풍악소리가 들려오며 등장해 있는 인물들은 주제가 곡
⑤ '은빛샘물'을 부르며 춤을 춘다.

은빛샘물 곡⑤

하늘 북을 두드려라. 구름집을 끌어보자

칠보 산에 은빛샘물 젊음 찾는 은빛샘물

할아버지 할머니도 젊어져요 은빛샘물

마음 착한 사람들만 복을 받는 은빛 샘물

일곱 빛깔 무지개 꿈 송글송글 열린대요.

하늘나라 칠보 산에 연못아래 은빛 샘물.

　　　　　　　　　　　　　　　　　막이 내린다.

지옥새가 가지고 온 선물(1막2장)

나오는 사람들

휘파람새 · 염라대왕(왕방울 눈의 지옥의 왕) **· 옥할머니 · 저승사자**
할아버지 · 호위선녀1~2 · 옥졸1~5(지옥을 지키는 병사)
해님선녀(해님을 다스리는 선녀)
달님선녀(달님을 다스리는 선녀)
금희(희원이의 친구) **· 희원**(백혈병을 앓고 있는 아이)
명부도사(지옥에서 죄인의 죄를 적어 관리하는 관리)

때와 곳 현대, 지옥의 염라대왕 집무실과 옹달샘 가

무대 이 연극의 무대는 지옥의 염라대왕이 근무하는 시왕전과 어느 산기슭에 자리한 옹달샘이다.

중앙에 염라대왕이 근무하는 '시왕전'이 있는데 이동시키면 바로 숲속의 옹달샘이 나올 수 있게 무대를 후면으로 반씩 나누어 만들어져야 한다. 극의 진행상 '시왕전'은 좌우로 이동시키는 형태로 가림 막을 앞에 설치하여 제작되면 바람직 할 것이다.

제1막 1장

막이 열리면 –.지옥의 염라국 시왕전이다. 멀리 까마귀의 울음 소리가 들려온다. 박쥐문향의 불빛이 번쩍이며 파란 불빛과 연기가 무대로 밀려들어온다. 휘파람새가 춤을 추듯 들어와 노래한다.

휘파람새 (노래) **달님의 눈물**(곡1)
       초승달 초승달 달님이 흘린
       눈물방울 물방울 이슬 되었다.
       지옥새가 울고 간 나뭇가지에
       달님의 눈물이 아롱져 있다.
       방울방울 풀잎에 아롱져 있다.

명부도사 (밖에서 소리를 치며 들어온다) 당장 그쳐라!

지옥옥졸들 (합창하듯 금강저로 만든 창을 들고) 당장 그쳐라!

명부도사 (들어오며)감히 지옥의 시왕전에서 노래를 부르다니….

지옥옥졸들 (들어와서 늘어서며) 감히 염라대왕이 계신 곳에서 노래를 부르다니….

휘파람새 (두려워하며)명부 도사님!

명부도사 내가 명부를 관리하는 지옥의 관리라는 것은 알고 있구나.

휘파람새 도사님, 잘못 하였사옵니다.

명부도사 잘못 하였어?

휘파람새 지옥에서 노래를 불러서는 안 된다는 것을 알지 못하였습니다.

명부도사 지옥에 사는 모든 짐승이나 인간들이 다 알고 있는 것을
　　　　　 모르고 있었다니 (무섭게 노려보며)너 계속 거짓말을 할
　　　　　 테냐?

휘파람새 거짓말이 아니에요.

명부도사 허허 이놈 봐라. (명부를 뒤적이다가)그래. 저 푸른 별 지
　　　　　 구에 살 때에도 거짓말 잘하고, 욕 잘하고, 친구 험담 잘하
　　　　　 고, (읽다가)아이고 이게 도대체 몇 가지냐? 3백 32가지?

저승사자 명부 도사님, 휘파람새는 지옥에서만 5백 12년을 살았습
　　　　　 니다.

명부도사 5백 12년?

지옥옥졸들 5백 12년!

휘파람새 예. 사실입니다. 거짓말을 많이 하고 다녀서 혀를 3미터
　　　　　 나 늘려 목에 감고 다니는 벌도 받았습니다.

명부도사 (장부를 보다가)너 강아지를 발로 찬 적이 있느냐?

휘파람새 강아지요?

명부도사 (장부를 넘기다가) 흠. 뭐? 장난으로 차고 다녔다고?

휘파람새 쫄랑쫄랑 따라다니며 오줌을 싸는 게 미워서….그래요.
　　　　　 발로 찼습니다.

저승사자 도사님. 그 일로 지옥의 구리 개에게 하루에 일곱 씩 엉
　　　　　 덩이를 물리는 벌도 받았습니다.

휘파람새 예. 제 엉덩이가 걸레가 되었어요.

명부도사 (머리를 흔들며)그런데도 아직 정신을 못 차리고 대왕님
　　　　　 의 환약을 훔쳐 먹다니, 어떻게 하면 네 나쁜 버릇을 고

칠 수가 있단 말이냐? 웅?

휘파람새 그건 대왕님이 홀린 거예요.

명부도사 (벼락처럼)네 이놈!

지옥옥졸들 (앵무새처럼) 네 이놈!

명부도사 하늘의 질서를 어기고 땅에 태어나서도 온갖 나쁜 짓을 하더니 지옥의 새가 되어서도 그것도 모자라 시왕전의 물건을 도둑질하느냐?

휘파람새 도사님!

저승사자 도사님, 그 환약 때문에 지옥에서도 죽지 않고 저리 살고 있사옵니다.

명부도사 이놈을 열탕지옥에 넣어 깃털을 모두 뽑아 버려야 하겠다.

저승사자 명부 도사님!

명부도사 가만! (장부를 다시 보다가)아니, 2백 11년 전에 열탕지옥에서 벌을 받았었구나.

저승사자 그러하옵니다. 푸른 별에서 잡아온 죄인들은 유황온천 뿐 아니라 찜질방에서 달련된 몸이라 지옥의 고통을 아주 우습게 여기고 있사옵니다.

명부도사 허허. 내가 왜 그 생각을 못 하였단 말인가?

   * 이때, 그윽한 풍악소리와 함께 해님과 달님선녀를 거느리고 염라대왕이 시왕전 중앙의 의자 뒤편으로 들어온다.

   무대의 불빛이 바뀐다. 달님과 해님 선녀는 대왕의 좌우로 내려서고 호위시녀들이 들어와 대왕의 곁에 선다.

염라대왕 시왕전이 왜 이리 시끄러우냐?

모　두 (허리를 굽혀 인사하며)대왕폐하!

염라대왕 (자리에 앉으며)명부도사, 무슨 일인고?

명부도사 예. 아뢰옵기 황송하게도 지옥을 날아다니며 휘파람을 부
는 지옥새의 여죄를 추궁하고 있었사옵니다.

염라대왕 여죄? 허허허. 아직도 (가리키며)저 녀석이 노래를 부르고
있단 말이냐?

명부도사 알고 계시었사옵니까?

휘파람새 (무릎을 꿇고 앉으며)대왕님, 억울하옵니다.

염라대왕 뭐? 억울해?

휘파람새 제 목소리가 고운 곳이 죄가 된다면 달게 받겠사옵니다.

명부도사 (눈을 부라리며)아니, 어느 안전이라고 감히 머리를 조아
리는 것이냐? 응?

염라대왕 (손을 들어 제지하며)아, 놔 두어라!

명부도사 예.

휘파람새 대왕님, 저는 아무리 슬피 울어도 노래를 부른다고 모두
저를 꾸짖으시니 답답하고 억울하여 참을 수가 없사옵
니다.

염라대왕 저승차사!

저승사자 예. 대왕폐하.

염라대왕 저 녀석이 저승에 온지 5백년이 넘었지?

저승사자 5백 12년 하고도 49일이 되었사옵니다.

명부도사 맞시옵니다.

염라대왕 그렇구나.

명부도사	폐하의 환약을 주워 먹고 머리가 총명하여져서 아직 기억을 지우지 못해 푸른 별 지구로 보내지 못하고 있사옵니다.
염라대왕	(잠시 생각을 하다가)이승에 있을 때 저 놈이 한 일은 벌을 다 받았느냐?
해님선녀	폐하, 해님이 밝게 빛나던 날 있었던 일 중에서 친구를 헐뜯고, 험담하고, 이유 없이 아무나 두들겨 패는 나쁜 버릇에 대한 죄는 오래전에 이미 다 받은 줄로 압니다.
명부도사	그러하옵니다.
지옥옥졸들	(앵무새처럼)그러하옵니다.
달님선녀	대왕폐하, 저 휘파람새가 사람의 모습으로 살 때 밤에 복숭아밭에 가 복숭아를 훔치려다가 할머니를 밀쳐 다리를 다치게 한 일이 있었으며, 돌팔매질로 석등의 촛불을 꺼트려서 밤길에 많은 사람이 진흙탕에 빠진 일도 있사옵니다.
저승사자	폐하, 그에 대한 벌도 이미 72년 동안 지옥의 검은 솥을 하얗게 닦는 일로 마쳤사옵니다.
염라대왕	사실이냐?
명부도사	(기록을 다시 살펴보고)예. 72년 3일 동안 죄 값을 치렀습니다.
염라대왕	음, 알았다. 얘, 지옥 새야!
휘파람새	예. 염라대왕님.
염라대왕	지금까지 저승에서 벌을 받고 이곳을 나가지 못한 짐승이나 사람은 하나도 없었다. 네가 약을 주워 먹고 8대 지옥

	을 돌아다니지만 않았어도 벌써 이곳을 떠났을 것이니라.
휘파람새	대왕님, 그럼, 제가 이승으로 돌아가는 것입니까?
염라대왕	이승?
휘파람새	고맙습니다.
염라대왕	허허 이놈 보게. 내가 언제 너를 이승으로 되돌려 보내 준다고 하였느냐?
휘파람새	예?
염라대왕	마지막 네가 하늘나라에서 살 수 있는 하늘 새가 될 수 있는지 아니면 이승에 돌려보내서 고통스럽게 살게 할 것인지 네 행동을 지켜보고 싶구나. 그래. 아주 재미있을 거야. 허허허.
명부도사	폐하, 휘파람새를 지옥에 그냥 두는 것은 위험하옵니다.
지옥옥졸들	위험하옵니다!
해님선녀	폐하, 이승에 다시 보내시면 인간 세계에 모범이 될 수 있는 사람은 될 수가 없사옵니다. 지금까지 살아온 과거를 보더라도 안 되옵니다.
달님선녀	달을 다스리는 선녀로 감히 여쭙니다. 이승에 다시는 태어나지 않게 해 주옵소서!
저승사자	폐하, 저런 고약한 짐승을 이승까지 데리고 간다는 것은 창피스런 일입니다.
휘파람새	그럼, 이 시왕전에서 살라는 거예요?
명부도사	안 돼!
노 무	인 돼!
염라대왕	지옥 새야!

휘파람새 예. 폐하,

염라대왕 너에게 100일 동안의 시간을 주겠노라.

휘파람새 100일요?

모 두 백일?

염라대왕 푸른 별 지구로 가거라.

휘파람새 예? 푸른 별 지구요? (당황해서)지금요?

염라대왕 그래. 네가 예전에 살던 마을 돌며 가장 마음이 예쁜 사람
을 찾아 그들의 소원을 들어주고 오너라!

명부도사 염라대왕님!

염라대왕 (도사에게)다시 돌아올 테니 염려하지 말거라!

해님선녀 폐하, 밝은 낮에 저 지옥 새가 이승의 언덕을 날아다니는
것을 보고 있을 수가 없사옵니다.

달님선녀 예. 저는 휘파람새가 음흉한 얼굴로 착한 아이들을 지켜보
는 것이 싫습니다.

염라대왕 너희들은 하늘 높은 곳에서 지켜보기만 하여라. 알았느냐?

선녀들 1·2 예.

염라대왕 (퇴장하려는 지옥 새에게) 가만, 지옥 새야!

휘파람새 예?

염라대왕 너 여기 지옥의 기억도 가지고 가거라!

휘파람새 폐하, (울듯이) 그럼 백일 후에 다시 지옥으로 돌아오는 것
입니까? 지옥으로요?

염라대왕 글쎄ㅡ.네가 일을 잘 마치면 하늘에 무지개를 걸어주마.
그 무지개를 타고 하늘나라에 오면 알게 될 것이니라.

명부도사 대왕님!

저승사자	대왕님, 저승에서 있었던 일을 머리에서 지우지 않고 이승에 내려간다면 큰 혼란이 일어 날 것이옵니다.
염라대왕	염려하지 마라. 지옥 새는 5백여 년 동안 지옥에서 벌을 받았다. 다시 죄를 지으면 어떤 벌을 받게 될지는 스스로 잘 알 것이다. 지옥 새야,
휘파람새	염라대왕님!.
염라대왕	네가 날아다니는 동안 이승에서는 노래를 불러도 좋고, 춤을 추어도 좋다. 그러나 마음이 착한 사람 셋을 백일 안에 찾지 못하면 한줄기 연기로 변해 버릴 거라는 것을 한순간도 잊지 말거라!
휘파람새	마음이 착하고 고운 사람을 찾아 제가 무슨 소원을 들어 주어야 하옵니까?
염라대왕	환약을 가지고 오너라!
염라시녀들	예. (빨간 종이상자를 들어 대왕에게 준다)
염라대왕	명부도사! 이것을 지옥새에게 주어라!
명부도사	(그 상자를 받는다) 예.
염라대왕	그 상자 안에는 빨강 노랑 파랑 알약이 들어있다. 세상에서 착한 사람을 만나면 그 약을 주어 소원을 이루게 해 주어라.
명부도사	(휘파람새에게 주며)받아라!
휘파람새	예.(잊지 않으려는 듯)빨강 노랑 파랑 알약?
염라대왕	(자리에서 일어나 근엄한 표정으로)바람 부는 저승의 문 턱끼기만 저승사사가 인도해라!
저승사자	예—이.

염라대왕	해님과 달님선녀는 지옥 새가 백일 동안 무엇을 하는지 빠짐없이 지켜보아라!
선녀들	예 대왕 폐하!
염라대왕	어서 길을 떠나라!
휘파람새	폐하, 마음이 착한 사람을 꼭 찾아보고 오겠습니다.
해님선녀	(가리키며)자, 이리 오너라! 해를 하늘에 띄울 시간이다. 어서 가자!
달님선녀	가자, 어서 해 뜨는 언덕으로 가자.
명부도사	(큰소리로)지옥문을 열어라!
저승사자	(큰소리로)지옥문을 열어라!
지옥옥졸들	(앵무새처럼)지옥문을 열어라!

＊ 육중한 철문이 우당탕 삐그덕 거리며 열리는 소리－.문이 열리면, 갑자기 회오리바람이 불어오며 무대의 불을 꺼 버린다. 그 사이 비명소리와 함께 한동안 세찬 바람소리가 무대를 휩쓸고 지나간다. 시왕전의 무대가 넘어지고 구르고 소란스럽다.

제 1막 2장

＊ 무대의 불이 다시 밝아지면 시왕전이 사라지고 마을이 보이는 산기슭 옹달샘 가이다.

시원한 개울물소리와 산새의 울음소리가 시원하다. 샘가에 허리 굽은 향나무와 앵두나무가 한 그루 서있다.

휘파람새 (앵두나무 사이로 몸을 숨기며)선녀님, 선녀님, 제 모습이 어때요? 보여요?

해님선녀 …(언덕에서 아랫마을을 지켜본다).

휘파람새 해님선녀님!

해님선녀 (다가와서)너 왜 자꾸 나를 부르니? 난 하늘에서 지켜볼 사람이 너 말고도 많아.

휘파람새 저, 제 모습이 보이냐고요?

해님선녀 보여. 아니 사람들이나 짐승들한테는 보이지 않을 거야.

휘파람새 그럼, 됐어요. 이제 가서도 돼요.

해님선녀 (고개를 갸우뚱 하며)애, 넌 걱정도 안 되니?

휘파람새 뭐가요?

해님선녀 벌써 92일이 지났잖아. 너 지금까지 마음씨가 고운사람 한 사람도 못 찾았잖아?

휘파람새 찾을 거예요.

해님선녀 부지런히 찾아야 할 거다. 염라대왕님이 주신 환약은 잘 지니고 다니지?

휘파람새 그럼요. 날개깃에 꽁꽁 숨겨두고 있어요.

해님선녀 그래?(언덕 쪽으로 가며)나 바쁘니까 또 부르지 마라!

휘파람새 (앵두나무 가지에 앉으며)알았어요. 선녀님! 쉿! 누가 와요!

＊ 허리가 구부정한 옥 할머니가 작은 보퉁이를 옆에 끼고 비틀거리며 들어온다.

할머니는 옹달샘에 도착해서 보퉁이를 풀어 작은 솔비로 바위를 쓸고는 촛불을 켜 놓고 물 한 사발을 떠놓고 기도를 한다.

휘파람새　저 할머니는 무슨 소원을 빌까?(살금살금 나무사이에서 나와 바위 곁으로 가서 할머니를 마주하고 선다. 장난스럽게) 할머니, 저 보여요? 흐흐. 안 보여요? 안 보이나 보네?(손을 들어 흔든다) 할머니!

옥할머니　(귀를 만지며)이상하게도 귀가 간지럽네.

휘파람새　할머니, 저예요. 지옥에서 온 휘파람새예요.

옥할머니　(두 손을 모으고)천지신령님, 철로에 떨어진 아이를 구한 우리 아들 녀석이 다리를 잃고 집에 누워 있습니다. 제발 용기를 가지고 걸을 수 있게 도와주십시오.

휘파람새　(고개를 갸우뚱하며)어? 다리를 잃었다고? 나는 그런 일은 할 수가 없는데?

옥할머니　천지신령님, 살아갈 날이 구만리 같은 아이가 용기를 잃고 누워 있습니다. 희망을 가지고 살도록 해 주십시오.

휘파람새　(고민한다) 아, 어떻게 하지? 용기를 가지게 할 수는 있지만, 잘린 다리를 이어줄 수는 없는데….

옥할머니　천지신령님, 이 세상에서 아픔으로 고통 받는 사람이 없게 해 주시고, 집을 잃은 아이들이 부모를 찾도록 도와주십시오.

휘파람새　(손뼉을 치며)맞아, 바로 이 할머니야. 이 할머니의 소원을 들어 주어야 하겠다. 나 보다 남 생각하는 고운 마음이야말로 바로 내가 찾던 착한 사람이야.

옥할머니　비 옵니다. 비 옵니다. 천지신령님께 비 옵니다.(기도를 마치고 허리를 두드리며 일어선다)아이고 허리야! (사발의 물을 병에 따른다.)

휘파람새 (빨간 알약을 꺼내 물병에 넣는다) 소망이 이루질 것입니다.

옥할머니 (주위를 돌아보며)오늘은 새소리도 맑구나.

휘파람새 할머니, (인사하며)할머니의 소망이 이루어질 거예요.

옥할머니 (촛불을 켜놓은 채 보퉁이를 챙겨서 언덕길로 내려간다) 해가 벌써 한 뼘 밖에 안 남았구나. 어서 가서 밥을 지어야지.

* 휘파람새 할머니를 배웅하고 향나무와 앵두나무 사이를 오고 간다. 그 사이 밤과 낮이 몇 차례 바뀐다. 며칠 후의 밤이다. 달님이 둥실 떠있다.

휘파람새 향나무 밑에 앉아 턱을 괴고 생각에 잠겨있다. 개구리 울음소리가 한가롭게 들려온다.

달님선녀 (언덕에서 내려오며) 지옥 새야! 지옥 새야!

휘파람새 …….

달님선녀 (주위를 살피며)이상하네 해님선녀가 이 옹달샘 가에 있는 것을 보았다고 했는데?

휘파람새 오늘도 착하고 아름다운 마음을 가지고 사는 사람을 만나지 못 했다. 이제 2일 밖에 남지 않았구나.

달님선녀 (휘파람새를 발견하고)아, 지옥 새야!

휘파람새 (문득 달님을 발견하고) 어머, 선녀님!

달님선녀 너 무엇을 그리 골똘히 생각하고 있니?

휘파람새 세상을 멀리 날아가 살펴보았는데도 착한 사람이 생각처럼 없어요. 그게 슬퍼서 풀잎에 이슬을 줍고 있었어요.

달님선녀 그래? 지옥 새야. 너는 왜 사람들 중에서만 착한 마음을 가진 이를 찾으려고 하니?

휘파람새 예? 그게 무슨 말씀이세요?

달님선녀 두꺼비는 아기들을 살리기 위해서 뱀에게 일부러 잡아먹히기도 하고, 우렁이는 자기 몸을 파먹고 아기우렁이들이 자랄 수 있게 자기 가슴속에 새끼를 키우고 있지 않니?

휘파람새 저는 그보다 더 큰 사랑을 가진 이를 찾고 있어요.

달님선녀 지옥 새야, 네가 고생하는 것은 알지만, 백일이 되면 하얀 연기가 되어 사라진다는 것을 잊지는 않았겠지?

휘파람새 달님, 저는 이승에서 살 때 너무 나쁜 짓을 많이 했어요. 제가 하늘나라에 다시 가지 못하더라도 약속은 꼭 지키고 싶어요.

달님선녀 그래. 네 결심이 그렇다면 정말 착한 사람을 찾을 수 있을 게 다. 그럼 잘 자라. 난 밤길을 밝혀야 하니까

휘파람새 달님선녀님, 찾아와 주셔서 고맙습니다.

달님선녀 (언덕으로 퇴장하며)3일이다. 3일안에 찾아야 해!

휘파람새 예. (앵두나무 사이에서 쉬려다가 인기척을 느끼고 언덕 아래를 살핀다)

＊ 무대의 불이 바뀌며 개구리울음소리가 멎는다.

잠시 사이―. 병원에서 퇴원한 듯한 희원이와 금희가 들어온다.

손에는 손전등과 포충망, 곤충채집상자를 들고 있다.

희　원　(기쁘다)와ㅡ. 바로 여기야! 이 옹달샘이었어.

금　희　그래. 지난여름 여기서 반딧불이를 잡았었지.

희　원　응. 반딧불이를 보다보면 하늘나라의 별 같았어. 그래서 나는 하늘나라의 별들도 모두 살아 있다고 믿게 되었지.

금　희　너 병원에서 1년 넘게 지내더니 놀이터 생각을 많이 했었구나.

희　원　응. 의사 선생님을 졸라 몇 번을 오려고 했는데도 마음대로 안 되었어.

금　희　빨리 나아서 함께 학교에 다녔으면 좋겠다.

희　원　금희야, 내가 앓고 있는 병은 그렇게 쉽게 고칠 수 있는 병이 아닌가봐.

휘파람새　(희원이의 이마를 짚어보고)음. 정말 많이 아프네!

금　희　희원아, 요즘에는 의학이 발달해서 어려운 병도 고친다고 하잖아? 힘내!

희　원　내가 하늘나라에 가면 엄마가 많이 슬퍼하실 거야. 나이 40세에 나를 가지시고 무척 기뻐 하셨다는데….

금　희　너 왜 그런 쓸데없는 생각을 하고 있니?

희　원　엄마랑 아빠가 나 몰래 우는 모습을 여러 번 보았거든. 그래서 퇴원해 시골집으로 데려다 달라고 떼를 쓴 거야. 금희야, 우리 엄마랑 아빠 불쌍해서 어떡해?

금　희　(울먹이며)이런 바보! 지금 엄마 아빠를 걱정 할 때야?

휘파람새　자기의 아픔보다 자기 때문에 슬퍼할 엄마 아빠를 생각하다니, 옛날 내가 나쁜 짓을 하고 다닐 때 우리 엄마 아빠도 저런 마음으로 안타까워 하셨을 거야.(느껴 울며)엄마! 아빠! 흐흐—

희　원　아, 정말 달이 밝다.

금　희　(주먹으로 눈물을 찍으며)너 옹달샘 물을 마시고 싶다고 했지?

희　원　컵이 없잖아?

금　희　없긴, (옹달샘에서 물을 떠 가지고 온다.)물이 참 맑다.

휘파람새　(잊고 있다가 날개깃에서 노란 알약을 꺼내 컵에 넣는다) 효도는 바로 이런 착한 마음에서 시작되는 거야. 희원아, 고맙다. 너 때문에 잊고 있었던 잘못을 깨우치게 되었어.

금　희　희원아, 마셔!

희　원　고마워. 금희야!(마신다)

휘파람새　(물 마시는 희원을 향해 기도하듯) 아픔이 눈 녹듯 사라지고 건강을 찾게 되리!

희　원　금희야 물맛이 정말 달다. 고마워!

금　희　이제 내려가자. 감기 걸리면 또 입원해야 하잖아.

희　원　미안 해 나 때문에!(일어나 같이 왔던 길을 다시 내려간다. 작은 북소리와 함께 명부도사와 저승사자가 마을 쪽에서 올라온다.)

명부도사　지옥새야. 지옥새야!

휘파람새　(아이들이 가는 것을 바라보다가 문득)어머나, 명부 도사님! 도사님도 오셨네요.

저승사자　(걱정스러운 듯)아직도 일을 마치지 못 했구나.

휘파람새 예. 찾지 못해도 후회는 안 해요.

명부도사 뭐? 후회를 안 해?

휘파람새 예. 저는 푸른 별에 와서 가족의 사랑을 알았고, 남을 위해 자기를 희생할 수 있는 큰마음을 안 것만 해도 행운인걸요.

저승사자 행운이라고? 백일이 지나면 네가 세상에서 하얀 연기로 사라지는데도 행운이라고?

휘파람새 예. (웃으며)고맙습니다. 저를 어여삐 생각하시고 여기까지 와 주셔서….

명부도사 (미소를 지으며)허허 그놈 참, 이제 인사도 할 줄 아네. 내일 모레면 백일이 된다는 것을 알고는 있는 게냐?

휘파람새 예.

저승사자 그래. 오늘밤에는 박쥐들이 시끄럽게 울어도 편히 자거라. 우리는 욕심쟁이 최 부자를 저승으로 데려 가려고 왔다 가는 길이다.

휘파람새 최 부자요? 큰 회사 사장님이라고 했는데?

명부도사 너도 만나본 모양이로구나.

휘파람새 하마터면 그 분이 제일 착한 사람인줄 착각할 뻔 했어요.

저승사자 그래. 잘 보았다. 부자들은 두 가지의 얼굴을 가지고 있단다. 지옥새야, 몸조심해라!

휘파람새 예. 저승사자님!

  * 휘파람새가 인사하는 사이 저승사자와 명부도사 퇴장한다. 멀리 수탉우는 소리와 개 짖는 소리가 들려온다. 휘파람새는 앵두나무 사이로 가서 잠을 청한다.

불빛이 바뀐다. 잠시 사이 ─. 점점 무대가 밝아진다.

해님선녀가 들어온다. 해님선녀는 앵두나무 가지 옆에서 곤히 자고 있는 휘파람새를 깨운다.

해님선녀 애, 지옥 새야. 웬 늦잠이냐?

휘파람새 (잠에서 깨어나며)어머, 새벽이네요. 해님 어서 오셔요.

해님선녀 너 아직 하나의 알약을 사용하지 않았다며? 달님선녀한테 들었다.

휘파람새 예. 내일이 백일이 되는 날이에요.

해님선녀 그래서 걱정이 돼서 왔다. 내가 보기에는 숫 사마귀가 아기를 기를 암사마귀한테 잡아먹히는 모습을 보았는데 숫 사마귀를 칭찬해 주면 안 되겠니?

휘파람새 아니에요. 더 크고 넓은 사랑이 있을 거예요.

해님선녀 그럼, 아프리카 밀림에서 물소할아버지가 부족의 새끼를 지키기 위해서 오늘 사자의 먹이가 되기로 했는데, 그 물소 할아버지는 어떠냐?

휘파람새 하늘보다도 높은 사랑을 가슴에 간직한 분을 찾아야 해요.

해님선녀 (실망하며)그렇구나. 우리는 네가 걱정이 돼서 그러지. 지옥 새야. 그럼, 내일 아침에 해를 좀 늦게 띄울까?

휘파람새 (깜짝 놀라며)해님, 아네요. 저 때문에 그러시면 안 돼요.

해님선녀 해 돋은 아침 무지개를 타고 하늘을 오르는 네 모습을 보게 됐으면 좋겠구나. 지옥 새야 (하늘을 보다가)이제 해를 띄워야 하겠다. 오늘 하루 열심히 찾아보렴. 알았지?

휘파람새 예. 선녀님!

* 해님선녀 퇴장하면, 휘파람새 옹달샘에 내려가 물을 떠 마신다. 운동복 차림의 할아버지가 언덕을 올라온다. 잠시체조를 하고 주위를 살펴보다가 촛불의 불을 불어서 끈다.

할아버지 간밤에 바람이 그렇게 불었는데도 이 촛불이 꺼지지 않았구나. 웬일일까? 그래. 아마도 이 촛불은 사랑으로 타오르던 불이었나 보구나.

휘파람새 사랑으로 타 오르던 불이라고?(가까이 다가가서 엿듣는다)

할아버지 (샘물을 길어 마시고는)아 시원하다. 지난밤에 세상을 떠난 최 부자가 이 샘물 맛을 알기나 할까? 돈 모으느라 욕심만 가지고 살았지. 자랑스럽게 쓸 곳을 찾지 못하고 죽었으니 이 얼마나 안타까운 일인가?

휘파람새 할아버지는 누구세요?

할아버지 내 전 재산을 교통사고로 부모를 잃은 어린이들에게 나눠준다는 이야기를 듣고 많은 사람들이 혹시나 하고 의심을 하던 모습이 눈에 선하구먼.

휘파람새 교통사고로 부모를 잃은 아이들? 가만,(고개를 갸우뚱하며 귀를 기우려 엿듣는다)

할아버지 그래. 잘 한 거야. 암. 잘하고말고. 밝게 자라는 아이들을 보면 마음까지 즐겁잖아?

휘파람새 (감격하여)할아버지! 사랑해요. 야! 찾았다. 드디어 큰 사랑으로 살고 있는 분을 만났다. 만세! 만세! (하늘을 향해 외치듯)염라대왕님, 찾았습니다!

할아버지 (혼잣말처럼)내가 좀 더 오래 살수만 있다면 버림받는 노인들을 보살피는 일에 힘이 되어 줄 텐데….

휘파람새 할아버지, 도와 드리겠습니다. 할아버지 같은 분이 이 세
상에 많이 살아 계셔야 합니다.

할아버지 (물 컵으로 다시 물을 뜬다. 휘파람새가 다가가 컵에 파랑
알약을 넣는다)이 옹달샘 물은 예나 지금이나 맛이 똑 같
아. (마신다) 아, 시원하다!(기분 좋은 얼굴로 나간다)

　＊ 그윽한 풍악소리가 울려 퍼지며 하늘에 무지개가 걸린다. 오
색구름이 무대에 퍼지며 염라대왕이 금빛 옷으로 바꿔 입고 시녀를
거느리고 나타난다. 해님선녀와 명부도사, 저승사자도 뒤를 따라 들
어온다.

염라대왕 지옥새야, 고개를 들어 나를 보아라!

휘파람새 염라대왕님!

염라대왕 내가 너에게 주문한 착하고 아름다운 마음을 발견하였
느냐?

휘파람새 예. 제가 이승에 있을 때 죄를 지으며 살아온 것을 깊이 뉘
우쳤습니다.

명부도사 이제 즐거움과 기쁨이 있는 하늘나라에 가서 살아라!

휘파람새 하늘나라요? 아뇨. 저는 여기 이승에서 휘파람새로 살겠
습니다.

모　　두 (놀라)뭐 이승에서?

해님선녀 지옥새야!

달님선녀 지옥새야!

휘파람새 예. 제가 모르고 있던 사랑과 기쁨이 여기에서도 많다는 것을 알았습니다.

염라대왕 허허허. 네가 배우고 느낀 것이 많았던가 보구나.

휘파람새 염라대왕님, 소원입니다. 저를 이곳에서 살게 해 주십시오. 사람이 아닌 휘파람새의 모습이라도 좋습니다.

염라대왕 (고개를 끄덕이며)그래. 네 뜻대로 하여라. 지옥에서 벌을 받는 모든 죄인들이 너처럼 이렇게 깨우쳐 잘못을 안다면 얼마나 좋은 일이겠느냐? (일어서서 모두를 보며)여봐라!

모 두 예ー이.

염라대왕 오늘 하루 동안 이승에서 죽음의 공포가 없게 하라! 죽은 자는 살리고 죽어가는 자는 일으켜 세워라!

모 두 예이.

염라대왕 귀 있는 이 세상 모든 백성들이 들도록 종을 울려라! 더 멀리 더 크게!

모 두 예이ー.

＊ 가까이 범종소리가 울려 퍼진다. 하나, 둘, 셋. 넷, 다섯…. 무대의 조명이 종소리와 함께 하나 둘 꺼지기 시작한다. 이어 막이 내린다. **막ー.**

제2부 청소년1인극 공연작품

(전국학생1인극경연대회 공연작품)

아빠의 휴대폰
언니의 연인
내게 거짓말을 해 봐
샤프란 향기
시체놀이
죽음에 대한 진실
강아지 영롱이
울지 마, 넌 한국인이야
귀뚜라미의 외출
개늘의 주억
그리운 금강산
할머니의 일기장
엄마의 앞치마

아빠의 휴대폰(1인극)

나오는 사람들
아빠(회사원 48세)
미나(교통사고로 숨진 여고2년생)
엄마(주부, 43세)

때 현대

곳 환상적인 공간

무대 이 극의 진행은 교통사고로 세상을 떠난 여고생이 사는 환상적인 공간이다.

중앙에 의자 하나와 옷걸이가 세워져 있다.

무대가 밝아지면, 미나가 교복 차림으로 의자에 앉아 이어폰 음악을 즐기고 있다.

이때, 무대 가득히 밀려오는 휴대폰 벨소리—. 미나, 이어폰을 거두고 전화를 켜고 가만히 듣고 있다가 무대 중앙으로 나온다.

아 빠 (아빠말투로 다정하게)우리 딸 미나, 잘 잤니?

아빠 출근길에 전화하는 거야.

오늘은 하늘이 유난히 파랗구나. 우리 미나가 좋아하던 색이지?

쌍갈래 머리에 파란 원피스를 입고 아빠 출근길에 졸랑졸랑 따라나서던 우리 강아지, 네 예쁜 모습 그리며 아빠는 아침마다 문 앞에서 네가 기다리지 않을까 부지런히 서두르는 버릇이 생겼단다.

사랑한다. 우리 딸, 오늘도 열심히 살자. 알았지? 아자! 아자!(F.O)

미 나 (자세를 바꾸며)불쌍하신 우리 아빠, 이제 그만 잊으셔도 되는데 제가 듣지 못하는 것을 아시면서 아침마다 이렇게 전화를 하세요.

이제 아빠의 메시지는 외울 수 있다니까요.

(사이)엄마요? 엄마는 아빠보다는 담대하셔요.

제가 교통사고로 입원하자 이틀 밤을 울며 새우셨어요.

사랑하지만 표현이 서툰 우리엄마, 휴대폰 문자메시지를 쓰다 지우고, 지우다 다시 쓰기를 하루에도 몇 번을 하시는지 몰라요.

하지만 아빠가 아실까 봐 얼른 지우고 말아요.

전 엄마가 얼마나 아픈 마음을 다스리며 사시는지 알아요.

그래서 꿈에 자주 찾아가요.

옛날 가족 소풍을 갔던 유원지나 바닷가, 엄마랑 갔던 산사에도요.

엄 마 (자세를 바꾸며) 미나야, 밥은 먹었어? 반찬은 입에 맞아?
학교급식이 그래도 집에서 엄마가 해 주는 음식보다야 못하
지. 그래. 엄마가 챙겨 준 간식도 틈틈이 먹고? 공부도 중요
하지만 몸이 건강해야 지치지 않지.
엄마 사랑한다는 문자 매일 받아도 싫지는 않더라. 고마워.
그리고 오늘 일찍 올 거지? 아빠 생신이잖니?
케익은 엄마가 만들고 있으니까 사지 마. 알았지? 저녁에
보자!
우리 딸 미나, 사랑 해.(F · O)

미 나 (자세를 바꾸며)그 날 학원에서 2교시가 끝날 무렵 아빠한테
서 문자가 왔어요.
후후 아빠가 데이트 할 시간이 있냐고, 공주님 모시러 올 테
니 학원 일층 로비에서 가다리라는 메시지였어요.
전 그때부터 마음이 급해졌어요.
네? 백화점에 주문해 놓은 아빠의 생일선물, 목도리를 찾아
야 했으니까요.
학원 근처니까 뛰어가면 10분, 왕복 20분이 소요되잖아요.
신호등도 볼 틈도 없이 뛰다가 백화점 사거리에서 그만 변을
당한 거예요.

* 자동차 브레이크 밟는 소리. 이어 구급차의 경적 소리 차츰 멀

어진다. 사이ー.휴대폰 벨이 울린다.

미 나 불쌍하신 우리 아빠, (시계를 보며)퇴근시간이면 이렇게 또
　　　문자를 보내셔요.
　　　제가 천사가 될 수 있다면 따뜻하게 안아드릴 수 있을 텐
　　　데….
　　　딸 바보 우리아빠 어쩌면 좋아요?(핀 조명이 미나 얼굴로 모
　　　아지며 명멸한다)
　　　어쩌면 좋아요. 우리 아빠! 아빠! 아빠!

　　※ 휴대폰 벨 소리가 무대 가득히 밀려오며 불이 꺼진다.

암 전ー.

언니의 연인(1인극)

나오는 사람들
명 희(여고 2년생, 17세)
아버지(회사원, 54세)
언 니(회사원, 24세)
형 부(회사원, 29세)

때 현대
곳 명희의 방

무대 여고생 명희의 방이다.

거치 형 옷걸이에 잠옷과 교복이 단정히 걸려있다.

무대가 밝아지면, 명희가 외출을 하려고 장롱 속옷 장에서 브라자를 고르다 옷걸이에 건 슈미즈 한 장을 들고 나온다.

명 희 (고개를 갸우뚱하며)어 정말 이상하네.

분명히 한 번 입고 속옷 장에 걸었는데…엄마가 꺼내 세탁기에 넣었을 리는 없고−.

(밖을 향해)엄마, 내 베이지색 브라자 봤어요? 응? 장미꽃 무늬 있는 거 말이야.

(사이) 몰라? 그럼 이게 어디 간 거야? (밖을 향해 버럭 소리를 지르며)아, 없다니까?

뭐 언니? 언니가 내 방에 들어왔었다고? 아이 짜증 나.

아 제 것은 놔두고 왜 내 새 속옷은 입고 나가냐고.

뭐 그런다고 빈대떡이 대봉 감처럼 보일까봐? 흥. 이게 보이는 게 없어요.

그 떨떨한 남자 하나 어떻게 꼬셔가지고 (시늉하며)히히히 헤헤헤. 아휴 죽고 못 살지. 내가 가만있을 줄 알아? 복수하고 말 거야.

(망설이며)아니다. 형부 될 사람 나한테는 잘 했잖아. 그래. 그 속옷 한 장 때문에 언니 망신을 주면 나를 형편없는 애로 볼지 몰라. 그래.(F.O)

형 부 처제 이거 마음에 들지 모르겠다. 머리핀이야. 백화점에 갔는데 문득 이 머리핀에 필이 꽂히는 거야. '아, 이거 처제 머리에 꽂으면 예쁘겠다.' 이런 생각 말이야.

난 처제의 맑은 눈만 보면 빨려 들어갈 것만 같아.

눈이 이렇게 예쁜 사람이 내 처제라는 것이 기뻐. 정말이야.

저 처제, '아이미스 코리아대회'에 한 번 나가볼래? 눈이 예쁜 사람을 뽑는 아이미스 코리아대회 말이야. 형부가 멋지게 후원 한게. 응? 채 볼래?

내 안과병원 원장들도 많이 아니까 후원도 받아줄게.(F.O)

명 희 (고개를 끄덕이며)맞아 분명히 실망할 거야. 그 속옷 한 장 때문에….

(괜히 화가 나서)하지만, 에이그 등신. 다른 언니들은 동생 속옷이며 유행 옷 한두 벌 철 따라 사준다고 하는데 도대체 우리 언니는 동생한테 해 준 게 뭐야?

연애는 똑바로 하는지 몰라.

신랑 될 사람이 성실하고 책임감은 있는 지, 바람은 안 피우는지 관찰은 해야 할 거 아냐? 내가 이 이야기는 안 하려고 했는데 며칠 전에는 대문 앞까지 데리고 와서는 인터폰을 누른 채 키스를 하느니 마느니 실랑이를 하더라고요.

우리 식구들 중계방송을 보듯 생동 화면으로 봤어요. 아, 언니와 형부 창피한 걸 몰라요. 제가 문을 열고 소리치지 않았으면 아마 밤새 그 짓을 했을 거예요.

언 니 (열띤 목소리로)안 돼요. 형석씨, 키스는 무슨. 결혼할 때까지 안 된다고 했지요? 아 안 된다니까. 형석 씨 여긴 집이예요. 누가 보면 어떡해요.

형석 씨, 우리 다음에 해요. 예? 다음엔 꼭 한다니까!

명 희 그 중계방송을 인터폰으로 보다 못한 아빠가 말씀하셨어요.

아버지 명희야, 너 나가서 언니한테 키스 한 번 해 주고 얼른 보내라고 해라.

그리고 남자 친구한테 인터폰 벨에서 손 좀 치우라고 해라. 에이 요즘 젊은 애들은….

명 희 그래서 대문을 활짝 열고 제가 소리를 쳤어요.

'언니, 아빠가 빨리 한 번 키스해주고 보내래.

그리고 아저씨, 인터폰 벨에서 손을 떼시고 말해요. 동네 중계방송할 일 있어요?

(자세를 바꾸며)그런데 사랑은 참 요술향로 같은 것인가 봐요.

손만 잡아도 임신을 한다고 생각하는 우리 언니가 진짜로 배가 불러와요.

키스를 세 번 했다는데 배가 불러오니 이상하지 않아요? 흐흐 누가 뭘 했는지 알아.

본 사람도 없는데. 언니는 억울하다며 펄펄 뛰지만

배를 보면 틀림없이 임신한 게 맞는다니까요.

엄마가 산부인과병원에 언니랑 다녀올 때까지 우리 식구들은 모두 그렇게 알고 있었어요. 그런데 웃겨. 세상에 상상임신도 있다 네요.

배가 (시늉하며)이렇게 부른데도 말예요.

아무튼 언니 결혼 서두르기로 했어요. 내달 0월 0일 4시예요. 오실 거죠? 오시면 국수는 제가 한 그릇 말아서 가져다 드릴게요.

그럼, 그때 뵈어요.(손을 흔든다)안녕!

* 무대의 불이 꺼진다.

이둠속에서 결혼행진곡이 울려 퍼지며 박수와 함성소리가 들려온다. **막-.**

내게 거짓말을 해 봐(1인극)

나오는 사람들
진 규(고3년생, 사진동아리방 회장)
영 선(고2년생)
윤선생(학생과장 44세)
미란모(학부형 대표, 43세)

때 현대 여름
곳 학교 동아리 방

무대 학교동아리방이다. 몇 개의 사진 판넬이 걸려있는 교실 벽을 배경으로 중앙에 책상과 의자 몇 개가 놓여있다.

막이 열리면, 어둠속에서 사진기 연속 셧터 소리와 함께 배경막에 아이들의 동아리 활동사진이 소개된다. 리모콘으로 연동되는 사진 중에 어느 한 장이 리플레이 되었다가 정지되며 클로즈업 된다. 반라(半裸)의 영선이다. 청문회장의 무대가 밝아진다.

진 규 (리모콘을 들고 일어서며)김 진규입니다. 제가 사진 동아리방 회장입니다.

본의 아니게 우리가 보관하던 사진이 인터넷에 유출되어 학교의 명예는 물론, 사진모델로 출연했던 후배에게 진심으로 사과합니다.

하지만, 저희들의 창작 활동이 여론의 몰매를 맞는 것은 달게 받지만, 순수한 우리들의 열정과 영상예술에 대한 자긍심마저 상처를 내는 말씀에는 상당히 분개를 느끼고 있습니다.

이것은 저 뿐만이 아니라 동아리방 회원 전체가 같은 생각이라는 점을 말씀드립니다.

저희들의 행동이요? 좀 부끄러운 일이긴 하지만,

청소년기에 누구나 한 번쯤 앓아야 할 열병이라고나 할까요?

어른다워 보고 싶은 충동에서 저지른 행동이라고 생각하고 싶습니다.

(손을 저으며)정말 다른 불순한 의도는 없었습니다.

예. 절대 자기과시나 성적 충동에서 연출된 것은 아니라는 것입니다.

윤선생 (느긋하게 취조하듯이)사건이 터지고 나서 사후약방문처럼 원인과 대책을 논의하는 것이 네가 봐도 우습게 생각될지 모르겠지만, 여기 장학사님이나 경찰서 청소년 계 계장님도 동아리 선배들이 알몸 촬영을 강요했거나 부추킨 것은 아닌가 생각하고 있다.

그리고 후배기 아름다운 청소년 시전의 모습을 촬영하고 싶다고 해서 그것도 학교 울타리 안에서 포르노를 찍듯 회장이라는 녀석이 알몸사진을 촬영했다는 것이 도저히 납득되지 않는다.

물론, 요즘 결혼하는 신세대 연인들 중에는 젊고 탱탱한 자기 몸을 결혼 전에 촬영해서 보관한다는 이야기도 들었다만, 학생들이 자기의 학창시절 아름다운 몸매를 촬영해 보관한다는 이야기는 처음 듣는 이야기이다.

영 선 (항의하듯)선생님, 사진을 인터넷망에 유출한 동아리방 친구의 배신에 분노를 느끼는 것은저입니다. 피해 당사자로서 말씀 드리겠습니다.

저는 중학교 때부터 연기수업을 받은 배우지망생입니다.

제가 출연한 작품은 꼭 사진으로 찍거나 동영상으로 찍어 연기교정을 받곤 했습니다.

우리가 촬영한 '젊은 우리 그 날'은 청소년기의 갈등과 연민을 그린 전위예술로 판단하시면 안 되나요?

어른들의 나체 연극은 규제하지 않으면서 가벼운 속옷차림의 학생들 사진이

뭐가 문제가 되죠? 우리가 성행위를 했나요

아니면 음란비디오를 촬영했나요.

학부모 대표로 참석하신 미란이 어머님도 그렇게 생각하세요?

미란모 (주저하며)난 뭐 너희들 행위를 잘 했다고 보지 않아.

학생은 학생다운 모습이 좋아. 우리 때는 안 그랬는데 너희

들 너무 급진적인 거 같아.

깜짝 놀랐어. 너희들이 학교이름을 넣어 작품을 만들었으니 학생작품인 줄 알았지.

성인영화에 출연한 청소년들인 줄 알았다니까.

그런데 한편으로 생각하면 시도는 좋았다고 생각한다.

다른 이가 생각하지 못하는 과감한 동작과 절제된 표현, 사진 모델로는 최고였어.

진 규 여러 선생님들, 우리들은 입시에 찌들어 숨을 쉴 공간도 없습니다.

저희들의 일탈을 예술에 대한 열정과 어른이 되어가는 통과의례 하나로 봐주시면 안 되나요? 거짓말을 할 수는 없어요.

우리의 진실은 탈출구를 찾지 못하는 방황하는 바람과 같습니다.

(손을 모으며)부탁드립니다. 저 푸른 바람을 잡아 주십시오.

(F.O)

＊ 소고소리가 들려오며 무대의 불이 꺼진다.　**암전 -**.

샤프란 향기 (1인극)

나오는 사람들
동　구(고2년)
어머니(간호사, 42세)
아버지(회사원)

때 현대
곳 속옷가게 오픈매장

　무대 속옷가게의 오픈매장. 카운터 옆 작은 탁자를 사이에 하고 의자가 좌우에 놓여있다. 우측 벽면은 거울장식이 있는데 무대에서는 보이지 않는다. 이 대본은 성정체성으로 고민하는 학생의 삽화를 그린 것이다.

　무대가 밝아지면, 가벼운 실내음악이 흐른다. 동구가 연보라색 잠옷과 핑크잠옷을 들고 거울에 비춰보다가 전면으로 걸음을 옮긴다.

동 구 (핑크색 잠옷을 내밀며)이 핑크색 톤 너무 강렬하죠?

맞아요. 저도 싫더라고요. 엄마는 핑크색 계열을 참 좋아하
서요.

브레지어나 슈미즈, 거들, 팬티까지 아직도 취향이 젊은 사
람들하고 같아요.

나이가 이제 중년인데 좀 바꿀 법도 한데 자기 딴에는 '아직
나는 젊다' 이런 생각 아니겠어요?

저는 아이보리색이나 연분홍, 계절에 따라서 녹색 톤도 좋더
라고요.

스타킹도 저는 블랙계열은 싫어요.

예? (문득, 정색을 하며)아, 그렇구나. 제가 이상하죠?

아니 게이는 아닙니다. 예, 그렇습니다. 성정체성으로 고민
하는….

그것도 여성적 감각이 두드러져요.

사실 제 이상 행동 때문에 놀란 것은 저의 어머님이셨어요.

든든한 아들 녀석이 성정체성으로 방황하고 있으니 놀랄 만
하기도 했겠죠.

샤프란 향기만 맡으면 갑자기 흥분이 돼요.

여성 옷도 막 입고 싶고 괜히 가슴도 쿵쿵 뛰고 그랬어요.

의학적으로는 성염색체 이상이라는 진단이지만, 엄마는 남
성의 기능을 향상시킬 수 있다며 호르몬 주사도 놔주시고 그
랬어요.

하시만 소용이 없디라고요. (시시)친구요? 아지은. 그냥 수줍
음 많은 아이로만 알아요.

어머니 (안타깝게)동구야, 엄마 네 일기 봤어.

자살을 생각할 정도로 그렇게 힘이 드니?

집에서는 안 그렇잖아? 네 동생 동숙이도 이해하잖아?

뭐? 아빠의 슬픈 눈빛만 봐도 미치겠다고? 그건 네 생각이고.

아빠도 너를 도와주지 못하시니까 괴로워 하시는 거야.

그러니까 집에서는 네가 좋아하는 옷도 입고, 화장도 하고 스타킹도 골라서 신어.

불쑥불쑥 솟구치는 여성이 너를 괴롭히겠지만, 사람은 자기 통제를 할 수 있는 동물이라 위대한 거야.

학교선배가 운영하는 속옷가게에서 알바하고 있다지? 바로 그거야.

그게 극복할 수 있다는 증거야.

예쁜 여자속옷을 보며 입고 싶다는 충동 억제할 수 있잖아?

동 구 (슬픈 표정으로)불쌍한 우리 엄마, 다른 엄마처럼 지금쯤은 입시과외에 유학에 신경을 쓰셨을 텐데 제가 성정체성으로 자살을 기도하자 모든 걸 내려놓으셨어요.

도덕적 윤리적 기준 때문에 괴로운 것인가요?

친구들 중에는 게이도 있고 레즈비언도 있어요.

제가 봐도 비정상적이라는 생각이 드는데 여성소품을 모으고, 여장을 하고, 여성속옷만을 즐겨 입는 제가 우습지 않아요?

한 번은 아버지가 성전환 수술 문제를 꺼내시더라고요. 깜짝 놀랐어요.

그때 아빠가 얼마만큼 제 문제로 고심하시는지 알았어요.

아버지 (긴장한 목소리로)동구야. 힘들지?

너 남자로 살기 힘들면 여자가 돼서 살면 어떻겠니?

멕시코나 태국은 이미 이 분야에 많은 수술 노하우를 가지고 있으니까 필요하면 해외에 나가 수술을 하는 것도 생각해 보자.

생각해 봐. 그리고 아빠에게 이야기 해 주렴.

동 구 숨이 턱 막히더라고요. 아, 나라는 존재는 이 집안의 골치 덩어리구나.

왜 내 문제를 스스로 해결하지 못해 가족들 걱정을 끼치며 살아야 하나.

(웃으며)그런데, 어머니가 새로운 남성호르몬 제 약을 처방받아 오셨어요.

이상해요. 샤프란 향기만 맡아도 흥분이 되고 그랬는데 이제 가슴이 안 뛰어요.

약 때문인지 가슴에 털도 나고 (턱을 문지르며)턱에도 거뭇거뭇 수염이 나거든요.

털은 남성의 상징이 아닌가요? (고개를 끄덕이며)알아요. 노력할게요.

이미 10억 개의 정자 중에 선택된 내 삶이 아닌가요?

＊ 멀리서 '뻐꾹 왈츠 곡'이 밀려오면서 부대의 불이 서신나.

암전─.

시체놀이(1인극)

나오는 사람들

하 영(여중 2학년생)
도 문(중3년생)
어머니(도문의 어머니, 37세)

때 현대, 6월
곳 어느 중학교 강당

무대 어느 중소도시 변두리 중학교 강당이다.

무대가 밝아지면, 도문이가 수건으로 땀을 훔치며 체육복 차림으로 등장한다.

도 문 (정면을 응시한 채)엄마, 왜? 왜 또 온 거야? 창피하게.
에이 참. 이제 시체놀이 같은 거 안 한다니까.
(사이)누가? 상진이? 상진이가 뭘?…. 입원했다고?
아니 그 자식은 친구끼리 장난 한 번 하고 쪽팔리게 병원에 들어가 누워 있으면 어떡해?

(버럭)아냐. 글쎄 자기를 기절시켜달라고 부탁한 것도 상진이고 시체놀이를 제안한 것도 상진이라니까. 이 새끼 웃겨 정말.

자기가 시작해 놓고 저는 쏙 빠지고 왜 우리만 범죄자를 만든 대?

하 영 (천진스럽게)아줌마, 아줌마는 학교 다닐 때 시체놀이 안 해 보셨어요?

(머리를 흔들며)아뇨. 죽기는요. 안 죽어요. 아이 아니에요.

간혹 늦게 깨어나는 아이도 있지만 우리는 젊잖아요.

심장 튼튼하니까 금방 회복돼요.

친구들 중에는 기절하는 순간 오줌을 싸거나 큰 거를 실례하는 친구도 있지만,

그 짜릿한 기분을 느끼려고 자청하는 아이들이 많다니까요.

어머니 (어이없어 혀를 차며)아니 얘들아, 하고많은 놀이나 게임도 많은데 시체놀이가 뭐니? 그것도 정신을 잃게 해서 몽롱한 기분을 느낀다고?

난 담임선생님 전화 받고 까무러치는 줄 알았다.

중학교 학생들이 어떻게 그런 생각을 했을까.

그것도 죽음을 체험하는 시체놀이라니? 어이가 없어 정말.

도 문 (반항하듯)엄마, 세대 차이 느끼지?

그래도 인터넷에 중독이 돼서 엉뚱한 짓을 하는 아이들 보다 건전하잖아. 우리 중학생들이 즐길 수 있는 놀이 문화가 있어? 엄마, 없어. 없다니까. 어른들은 그저 '공부해라. 공부해라. 친구에게 뒤지면 인생 끝장이다.'

경쟁심만 부추 키는 게 요즘 우리 세상 아니야?

우리도 놀고 싶어 놀 때 놀고 공부할 때 공부하고.

오죽하면 아무것도 모르는 여중생이 어제 메인뉴스에서 엄마도 들었지? '시험이 없는 세상에 살고 싶다' 며 아파트에서 투신한 이야기 말이야.

어머니 (울 듯)아 어쩌면 좋으니? 엄마들은 어떻게 해야 하니?

너희들이 꿈꾸는 세상 어떻게 만들어 줘야 하니?

착하고 예쁘게만 자라고 있다고 믿던 너희들을 어떻게 가르쳐야 하냐고. 응?

도 문 엄마, 선생님이 말씀하시는데 아이들은 아프면서 크는 거래. 우리가 주인공이 될 세상은 크고 넓잖아. 내 꿈을 위해 노력할 거야. 친구들과 치기어린 장난 귀엽게 봐 주세요. 우린 바보가 아니라니까. 사랑해 엄마. 나 믿어 봐요. 알았죠?(F.O)

　＊ 아이들이 부르는 곽영석 작사 '난 바보가 아니에요' 가 울려 퍼진다. 이어 도문을 비추던 핀 소포트가 원으로 모아지며 무대의 불이 꺼진다.　**암전 -**.

죽음에 대한 진실(1인극)

나오는 사람들
석 준(고등학교 3년, 18세)
유 라(고등학교 2년, 17세)
한선생(교사. 석준의 담임)

때 현대
곳 상담실

무대 이 연극은 학교상담실과 임사(臨死) 체험 장, 등산로, 제과점으로 대화 진행에 따라 구분된다.

무대가 밝아지면, 어둠속에서 장송곡소리와 함께 목관(木棺)에 대못을 치는 소리가 메아리처럼 울려 퍼진다.
어둠에 익다보면, 수의를 입은 석준이 몸부림을 치듯 허우적거리며 등장힌다.
가까스로 매미 허물 같은 수의를 벗어버리고 상기된 표정으로 정면을 본다.

석 준 (앞으로 나오며)아, 살았네요. 살았어요.

저는 관속에 갇혀 그대로 흙속에 묻히는 줄 알았어요.

상쾌한 이 공기, 맑디맑은 이 하늘, 눈으로 볼 수 있는 이 모든 사물이 축복이라는 것을 왜 잊고 살았는지 모르겠어요.

영결예배를 마치자 목관 뚜껑이 덮였어요.

그 짙은 어둠, 아, 바다 속 깊이 침잠하는 느낌이었다고 할까?

관 뚜껑에 망치로 못을 치는 소리가 천둥치는 소리처럼 들렸어요.

아, 이렇게 죽는 것이로구나. 갑자기 눈물이 흐르데요.

짧은 순간이지만, 그래요. 한순간 보여 졌어요.

18년 동안 제가 살아온 어제의 일들이 주마등처럼 흘러가는 거예요.

초등학교 입학하던 날, 아빠랑 물놀이 갔던 일, 졸업식 날 친구들과 헹가래를 치던 모습, 소풍 길에서 비를 맞던 일등 등.

그런 생각을 하다보니까 갑자기 반항심이 생기는 거예요.

가만? 내가 왜 죽어야 하지. 왜 비겁하게 세상을 떠나야 하는 거냐고? (고개를 끄덕이며)예, 정말 다행이에요.

살아있다는 게 이토록 기쁜 것인 줄 이제야 알았어요.

유라, 착한 내 여동생, 그 무서운 길 떠나면서 얼마나 두려웠을까요?(F · O)

유 라 (주저하듯)오빠, 나 대학 못갈 거 같아.

그래서 오늘 문과에서 이과로 바꿨어.

선생님은 문과 수석이니까 수능만 잘 보라고 하시지만, 수능만 잘 보면 뭐해? 아빠가 실직하시고 엄마가 청소용역업체에 나가셔.

새벽에 나가 밤늦게 오시며 나보고는 아무 걱정 말래.

너는 공부만 열심히 하라고,

그런데 그게 그렇게 되느냐고? 나 부모님께 짐이 되기 싫어.

내 동생, (울먹이며)사랑하는 내동생도 나처럼 꿈을 접으면 어떡해?

오빠, 내가 생산 공장의 공순이가 되든, 기간 제 보조사원이 되든 그냥 마음 변치 않고 사랑해 주었으면 좋겠다.

그럼, 나 훨훨 새처럼 날을 수 있을 거 같아. 하지만, 약속은 하지 마.

오빠를 내 가슴에 가둬 두고 싶지는 않아.

그냥 그래줬으면 해서. 내 희망이야. (F·O)

석 준 (손수건으로 눈물을 찍으며)바보 같은 녀석, 선생님 말씀처럼 수능을 잘 보아 장학금으로 대학을 가든지 복지기관에 도움을 청할 수도 있잖아요?

생활비는 알바해서 충당하면 되고. 자살이 어떻게 탈출구가 될 수 있어요?

얼마나 소중한 생명인데요.

10억 개의 정자 중에 한 개가 난자를 만나 태어난 생명이 바로 나인데ㅡ.

삶은 끊임없는 경쟁 속에 살아남는 것이라는 것을 꼭 이야기 해줘야 했을까요?

한선생 (자세를 바로하며)석준아, 너 방황하는 거 아니지?

유라 곱게 보내주자. 시절인연이라는 말 알지?

그래. 인생의 멘토를 만나지 못한 사유라고 생각하자.

입시에 찌든 우리나라 청소년들 누구나 같은 충동과 아픔을 가지고 있어.

직업에 대한 갈등, 진학에 대한 고민, 사회에 대한 불안, 불확실한 미래. 준석아. 하지만 삶은 계속되지 않니?

막다른 선택을 했다는 친구들이 누리지 못한 행복 찾아보지 않을래? 바닥에서부터 찾아보는 거야.

'자살'을 거꾸로 새겨봐. '살자'가 되지 않니?

맨몸으로 굴러도 오뚝 일어서는 오뚝이처럼 어때 할 수 있지?

나도 할 수 있다는 자신감만으로 있으면 돼.

세상은 넓고 할 일은 많아. 세상은 열려있어.

대륙을 향해 나가든 대양을 헤치며 오대양 육대주를 헤쳐 나가든 너는 할 수가 있다니까.

해 봐. 너니까 할 수 있을 거야.

석 준 고마운 우리 선생님. 임사체험을 권하시더라고요.

관 뚜껑을 열고 나왔을 때 처음 생각한 것이 뭔지 아세요?

내가 숨을 쉴 수 있다는 기쁨, 살아있다는 행복, 죽음을 생각했다면 무엇이든 할 수 있다는 자신감, 그 세 가지였어요.

저 지금 행복해요. 하루하루가 소중하다는 걸 느껴요.

(문득 돌아가려다)아, 그래요.

나를 찾는 길은 지금 제게 주어진 배움의 시간이라는 걸요.

고마워요. 사랑해요.(손을 흔들고 나간다)

 * 준석이 손을 흔들면 경쾌한 음악이 들려오며 무대의 불이 꺼진

다. **암전 - .**

강아지 영롱이(1인극)

나오는 사람들
어머니(35세)
선 아(여중생)
아버지(38세, 회사원)

때 현대
곳 아파트 거실

무대 선아의 집 거실. 우측에 출입문 왼쪽 중앙에 가상의 응접용 의자가 있지만 무대에서는 보이지 않는다. 소품으로 말티즈 품종의 강아지 인형이 있어야 한다.

무대가 밝아지면, 강아지 짖는 소리와 함께 선아가 구르듯 들어온다.

선 아 (강아지를 찾는다)영롱아, 영롱아, 영롱이 어디 있어?(강아지 인형을 찾아들고)오, 여기 있었네. 우리 영롱이 잘 놀았어요?

밥도 많이 먹고?

어? 왜 이렇게 배가 홀쭉해?

엄마가 밥을 안 주었어? 에이 너 거실에 똥을 쌌다고 혼이 났구나. 그렇지?

(방을 바라보며)엄마는 애가 뭘 잘못했다고 밥도 안 주고 때리고 그런대? 영롱아, 언니가 미안해. 언니가 잘못 했어요.

우리 산책 갈까? 왜 산책가기 싫어?

너 언니한테 안겨 잠을 자고 싶어서 그러지. 이 깜찍한 녀석. 그래.

언니도 학교에서 너 보고 싶어서 단숨에 달려온 거야.

(뽀뽀를 하며)이 진주알 같은 눈, 영롱아, 난 네 눈만 봐도 즐거워. 그런데 엄마는 팥쥐 엄마처럼 못살게 굴지 뭐야.

아 그렇게 싫으면 동생을 하나 쑥 낳아준다던가 나 외로운 생각은 하나도 안 해요. 영롱아. 사랑하는 내 동생 영롱아!

＊ 칼도마 소리에 이어 미닫이문 열고 나오는 소리ㅡ.

어머니 (자세를 바꾸며)아휴 미처, 이 쓰레기통 엎어놓고 흩어놓은 것 좀 봐.

이러고도 귀엽다고 빨고 입 맞추고 난리라니까.

선아야. 선아야. 여기 부엌에 영롱이 똥 치울 거야 말 거야.

엄마 강아지 알레르기 있다고, 내가 보기 전에 치우라고 했지.

치워도, 치워도 끝이 없어.

이 것 좀 봐 온 집안에 강아지 털이야.

이 강아지 몸 한 번 털 때마다 비듬 떨어지는 거 보면 소름이 끼친다니까!

(버럭)선아야, 선아야! 강아지 밖에 나가 데리고 놀라고 했지?

선 아 (퉁명스럽게)알았어. 아, 짜증나. 엄마는 왜 영롱이만 보면 못 잡아먹어서 야단이래?

말 못한다고 욕을 하면 못들을 줄 알아? 영롱이도 눈치가 구단이야. 좋아하는 거 싫어하는 거 다 안다고?

나 없으면 발로 차고 빗자루로 때리고 걸레를 집어 던지고 구박하는 거 누가 모를 줄 알아?

아버지 선아야, 엄마한테 그 말버릇이 뭐야. 어서 사과 해.

엄마도 집안 일 하면서 강아지 목욕시키랴 산책시키랴 너만큼 사랑으로 보살펴 왔어.

네가 영롱이를 사랑하는 만치 우리 가족 모두가 똑 같은 마음이야. 따뜻한 피가 흐르는 생명을 누가 홀대한다고 그렇게 말을 함부로 하고 있어.

어서 사과하지 못해?

선 아 (마지못해서)아─빠, 알았어요.(주방을 향해)엄마, 엄마, 제가 잘못 했어요.

난 영롱이가 가끔 설사도 하고 갑자기 자다가 일어나 짖는 소리가 불쌍해서 그런 거예요. 전학 간 명희 언니가 외로움이 많은 아이라고 잘 보살펴주라고 했거든요.

미안해요 엄마.

＊ 잠시 사이－, 시간이 지나 몇 개월 후다. 휴대폰에 저장된 강아지 낑낑대는 소리와 짖는 소리

선 아 (휴대폰에 저장된 그림을 보듯, 울먹이며)영롱아, 어떡해. 어쩌면 좋아.

네가 나 때문에－.미안 해 지켜주지 못해서. 영롱아, 내가 잘못이야 내가 잘못 했어. 내가 너를 죽게 했어.

수의사 선생님이 초코렛을 주지 말라고, 소화를 시키지 못하니까 주지 말라고 했는데도 네가 좋아하는 줄 알고 나눠주었잖아. 어쩌면 좋으니? 영롱아, 하늘나라에 가서 착한 주인만나 잘 살아.

나 많이 욕해주고. 내 동생 영롱아, 사랑해! 영롱아! (울기 시작한다.)

＊ 강아지 짖는 소리가 무대 가득히 들려오며, 선아가 느껴 우는 모습이 둥근 원으로 남는다.　**막－.**

울지 마, 넌 한국인이야(1인극)

나오는 사람들

명 재(혼혈아, 농업고 2년, 19세)

은 비(혼혈아, 21세)

때 현대 — 늦은 봄

곳 학교 실습지

무대 농업고등학교 실습지를 배경으로 간이 쉼터이다.

밭갈이를 마친 실습지의 측면에는 비닐하우스와 축사가 그림처럼 펼쳐져 있다.

극의 진행상 슬라이드로 배경 막을 설명해도 무관하다.

무대가 밝아지면, 토마토 모종을 식재한 학생들이 쉼터에서 쉬고 있다.

명재가 수건을 풀어 땀을 훔치고는 앞으로 나온다.

명 재 (만족한 듯)토마토를 심었어요.(사이) 아, 블루베리요?

지난주에 화분에 모두 옮겨 심었죠.

화분에 옮겨 심는 것은 이 애들이 뿌리 간섭이 아주 심해요.

그래서 밭이나 산에 심을 때도 가급적 멀리 간격을 띄워서

심어야 해요. 가까이 심으면 열매수확은 불가능해요.

뿌리를 내려 뒤엉켜 싸우느라 열매를 맺는 일을 잊는다고

할까?

베리 품종의 나무들은 다 그래요. 블루베리나 아사이베리,

아로니아 등등.

우리처럼 혼혈아들이 아버지나 어머니 나라에 정착하려는

것을 몹시 싫어하는 인종 차별주의자들처럼 냉정하고 표독

스러워요

제가 농업학교에 진학한 것도 개방된 사회에서 그래도 차별

은 덜 받을 거 같아서죠. 왜요? 제가 못나 보여요?

제가 대학을 우수한 성적으로 졸업을 했다고 해도 100대 그

룹에 지원하면 과연 서류시험에서 몇 곳이나 통과할 수 있겠

어요? 언어도 어눌하고 피부색도 다른데 말예요.

은비 누나를 보면, 우리 사회의 자화상을 보는 것만 같아요.

누나, 이야기 좀 해봐요. (돌아다본다.)

은 비 (옆의 스카프를 목에 걸며)다문화 가정 출신 인구가 앞으로

20년이 안 돼 전체 인구의 15퍼센트를 차지 할 거라는 보고

서가 있어요.

농촌에서는 출생비율이 역전을 했다는 이야기는 벌써 수년

전 이야기고요. 후후 재미있잖아요.

이제 다문화 가정 아이들에게 원주민 아이들이 역차별을 당할 날도 멀지 않았구나. 하는 상상을 해요. 네? (웃으며)기우라고요? 아뇨. 불과 몇 년 안가서 그런 고민을 해야 할 걸요. (걸음을 옮긴다)

제가 회사에 입사하니까 인사담당자가 물어요?

우리 회사는 다문화 가정출신 차별하지 않는다고. 흠, 그럴까요. 카멜레온, 백발 마녀, 흑기사, 크로마 농인, (흥분하여)좋아요.

부르는 것은 자유라고 해도 그래요.

야간근무나 출장, 업무관련 미팅에서는 언제나 열외예요.

성차별은 이제 한국 사회에서 흔한 화두가 되었지만 이것은 아니잖아요? '혼혈아는 막 대해도 된다. 이주노동자는 노예처럼 부려도 된다.' 이런 생각이 팽배해요.

성희롱은 말도 못해요. 섹시하다. 몸매가 죽여준다, 피부가 장난 아니다.

네 눈에 빠져 죽고 싶다. 별 미친놈들. 오죽하면 제가 회사 사직하고 농업기술 배우려고 기술연구소에 입소했을까요.

명 재 저는 어렸을 때 얼굴이 까맣다고 땅개라고 불렸어요.

학교공부는 상위였지만 듣기 별로 안 좋더라고요.

이렇게 차별이 심하다면 엄마나라인 인도네시아에 가서 선생님이나 할까?

그래서 2년을 방황하다가 아빠 말씀대로 농고를 선택한 거예요. 저 고 2학년이지만, 나이는 19살이에요.

약용식물관리사 자격도 취득했고, 중기면허에, 농기계수리

기사 자격증도 있어요. 내년 신체검사를 해요.

군대에 갈 수 있다면, 제대하고 나서 할아버지가 가꾸시던

농장을 운영해 볼 생각예요.

아, 다문화 가정 출신인 제가 전장을 지킨다는 생각 그것만

으로도 가슴이 뿌듯해요. 바로 대한민국 국민이라는 증거가

아니에요? 그래서 다짐했어요.

이제 어떤 모욕이나 멸시를 당해도 울지 않을 거예요.

나는 당당한 대한민국 청년이라고.

여기가 바로 아버지의 나라 내 조국이라고 말예요. (F·O)

* 명재가 주먹을 불끈 쥐고 흔들 때 소포트가 명재의 전신에 모아지며 조명이 모두 명멸한다. 그 어둠속에서 우렁찬 행진곡이 흘러나온다. **막-.**

귀뚜라미의 외출(1인극)

나오는 사람들

수 진(여고 2년생)

아 빠(수진의 아빠, 43세)

엄 마(수진이 엄마, 42세)

때 현대—봄

곳 어느 가정집의 거실

무대 어느 중소도시의 가정집 거실이다.

무대가 밝아지면, 방에서 외출복차림에 가방을 든 수진이가
나온다.

수 진 흥, 진짜 웃겨, 자기가 뭔데 나보고 나가래. 정작 나갈 사람이
누군데?

옛 어른들 말씀이 하나도 안 틀려. 굴러온 돌이 박힌 돌 빼려
고 한다고…. 우리 집 사정이 똑 같지 뭐야?

엄마도 그래. 아빠 돌아가신 지 얼마나 되었다고

'호호호 하하하, 아이들이 아직 철부지라서 몰라서 그래요.

자기가 이해해요. 알았죠?

시간이 지나면 아이들도 이해할 거예요.'

 (사이, 버럭 소리를 지르며)철부지, 철부지 좋아하서? 알건

다 안다고. 왜 이래?

열심히 일하시다 돌아가신 아빠만 불쌍하지. (간절히)아빠,

아빠 나 어떡해?

아빠, 나 대학 진학하지 말고 그냥 직장에 취직을 할까?

새 아빠가 나 대학 가는 거 은근하게 싫어하는 거 같아서 말

이야. 시발 눔. 아니, 느낌으로 알 수 있다니까.

학교 성적 2등급으로 수도권 대학에 갈 수 있느냐고 엊그제

는 한마디 하시더라고.

아빠라면 어떻게 했을까?(갑자기 울 듯)아빠,

왜 우리를 팽개쳐 두고 떠나셨어요? 왜요? 저는 어쩌라고요?

아 빠 (다정하게)수진아, 아빠는 수진이가 곱게 자라서 예쁘고 착
한 엄마가 되었으면 좋겠구나. 사회에 나가 무슨 일을 할까?
전공은 무엇으로 할까?

이런 고민하지 말고, 네 취미와 적성을 생각해보고 정하면
어떻겠니?

자기 적성과는 무관하게 친구들이나 주위사람을 의식해서 선
택한 직장은 쉽게 사람을 지치게 한단다. 학교도 마찬가지야,
그러니까 네 결정을 최대한 존중할 테니까 열심히 해 봐. 알

았지?

아빠는 현대와 같은 경쟁시대에 우리 딸이 생활전선에서 힘들게 살게 하고 싶지는 않아.

수 진 (웃으며, 뿌듯한 듯)우리 아빠, 참 멋지시죠? 예. 이해심이 많으셨어요.

부녀 사이에도 비밀이 없었다니까요.

저는 제 남자 친구랑 데이트 한 이야기도 숨기지 않고 아빠한테 이야기 했어요.

후후. 엄마는 아빠랑 제가 소곤거리고 이야기하면 적개심을 느낀대요. 뭐 여자니까 그러려니 생각해요.

주말에만 만나는 아빠와의 데이트이지만 아빠는 언제나 최선을 다하는 모습을 보여주셨어요. 가장의 책임이라고나 해야 할까요?

한참 후에 안 사실이지만 퇴근하시고도 학원에서 부동산공법에 대해서 강의를 하셨나 봐요.

장례식 때 부동산 일을 하시는 분들이 많이 오셔서 알게 되었어요. 뭐? (갑자기 방을 향해)알았어. 간다니까!

그까짓 학원 한두 시간 빼먹는다고 인생이 뒤틀리기라도 하나 뭐 괜히 야단이야.

흥. 누가 모를 줄 알고. 새 아빠 들어 올 시간이다. 이거지?

엄 마 (따지기라도 하듯)애 수진아, 너 아빠 돌아가시고 왜 그래?

내가 마치 아빠 돌아가시게 한 것처럼 엄마한테 가시 돋친

말이나 하고, 새 아빠 만난 것도 네가 주선한 일 아니니?

엄마 외롭게 살지 말라고 혼자되신 학원 선생님 마음도 착하시니까 사귀어 보라고 네가 먼저 졸랐잖아?

'집안에서는 키스하지 말라', '외출할 때는 팔도 끼지 말라' 여기가 청교도 사원이야? 엄마도 괴로워.

마음 따뜻한 아빠를 잃고 새 가정을 이루고 산다는 게 그렇게 쉬운 것인 줄 아니?

방황하지 마. 엄마 더 이상 괴롭게 하지 마. 엄마도 지금 힘이 들어.

수진아, 이러면 어떻겠니? 엄마가 아저씨 집으로 들어갈까? 그러면 네 눈에 안 뜨일 테니까 괜찮겠지? 그럴까?

수 진 (버럭)누가 새 아빠 집으로 가라고 했어요?

엄마는 좋아하는 거 슬퍼하는 거 너무 어색 해. 진정성이 없다고.

아직 아버지의 그림자가 지워지지 않은 집에서 호호 하하 어깨 걸고 뽀뽀하고 20년을 가까이 살을 맞대고 살아온 부부가 의리라는 게 있어야 할 거 아냐?

아빠가 우리에게 그만큼은 사랑했다고 보는데 엄마는 그래도 돼? 학교 상담실 선생님도 그러더라. 사람은 감정의 동물이라 쉽게 잊는다고.

유나 엄마는 유나 하나만을 위해 재혼 같은 거 안 하신대.

엄 마 수진아. 너 엄마한테 너무한다고 생각하지 않니? 엄마가 더 어쩌라고. 엄마도 재혼하고 싶지 않았어.

태산처럼 믿고 의지하던 아빠를 잃고 교회에 나가 통성기도
도 했고, 길가는 스님의 장삼을 휘어잡고 울며 하소연도 했어.
하지만 죽고 사는 일은 우리도 어쩌지 못하는 일이지 않니?
너도 그랬지.

'우리 엄마 아빠 정말 사랑했었구나. 이제 그만 떠난 아빠
잊으세요.'

새 아빠와 한 침대에 든 다고 행복한 줄 아니?

꿈에는 너랑 아빠와 시골집에도 가고, 야유회도 가고, 유치
원에 졸업식 날 즐겁게 놀던 꿈을 꾸어. 얼마나 비극적인 일
이니?

수 진 엄마, 오빠는 내가 너무 예민하대. 나보고 나가서 살래.

새 아빠가 오빠를 꼬드겨서 그러는 줄 알았어. 엄마도 은근
히 바라는 줄 알았고.

그래서 친구 집에서 외박도 하고 학교에도 결석을 하고 그런
거야. 엄마가 새 아빠 품에 안겨 웃는 모습만 봐도 기분이 나
빴어. 엄마 미안 해.

내가 엄마 이해해야 하는데 내가 나빴어. 난 나쁜 딸인가 봐.
엄마, (울먹이기 시작한다)엄마.

그런데 우리 아빠 불쌍해서 어떡해 응? 가족 모두에게 잊혀
지면. 응?

* 무대 가득히 곽영석 작사 **'바람은 불어도'** 가 들려오며 불이

꺼진다.   **암 전 -.**

바람이 불어도 다시 올 수가 없어.
내 머문 창가에는 그리움만 가득히
아 그대 어깨에 앉은 하얀 슬픔을
내 가슴에서 잊혀 질까. 오 그대 가슴에
낙엽으로 날아가 앉을까
찬바람 불어와 하얀 눈 쌓일 때까지.

개들의 추억(1인극)

나오는 사람들
흰둥이(공원에 사는 떠돌이 개)
발발이(주인에게 버림받은 개)

때 현대−가을
곳 산책로 근처에 위치한 공원 벤치 주변

무대 대도시 산책로 주변에 위치한 공원이다. 쓰레기통과 긴 의자, 체력단련 운동기구가 적당히 무대를 보조하고 있다. 이 연극은 탈 인형극 형태로 진행해도 무방하다.

무대가 밝아지면, 여러 마리의 강아지가 짖는 소리가 들려온다.

잠시사이−. 철사를 구부려 만든 개의 탈을 쓴 흰둥이가 등장한다.

흰둥이 오늘은 좀 늦으셨네요. 산길이 미끄럽죠?

(사이)예? 저요? 아직 아무것도⋯. 검둥이가 새끼를 낳았

어요.

아침에 어떤 아줌마가 찐빵을 나눠주었지만, 검둥이에게 양보했어요.

보신탕집에서 가까스로 탈출해서 지금 바위틈에 숨어 살거든요.

사람을 극도로 두려워해요. 새끼를 낳고는 더 그래요. (사이) 예? 누구요?

아 저 녀석이요? 이사 가는 주인이 버리고 갔나 봐요.

하루에 한 번씩 집을 찾아갔다가 돌아오지만 거기는 왜 자꾸 찾아가는지, 자기를 버렸다는 사실을 잊고 있나 봐요.

바보, 멍청이, 그러다 잡히면 안락사 당한다는 사실을 알까 몰라요.

(걸음을 옮기며)저도 제 주인이 개장수에게 팔았어요.

전 개장수가 다른 개를 사서 싣는 틈을 타서 탈출했지요.

사실 저도 '우리 주인은 절대 나를 팔 사람이 아니다' 그렇게 생각하고 예전 집을 찾아갔어요.

그런데 개장수에게 전화를 하며 목을 낚아채는 거예요. 그때 알았어요.

아, 내가 충성할 주인이 아니구나. 그래서 먹던 밥그릇을 차 버리고 탈출을 했지요.

(한숨)하지만 그리워요. 어린 강아지 일 때 가족들에게 사랑을 받으며 살던 꿈같은 시절이 나에게 또 찾아올 수 있을까 하는….(반반이에게)반반아, 잠 들어

여기 공원에서는 굶긴 해도 도살장으로 끌려가는 일은 없어.

발발이 (발발이 인형을 바꿔 쓰며)흰둥아, 내 나이 벌써 열 살이야.

사람 나이로 치면 예순 살이지. 굶긴 해도 도살장으로 끌려 가는 일은 없다고?

모르는 소리. 우리 같은 애완견도 잡아 파는 곳이 얼마나 많 은 지 알아?

떠돌이 고양이도 잡아 개소주를 만들어 팔아. 아주 비싼 보 양식으로 팔려.

난 날 버린 주인아줌마가 보고 싶은 게 아니야.

나를 귀여워하던 꼭지누나가 보고 싶어서 그러는 거지.

혹시 옛집으로 나를 찾아오지는 않을까 하는, 나를 정말 사 랑했거든.

흰둥이 (탈을 바꿔 쓰고) 사랑? 아니야. 인류문명사를 살펴보더라도 개와 사람의 관계는 1만년을 거슬러 올라가. 사랑한다고? 오 판하지 말라고, 사람들은 언제나 우리를 잡아먹었어.

너 개가 사람을 잡아먹었다는 이야기 들어 봤어? 없지?

(의자에 앉으며)한밤중에 도시의 야경을 바라보며 무엇을 생 각하는 지 알아?

밝고 휘황찬란한 불빛 속에 죽음의 그림자를 눈여겨 봐.

아침에 해가 돋을 때부터 사람들은 간교한 웃음과 아름다운 말로 상대를 설득시켜 빼앗고, 모함하고, 속이며 살아.

그리고 한 끼의 음식만 제공되면 충성을 다하는 선량한 개들 을 잡아먹지.

(하늘을 보다가)그런데 걱정이야. 버려지는 도시의 개들이

이곳 공원으로 모여들고 있어.

 동물구호단체에서 시민안전을 위해 들개들을 소탕한다는 이야기가 있는데 어린 강아지야 분양을 하겠지만, 우리 같은 성견은 갈 곳이 단 한 군데 밖에 없어. 안락사!

가만히 앉아서죽을 수는 없잖아? 그래서 생존 기술을 배웠지. 언제까지 등산객들이 버리는 음식을 주워 먹거나 훔쳐 먹을 수는 없거든.

산새도 잡아먹고 개구리, 오소리, 다람쥐도 사냥해서 먹는 거야. 비참하지만 그게 자유를 찾는 길이야. 우리가 함께 사는 길이고.

왜? 슬퍼. 하지만 어쩌니? 그게 우리 개들의 운명인 것을. 울지 마. 자신도 굶주리면서 새끼를 기르는 검둥이가 있잖아.

새 생명 그 아이들이 우리의 빈자리를 채울 때까지 지켜보자고.(울먹이며) 응?

울지 마라니까. 그러면 더 비참해 진다고.(F·O)

＊ 개들이 낑낑거리며 우는 소리가 장례식장의 사람들 울음소리로 바뀌며, 무대의 불이 서서히 꺼진다.　**막 -**

그리운 금강산(1인극)

나오는 사람들

병　규(재수생)
할아버지(이산가족, 88세)
어머니(주부, 45세)

때 현대─여름

곳 임진각 망배단

무대　임진각 망배 단 그림사진 세트를 배경으로 긴 의자가 비스듬히 놓여있다. 이 의자는 망배 단을 비켜서 북쪽 다리건너를 조망하는 형태이다.

막이 열리면, 가곡 '그리운 금강산' 이 배음으로 흐르며 재수생 병규가 할아버지를 인도하여 의자에 앉게 하고 전면으로 나온다. 객석에서는 빈 휠체어를 끌고 나오는 이러한 행동이 무언극으로 보인다.

병　규　'그리운 금강산' , 예. 언제 들어도 향수를 느끼는 가곡이

지요.

오늘 저는 할아버지를 모시고 왔어요. 예? 할아버지 고향이 개성이거든요.

매년 이맘때면 고향 생각으로 우울증을 앓고 계세요. 아뇨. 매일 오는 것은 아니고요.

설 때와 추석 때 그리고 할아버지가 월남하시던 6월이면 꼭 이 임진각 망배 단을 찾아요.(걸음을 옮기며)저도 이곳에 오는 것이 싫지는 않아요.

왜냐하면 잃어버린 땅, 할아버지의 고향을 꼭 되찾아 드려야 하겠다는 각오도 있지만, 분단된 조국 모습 이대로 지켜 볼 수는 없잖아요. 할아버지께도 말씀 드렸어요.

저 내년에 사관학교에 입학합니다. 해기사 자격시험이 있어 1년을 유예했어요.

항해사 3급 시험은 학교 때 땄거든요.(웃으며)전투함 함장이 되고 싶어서요.

할아버지의 희망이기도 하죠.(의자 쪽으로 가서)할아버지 한 말씀 해 주세요.(곁에 앉는다)

할아버지 (무대로 나오며)우리 손자 대견하죠?

예. 우선 자기 주관이 뚜렷하고 목표가 분명해서 제가 칭찬을 한답니다. 유도탄 함장이나 구축함 선장이 꿈이랍니다. 우리나라가 북한보다 국방비를 10배를 넘게 쓰는데 전투 장비가 북한보다 밀린다는 생각을 해요. 그렇지 않으면 왜 연평해전이나 천안 함 폭침 사건 때 제대로 싸워볼 생각을 못 했느냐 하는 거예요.

아마 해군에 지원한 것도 그런 사유가 됐나 봅니다. 병력 자원이 많이 모자라잖아요.

출산율이 떨어지니 이제 외인부대를 구성해 나라를 지켜야 할 때가 올지도 몰라요.

(한숨을 쉬며)우리 1세대 이산가족들의 꿈인 이산가족 상봉은 고사하고 통일도 요원한 것 같아요. 그래서 가슴이 아픕니다.

정권이 바뀔 때마다 장밋빛 공약을 내어 놓지만 그때뿐이지.

그 알량한 자존심 때문에 위정자들이 기 싸움을 하는 것을 보면 그저 안타깝기만 해요.(손을 들어 흔들며)그만 이야기 합시다. 그저 답답하기만 해요.

병　규　연일 터져 나오는 방위사업 비리를 보면서 전쟁이 나면 우리 젊은이들이 과연 이런 무기를 앞세우고 최전선에서 싸울 수 있을까 하는 의문이 들어요.

왜 이렇게 부패의 늪에 빠져버린 거죠? 해결책은 무엇일까요?

왜 우리 젊은 세대가 이런 불안 속에서 살아야 하죠?

각자 맡겨진 책임만 다하라고요? (머리를 흔들며)아뇨. 너무 위선적인 거 아니에요?

제가 전투함 승선을 위해 항해사와 해기사 자격을 따려는 이유도 여기에 있습니다.

북방한계선 근처 영해에 근무하다보면 사회적 불안은 잊어버릴 것만 같아서요.

(전면을 보며)제 생각을 안 어머님은 걱정이 크세요. 엄마, 자랑스러운 아들이 될게요.

어머니 (차분한 어조로)병규야, 엄마는 네가 다른 아이들처럼 군대 다녀와서 평범한 직장을 다녔으면 해. 안 되겠니? 봉사를 하고 싶다면 유엔 평화유지군으로 외국을 다녀오던가. 꼭 전방부대의 전투함정 지휘관이 되고 싶어? 너도 봐라. 그리고 생각을 해 봐.

북한의 도발행위가 동 서해는 물론 휴전선 일대에서 예전보다도 빈발하잖아?

물론, 남자라면 의무적으로 군에 가야지.

하지만, 꼭 목숨을 담보로 한 전방 부대 근무를 자원한다는 게 걱정이 돼서 그래.

병　규 예. 모든 어머니들의 걱정이죠.

그렇다고 후방에서 편안하게 해안근무나 하고 중국어선이나 쫓으며 2년 군 생활을 마칠까요. 아뇨. 저는 잠수함 함장은 되지못하더라도 유도탄 함정이나 고속전투함 함정의 함장이 되고 싶어요.

도발하면 철저히 응징하는 모습이야말로 전쟁도발을 막을 수 있는 길이라는 걸 느꼈기 때문이에요

그리고 통일을 위한 길이라면 백마고지 전투에 참여하신

할아버지처럼 필승의 신념으로 싸우겠어요.

어머니, 두려워하지 마세요. 저와 같은 이성을 가진 대한 민국의 청년들이 많으니까 저도 든든하게 근무할 수 있을 거예요. 할아버지 약속할게요.

이 손자가 할아버지 업고 저 임진각 돌아오지 않는 다리를 건너 고향에 모실게요.

알았죠? 금강산도 모시고 갈게요.

그때까지 건강하게만 살아주세요. 알았죠?(힘차게 손을 흔든다.(F·O)

　* 다 연장 로켓포 사격, 기관총 사격 소리— 이어 폭격기의 지대 공미사일 발사소음이 무대 가득히 밀려오면서 불이 꺼진다.

암전-.

할머니의 일기장(1인극)

나오는 사람들

효　선(여고 3학년학생. 18세)
할머니(한센인, 63세)
할아버지(한센인, 65세)

때와 곳　현대

무대 중앙에 세 개의 의자가 놓여있다.

이 세 개의 의자는 보이지 않는 출연자가 앉아있다는 가설(假說) 아래 설정된 것이다.

의자 앞에는 작은 탁자가 한 개 놓여있고, 탁자위에 펼쳐 놓은 하얀 보자기위에 낡은 일기장 뭉치가 있다.

막이 열리면, 낡은 노트 한권을 든 효선이 등장한다.

효　　선 (중앙으로 나오며)제 할머니는 '한센인' 이셨어요.
네? '한센인' 이라는 말 처음 들으세요? '나병' 요, 문둥병 이라고.

이제야 고개를 끄덕이시는 분이 계시네요.

그럼 넌 미감아냐고요?

하지만, 운이 좋게도 우리 형제들은 그런 말은 듣지 않고 살았어요. 할머니 덕분이죠.

할머니는 가족들에게 천형의 그 병이 전염 될까봐

딸 둘에 막내로 종가의 대를 이을 제 어머니

그러니까 아들을 낳고 다섯달 만에 자신의 병이 심상치 않음을 알고 집을 떠나셨어요.

대대로 남존여비의 유교적 가풍을 이어오며 그토록 고대하던 아들을 낳았는데도 기뻐할 틈도 없이 눈에 밟히던 아기의 얼굴을 가슴에 묻은 채 집을 떠나신 거예요.

당시로 보면 대학을 졸업한 인텔리여성이요

여고에서 국어를 가르치시던 분이셨어요.

(돌아서서 의자를 보며)할머니, 정말 다른 방법은 없었나요?

할 머 니 (의자에 기대어 섰다가) 뭐? 다른 방법?

그 방법을 알았다면 내가 나환자촌을 전전하다 소록도에 까지 갔었겠니?

그보다 더 끔찍스러웠던 것은 집을 떠나올 때 네 삼촌을 임신하고 있었다는 거야. 오 하나님, 부처님, 예수님, 내 몸에 생긴 이 아기를 어떻게 해야 하나요?

나는 몸부림치며 내게 주어진 천형의 죄를 울며 하소연 했단다.

하지만, 내가 그토록 믿고 의지했던 위대한 신은 대답이 없었어.

효선아, 그 어린 핏덩이를 어떻게 내가 지울 수 있었겠니?

이 할미는 아기가, 삼촌이 겪어야 할 고통도 잠시 잊은 채 낳아 기르기로 한 거야.

미련한 년, 내 한 몸 처신도 못하면서 내 몸에 생겨난 아기가 축복이라고 생각하고 있었으니 하지만 시설이 좋다는 소록도 병원에서도 우리는 또 다른 이별을 해야 했단다.

효　선　(자세를 바꾸며)알아요. 마감 아는 따로 수용하고, 부모 자식 간이라도 함께 살지 못하게 했으니까요.

갓 출산한 임신부는 난소를 제거하거나 자궁을 적출하는 수술도 강제로 받아야 했다는 기록도 보았어요.

완치된 환자나 미감아까지 단종수술이라는 이름으로 강제 불임수술을 했잖아요.(F.O)

할 머 니　네 할아버지, 정말 대단한 분이셨다.

아이들 자라는 모습 사진을 찍어 틈틈이 보내주시고 네 삼촌이 태어난 사실을 아시고 이 할머니 곁으로 오신거야.

할아버지 스스로 한센 인이 되신 거지. (느껴 울며)으흐흐흑.

네 아빠가 결혼을 하고, 너와 오빠 둘이 태어났을 때 일이다.

이제 스스로 가정을 책임질 수 있다고 생각해서 할아버지

는 막내 삼촌과 나를 거두기 위해 소록도행을 자처하신 거
란다.

할아버지 효선아, 할아버지는 '남자는 가정을 지키는 것이 최상의
의무라' 고 배웠다.

할아버지는 내 행동에 결코 후회하지 않아.

고향에 남겨둔 가족들이 보고 싶어 탈출을 생각한 적도 있
지만, 탈출을 하다 잡힌 환자는 얼굴에 인두로 지지는 가
혹행위를 목격하고는 버림받은 내 가족에 대한 의무에 충
실하기로 했단다.

효 선 할머니, 한센 병은 고치지 못하는 병이 아니라 고칠 수 있
는 병, 유전되지 않는 병이에요.

소록도 건설에 아침 해 뜰 때부터 야간에는 횃불을 밝혀놓
고 하루 18시간 강제노역에 시달리며 죽어간 환자들, 도로
를 닦고 나무를 심은 이야기 할머니의 일기장으로 확인했
어요.

할머니, 할아버지, 이제 시대가 바뀌었어요.

(상기된 기분으로)그 인권유린의 현장기록을 살펴 국가
권력의 만행을 고발 할 거예요.

그리고 용서를 받을 거예요. 세상을 더불어 사는 세상이니
까요.

울지 마셔요 오뚝이처럼 일어나셔요.

큰 사랑은 믿고 아끼며 함께 걸어가는 거래요.

할아버지 할머니 사랑해요!

＊ 효선이, 할머니와 할아버지가 앉은 의자로 가서 두 팔로 안는 포즈를 취한다.

이어 곽영석 작사 '**한센인의 노래**'가 밀려오며 무대의 불이 꺼진다.　암전−.

한센인의 노래

나, 이제 울지 않아요. 외로워도 울지 않아요.
구름가면 푸른 하늘 세월가면 모두 잊겠죠.
천형에 그 세월이 무지개꿈 접던 기억이
나, 이제 울지 않아요. 시절인연 원망 안 해요.
넘어진 땅 집고 일어서 손잡고 함께 하는 길
큰사랑은 바로 이것 눈물자국 지워주네요.

후렴) 한센−인, 한센−인, 하늘도 버린 그 이름
　　　나, 이제 울지 않아요. 시절인연 원망 안 해요.
　　　넘어진 땅 집고 일어서 손잡아 함께 하는 길
　　　큰사랑은 바로 이것 눈물자국 지워주네요.

엄마의 앞치마(1인극)

나오는 사람들
동　자(고2년)
어머니(고인이 된 동자의 엄마)
아버지(동자의 아버지 48세)

때 현대
곳 전통기와집의 장독대

무대 이 연극의 무대는 가상의 어머니 혼령이 빙의된 어머니의 앞치마를 입으면서 나타나는 현상을 막내딸의 입을 통해 구현되는 호러극작품이다.

막이 열리면, 동자가 장독대를 마른수건으로 닦다가 무대 앞으로 나온다.

동　자 엄마는 하루 중 절반을 이 장독대와 사셨어요.
　　　350년이나 지난 씨 간장을 대대로 보전해 오신 우리엄마!

그런데 이상한 게 있어요.

(한쪽에 개켜진 앞치마를 들며)이 앞치마요. 엄마가 입으시던 이 앞치마를 두르면 저도 모르게 엄마처럼 행동하게 돼요.

네? 귀신이 붙었다고요? 아이참, 엄마인데요 뭐.

아뇨. 무섭지 않아요. 정말이에요.

엄마는 막내인 제가 엄마의 뒤를 잇기 바라셨어요. (앞치마를 두른다)

어머니 우리 동자, 귀엽지요? (웃으며)미워요? 예뻐해 주세요.

저 아이를 보면 처녀시절 제 모습을 보는 느낌이랍니다.

아뇨. 버릇이나 행동, 잠자는 모습을 봐도 저를 꼭 닮았어요. 그래서 나의 분신처럼 생각하게 됐답니다.

취미도 같아요. 저도 소녀시절에는 시인이 되고 싶었거든요. 그런데 동자는 인터넷 공간에 벌써 수백여 편의 시를 써서 발표를 하고 있더라고요. 흠, 자랑스러워요. 예. 장하다. 우리 동자!

위로 딸 둘이 있지만 막내와는 성격이 영 딴판이에요.

동수요? 그 앤 제 아빠를 닮아 말수가 적어요.

엄마한테도 뭐 하나 상의하는 일도 없어요. 서운하기도 하지만 한편으로 생각하면 또 든든하기도 해요.

(갑자기 슬픔에 잠기며)그러면 뭐해요. 전 떠나야 하는 걸요.

행복이 지나치면 하나님도 질투를 하시는가 봐요.

성실 착하고 예쁘게 실이 있는데 너무 불공평하다는 생각이 들어요.

유방암으로 투병해 온지 7개월이에요.(앞치마를 벗는다)

아버지 (다정스럽게)여보. 당신은 이길 수 있어.

그 무서운 수술도 잘 이겨냈잖아? 섭생만 잘하면 일어설 수 있다고. 당신이 없으면 안 돼.

아이들 결혼도 시켜야 하고, 당신도 알잖아.

우리아이들 아직 자기 스스로 일어설 수 없다고.

여보. 믿지? 하나님은 우리 믿음을 실험하시려는 거야.

우리 믿음을 가지고 이 환란 병마를 이겨보자. 응?

동 자 불쌍하신 우리 아빠!

엄마가 돌아가시고 나서 오래 동안 방황하셨어요.

회사도 직원들에게 맡기시고 성지순례도 다녀오셨어요.

예? 신의 답을 듣고 싶으셨대요. 욕심이죠. 뭐.

아름답게 살아가는 사람 왜 데려가셨느냐고 따지고 싶었대요. 엄마가 그러시더라고요.

엄마의 앞치마를 두르고 눈을 감고 있으면 엄마의 목소리가 들려요.

(앞치마를 가슴에 안는다) 엄마, 엄마는 지금 어디에 있어?

어머니 동자야. 엄마는 언제나 네 곁에 있어. 네가 보지 못할 뿐이지.

눈으로 꼭 실체를 확인하려고 하지 마.

그리움은 추억으로 간직할 때 아름다운 거야.

지구가 끊임없이 돌 듯이 삶과 죽음도 쉼 없이 나고 늙고 죽는 거야.

(가리키며)그 속에 달고 쓴 저 간장 한 종지 만드는 엄마의 손 얼마나 소중한 것인지 아니?

햇살에 익어 가는 간장과 된장 맛처럼 동자야. 예쁘게 살아 보렴 알았지.(손을 흔들며 퇴장한다.)

＊ 곽영석 작시 곡 '너를 기억할게' 가 흘러나오며 무대의 불이 꺼진다. **암전.**

제3부 학교극과 청소년희곡

종이학 하늘을 날다(전 4경)

나오는 사람들

연 주 (고3학년) · **아버지** (수진의 아버지. 목소리만)

어머니 (수진의 어머니. 목소리만) · **수 진** (고3학년)

채 린 (고3학년) · **재 원** (사진동아리 회장, 재수생)

상 진 (고3학년) · **동 호** (고3학년 19세)

진선생 (재원의 담임교사 46세) · **오재미** (상담교사 36세)

최경사 (지능수사팀 여형사 34세)

때 늦여름

1경 강변유원지 **2경** 학교 상담실

3경 재원의 옥탑방 **4경** 학교사진동아리방

곳 도시근교의 고등학교

무대 이 연극의 무대는 네 개의 퍼즐로 구분된다.

강변유원지와 사진동아리방, 옥탑방, 상담실 등 그림세트로 제작하여 펼치고 접는 형태로 진행된다. 희미한 조명 속에 소쩍새의 울음소리가 들려온다.

제 1 경

무대 앞. 세라 복을 입은 수진이, 종이학을 들고 별을 보고 있다가 천천히 걸음을 옮긴다. 소포트가 상반신에 모아지면 객석을 향해 걸어 나온다.

수 진 제가 이 옥상에서 얼마나 더 별을 볼 수 있을까요? 입시지옥을 떠난다고 생각하니 그냥 가슴이 설레기만해요.

아버지 (소리만)우리 딸 정말 장하구나. 유학 비자가 나왔다고? 축하해. 아빠의 기대를 버리지 않았구나.

수 진 (잠시 듣다가)저의 아버지세요. 우리나라 토종종자를 연구하는 회사에 연구원으로 일하고 계세요. 종자은행을 설립하는 꿈을 가지고 계시죠.

어머니 (다정한 말투로)수진아. 영어 선생님 오셨다. 원어민 선생님한테 열심히 배워 언어 장벽을 극복해야지.

수 진 언제나 든든한 후원자이신 우리엄마. 분신처럼 저를 챙겨주셔요. 아 선생님 소개하는 거 잊었네요. 존 헨리 선생님. 영어를 가르치시는 원어민 선생님이세요. 지금은 집으로 출퇴근을 하시며 저를 가르치셔요. 오빠처럼 저를 잘 돌봐주셨어요. 캐나다 오타와에 있는 대학에 추천서도 써주고 장학금까지 받게 해 주셨어요. 이런 행운이 어디 있어요? 영어 소설집 한권을 펴낸 것 가지고 장학금을 받게 되다니 정말 꿈만 같아요.

재 원 (소리만)수진아, 너 그 코쟁이 헨리새끼 말이야. 네 허리 끼

고 시시덕거리는 모습 눈 꼴 사납다. 네 유학 주선해 준거는
고맙지만 네가 정신을 놓을까봐 걱정이 돼.

수 진 칫, 남자들이란 모두 똑 같아. 짐승!

동 호 (소리만) 야 한 수진, 그 노린내 나는 새끼하고 너 키스 하지
마. 나 열 받으니까. 알았어?

수 진 흥, 내가 빨리 떠나야 저런 모습 다시는 안 보지.

어머니 (소리만)수진아, 선생님 오셨다. 너 옥상에 있는 거야? 선생
님 오셨다고.

수 진 예. 엄마! 곧 내려가요. (전면을 보며)박사학위까지 앞으로
10년이면 될까요? 제게 주어진 시간 소중하게 쓸 생각이에
요. (학을 보이며)천 마리의 학을 접으면 꿈이 이루어진다고
했는데 천 마리를 접어서 날릴 거예요. 훨훨 (총총 사라진다)

　＊ 무대가 밝아지면―.한적한 강가 모래밭, 토요일 밤이다. 아이
들 야외 복 차림으로 기타를 치며 노래를 부르고 있다.

연 주 (리듬에 맞춰 몸을 흔들다가)재원아, 너 '고래사냥' 키 알지?

재 원 야, 시시하게 그 옛날 노래는 왜?

연 주 나 요즘 그 노래가 그냥 좋아지더라.

채 린 난 클론의 '쿵다리 샤바라! 미친 듯 소리 지르며 흔들어대는
그런 노래가 좋아. 가끔은

연 주 오, 나도 공감! 가끔 미치는 것도 괜찮아.

상 진 (가리키며)너희들 둘, 방황하는 거야? 뭐가 불만인데, 응?

연 주 그냥, 누가 우주 밖으로 뻥 차줬으면 좋겠어.

상 진 차는 거라면 내가 차 줄게. 어디 북한산 인수봉에 갈래? 아니면 부산 태종대 자살바위 위에 올라갈래? 뭐 세게 차지 않아도 되겠다. 슬쩍 밀어버리면 될 테니까.

채 린 상진아. 연주 지금 심각해. 장난이라도 그런 말을 할 때가 아니지.

상 진 얘는 무슨 말만 하면 그냥…. 안다고. 오죽 답답했으면 이렇게 도심을 탈출하려고 결심을 했겠어. 아무튼 고맙다. 나도 답답한 일상이 싫었거든.

채 린 수진이게나 고마워 해. 그 아픔 견디고 우리를 주말 농장에 초대한 거 잊지 말고.

재 원 그래. 누구나 아프면서 크는 거야. 많이 아플수록 내성이 커져.

연 주 넌 당해보지도 않았으면서 어떻게 그렇게 잘 알아?

재 원 나 부모님 돌아가시고 2년이나 쉬었어.

상 진 삼촌이 우리 학교로 전학시켰지.

연 주 재원아, 너 솔직하게 말해 봐. 여자하고 자 봤어?

재 원 뭐?(당황해서)야, 그걸…?

연 주 자 봤냐고? 첫 느낌이 어때?

채 린 (어깨를 치며)얘가 미쳤나봐.

연 주 뭐 어때? 지금이 조선시대냐? 순결 지킨다고 어디 대학 특례 입학 시켜준대?

채 린 그게 무슨 억지야?

연 주 니 지금 후회해. 상우 오빠가 나를 안았을 때 키스 말고도 세스 허락했으면 떠나지는 않았을까 하는 생각 말이야.

재 원 (친구들에게)얘, 맛이 간 거 아냐?

채 린 야, 정신 차려. 우린 아직 10대야. 상우오빠는 대학도 졸업해야 하고 군대도 갔다 와야 하고, 너 그때까지 못 기다려. 불장난도 가려가면서 해야지. 우리가 앞으로 넘어야 할 벽이 얼마나 많은 지 알아? 너 멍청이야?

연 주 고등학교 졸업하고 확 결혼해버리지 뭐. 부모님 반대하시면 동거부터 시작할까? 뭐. 애를 낳고 그러면 허락하실 거 아니냐고?

상 진 야 그 깐 놈이 뭔데 정신을 빼앗기고 망가지고 있어? 청춘이 불쌍하지 않니?

연 주 청춘? 나 그런 단어 몰라. 사랑 떠난 내일이 있으면 뭐해? 미래는 더 참혹할 거 아냐? 내일까지 생각할 겨를이 없다고. 비 맞은 꽃처럼 망가지고 싶어. 나 여기 오면서 숲을 보았어. 이런 숲에서 윤간을 당하면 어떤 느낌일까 그런 생각이 들더라.

채 린 (주먹으로 콩콩 쥐어박으며)미쳤어. 미쳤어!

재 원 와 답이 안 나오네. (차분하게)연주야, 허락할 게 따로 있지. 네 귀한 몸을 그렇게 함부로 한다는 것은 자신에게도 용서할 수 없는 일이야.

연 주 책을 봐도 안 보여. 온통 오빠 얼굴이 일렁거려. 나도 이건 열병이다. 잠시 스쳐가는 소나기다. 그렇게 생각하면서도 안 된다니까.

채 린 금방 잊혀져.

연 주 남매처럼 4년을 지냈다니까. 그런데 '여자 친구 생겼으니 그만 사귀자' 고? 왜 지 맘대로야? 난 어떡하라고?

채 린 그건 너 혼자만의 짝사랑이었으니까.

연 주 아니, 오빠도 나한테 연인처럼 생각이 된다고 했어.

채 린 야, 입주 과외를 하는 대학생 오빠들 다 그런대. 어떻게 잘 꼬셔서 과외 안 잘리고 생활비 마련해 볼까 별 수작을 다 한대. 순진한 아이들만 당하는 거지. 원어민 교사들 말이야. 영어 하나 가지고 은근슬쩍 성추행 하는 놈들 많대. 범죄자들이 신분 속이고 위장 취업한 놈들 뉴스에서 못 봤어?

상 진 맞아.

연 주 나 (간절하게)상우오빠 같은 사람 다시 만날 수 있을까? 세상을 모두 잃은 것만 같아. 나 이러다 자살하는 거 아닐까? 무서워. 나도 모르게 무슨 일을 저지를 것만 같아.

상 진 (진지하게)연주야, 우리가 손을 봐 줘? 말만 해. 노는 선배들 많으니까. 죽이라면 죽여줄게. 불구를 만들라면 술 만 땅 먹고 내가 차로 확 밀어버릴게. 나 운전자격증도 있다.

연 주 (똑바로 얼굴을 보며 진지하게)나를 위해 정말 할 수 있어?

상 진 네가 원하면!

재 원 아휴 이제 다들 미쳐가는구나.

채 린 (놀라서)야, 도대체 무슨 생각을 하는 거야? 이건 범죄모의라고?

상 진 연주가 힘들어 하잖아.

연 주 (머리를 심하게 흔들며)아니, 아냐. 나 비겁한 짓은 안 할래. 복수힐 기아. 얼미니 갈 시는 가 볼 거야. 후회하게 만들어 줄 거야.

재 원 (박수를 치며) 그래. 좋아. 바로 그거야. 돌아서서 보면 네가 우상으로 보이던 사람도 별거 아니구나하고 생각될 때 네가 크는 거야. 나를 봐라. 2년 재수하고 학교 복학하니 처음부터 선생님들까지 범죄자 취급을 하더라. 유원지에서 겁탈당하는 여자 친구를 보고 눈이 뒤집혀 상대 청년을 죽도록 팼지. 한 놈은 불구가 되고 한 놈은 죽었어. 결과적으로 어떻게 되었니? 나는 한순간 분을 못 이겨 전과자가 되고 그 계집애는 대학에 잘 다니고 있어. 자기 때문에 영어의 몸이 되었는데 면회 한 번 안 오더라. 이게 우리가 사는 실상이야. 내가 공부 열심히 해야 하는 이유이고. (기타를 다시 챙기며)모두들 잘 들어. 우리 동아리 회원 중에 한 사람이라도 낙오되지 마. 연주는 건강하니까 걱정 안 하지만, 수진이 자극하지 마. 어디로 튈지 모르니까. (동호가 들어온다.)

모 두 알았어.

채 린 (동호를 발견하고)수진이는?

동 호 (두려워하며)지금 그 애 오빠가 와서 옷이며 책가방까지 불에 태우고 야단이야. 유학 간다더니 연애질이나 하고 있었냐고?

모 두 (놀라)뭐?

재 원 그럼, 수진이 데리고 와야지.

상 진 (벌떡 일어나며)우리들 자기 집으로 불러놓고 이게 무슨 일이래? (문득, 재원의 눈치를 살피며)너 왜 그래?

재 원 교도소 한 번 더 들어갔다가 오지 뭐. 이 새끼 죽여 버릴 거야. 이건 어디까지나 자기 잘못이잖아. 왜 동생만 잡아?

연 주 (잡으며)그러지 마. 수진이만 더 힘들어져!

동 호 내게 자꾸 미안하다며 우는 거야. 난 내 마음 변치 않을 것이라고 그 말밖에 못하겠더라고. 그런데 몸을 도둑맞았는데 사랑한다는 게 말이 되냐며 따지는 거야. 그때 오빠가 왔어. 그리고 다짜고짜 손찌검을 하는 거야.

채 린 오빠까지 그러면 수진이 기댈 곳이 없는데. 수진이 어떡하면 좋으니….수진이 불쌍해서 어쩌니?

＊ 재원과 친구들이 나가려고 할 때 소고소리와 함께 불이 꺼진다. 희미한 푸른 불빛 속에 수진이가 헝크러진 모습으로 등장하여 별을 헤아린다.

수 진 (가리키며)저기 가고 있네. 저기, 저기, 훨 훨…….내가 만든 종이학, 저 별 사이로 날아가고 있어. 보석이 열린 하늘 길을 날아가고 있어. 오늘은 사진을 안 찍을 거야.(갑자기 주먹을 쥐고 흔들며) 그래 가. 돌아오지 마. 기다리지 않을 건데 뭐 그리고 돌아오면 뭐해? 이제 아무도 기억하지 않을 거야. 오지 마. 훨훨 돌아보지 말고 그냥 가 버려.(흐느적거리며 퇴장한다)

제 2 경

＊ **무대가 다시 밝아지면**, 학교상담실. 동호가 상담실에 앉아 책을 상담 지를 적고 있는데 상담교사 오 재미 선생이 들어온다. 오

재미, 카세트에 CD를 바꿔 넣는다. 갑자기 생기가 돈다.

오재미   음악 싫으면 끌께?

동 호   아뇨. 저도 좋아하는 음악이에요.

오재미   네가 상담을 요청해 와서 깜짝 놀랐다. 너 9급 공무원에 합
격했다면서?

동 호   (웃으며)기술직이에요. 사회부터 알고 공부도 하려고요.

오재미   그래. 의지가 뚜렷해서 자랑스럽다.(얼굴을 보다가)어머, 너
연애하니? 이 여드름 좀 봐.

동 호   (흠칫)예? 연애는 무슨.

오재미   아니야? 그럼, 왜 그렇게 놀라? (새끼손가락을 꺼내 흔들며)
에이, 있구나. 말 해 봐. 몇 학년이야. 우리 학교 애니?

동 호   수진이 때문에 걱정이 돼요.

오재미   (문득)아, 한 수진? 너 그 애 좋아했었니? 뜻밖이다?

동 호   그냥 친하게 지냈어요.

오재미   (고개를 끄덕이며)응, 충격이 컸겠구나.

동 호   예. 머릿속이 혼란스러워요. 엄마도 그 애를 예뻐했는데 어
디서 들으셨는지 요즘도 수진이 만나느냐고 묻더라고요. 책
임이 따르는 일은 신중이 생각하라면서.

오재미   그래. 남자들은 그런 사건 시간이 지나면 금방 잊혀 지지만
여자는 달라. 오래도록 상처로 남아. 공개된 사건이면 더욱
그렇지. 죽을 때까지 주홍빛 낙인을 가지고 다녀야 해.

동 호   (몸을 떨며)개자식, 영어선생 그 새끼, 한순간에 사람의 인
생을 망쳤어요. 알고 보니까 하나 둘이 아니더라고요.

오재미 그렇다고 어쩌겠니? 무한경쟁시대 입시가 빚은 상처이기도 해. 그걸 해결하지 못하는 우리 스스로의 자존감도 무력하게 느껴지지.

동 호 그래서 빨리 사회에 나가 돈을 벌고 싶었어요.

오재미 그 목표는 이루었잖아. 장해!

동 호 (안타까운 듯 책상을 톡톡 치며)안타까워 죽겠어요. 그렇게 용감했던 아이가 그 깐 일을 가지고 무너져 버리니까 슬퍼요.

오재미 주변에서 응원하는 친구들도 힘이 드는구나.

동 호 계집애. 키스하는 것조차 요리조리 피하던 게 어떻게 몸까지, 그 자식이 영어 하나 잘하는 거 빼놓고 뭐 볼게 있다고?

오재미 그거 한국인의 근성 아니니? 외국인이라면 우선 호감부터 가지고 접근하는 거 말이야.

동 호 (진지하게)선생님, 저 졸업하고 바로 결혼할래요. 수진이 그 애 제가 붙잡지 않으면 무슨 일을 저지를지 몰라요.

오재미 결혼? 동호야. 그건 좀 고민 좀 해 봐야 할 일 같다. 우선 부모님 의견도 물어야 할 테고, 경제적인 문제도 생각해 봐야 하고, 너 군대도 갔다 와야 하잖아. 그리고 먼저 수진이가 마음을 정리해야 하는 문제도 생각해 봐야지 않겠어?

동 호 그건 제가 설득하면 돼요. 경제적인 것도 제가 취직을 하니까 부모님 도움 받지 않아도 되고요.

오재미 아기라도 낳으면? 아이 키우는 게 쉬운 게 아니야.

동 호 아기?

오재미 녀석. 수진이 가여운 것만 생각하고 다른 생각을 못 했나

보네.

동 호 선생님, 그럼 어떡하면 좋아요?

오재미 좀 냉정하게 사건을 바라 봐. 내가 해야 할 일, 친구들이 도울 일, 학교가 도와줄 일, 집에서 도울 일. 동호야.

동 호 예.

오재미 너 3년간이나 사귀었다면서 수진이 하고 뽀뽀도 못 했어?

동 호 예?

오재미 순진하긴. 나도 학창시절 너처럼 순진한 친구가 있었으면 얼마나 좋았겠니? 그런데 우리 때는 공부밖에 몰랐다. 동호야. (사이)너 자위행위 하지?

동 호 (놀라)예 예?

오재미 인석, 놀라긴. 네 친구들도 다 하잖아.

동 호 선생님!

오재미 야, 남자애들만 하는 줄 아니. 여자애들도 마찬가지야. 요즘 중학교 학생들도 말을 안 해서 그렇지 인터넷 야동 크릭 건수의 절반을 차지한다는 보고도 있어.

동 호 에이 저질!

오재미 (때릴 듯이)어 이 녀석 봐라. 이런 일은 숨기는 게 응큼한 거야. 말 해 봐 한 달에 세 번?

동 호 1주일에 한 번요.

오재미 그거 봐. 내가 귀신이지. 너무 즐기지 마라. 자주하면 자위행위에 중독돼. 그럼 이다음에 결혼해서 성생활에 만족감을 기대하기 어려워.

동 호 선생님은 별걸 다 걱정하세요.

오재미 (웃으며)쾌감이 짜릿하디?(괜히 신이 나서)오 에ㅡ.

동 호 선생님!

오재미 이 녀석 얼굴 빨개지는 거 봐.

동 호 선생님 상담심리학 전공하신 게 맞아요?

오재미 왜? 박사학위 돈 주고 딴 줄 알았어? 그건 의심 안 해도 돼.
집에서는 야동을 보고 하니, 아니면 플레이보이 잡지 같은
데 나오는 늘씬한 여자모델사진 보고 하니? 벌거숭이 여자
그림만 봐도 고추가 불뚝 서서 옆에 예쁜 여학생 곁에 있으
면 겁탈하고 싶고 그렇지?

동 호 아이 참, 선생님, 그 질문에 제가 대답을 해야 해요?

오재미 신체적 욕구나 심리상태를 알아보는 것도 중요하거든.

동 호 엄마한테 한 번 들켰어요.

오재미 뭐ㅡ어? 에에, 칠칠맞은 녀석. 어쩌다가?

동 호 밤에 엄마가 방에 들어올 줄 몰랐거든요. 저보다 엄마가 더
당황하시더라고요.

오재미 당연하지. 어머니는 신경을 쓸 나이가 아니라고 생각하셨겠
지. 하지만 너희들 또래 집단이 다 그래. 너만 그런 게 아냐.
죄의식을 가질 필요 없어.

동 호 정말 창피해서 엄마 얼굴 한 달도 더 안 봤어요. 제 팬티는
제가 그때부터 빨았고요.

오재미 너 여자 친구 안아 봤어?

동 호 전 책임질 일은 안 해요.

오재미 (감탄해서)오, 남자다워서 좋아. 난 네가 연주하고 사귀는
줄 알았다. 동아리방에서나 대외 학교생활에서 너희 둘이

활동이 뛰어났잖아.

동 호 저만 좋아하면 뭐해요. 연주가 다른 아이 좋아하는데…최근에 깨졌나 봐요. 며칠 전에 울고불고 한참 난리를 피웠어요.

오재미 가치관이 자꾸 바뀌니까 사귀는 상대도 쉽게 바꿀 수 있는 거야. 성인이 되면 네가 가진 지위나 신분, 재산, 이런 게 상대를 선택하는 기준이 될 수가 있어. 물론 소꿉친구랑 결혼하는 순정파 아이들도 있지만 대개가 다 그래.

동 호 예.

오재미 다가가려고만 하지 말고 좀 멀리 떨어져서 지켜보는 것도 좋아. 아픔을 알고 다가가는 동정은 자칫 더 오해만 키울 수 있거든.

동 호 예. 선생님 말이 맞아요. 중학교 때 여자 친구가 화장실에서 아기를 낳는 것을 보았어요. 놀라서 소리를 지르며 뛰어나갔는데 나에게 그 모습을 들키고는 끝내 자살을 했어요. 수진이, 또 잃고 싶지 않아요.

오재미 (안아주며)친구 때문에 대학진학 포기하고 공무원 시험에 도전한 거 알고 있어. 동호야, 사랑은 아프면서 크는 거야. 넌 멋진 남자야. 자랑스러워! (이때 출입문이 열리는 소리와 함께 연주가 들어오려다 이 모습을 발견한다)

연 주 (놀라)어머! 어쩐 일이래? 말도 안 돼! 선생님이 제자를 끌어안고?
말도 안 돼!(울먹이며)어쩌면 학교에서 선생님이?(문을 팽개치듯 닫고 도망친다)흐흐흑―.

오재미 (놀라 따르며)최 연주! 연주야!

동 호 아이 참, 연주야!(불안한 음악소리와 소고소리 들려오며 불이 꺼진다.)암전─.

제 3 경

＊ 무대가 다시 밝아지면, 재원의 옥탑 방. 담임 진교사가 상진과 들어온다.

상 진 (아령체조를 하는 재원을 부르며)재원아, 선생님 오셨어.

재 원 어?(문득, 돌아보고 인사하며)선생님.

진선생 집에 있었구나. 어떻게 된 거야? 학교는 왜 안 나와?

재 원 저를 용서할 수가 없어요. 도저히 용서를 못 하겠어요.

진선생 학교는 공동체 단위의 하나야. 넌 학생회장이라는 책임도 맡고 있잖아.

재 원 죄송합니다.

진선생 덩치는 황소처럼 큰 녀석이 그런 작은 일에 상처를 받고 그러면 누가 너를 따르겠니? 네가 없으니까 학교가 난장판이야. 일진회 아이들도 까불고 있고.

재 원 선생님,

진선생 너는 할 만큼 다 했어. 네가 학생회장으로 책임감을 느끼고 있는 모양인데 근본적인 것은 학교나 가정에서 기인한 거야.

재 원 추배들이 지치럼 그늘을 짊어지고 살지 않았으면 좋겠어요.

진선생 (머리를 끄덕이며)그래. 네가 전학을 온 뒤로 수런대는 선생님도 있었지만, 작년에 비해 사건이 거의 절반으로 줄자 네 칭찬이 대단해. 이거 빈말이 아니다.

재 원 선생님, 수진이 어제 밤에 여기 다녀갔어요.

진선생 (놀라서)뭐? 누가 수진이?

재 원 종이학을 접어가지고 왔더라고요. 빨간 종이학!(가리키며) 저기!

진선생 (보며)무슨 소리인지 모르겠구나. 수진이, 아직 의식불명 상 태야. 어제 위세척하고 중환자실에서 누워있는 것을 보았는 데 여기를 오다니? 그 애가 어떻게? (상진에게)상진아, 너 수 진이 병실 지키고 있지 않았어?

상 진 재원아, 너 뭐 잘못 본 거 아냐? 나 연주랑 새벽까지 병실에 있었어.

재 원 여기서 한참 놀다가 갔는데? 그럼 여기 온 수진인 누구야?

진선생 무슨 말이야? 그 애가 도술을 부리거나 꾀병을 할 리는 없고.

재 원 그렇다면…? 그 원어민 선생, 헨리 출국 안 했지? 확인할 게 있어. 상진아, 너 그 자식 전화번호 알지?(서두르며)번호 좀 줘 봐.

상 진 왜?

재 원 알아 볼 게 있어. 안전한 지 말이야.

최경사 (들어오며)오 듣고 싶었던 이야기네. 누가 안전한지 알고 싶지?

재 원 최 경사님!

최경사 (재원에게)누구시니?

진선생 아, 재원이 담임입니다.

최경사 아, 안녕하세요? 극동서 지능수사팀 최 순옥 경사입니다. 재원이 아직 집행유예 기간이라서….

재 원 최경사님, 저 그런 소리 듣기 싫다고 했죠. 저에게 범법자라고 손가락질 하는 거 같단 말예요.

최경사 아 그렇다면 미안. 용건만 간단하게 말하자. 혹시나 해서 왔는데, 너 헨리 만난 적 있지? 한 수진에게 영어 가르치던 학원 강사 말이야.

재 원 예. 수진이랑 한두 번. 수진이가 자살 소동을 벌인 날도 한 번 만났고요.

최경사 어제는?

재 원 머리가 복잡해서 집에서 죽치고 있었어요. 오후에는 한국사 자격시험 준비하느라 교육방송 EBS 텔레비전만 봤고.

최경사 이제 공부 좀 하는 거야?

재 원 이제 주먹질 같은 거 안 한다니까요.

진선생 최 경사님, 그런데, 어제 무슨 일이 있었나요?

최경사 예. 황당하고 어이없는 일이 생겨서요. 어제 헨리가 우리 서에서 조사를 받았어요. 그런데 변호사와 같이 오겠다고 하고 나갔는데 한 시간도 안 돼서 피살 체로 발견이 되었어요. 성기도 절단이 된 채.

모 두 (놀란다)예? 죽어요?

재 원 최 경사님, 그럼 제가 용의자란 말씀이세요?

최경사 아직 그런 말은 하지 않았다. 정황 수사 중이니까. (명함을 주며)혹시 수사에 도움이 될 이야기라도 있으면 전하해. 그리고 당분간 어디 멀리 가지 말고. 알았지?

재 원 예. 다른 용의자를 살펴보세요. 전 아니니까.

최경사 나도 그러길 빈다.(문득 종이학을 발견하고)네가 접었니? 저 종이학?

재 원 저 어제 수진이가…

상 진 (재원의 입을 막으며)제가 어제 접은 거예요. 형사님.

최경사 예쁘다.

재 원 빨리 졸업하고 군대라도 가야지. 최 경사님 안 보게.

최경사 그래. 제발 늠름한 군인이라도 되어 봐.(진 선생에게)선생님, 얘기 나누십시오. (내려간다)

진선생 (인사한다)예. 살펴가세요.

상 진 재원아, 이게 웬일이니? 듣던 중 통쾌한 소리다. 그치? 나 그새끼 죽이고 싶었는데?

재 원 뭔가 이상 해. 수진이가 그랬을 리는 없는데…? 귀신이 다녀간 것도 아니고.

상 진 뭐가?

재 원 어제 말이야. 수진이가 칼을 들고 왔었거든.

상 진 뭐?

진선생 재원아, 너 정말 수진이가 여기 왔었다고 믿는 거냐?

재 원 선생님. 수진이 괜찮은 거죠? 그런데 수진이 말예요. 여기 와서 제게 왜 학교는 안 갔느냐고 한 참 쪼아대다 갔거든요. 그리고 헨리를 만나러 가는데 함께 가지 않겠느냐고 물었고요.

진선생 뭐? 좀 진정해라. 뭐 잘못 본 거 같으니까.

재 원 칼을 빼앗으려 했는데 접어서 브레지어 안에 감추는 거예요. 깜짝 놀랐어요. 찔리면 큰 상처를 입잖아요.

상　진　(신음처럼)귀신이 왔었나보다. 너 수진이 정말 본 거 맞지? 그렇지?

진선생　(시계를 보며)어, 벌써 시간이 이렇게? (일어서며)재원아, 내일 학교에 오는 거지? 선생님 기대 버리지 말고.

재　원　예, 선생님! 죄송합니다.

진선생　대학은 가야되잖아. 삼촌 기대도 크고.

재　원　예. 갈게요.

진선생　(일어서며)상진이 내일 학교에서 만나.(퇴장한다)

아이들　예.

상　진　(소곤대듯)재원아, 그거 정말이야? 어제 수진이가 왔었다는 거?

재　원　어

상　진　그럼 뭐야? 연주하고 나는? 나 분명히 수진이 병실에서 한발자국도 안 나갔어. 아 맞다. 김밥 사러 잠시 병원건너 분식집에 다녀왔다.

재　원　(심드렁하게)가라. 혼자 있고 싶어. 나도 지금 헷갈려! 내가 유령을 보았나보다?

＊ 무대가 갑자기 어두워진다. 그 어둠속에서 학들이 날며 우는 소리―.　**암전**

제 4 경

학교사진동아리 방. 작은 책상위에 사진기 하나와 꽃다발(조화)

이 놓여있다. 채린, 들어와 촛불에 불을 켠다. 채린 허밍으로 곡 **'울지 않아요.'** 를 부른다.

나, 이제 울지 않아요. 외로워도 울지 않아요.
구름가면 푸른 하늘 세월가면 모두 잊겠죠.
들꽃 같던 그 시절이 무지개꿈 접던 기억이
나, 이제 울지 않아요. 시절인연 원망 안 해요.
넘어진 땅 집고 일어서 손잡고 함께 하는 길
큰사랑은 바로 이것 눈물자국 지워주네요.

연 주 (촛불을 손으로 감싸 안으며)수진아, 잘 가라!

동 호 바보. 스무 살도 못 채우고 갈 놈이 꿈은 뭐가 그리 컸대?

채 린 난 오빠 몫까지 살 거야. 하고 싶은 거 다 하며 살 거야. 친구들에게 왕따 당하면서도 죽는 그날까지 웃음을 잃지 않았던 내 오빠. 난 달라. 이겨낼 거라고. 길가에 밟히는 질경이처럼 질근질근 밟혀도 일어설 거야.

재 원 채린아!

채 린 나 어떻게 살았는지 아니? 울지 않았어. 엄마마저 떠날까봐 언제나 기쁜 일만 만들고 살았어. 그게 얼마나 어려운 일인 줄 알아? 그런데 너 뭐야? 극복할 수 있었잖아? 그보다 더 힘든 일이 얼마나 많은데?

상 진 수진아, 네가 떠났다는 말을 듣고 네 작품 다 보았어. 학의 사진만 있더라. 하늘로 비상하는 학 사진! 학들은 천년을 산다는데 바보처럼 이게 뭐니? (이때 진선생과 최 경사, 오 재

미 선생 들어온다)

진선생 모두 여기 있었구나!

모 두 선생님!

진선생 그래. 오늘까지만 슬퍼하자. 이별 하는 시간이 길면 아름다웠던 순간들이 빛이 바래지고 말아. 수능 얼마 안 남았다. 전쟁, 나만의 전쟁을 준비해야지.

모 두 예.

진선생 (최 경사에게)최 경사님, 말씀하시지요.

최경사 예. 음 들어 알고 있겠지만 존 헨리 강사, 자책감 때문에 자살한 것으로 판명되었다. 어제 유서가 서로 배달되어 왔어. 재원이를 비롯해서 친구들에게 불편하게 했던 점 사과한다.

상 진 최 경사님, 경찰대학 가려면 공부 어떻게 하면 돼요?

최경사 오. 경찰직을 선호하는 친구도 있네. 좋아, 내가 네 인생의 멘토가 되어줄게.

상 진 정말요? 저는 제복을 입은 사람이라면 군인이나 간호사, 여경 그냥 다 좋아요.

재 원 제복이 좋은 거야. 여자가 좋은 거야?

상 진 그냥 다!

연 주 (옆구리를 쿡 지르며)에이그 바람기가 다분하다 다분해. 너를 어떻게 말리니 응?

오재미 너희들이 저질 선생님이라고 일컫는 오 재미 선생님이다.(아이들, 쿡쿡거리고 웃는다)왜 웃어? 에 웃더라도 선생님 이야기 끝나고 웃어라. 음, 좀 전에 수진이 아빠가 학교에 다녀가셨다.

아이들 예? 수진이 아빠요?

오재미 그래. 뜻 깊은 선물을 주고 가셨다. 너희들 동아리 모임에 전해달라며 금일봉을 주고 가셨어.

아이들 예?

오재미 지금은 모두 수능에 신경 써야 할 테니까 수능 마치고 사진전을 열자. 수진이가 만든 작품과 친구들이 만든 작품 모아서 사진전시회를 만들어 보는 거야.

진선생 아이들 들떠 있으면 공부 소홀히 하게 돼요. 선생님!

오재미 아뇨. 준비는 제가 합니다. 저도 아마추어 사진가입니다. 저작권협회에도 가입돼 있고요. 수능 전까지는 제가 합니다. 사진전 제목도 정했어요. **'종이 학, 하늘을 날다'** 어때요?

진선생 **'종이 학 하늘을 날다?'**

최경사 좋군요. 수진이의 작품 세계도 상징할 수도 있고.

아이들 선생님! 감사합니다.

동 호 (울먹이며)바보 같은 자식, 남긴 게 바로 이거였어?

연 주 (팔장을 끼며)야, 찌질이?

동 호 머?

연 주 그래 찌질이. 언제까지 수진이 이름만 부르고 살 거야. 언제까지 가슴 태우게 할 거냐고?

동 호 연주야! 무슨 말이야?

연 주 아이고, 일편단심 민들레가 따로 없네. 까불지 마. 지금부터 너 내 시야에서 벗어나면 국물도 없어.

오재미 뭐야? 둘이 사귀는 거야?

동 호 연주야. 너?

연 주 야 남자답게 당당하게 굴어 봐. 찌질하게 굴지 말고.

동 호 (안심하며)너 나 좋아 하는 거 맞아.

연 주 너 졸업하면 결혼할 수 있지. 나랑 결혼하자. 그리고 예쁜 아기 쌍둥이도 낳아보자. 응? 그렇게 할 수 있지? 난 아기들이 많이 낳고 싶어. 아이들에게 형도 동생도 누나도, 오빠도 만들어 주고 싶어 나 정말 외롭게 자랐거든.

동 호 헤헤, 너만 좋다면─.

연 주 바보처럼 웃지 말라고 했지? 졸업하면 우리 결혼하는 거야 알았지?

동 호 헤헤헤헤.

재 원 야, 동호 너 큰일 났다. 벌써부터 콱 잡혀서?

모 두 (즐겁게 웃는다)하하하하.

 * 클론의 '쿵다리샤바라' 가 흘러나오며 아이들과 선생님들 음악에 빠져들 때쯤 막이 내린다. **막─.**

오래된 정원

나오는 사람들

미 화 (여류화가, 남편을 사별한 50대)
이동준 (귀농인, 농고 교사)
허상만 (미화에게만 보이는 젊은 시절의 남편)
박원장 (수의사) · **연 주** (고등학생) · **선 경** (초등학교 6학년쯤)

때 현대
곳 도시 근교의 전원주택

무대 여류화가 미화의 거실 겸 화실로 쓰고 있는 작업공간이다. 이 거실을 중앙으로 좌측에는 침실, 후면은 주방, 우측은 베렌 다로 나가는 열린 공간이다. 중앙에 작업용 의자와 캔버스 뒤쪽에는 응접의자가 비스듬히 놓여있다. 후면 벽에는 상만의 사진액자가 걸려있다.

막이 열리면, 미화보다 한참 젊어 보이는 허상만이 신문을 들고 들어와 앉는다.

미 화 　(찻잔을 들고 나오며, 다향을 음미하듯)으음ㅡ. 향이 너무 좋
　　　다! 여보, 매화차가 잘 우러났어요. 저는 이 매화차를 우릴
　　　때마다 이곳으로 이사 오길 잘했다는 생각이 들어요. 인애
　　　도 봄이면 매화꽃을 촬영하려고 왔다가 정신을 잃곤 했는
　　　데….

허상만 　(신문에 눈을 준 채) 소원대로 됐잖아.

미 화 　당신의 바람은 아니었잖아요.

허상만 　내 바람은 뭐, 당신만 만족하면 되지.

미 화 　그래도 제가 빚이 많아요.

허상만 　빚이라니, 별소리를 다 한다. 부부지간에 빚이 다 뭐야.

미 화 　사실 말은 안했지만, 당신 출근하는 뒷모습을 보면 '괜히 제
　　　고집 때문에 출근길마저 힘들게 하였구나.' 하는 그런 생각.

허상만 　(사랑스레 바라보며)그랬어? 고마워. 그래. 시내에서 출근하
　　　는 거 보다야 피곤했지. 하지만, 그 먼 길도 몇 년 다니다보
　　　니까 즐거움이 있더라고.

미 화 　그랬어요? 고마워요.

허상만 　이제 당신이 가지고 싶어 하던 화실도 꾸몄고, 텃밭도, 정원
　　　도 당신 취향대로 만들었으니 작품이나 잘 만들어 봐요. 시
　　　대의 명작이 탄생하는 산실로 만들어 보라고.

미 화 　예.

허상만 　(작품을 보며)그런데 미화, 저 캔버스안의 고양이는 언제 나
　　　오는 거야?

미 화 　(장난을 치듯)글쎄요. 당신이 불러 봐요. (그림을 보며) 고양
　　　이의 시선을 따르다보면 그 대상이 궁금해지는데 사람으로

할까 아니면 다른 사물로 설정해야 할까 고민중이예요. (사이)여보, 내가 그림 그리는 특기라도 없었으면 어땠을까?

허상만 글쎄. 좀 힘 들었겠지? 아이들 유학 보내고 우울증으로 아파할 때 정말 아득했어. 이러다 잘못되는 것은 아닐까 하루에도 몇 번씩 내가 전화를 했잖아?

미 화 그보다 더 힘들었던 때도 있었어요.

허상만 (바라본다)그랬어?

미 화 자기한테는 부끄러운 이야기인데 차라리 출품이나 안했으면 모를까 내가 가르치던 아이들이 미술대전에서 대상을 받고 정작 내 작품이 특선으로 밀려났을 때 죽고 만 싶었어. 그것도 연이어 세 번씩이나. 아이들에게는 '선생님을 뛰어넘은 훌륭한 녀석들' 하고 호들갑을 떨고 그랬지만, 사람의 마음은 참 간사하더라고. 내 작품이 뭐가 잘못된 것일까 실험정신이 부족하다고? 아냐, 색감이나 아이디어, 구도 명암도 다를 게 없었거든.

허상만 그래도 대단해.

미 화 (캔버스 앞 의자에 앉으며)당신이 있었으니까. 당신이 없었으면 엄두도 못 냈을 거야. 내 가슴에서 당신은 한 번도 달아난 적이 없었거든.

허상만 아이들을 미국에 보내고 당신도 그랬지만 나도 많이 힘들더라. 처가 식구들한테도 미안하고 특히 이모님한테도.

미 화 여보, 그건 괜한 자격지심이에요. 그런 말 하지 말라고 했잖아요. 이모님이 미국에 정착해 사시니까 아이들 자연스레 맡아주신 건데요. 뭘.

허상만 (웃으며)미안 해. 힘이 들 때 정작 내가 지켜주지 못해서….

미 화 당신도 참

허상만 나도 알아. 비 내리는 날이면, 창가에 서성이며 울며 힘들어 하던 거. 목련이 피는 봄, 그래 봄꽃이 필 무렵에는 더욱 그랬지.

미 화 알고 있었구나. 그래요.(훌쩍이며)정말 외롭고 슬펐어. 그림 그리는 일로도 채울 수 없는 게 있었거든.

허상만 미화!

미 화 가끔은 안기고 싶었어. 정말 간절하게. 가슴이 뻥 뚫린 것 같고 허전해서 잠을 못 이룬 때가 많았어요. 그런데, 그때마다 자기는 곁에 없더라. 어디 있었던 거야?(문득 소스라쳐 놀라 상만을 본다.)여보! 여보! 왜 당신얼굴이 희미해져? 왜 얼굴이?……

허상만 ……(일어나 소파 뒤로 사라진다.)

미 화 여보, 여보, 가면 안 돼!(실망하여 좌절한다.)가지 마. 여보, 아……,

선 경 (살며시 들어와서 보다가 무너지는 모습을 보고는 달려오며)아줌마! 왜 그래요. 예?

  ＊ 조명이 바뀌는 사이 미화, 온몸의 힘이 빠져나간 듯 상만이 앉았던 의자에 가 앉는다.

미 화 (회상에서 깨어난다.)서?(몸을 바로하며)선경이 왔구나.

선 경 예.(안심하며)아줌마, 괜찮아요?

미 화 응. (찻잔의 물을 마신다.)

선 경 (슬픈 얼굴로)아줌마, 어떡해? 많이 아프시구나.

미 화 앓아.

선 경 제 걱정은 마시고요.(빤히 얼굴을 보며)아줌마, 또 혼자서 아저씨랑 이야기하고 있었구나? 그렇지?

미 화 언제 온 거니?

선 경 조금 전에요. 아줌마가 오늘은 무슨 이야기를 하고 있을까 궁금했거든요. (눈치를 살피며)아저씨, 요즘에도 자주 찾아오셔요?

미 화 함께 살고 계시잖아. 너한테 몇 번이나 말 했니? (상만 사진을 보다가)우리 집에서는 그런 말 하지 말라고? 아저씨가 들으시면 얼마나 기분 언짢겠어?

선 경 에이. 이제 환상에서 깨어나셔요. 다시 찾을 꿈도 아니면서 너무 심하세요.

미 화 뭐?

선 경 아저씨가 세상을 떠나신 지가 15년이 더 되셨는데 (얼굴을 빤히 올려다보고는)어? 우리 아줌마 진짜 울고 있었나 보네. 거봐, 내가 뭐랬어요. 화가보다 연극배우가 어울릴 거라고 했잖아요.

미 화 이 녀석, 너 까불지 말라고 했지.(표정을 바꾸며)가만, 내가 지금 뭐 하고 있었지?

선 경 (배우처럼 미화의 대사를 흉내 낸다.)안기고 싶었어. 정말 간절하게. 그런데, 그때마다 자기는 내 곁에 없더라. 으―.

미 화 (노려본다.)

선 경 해해해, 왜요? 저도 마임 극 배우하면 안 돼요? 전 아줌마가
처음부터 연극대사를 외는 줄 알았다니까.

미 화 (빗자루를 들고 쫓으며)나가, 어서 나가! 이 녀석 귀여워
해 주니까 못하는 소리가 없어. 너 이거 사생활 침해라는
거 몰라?

선 경 (웃으며)해해해. 그래도 나 안 오면 아줌마 심심하실 걸요.

미 화 어이구 별 걱정을 다 하셔? 빨리 안 나가?

선 경 오빠 안 와요?

미 화 작은 조카? 경수 만나러 온 거야?

선 경 토요일마다 오잖아요?

미 화 (웃으며) 흥, 쪼그만 게 벌써 남자는 알아서……(갑자기 진
지해져서 얼굴 표정이 밝아지며, 괜히 즐겁다.)사랑? 그 거
좋은 거지.

선 경 네? 어머머, 아닌데,(어이없다)아줌마, 난 그런 애가 아니에
요. (버럭)내가 지금 몇 살 인데?

미 화 나이가 뭔 상관이야? 좋아하는 마음까지 숨기라면 그건 죄
를 짓는 거지. 선경아, 우리 경수가 어디가 좋아?(빙글빙글
웃으며 얼굴로 붓을 들고 의자에 앉는다.)말해 봐 어서!

선 경 연주언니하고 헤어졌어요?

미 화 가만, 너 연주 때문에 지금 ‘마음 알이’ 하는 거야?

선 경 아줌마, 넘겨 집지 말아요. 누가 ‘마음 알이’ 를 해요? 사전
을 찾아봐도 좋아하는 거 하고 사랑하는 거는 의미가 완전
히 틀려요.

미 화 (은근하게)그럼, 그냥 좋아하고 있구나?

선 경 칫, 누가 좋아한다고 했어요? 어른들은 참 이상 해. 무슨 이야기만 하면 그냥 결론부터 단정하고 '좋다 나쁘다' 선을 그어 버린다니까.(머리를 흔들며)아줌마는 우리들 하고 정신세계가 틀려.

미 화 뭐? 웃겨.(코웃음을 치며)야, 정신세계가 어떻다고? 쪼그만 녀석이 뭘 안다고 어른보고 정신세계를 운운하고 그래?

선 경 남자 여자가 좋아하고, 사랑하고, 그래야 만나는 거 아니잖아요.

미 화 (시원하게)응. 맞아.

선 경 경수오빠를 믿고 따르는 건 바로 그런 거라고요.

미 화 그래? 아줌마 생각을 말해 볼까? 의지하고 싶고, 안 보면 괜히 보고 싶고, 그게 바로 사랑이라니까. 너도 편지 쓸 때 'X오빠' 그러고 쓰잖아.

선 경 어머머, 보셨어요? 누가 'X오빠' 라고 썼다고 그래요?

미 화 아니면 말고

선 경 어른들은 아이들이 머리만 맞대고 책을 읽어도 이상한 눈길로 바라보시더라. 뭐 큰 사고라도 칠까봐 겁이나시나봐. 그렇게 겁이 나는데 학교에는 어떻게 보내신대?

＊ 이때 전화벨이 울린다. 기계적으로 전화기를 드는 미화.

미 화 예. 양수리입니다. 아, 박 원장님, 예? 선경이요? 예. 여기 와 있는데요. 네.(송화기를 막고, 선경에게)너 강아지 수술한다고 목욕시키라고 했는데 나온 거니?

선 경 (짜증을 내며)아이 짜증나. 아빠는 왜 그 구질구질한 일을 나한테 시키는가 몰라. 알았어요. 간다고 그래요.

미 화 원장님, 지금 간다고 하네요. 예. 예. 아뇨. 좀 전에 왔어요.(전화 놓는다.)너 얌전하게 보았는데 아빠에게 왜 그렇게 못되게 굴어?

선 경 아줌마, 동물 복지라는 말 아세요?

미 화 동물복지?

선 경 하찮은 동물이라도 사랑할 권리도 없어요?

미 화 얘가 지금 무슨 소리를 하는 거야?

선 경 왜 그 권리를 빼앗으려고 해요. 진짜 웃겨!

미 화 뭐?

선 경 강아지가 자기 생식기를 잘라내는 거세 수술을 하는 거 찬성한다고 말한 적이 있나요?

미 화 어머, 애 좀 봐.

선 경 강아지도 자라서 사랑하고 싶을 거 아니에요. 왜 사랑할 수 있는 권리를 빼앗아요? 섹스는 사람만 하는 권리인가요?

미 화 어머머, 너 무섭다. 그래서 병원에 맡겨온 강아지를 풀어놓고 그런 거니? 아빠한테 그렇게 혼이 나면서도?

선 경 어른들 미워 죽겠어요. (화가 나서)자기 멋대로 옷도 지어 입히고, 털도 염색을 하면서 정작 소중한 사랑의 권리를 빼앗고 있잖아요.(나가며)아줌마, 저 가요.

미 화 그래? (문득)얘, 선경아, 우리 미미 좀 안고 가. 사상 충 검사를 해야 하기든.

선 경 (뒤돌아서)아줌마, 강아지를 정말 사랑하신다면 직접 안고 오세요. 주사를 맞힐 때 얼마나 무섭겠어요. 우리들도 병원에 가기가 얼마나 무서운 데….강아지라고 무섭지 않겠어요?

미 화 머?(기세에 눌려)응. 알았다. 내가 안고 갈게. 너 먼저 가. 알았어. (선경 나간다.)저 애가 초등학교 4학년이 맞아? 하여튼 요즘 애들 정말 무서워. (일어서 벽거울에 머리를 대충 손으로 만지며 부른다.)미미야, 미미야? 미미야, 어디 있니?

＊약간 멀리 강아지 짖는 소리ㅡ. 무대의 불이 꺼진다.

무대가 다시 밝아지면, 연주와 영산홍 화분을 든 이동준이 들어온다.

연 주 (동준이 들고 있는 화분을 받으며)이리 주세요. 마침 받침대가 빈 것이 있었는데 그걸 쓰면 되겠어요. 와 꽃이 정말 고와요. 아저씨. 영산홍이 이렇게 예쁜지 몰랐어요.

이동준 올해는 백합 꽃대도 잘 올라오고 영산홍도 색이 잘 나왔어. 지난겨울 날씨가 좀 추웠니?

연 주 차 한 잔 드려요?

이동준 아 괜찮아. 네 할 일이나 해.

연 주 선생님이 오셔야 그림 지도를 받을 텐데요. 뭐.

이동준 그렇구나.

연 주 (커피포트에 스위치를 누르며)선생님 없을 때 아끼시는 매화차 한 잔 들어보세요.

이동준 공범이 되자는 말이구나?

연 주 (웃으며)그것도 괜찮고요. 비밀은 지켜질 테니까요.

이동준 허허허.

연 주 (매화를 잔에 나누고 물을 부으며)매화차는 덖지 않고도 꽃송이 자체로 향이 짙어요. 꽃망울 몇 개만 우려내도 방안 가득 향기가 퍼진다니까요.

이동준 너도 이제 선생님을 닮아가는구나.

연 주 그래요? 그럼, 안 되는데?(찻잔을 주며)드세요.

이동준 너 선생님을 닮으면 안 된다는 이유라도 있니?

연 주 선생님처럼 살고 싶지 않거든요. 선생님은 옛날 기억의 방에서 한 발자국도 밖으로 나오려고 하지 않잖아요.

이동준 그게 뭐가 나빠서? 난 그런 일편단심의 여자가 정말 여자 같다는 생각이 드는데.

연 주 어머, 호호호, 정말요? 좀 놀라운데요.

이동준 이 세상에 없지만 그 친구가 참 복이 많은 사람이었다는 생각을 해.

연 주 아저씨, 지나친 망상도 정신병이래요. 이 세상에 존재한다는 사실만으로 축복이라는 어느 스님의 법문도 있었지요.

이동준 그래. 하루하루가 참 빛나는 삶이지.

연 주 그러니까 아저씨는 이 세상에 없는 사람을 부러워하지 말라는 거예요.

이동준 (웃는다)푸─너에게 한 방 먹었구나.

연 주 현실을 잊으면 안 되잖아요. 다시 찾을 수 없는 것은 빨리 잊어야 되는 거 아니에요?

이동준 연주야, 잊혀 진다는 것은 슬픈 일이야.

연 주 아저씨, 새로운 인연도 많이 만들면 되잖아요.

이동준 쉽게 말하는구나.

연 주 사람은 사회적 동물이라고 배웠어요. 적응하면 되죠. 집착을 버리면 찾을 수 있지 않아요?

이동준 그것은 너무 기회주의적인 말 같구나.

연 주 아저씨, 그런 기억 속에 남길 바라는 사람도 죄를 짓는 거예요. 전 선생님 주변 사람들을 보며 마치 동화속의 주인공 같다는 생각을 해요. 참 재미있어요.

이동준 그래?

연 주 네. 전혀 조화될 수 없는 사람들이 얽혀 있잖아요. 독한 감기약을 먹고도 고열에 뜰 떠 있는 사람들 같아요.(눈치를 살피며)죄송해요.

이동준 음.

연 주 저도 선생님을 따라 이곳으로 오신 엄마를 통해 이상한 끈 같은 걸 느껴요.

이동준 끈?(연주를 보며)무슨?

연 주 예. 어떤 인연인지는 모르지만 선생님과 아저씨, 박 원장님 다 이렇게 연결되어 있다는 생각을 해요. 떼어내야 떼어낼 수 없는….

이동준 연주야, 엄마랑 선생님은 대학 친구야.

연 주 알아요.

이동준 난 중학교를 마치고 너를 대안학교에 입학시킨다고 해서 놀랐다. 정규대학을 보내 사진작가로 키울 줄 알았거든.(벽에 걸린 상만이 사진을 응시한다.)자네 듣고 있나? 지금 우리가 하는 이야기?

연 주 국악을 공부하고 싶었지만, 선생님을 만나고부터 생각이 바뀌었어요. 마음을 그리고 싶었거든요.

이동준 마음이라?

연 주 아저씨 이상하죠?

이동준 뭐가 말이냐?

연 주 제 돌발적인 행동!

이동준 누구나 이상은 있지. 내 꿈은 말이다. 본래 수의사였어. 우습지 않니? 그런데, 선경이 아빠가 수의사를 한다고 해서 바꾸었어. 친구 중에 수의사가 둘이 있을 필요가 없잖아? 그래서 자동차 정비공으로.

연 주 시시해요. 그냥 처음대로 수의사를 전공하시지 왜?

이동준 그래야 했어. 난 예전이나 지금이나 축산에 관심이 많았거든. 아버지가 검은 칡소를 대대로 길러 파시는 것을 보고 저런 소를 수 백 마리 키우면 아버지가 얼마나 기뻐하실까 생각했지.

연 주 아버님 때문에?

이동준 응, 참 어렵게 지내던 시절이 있었다. 이른 봄에는 세끼 밥도 먹지 못할 때도 있었어.

연 주 예. 들었어요. 선생님한테.

이동준 칙칙한 이야기 재미없지? 연주야, (기분을 바꾸는 듯)아저씨가 처음 이 마을에 왔을 때 무엇을 느꼈는지 아니?

연 주 …?

이동준 마을 지형이 우리들이 자라던 시골마을과 거짓말처럼 똑같이 닮았다는 거야. 언덕에 올라가면 초가와 기와집, 골목길이 다 내려다보이고, 마을 앞 느티나무도 어찌나 닮았는지 마음이 편안해 지더라고. 아줌마도 아마 그걸 느끼고 이곳에 정착한지도 몰라.

연　주　전 사회 경험이 없어 잘은 모르지만 살다보면 새로운 인연을 만들어가며 어울려 사는 것이 사회라고 배웠거든요.

이동준　그래. 사람이나 코끼리 같은 영장류들이 자기가 태어난 곳을 기억하고 돌아가려는 귀소성을 가지고 있다는 것은 무엇을 증명할까?

연　주　귀소성?

이동준　그래. 동물학자들의 주장을 근거한다면 크게 이상하다 할 수 없는 일 아니니?

연　주　(추리하듯)우연으로 보기에는 그냥 낯설어요.

이동준　그래.

연　주　아까 제가 말한 것처럼 그냥 동화 같아요.

이동준　미화 남편이 사고로 세상을 떠나지만 않았어도 우리들이 다시 만날 일은 없었을 텐데. 원인은 그거야. 이곳에 정착한 지 5년 째 인가? 아무튼 선생님이 인사불성이 되어 병원신세를 진다는 이야기를 듣고는 박 원장이 먼저 이쪽으로 둥지를 옮겼지.

연　주　너무 극적이에요.

이동준　모른 척 할 수도 없었어.

연　주　이미 남남인데?

이동준　우리들은 알게 모르게 서로 의지하고 있었던 거 같다. 박 원장이 아니었으면 아줌마를 약물중독에서 구할 수 없었을 거야.

연 주 들었어요.

이동준 그런데 말이다. 미국에 유학을 하고 있던 아이들 말이야. 참 변해도 엉뚱하게 변해있더구나.

연 주 왜요?

이동준 엄마의 그런 모습을 보고는 두 번 다시 찾아오지 않았어. 나쁜 녀석들 같으니….그러니 선생님이 더 방황할 수밖에 없었을 거야.

연 주 아저씨, 환경이 바뀌면 다 그럴까요?

이동준 글쎄.

연 주 아무튼 아저씨가 이곳으로 정착을 하셔서 선생님도 큰 위안이 되셨을 거예요.

이동준 사실 아내가 아이를 순산했다면 귀농을 결심할 이유는 없었어. 아내를 잃고 나서는 그냥 살던 도시를 막연히 떠나고 싶었다.

연 주 예고된 귀향이었네요.

이동준 귀향?

연 주 선생님과의 인연 때문에

이동준 그건 아니야.

연 주 아저씨의 결혼 생활이 말을 하지 않으셔도 짐작이 가요.

이동준 우린 그냥 평범하게 남들처럼 살았어.

연 주 그게 지옥인데. 아저씨랑 사신 분은 얼마나 아팠을까? 마음은 언제나 다른 곳에 가 있었을 텐데.

이동준 생각을 안 했다면 거짓말이고, 내가 지켜주지 못했다는 죄

책감 빼고는 선생님한테 큰 애정은 가지고 있지 않았다. 내
아내에게도 말 했거든. 내가 사랑하던 사람이 있었다고.

연 주 무덤을 파셨네?

이동준 우리는 각자의 퇴직금을 모아서 자동차 부품가게를 했단다.
직원도 셋이나 두고 수입도 남부럽지 않았어. 그런데 아내
가 뚱딴지처럼 병원비를 아끼겠다고 집에서 아기를 낳겠다
는 거야. (불안 해 하며, 주머니를 뒤적이며)미련한 건지 똑
똑한 건지. 참 어이가 없는 일이 아니니?

연 주 왜 담배 피시게요? 그럼, 피우세요. 창문 열어 놓으면 되
니까.

이동준 (손을 저으며)아니, 아니야. 미화가 담배연기라면 아주 질색
이다. 담배를 안 배운 것이 정말 이상 해. 화가들 중에는 골
초가 많은데.

연 주 그럼, 아저씨는 죄책감 때문에 지금까지 재혼을 하지 않으
신 거예요.

이동준 함께 살던 사람이 어이없게도 그런 사고로 세상을 등질 것
이라고는 정말 상상도 못 한 일이었어. 친정 엄마도 집에서
혼자서 자기 형제들을 낳았다고 고집을 피웠으니까.

연 주 어렵게 돈을 모아본 사람들은 돈이 귀한 것을 안다고 하잖
아요?

이동준 자기 목숨을 내놓을 만큼? 그건 아니지. 난 그것은 아니라고
본다. 직장동료로 만났지만 죽고 나서야 사랑하고 있다는 것
을 알았어. 내 품에 안겨 숨을 거뒀어.(거친 호흡)그제야 아
내 이름을 부르며 외쳤지. 미안 해 미안 해. 효성아 미안 해!

연 주 조금만 더 가까이 다가 가셨으면 이해 시키셨을 텐데.

이동준 (사이—.한숨을 쉬듯)이야기가 엉뚱하게 빗나갔구나. 연
　　　주야,

연 주 말씀하셔요.

이동준 가끔 선생님이나 나는 서로를 괴롭히며 살아온 게 아닌가
　　　하는 생각이 든다.

연 주 우리 선생님도 그래요. 처음부터 선생님은 왜 고백을 하지
　　　않으셨지? 그럼, 이렇게 서로 얽히고 아픈 추억을 만들지 않
　　　았을 텐데요.

이동준 연극대본 같아.

연 주 아저씨! 처음으로 이견일치!

이동준 (희미하게 웃으며) 오누이처럼 지내다가 한쪽이 다른 상대
　　　를 찾아가니까 소외감도 느낀 것은 사실일거야. 내 결혼식
　　　이 있고나서 아줌마가 급히 결혼을 서둔 것은—.(잠시 사이)
　　　맞선을 보고 거의 한 달 만에 결혼을 했나?

연 주 어유 가엾어. 고려나 조선시대도 아니고?

이동준 미화 아버님도 한참 뒤 그 일을 후회하셨어.

연 주 두 분 모두 불쌍해요.

이동준 지금에서 이야기지만 미화 아버님이 나를 길러 주셨거든.

연 주 아.

이동준 학교도 보내주시고. 그러니 어쩌겠니? 우리는 친구라기보다
　　　는 가족이었어. 넘을 수 없는 벽이 있었던 셈이야. 나는 언제
　　　나 바람벽처럼 곁에 서서 바라보기만 했거든 선생님도 그
　　　런 나를 오빠나 가족처럼 생각을 했고.

연　주　아, 답답해.

이동준　내가 신혼여행을 떠났을 때 미화가 식음을 전폐하고 누웠다는 소식을 듣고서야 알게 되었단다. 우리가 서로 얼마나 의지하며 살고 있었는지.

연　주　아저씨, 지금이라도 선생님이랑 다시 합치는 게 어때요?

이동준　뭐?

연　주　왜요? 서로 처지도 비슷하고 서로 그리워했던 사이인데…. 주저 할 일이 뭐예요.

이동준　지금처럼 지근거리에서 바라보는 게 좋아.(시계를 보며) 이거 너무 늦는 거 아니야?

연　주　곧 오실 거예요. 광견병 주사를 맞히고 오신다고 했어요.

이동준　집에서 기르는 개에게 무슨 광견병이 전염된다고? 하여튼 아는 것도 병이다.

연　주　(애교)아저씨는, 만사 불여튼튼이라는 말도 모르셔요?

이동준　아무튼.

연　주　제가 가서 모시고 올까요?

이동준　그래라. 아버님 제사를 상의하자고 해서 왔더니 그새 자리를 비웠구나.

연　주　잠시만 기다리셔요. (퇴장한다)

이동준　(집안을 살피며)미화가 이곳에 온 지 20년이 다 되어가는구나. 금방이야. 세월이.

＊ 잔잔한 음악이 흐르면서 무대가 바뀐다. 마을 앞. 커피숍. 상만이 퇴근하다 동준을 발견하고 자리로 온다.

허상만 형님! 많이 기다리셨어요? 빨리 온다고 하면서도 차가 막혀서 죄송합니다.

이동준 아냐. 늘 이렇게 늦나?

허상만 출퇴근 시간이 세 시간이에요. 길에서 낭비하는 시간이. 왜 집으로 오시지 않으시고? 집사람 어디 갔어요?

이동준 아니, 자네하고만 잠시 할 이야기가 있어서…. 차는 뭐로 하겠나.

허상만 아, 괜찮아요. 금방 밥을 먹을 텐데. 차를 마시면 입안이 깔깔해서….

이동준 그럼, 거두절미하고 한 마디로 묻겠네. 자네 말이야, 인애를 만나고 있나?

허상만 (움찔 놀라며)형님이 그건 어떻게?

이동준 (한숨을 쉬며)사실인 모양이군. 어쩌다 시집도 안 간 처녀에게 아이까지 갖게 한 거야? 자네가 무엇이 부족해서?

허상만 (무릎을 꿇으며)형님,…. 저도 이런 상황을 만들게 될지는 몰랐어요.

이동준 (낮은 소리로)일어 서. 이게 무슨 짓이야.

허상만 (일어나서)형님, 용서해 주세요. 헤어날 수가 없었어요.

이동준 이러면 안 되잖아? 미화가 몰랐으니 망정이지 알고 있다면 얼마나 충격이 크겠는가? 배신감, 절망감, 모욕감.

허상만 예. 하지만 인애의 고통에 비하면 참아낼 줄 알았어요.

이동준 그게 무슨 말이야?

허산만 제가 결혼하고 나서 인애가 자살을 기도했었어요. 그것도 두 번 씩이나.

이동준　뭐?

허상만　형님, 우리 결혼이 연애결혼이 아닌 것은 아시지요? 부친께서 장인에게 빚을 지신 모양예요. 미화 씨가 방황하는 것을 알고 부친을 통해 저와 엮어주시기로 청혼을 하신 거예요.

이동준　그럼? 두 사람은?

허상만　부친 때문에 어쩔 수 없이. 3류 영화 같은 이야기이죠? 그런데 그 주인공이 바로 저예요.

이동준　(괴로워하며 짐승처럼)아―,이 미련한 사람, 나하고 의논이라도 하지. 어떻게 이 지경이 되도록 망가진 거야? 응?

허상만　형님.

이동준　난 그것도 모르고. 자네가 어떤 여자와 슈퍼에서 장을 봐 가지고 아파트로 들어가는 것을 보았다고 해서 설마 잘못 보았겠지 했는데?

허상만　형님, 저는 가정이 있고, 인애도 처음에는 제 결혼 반대하지도 않았어요. 이해한다고 했어요. 축하한다고. 집들이 하는 날 와서는 울더라구요. 자기는 언제 이런 가정을 갖느냐면서? 그런데 그게 시작이었어요. 퇴근 시간이면 회사 앞에서 기다리고 스토커 수준이었어요.

이동준　(신음처럼)음.

허상만　주말이면 놀러가자며 차를 끌고 교외로 나가고? 아기를 갖게 해 달고 떼를 쓰기도 했어요. 안되니까 그래요. 네…. 약을 마셨어요.

이동준　이제 어쩌나? 다른 사람도 아닌 장인이 자네 모습을 보신 모양일세.

허상만 예?(충격)장인어른께서? 아!(무너진다.)

이동준 상만이!

허상만 형님, 저는 이제 어떻게 해야 하죠?

이동준 그 뿐만이 아니야. 인애가 미화네 집 근처로 이사를 하려고 집을 알아보고 있는 모양이야. 이사하고 아기도 낳겠다고 하면서.

허상만 예? (몸을 떨며)아, 미치겠군.

이동준 자네 말을 듣고 보니 어떤 방법이 현명한 지 난 모르겠네. 모두가 마음 다치지 않았으면 좋겠어.

허상만 탈출구가 보이지 않아요. 연기처럼 사라질 수도 없고, 형님, 미화 씨에게 뭐라고 하죠? 아, 늪이었어요. 헤어 나올 수 없는 늪, 안개의 성!

　＊ 상만의 얼굴이 일그러진다. 차츰 안개가 밀려오며 어둠이 내린다. 잠시 사이ー.갑자기 자동차가 급정거하며 다른 차량과 부딪쳐 나뒹구는 소리ー.
　멀리 구급차의 사이렌 소리가 어둠을 가른다.

무대가 밝아지면, 이듬 해 봄. 미화의 거실. 박 원장과 이동준이 방금 배달된 신문을 읽고 난처한 얼굴이다. 제1경에서처럼 미화는 찻잔을 들고 나오며 방백.

미 화 (주방에서 찻잔을 들고 나오며, 다향을 음미하듯)으음ー 향이 너무 좋다! 여보, 매화차가 잘 우러났어요. 저는 이 매화차를 우릴 때마다 이곳으로 이사 오길 잘했다는 생각이 들어요. 인애도 봄이면 매화꽃을 촬영하려고 왔다가 정신을 잃곤 했는데….

이동준 (가엾다)미화야!

미 화 (문득, 현실로 돌아오며)어머, 동준 오빠! 오빠가 와 있었네.

이동준 너 이 신문 읽었니?

미 화 신문? (잠시 사이, 몸을 떨며 불안 해 하며)신춘문예 당선작품 말이지? 잘 썼지? 연주 그 애 제법이야 그치? 그림만 배우는 줄 알았는데 언제 문장공부를 했는지 몰라. 희곡을 쓰는 줄은 까맣게 몰랐어.

박원장 미화야, (가리키며)여기 글처럼 인애의 비밀 알고 있었던 거야?

미 화 응. 나 들켰나봐. 어떡하지?

이동준 (상만의 사진을 보며)바보 같은 녀석!

미 화 (울듯)그렇지 않으면 어떡해. 내가 허수아비로 살 수는 없잖아. 얼마나 비참한 줄 알아? 미치지 않은 게 이상 하지.

이동준 (어깨를 안으며)미화야,

미 화 오빠! 아이 둘을 낳고도 몰랐어. 회사일이 바쁘고 출 퇴근 길이 워낙 멀다보니까 의례 늦는 줄 알았지.

박원장 그럼, 아이들이 알까봐 유학을?

미 화 아이들한테 만은 자랑스러운 아빠로 남아주길 바랬어. (자세를 바꾸며)오빠, 결혼하고 돌아보니까 곁에는 나만 있는 거야. 난 바보처럼 그걸 모르고 살았어. 빙충이!

이동준 (가볍게 한숨)미안 하다. 모두가 나 때문이야.

미 화 미안하긴, 오빠가 뭘? 그래서 마음을 바꿨어. 내 짝으로 정해진 그 이가 내 평생의 반려자라면 미치도록 사랑하며 살기로. 그래서 그 이가 사랑하던 내 주변의 사물까지도 사랑하게 됐지.

박원장 우리는 지금까지 모르고 있는 줄 알았다. 그런데 연주가 어떻게 그 사실을 알게 되었는지 모르겠어.

미 화 몰라. 글을 읽다가 마치 벌거숭이가 된 느낌이었어. 상상으로 꾸며 냈을까 했는데 내 사람이 그것도 내 주변의 사람과 오랜 세월 살을 섞고 살고 있었을 줄은 몰랐어.

이동준 비약하지 말자. 그냥 문학작품으로 생각 해. 상만이는 절대

미 화 아니, 하지 마. 확인하고 싶지 않아.

이동준 정말이야?

미 화 오빠, 하지 마. 나 비참해져.

박원장 우리들 이야기가 그것도 비록 가명으로 작품화되긴 했지만, 살고 있는 자체가 연극 같다는 생각이 들어. 동준아, 인애도 이 글을 읽었을까?

이동준 (혼잣말처럼) 허허 참. 깜찍한 녀석, 그 애가 이런 삽화를 만들어 낼지는 몰랐네. 허허허

미 화 동준오빠, 내가 인애한테 어떻게 해야 하지? 내가 상만 씨 비밀을 숨기고 살았다면 얼마나 놀랄까? 모른 척 하고 둘 사이를 알면서도

이동준 별 걱정을 다 한다?

미 화 나를 욕 할 거야. 그치? 그런데 연주 그 애 말이야 나의 위선을 보면서 얼마나 웃었을까? 아, 나만 외톨이가 된 것 같아.

박원장 동준아, 오후에 상만이 좀 보고오자. 갑자기 생각이 나네.

이동준 그래.

미 화 (갑자기 서두르며)나도 갈 거야. 만지고 싶어. 오늘은 안고 싶어. 얼마나 힘들었을까? 그 사람 로봇처럼 살았던 세월이?

＊ 이때 연주가 머리가 헝클어진 차림으로 황급히 들어온다.

연 주 (숨을 몰아쉬며)선생님! 아저씨!

모 두 연주야! 웬일이야?

연 주 (울먹이며)엄마가 집을 나가셨어요. 이제 아빠와 함께 있겠다며 (편지를 준다)

이동준 뭐야 이게?

박원장 (편지를 읽고는)이 친구 바보처럼 무슨 일을 저지른 거야. 응?

연 주 전 엄마 마음 다칠까봐 지금까지 한 번도 아빠 이야기 꺼내지 않았어요.

미 화 너(버럭)누가 아빠야? 누구 마음대로! 이 정원은 내 꺼야!

연 주 제 잘못이에요. 이런 일은 생각하지도 않았는데, 엄마의 마음 열어보는 게 아니었는데?

이동준 박 원장, 여기 더 있을래?(나가며)늦지나 않았을까 모르겠다.

박원장 그래. 서둘러.(나가며)미화, 우리 먼저 가 볼께. 연주랑 천천히 와.

미 화 (소포트 모아지며 혼잣말처럼)여보, 이제 당신이 선택해야 하겠네. 내 정원으로 오던지 고향 먹감나무 숲으로 가던지.

사진을 찍으며 놀기에는 먹감나무 숲이 재미있을 거야. (불안하여 안절부절 하며)나는 무엇을 하지? 여보, 당신이 올 때까지 내가 기다릴까?(울먹인다) 그런데, 내가 왜 왜 이렇게 비참해 지는 거야. 따스한 햇볕 한조각도 그리운 이 정원에 당신만 있다면 세상 다 얻은 것 같을 텐데.

* 미화, 울먹이며 절규할 때 거센 바람소리가 무대 가득 밀려오며 불이 꺼진다. **암전.**

천사의 나팔꽃

나오는 사람들

허진우 (주식회사 천사의 손수건 제8영업부장 57세)

진과장 (38세 상담과장, 여자) · **김과장** (52세, 상담사)

공박사 (신체조직을 판매하는 장기은행의 전담의사 42세)

박민섭 (고교중퇴생, 건달기가 있는 청년)

김옥자 (가출소녀) · **배용호** (해직자 24세) · **오화진** (주부 42세)

간호사 (장기은행의 간호원. 25세) · **안내원** (목소리만 26세쯤)

때 제7공화국 장기은행

곳 안락하게 차려진 VIP상담 공간

무대 이 연극은 안락하게 차려진 VIP상담공간이다. 3개의 창구
앞면으로는 상담용 응접세트가 있다.

이 창구의 후면에는 **'행복한 출발 열려있는 하늘세계, 하늘여
행의 동반자 고객여러분의 하늘 길을 도와드립니다.'** 라는 현수
막과 **'고객 우대기간 12월 1일부터 3월 1일까지'** 라는 녹색 글씨
가 걸려있다. 뒤편에는 신체검사실 **'전문의 24시간대기'** 표식이 붙

어있다.

　＊ 무대가 밝아지면, 두 남녀가 광란의 춤을 추고 있다. 상담사 진 과장이 놀라서 뛰어 들어와 오디오기기 동작을 중단시키고 춤을 추 는 청년과 소녀를 제지한다.

박민섭 에이 뭐야? 한참 신이 나는데?

진과장 학생, 여기가 디스코장인 줄 알아? 상담실이야. 상담실!

김옥자 (빈정대는 태도로)그건 알겠는데 언니, 여기 죽여주는데 맞 지? 맞아요. 틀려요?

진과장 뭐?

김옥자 (가리키며)맞잖아. 하늘여행의 동반자, 누가 동반을 하는데? 와, 왜 우리가 이런 생각을 못 했지? 사업아이디어가 독특하 잖아? 도랑 치고 가재 잡는 아이디어야. 와우 왜 우리가 이 런 생각을 못했지?

박민섭 맞아. (건들거리며)아, 아깝다 이 분위기는 디스코텍이 적격 인데

김옥자 사람을 죽여주고 돈을 버는 거 말이야. 아이디어 기발하 잖아?

진과장 계속 빈정거릴 거야?

박민섭 맞아. 부가가치도 높으니까. 음, 우리도 해 볼까

김옥자 오빠, 우리 카페 '영혼의 동반자' 기존 회원이 5천명도 넘잖 아. 신장 하나 씩만 팔아봐. 그게 얼마야?

진과장 (정색을 하며) 두 사람 의자에 앉지?

박민섭 (명찰을 확인하고)아, 맞네. 우리들이 상담할 사람이? 선생

님이 소년원 원장도 하셨다죠?

진과장 여자교도소 소장도 역임했지. 너 자살사이트를 운영했다고?

박민섭 주위에 살기 싫어하는 아이들이 많아서요. 해해해, 사이트에서 묻고 이야기 하다 보니 공감하는 아이들이 많이 모이고 그러다보니 전국적인 단체가 되었어요.

김옥자 (은근하게 속삭이듯)언니, 잠시 만요. 여기 신장도 사죠? 보통 얼마에 사요? 간은? 무릎연골을 사는 사람도 많죠? 관절염환자가 많으니…….

진과장 (노려보며)계속 까불래?

김옥자 아니 저는…. 여기 와서 생각한 건데 집 나온 애들 재워주고 손님 소개해주고 한 번에 20만원 받걸랑요. 우리가 15만원 받아도 남는 게 없어요.

박민섭 (낮게 눈치를 주며)아이고 저 병신, 눈치도 없이 야, 앉아!

김옥자 알았어. 오빠는 괜히 다른 사람들 앞에서 면박을 잘 주더라.

진과장 네가 옥자니?(차트를 보며)경력이 화려하구나.

김옥자 예?

진과장 어린 나이에 포주가 뭐니? 얼씨구 친구 신장을 팔려다 구속까지?

김옥자 수술을 해야 하는데 돈이 없다고 찾아왔더라고요. 가진 것은 건강한 몸밖에 없는데 무엇을 망설이겠어요.

진과장 얼마 받았어?

김옥자 예?(당황하며)그걸 말해야 해요?

진과장 솔직하게…. 내가 보고서를 작성하는데 따라 구속여부가 결정될 테니까.

김옥자 예. 2천요.(이때 김 과장 들어온다)정말예요.

진과장 병원사무장한테는? 얼마 줬어?

김옥자 저…, 그건 말하지 말라고 했는데?

진과장 얼마야?

김옥자 5백.

진과장 (들어오며)오, 이 아이들이구먼. 야, 이놈들아, 생긴 것은 멀쩡하게 생겨가지고 어디 할 일이 없어 자살사이트를 운영해.

박민섭 사회에 적응하지 못하는 사람이 많으니까 이런 사이트도 생기는 거라고 생각해요.

김과장 네가 카페지기냐?

박민섭 예.

김과장 그래 돈은 얼마나 벌었어.

박민섭 지역장들이 관리해서 잘 몰라요. 사이트에서는 번개장소만 고지하거든요.

진과장 약도 팔고?

박민섭 재료비에요.

진과장 어쨌든 네가 조제해서 보내고 돈을 받았잖아.

박민섭 전 정말 억울해요. 국가에서 하지 못하는 일을 민간이 하면 바르게 지도하든가 처음부터 국가기관에서 개입해서 지역별로 상담센터를 만들었으면 저 같은 아이들이 이런 카페 만들지도 않을 거잖아요.

김과장 임마, 하잖아. 열린 창구가 얼마나 많아?

박민섭 이성간의 고민, 개인고민, 부모나 성직자, 선생님, 직장상사도 상담해 줄 수 없는 고민이 얼마나 많은지 아세요?

진과장 그래. 인정한다.

김과장 야, 한 번 물어보자. 너 자살사이트를 통해 초등학교 아이들 까지 시체놀이를 배워 즐기고 있다는 이야기를 들었지?

박민섭 그렇게 커질 줄 몰랐어요.

김과장 우리가 조사한 바로는 네가 만든 자살사이트를 통해 수많은 아이들이 세상을 등졌다. 단편적인 생각으로 극단적인 행동 을 유발케 하는 거들기, 거짓동정, 유혹, 비난 바로 그런 요 인이 세상을 비참하게 만드는 거야.

진과장 인정하니?

김옥자 우리가 잘못하고 있다는 생각은 한 번도 해 본 적이 없어 요. 아까도 말씀드렸듯이 우리는 영혼의 동반자라는 생각 으로 돕는 사람으로 지칭했으니까요.(**'영혼의 동반자'**를 노래한다)

우리는 영혼의 동반자 소통의 창구
손잡고 가는 이 길 외롭지 않아
꼰대들 간섭도 무관심 내가 갈길 저 먼 별나라.
영혼의 동반자 함께 가면 외롭지 않아
비난도 말아요. 울지도 말아요. 우리의 세상
광란의 불빛 스러져 한 송이 꽃이 되듯이

진과장 음. 노래솜씨가 제법이구나, 너 뮤지컬 배우가 네 인생을 빛 나게 해 줄 수 있다는 생각은 못 했니?

김옥자 꿈만 크면 뭐 해요? 다른 애들처럼 젊음을 향유할 수 있는 기본적인 조건만 챙겨줬으면 좋겠어요. 아니면 나라에서 모두가 평등한 조건하에 살게 하든지.

김과장 네가 그런 세상을 만들어. 만들어 달라고 하지 말고.

박민섭 청소년 문화가 없잖아요. 입시 빼면 뭐가 있어요? 지치고 주눅 들어 입시 실패하면 포기하는 거라고요.

진과장 그래 공감해.

김과장 난 이렇게 생각한다. 신세대 청년들이면 신세대답게 놀아 봐. 왜 그걸 못하지?

박민섭 뭘요?

김과장 세계를 향해 나가. 너희들이 뭐가 부족하니? 세계여행을 하든가, 오지탐험을 해 보던가 도전의식을 가지고 뛰어. 돈이 없으면 막노동을 하면서 벌면서 할 생각은 못 하니? 그런데 봐라. '시험에 실패 했어요. 죽고 싶어요.' 댓글 어떻게 쓰니? '함께 죽을래?' 이런 죽일 놈. 이건 돕는 게 아니라 부추기는 거야. 방조하는 거라고.

박민섭 예.

진과장 잘 들어. 너희들, 일 년 동안 '자전거로 세계 일주하기' '배낭여행 나의 홀로서기' 연재물을 네 카페에 올려. 그거 할 수 있지?

박민섭 제가요?

진과장 네 말은 회원들이 믿을 거 아냐? 카페지기 이니까. 너희들 두 사람 여행을 떠나. 그리고 세상은 넓고 할 일은 많고 도전할 가치가 있는 일이 많다는 것을 알려. 할 수 있겠어?

김옥자 그럼, 기소하지 않는 거예요?

진과장　보호관찰일지는 내가 챙길 테니까 걱정 말고

박민섭　삶의 기쁨을 알게 해주라 이 말씀이시지요.

김과장　알아들었구나.

박민섭　(벌떡 일어서며)하겠습니다. 제 할 일을 이제야 찾은 거 같습니다. 자살이라는 글자를 뒤바꾸면 살자가 된다는 말이 생각나네요. 누구나 가치 있는 존재로 이 땅에 태어났으니까요.

김옥자　언니, 이 회사 말인데요. 입구에 제7공화국이라고 간판이 있던데 여기 뭐 하는 곳이에요?

진과장　인간의 가치를 다스리는 곳이야. 어린이가 대통령이라는 것이 다르다면 다르다고 할까?

김옥자　(놀라)예? 어린이요?

김과장　왜? 어린이라고 얕보는 말투로구나.

김옥자　아, 아네요. 그냥 놀라워서

진과장　사람의 능력은 무궁무진해. 개발을 못해서 그렇지. 인간의 가치라는 말 이해되니?

김옥자　(알송 달송한 얼굴로)아. 인간의 가치?

김과장　(전화벨이 운다)응, 왜? 뭐라고? 집을 나가셨어? 편지를 써 놓고? (사이)제수씨가 빨래를 장롱구석에 숨기지 말라고 소리를 쳤는데 그게 서운했던 모양이라고? 아버지는 한두 번도 아니고? 주변을 찾아봐. 퇴근하고 갈 테니까. 민석인? 안 들어 왔어? 도대체 이 녀석은 어디서 무엇을 하고 있는 거야. 제 부모 속 타는 것도 모르고?

김옥자　아저씨는 좀 특별한 분인 줄 알았는데 우리와 고민이 같

네요.

안내원 (차임벨 소리와 함께)시체공시 소에서 말씀드립니다. 오늘 오전에 수습된 시신의 자원회수 결과 금 193그램, 은 143그램, 철 602그램, 인 27그램, 가용할 수 있는 인체조직 182건이며 모두 우주국가자원은행으로 귀속되었습니다.

김옥자 (움찔 놀라 두리번거리며)오빠, 빨리 나가 무서워 죽겠어.

박민섭 웅. 선생님, 우리 가도 돼요?

진과장 (서류를 내밀며)싸인 해.

박민섭 (싸인 한다. 이어 김 옥자도 싸인 한다)감사합니다.

안내원 (차임벨소리와 함께 소리만)장기이식센터의 공 박사님. 적출된 안구를 비행선에 실어주시기 바랍니다. 이식센터 공 박사님, 적출된 안구를 비행선에 실어주시기 바랍니다.

김옥자 오빠 빨리 나가. 무서워. 내 눈까지 뺄지 몰라.

박민섭 알았어. (두 사람 도망치듯 인사를 하는 둥 마는 둥 퇴장한다.)

– 암전.

＊ 무대가 다시 밝아지면, 김 과장은 전화상담중이다.

김과장 (전화상담)고객님, 전화를 잘하셨습니다. 예. 우리 회사는 고객의 주검까지도 정성을 다해 곱게 모십니다. 집안에 연탄불을 피워 고통 속에 죽음을 맞이하는 분들, 약을 먹고 비명을 지르다 숨을 거두는 분들, 욕실에 목을 매는 사람들을 보면 왜 그렇게 가엾은지 모르겠어요. (사이)고객님, 아 고객님, 아, 듣고 계셨군요. 예. 울지 마세요. 죽는다는 것은 누구나 한 번은 겪어야 할 통과의례입니다. 빠르고 늦고 그 차이입니다. 단, 자살은 내의사대로 그 결정을 주도한다는 것이 다르다면 다르다고 할 수 있지요. 아 오신다고요? 그러시겠어요? 예. 그럼 기다리겠습니다.

예, 안내창구에 오셔서 김 상여 과장을 찾으세요. 김 상여! 아, 꽃상여 할 때 꽃 자를 빼시면 상여, 성씨가 김이니까 김 상여, 아 적으셨어요. 저를 찾아오시면 아름답게 이승에서 마무리하고 가실 준비를 도와드리겠습니다. 예예. 감사합니다. 상담과장 김상여였습니다.

허진우 (배 용호군을 안내하여 나오며)허허 이거 번거롭게 해서 미안합니다. 자 이리 앉으세요. 불쾌했다면 용서하십시오.

배용호 (과도를 꺼내 칼날을 닦으며)선생님, 전 지금까지 제 고민을 누구하고 의논해 본 적이 없었거든요.

허진우 (칼을 보며)저 그 칼을 좀…. 자꾸 신경이 걸려서……. 미안해요.

배용호 아, 저는 늘 칼을 들고 있어야 두려움이 사라져요.(칼을 넣으며)그런데 선생님, 상담조건으로 내세운 신체검사 말인데요. 좀 웃겨요.

허진우 웃겨요?

배용호 예. 죽기를 작정한 사람에게 신체검사라니 웃기잖아요? 전 상담을 하려다 골 때리는 회사로구나 하고 생각했어요. 취직을 하는 것도 아니고, 저승 가는 사람에게 신체등급을 메기는 거 같아 기분이 상당히 그래요. 왜 이런 거추장스런 일을 하죠? 이 숨 막히는 세상이 싫어서 한시라도 빨리 지구를 떠나려는데 그게 왜 필요하죠?

허진우 (고개를 끄덕이며)아, 제가 미처 이야기를 못했군요. 간혹 하늘 여행 중에 자신의 장기를 기증하겠다는 고객이 많아요. 몸에서 영혼이 떠나면 주검은 하나의 우주쓰레기에 불과하니까요. 그때를 대비해서 고객님들의 기본적 건강상태를 기록하여 보관하고 있습니다.

배용호 장기 기증? 하하 내가 미쳐! (화를 내며)이 봐요. 누구 좋으라고? 가만, 결과적으로 본다면 타인의 주검을 팔아 장사를 하시겠다는 거 아닙니까? 아닙니까?

허진우 무슨 그런 과격한 말을?

배용호 우리 사회가 극단적 선택을 하는 시민을 얼마나 배려한다고 생각하세요?

허진우 배려라?

배용호 생각해 봐요 없어요. 저는 한때 대학에서 자본주의 이상론을 배웠습니다. 그런데 빈부격차가 클수록 소외계층의 박탈감은 얼마나 큰지 아세요.(발을 구르며) 시발, 자살을 부추키는 사회가 되어가고 있다고요.

허진우 그래도 이 세상은 살만한 세상이 아닙니까? 마음을 비우면 세상이 모두 아름답게 보입니다.

배용호 (웃으며)선생님, 세상이 아름답게 보이면 왜 죽어요. 악착같이 살아야지.

허진우 그렇지.

배용호 그런데 이 엿 같은 세상이 나를 버렸어요. 제가 대학졸업하고 이력서만 86장을 썼어요. 시험은 모두 합격을 해도 면접에서 번번이 미역국을 먹고, 3차 신체검사까지 간 것도 두 번 밖에 안 돼요. 출신지역을 거명하고 출신대학을 묻는 것은 다 좋아요. 얼굴이 혐오감을 준다고? 제가 그렇게 보여요? 어이 시팔 세상 더러워서….얼굴 뜯어 먹고 사는 것도 아니고.

허진우 면접관이 그랬어요?

배용호 내 기가 막혀서….(칼을 꺼내서 시늉하며)생각 같아서는 콱 쑤셔 버리려고 했어요. 아주 병신 취급을 하는 거예요. 제 놈들이 얼마나 잘 난데가 있다고?

허진우 (칼을 보고 놀랐다가 진정하며)동감입니다. 미친놈들 그런 회사는 장래가 없어요. 들어가 봐야 발전을 못합니다. 미안한 이야기지만 취직이 안 되길 정말 잘되었어요.

배용호 (간절하게)선생님, 그렇게 말씀하시면 정말 슬퍼집니다. 저는 그 회사만큼은 합격할 줄 알았거든요.

허진우 그랬구나. 세상은 넓고 할 일은 많습니다. 기다려 봐요. 기회는 또 옵니다.

배용호 아침에 눈을 뜨면 오늘은 뭐를 하고 지내지 하고 걱정이 앞섭니다. 해가 돋는 하늘까지 싫더라고요.

허진우 그 절망감, 고립감, 충분히 이해합니다.

배용호 선생님. 부모님이나 친구들, 누구에게도 제 속마음을 열어 놓고 이야기 할 수가 없었습니다. 달리는 차에 뛰어들까? 부산 태종대 자살바위에 가서 뛰어내릴까 별의별 생각을 다

했습니다.

허진우 (한숨을 쉬며)심각했었군요.

배용호 결심을 하고나니 제일 먼저 가엾은 부모님 얼굴이 나타나는 거예요.(한숨을 쉬며) 수십 년간 가르치고 먹여준 분들 아닙니까? 아, 이래서는 안 되겠다. 장기라도 팔아서 용돈이라도 마련해놓고 가든지 아니면 자동차에 뛰어들어 보험금이라도 타시게 해야 하겠다 그런 생각도 하게 되더라고요.

허진우 (탁자를 습관처럼 탁 치며)심성이 이렇게 착한 분을?

배용호 (갑자기 생각난 듯)선생님, 선생님이 쓰신 그 생태수필 '들쥐들의 자살' 말인데요.

허진우 아, 읽어보셨구나.

배용호 제가 흥미롭게 읽은 것은 집단자살부분입니다. 개체수가 많아지면 우두머리가 가족을 나눠 집단 자살한다는 것이 사실입니까?

허진우 집단자살? 그렇죠. 음…. 그건 이타적 행위라고 봐야지요. 이런 행위가 종교적 신념을 가진 우리 인간세계에서도 종종 일어나지만 들쥐의 자살행동은 아직 뚜렷하게 그 이유가 밝혀진 것이 없습니다.

배용호 물에 뛰어들어 죽음을 맞이하는 쥐들은 가족이라는 개념을 이해하고 있다는 뜻이 아닙니까?

허진우 극렬한 싸움을 하는 것보다 스스로 개체수를 조절하는 생체적 리듬이 있지 않을까요? 그런 부분은 생태학자들이 앞으로 연구할 과제로 남겨 둡시다.

＊ 이때 무대의 불빛이 바뀌며 이별환송곡이 흘러나온다. 상담을 하던 상담사들은 갑자기 옷깃을 여미며 허공을 향해 기도하는 자세를 취한다.

안내원 (경건하게)관객 여러분, 잠시 하던 일을 멈추시고 하늘여행을 떠나시는 108분의 영혼을 환송하는 환송식에 참여해주십시오.

하늘시간 25시 08분, 창조주가 만든 이 땅에서 온갖 멸시와 고통 속에 살던 영혼들이 자신의 결단에 의해 이제 한 많은 이승을 떠납니다. 자식에게 버림받은 아픔, 실연의 상처, 친구와 동료들의 왕따, 경쟁사회에서 이겨야 하는 중압감에서 벗어나 가장 존엄하게 죽음을 맞이하시는 분들입니다.

오늘 하늘여행을 떠나시는 분들은 지난 일주일동안 666분의 환자들에게 자신의 장기를 나눠주어 새 생명을 찾도록 하였으며, 장기은행과 장례업체 유품관리업체, 납골묘원등 62개의 일자리를 창출해주셨습니다.

하늘세계를 인도하는 천사들이여, 이 가엾은 영혼들을 인도하소서!

＊ 카운트다운과 함께 신비스런 음악소리와 함께 무대의 불빛이 바뀐다. 잠시사이 간호사가 검사 표를 가지고와서 허 진우에게 준다.

허진우 부디 좋은 세상에 다시 태어나셔야 할 텐데.

배용호 그 분들, 지난 일요일 무대에서 즐겁게 춤을 추던 분들 맞죠?

허진우 그래요.(검사 표를 보고)오호, 축하합니다. 배 용호선생!

배용호 (엉겁결에 손을 잡으며)무슨?

허진우 바로 다음 행차에 모셔도 되겠습니다. 신체기능도 모두 완벽합니다. 이렇게 빨리 선택되는 건 드문 일인데 아무튼 축하합니다.

배용호 떠난다고요? 제가요?

허진우 예. 정말 다행입니다. 만약 자살이라도 했더라면 사회적 비용도 많이 발생했을 테고 비참한 죽음에 대하여 입방아를 찧는 사람들이 많았을 것입니다. 모시게 되어 기쁩니다.

공박사 (다가와서)아, 여기 계셨군요. 이제 여행준비를 하셔도 됩니다. 6번방에 입실하십시오. 출발은 5일후 자정입니다.

배용호 (두려워하며)저요? 입실하라고?

허진우 입실하시면 세상의 모든 일상사를 잊게 되실 것입니다. 망자가 되실 분들이 소원하고 있던 모든 것을 만날 수 있으며 출발하기 전까지 그 모든 소망을 성취할 수 있습니다. 단 며칠 동안이지만, 직장이 필요한 분은 이곳에서 직장을 얻어 일하다 가실 수 있고 좋은 옷을 입고 싶으신 분은 부담 없이 옷을 맞춰 입을 수가 있습니다. 모두 회사에서 그 비용을 부담합니다.

배용호 박사님, (생각을 하며)저 잠시 집에 좀 다녀오면 안 될까요?

허진우 집? 집에는 왜?

배용호 부모님께 따뜻한 밥이라도 한 그릇 차려드리고 싶어서…….갑자기 집 생각이 나네요

허진우 (공 박사에게)공 박사님, 시간이 되겠어요?

공박사 (시계를 보고는)예. 5일 정도는 여유가 있습니다.

허진우 그럼, 충분하군. 다녀오십시오. 가능하시다면 이별 여행을 다녀오셔서도 되고, 혹여 마음이 바뀌시거나 등록을 취소할 일이 계시면 콜센터로 연락을 해 주십시오. 다른 분을 모셔야 하니까요.

배용호 예.(도망치듯 퇴장한다)그럼. 다시 뵙겠습니다.

공박사 (진료실로 들어가며)남겨진 시간을 소중하게 쓰고 오십시오.

허진우 (혼잣말처럼)저 친구 더 이상 사고 치지 않겠지? 대교위에 올라가 자살하겠다고 난리는 안 칠거야.(①번 창구의 전화벨이 울린다.)

공박사 꿈이 많은 친구인데 참 아까워요.

진과장 (전화를 받는다)예, 진선미과장입니다. 예? 허부장님? 잠시만요. 부장님 전화입니다. 돌려 들릴까요?

허진우 아니, 창구에서 받을 게요. (창구로 다가가)허부장입니다. 누구? 울지 말고 이야기 해 봐. 뭐? 경애가 욕실에서 목을 맸다고? 친구들한테 성폭행을 당했어? 내 그럴 줄 알았다. 울긴 왜 울어. 어른답게, 상처를 보듬어줘도 아이가 설 자리가 없을 텐데 참 어리석긴 알았어. 아, 알았다고. 내가 병원으로 갈게.(김 과장에게)나 좀 외출 하겠네.(퇴장하며)에이 변변치 못한 놈, 자식 하나 애정으로 단속을 하지 못하고?

진과장 언니, (소파로 안내하며)이리 앉으세요. 이제 서류도 다 꾸몄고 신체검사만 받으시면 되겠네?

오화진 신체검사? 나 그거 안 받으면 안 돼요?

진과장 아, 마음이 내키지 않으시면 안 받으셔도 돼요.

오화진　미안해요. 내 몸을 누가 만지는 게 싫어요.

진과장　예.

오화진　학교 다닐 때도 신체검사 하지 않았어요. 직장 다닐 때는 언니 신체검사 표를 회사에 냈거든요. 웃기죠?

진과장　자기 몸을 소중하게 여기시는 분들이 많아요. 언니는 처음부터 다른 분하고 다르다 했어요. 참 코코아 한잔 더 드려요?

오화진　아뇨, 저는 단 것이 싫어요.

진과장　제 취향하고 같네요. 주부들이 음용하는 차는 대개 바깥 분들하고 취향이 같은데 신랑 분은 주로 뭘 드셨어요?

오화진　녹차 라떼요. 새로 만난 년 하고는 커피를 마시더라고. 지가 언제부터 커피를 좋아했다고?

진과장　(질문지에 기록하며)커피를 드셨구나.

오화진　한 이불 덮고 살면서 밖에서 따로 아이 둘을 낳고 살고 있을 줄 누가 알았겠어요? (차츰 언성이 높아지며)시발 놈. 개 자식. 임을 봐야 뽕을 따지. 잠자리조차 거부하던 놈이 자식 못 낳는다고 내게 구박을 하더라고 꼴사납게 말이야.

진과장　한 달에 한 두 번은 찾아왔다면서요.

오화진　찾아왔다고 허락을 해요? 그 더러운 몸을 나한테 섞으려고? 어림도 없지. 내가 누군데? 대학 때는 메이퀸을 한 몸이라고?

진과장　의식적으로 남편이 오는 것을 거부한 것은 아니고요?

오화진　처음에는 창피하고 좀 부끄럽고 내 몸이 망가질 것이라는 생각에 섹스를 못하겠더라고요.

진과장　결혼을 결심했으며 섹스는 피할 수 없는 거 아니에요?

오화진　처음부터 거부한 건 아니고. 샤워도 안 하고 식사를 하다말고 갑자기 끌어안고 비가 오는 날이면 목욕탕에 눕혀놓고 식식거리는 게 꼭 짐승 같더라고. 미친 놈 아냐?

진과장 와—

오화영 그런 섹스를 하는 날이면 비참하더라니까. 골목길에서 겁탈을 당하는 골목강아지 같더라고 내 모습이

진과장 (침을 꼴깍 삼키며)와 박력이 있는 분이셨구나. 요즘에는 성생활의 불만으로 갈등을 빚다가 이혼하는 사람이 많아요. 언니는 그 정 반대시네요.

오화진 섹스를 좋아하면 짐승이지 그게 사람이니?

진과장 그럼 섹스를 하더라도 만족을 못하고 늘 성폭행을 당하는 기분으로 사셨다는 거네요.

오화진 난 언제나 토담집 지붕위에 앉아있는 암탉 같았어.

진과장 그래도 성기를 물어뜯을 용기가 있었다면 무엇을 못했을까?

오화진 그건 다른 이유 때문이라니까. 아까도 이야기 했잖아.

진과장 뭔데요?

오화진 시발 놈, 나하고 살면서 다른 계집에게 임신을 시킨 것만도 세 번이야. 사람이 아니라 발정 난 수캐라니까. 그래서 내 소중한 것을 잃게 한 원인을 찾아서 깡그리 부수기로 한 거야. 처절하게 망가진 제 인생을 누가 보상해요? 가엾잖아 내가. 황산테러 그거 마음먹으니까 쉽더라고.

진과장 그 분도 어쩔 수 없이 숨어서 가정을 꾸렸을 거라는 생각을 안 해 봤어요?

오화진 아니, 이게 아이 둘을 낳아놓고는 대뜸 이혼을 해달라고 찾아온 거야. 언니, 언니 하고 따르던 후배가 말이에요. 생각해

봐요. 꼭지가 돌겠나, 안돌겠나?

김과장 내가 여자라도 참을 수는 없었겠네요.

오화진 그렇죠? 제가 타일렀어요. 너 시집갈 돈 마련해 줄 테니 아이들 맡겨놓고 새 삶을 찾으라고. 그런데 나 보고 양보하라네. 아이도 없는 내가 물러나 준다면 만사가 해결되는데 왜 자기가 아이들을 떼어놓고 다시 출발을 하느냐는 거야.

진과장 이런 이야기를 듣다보면 우리가 살고 있다는 자체가 기적을 만들며 살고 있다는 생각이 들어요.

오화진 우리 남매 참 어렵게 자랐는데 (눈물을 훔치며)결혼을 하면 행복하게 살 줄 알았어요. 제 동생은 시부모의 병수발을 들다가 우울증으로 아파트에서 뛰어내렸어요. 그때부터 그 애 몫까지 살자고 마음먹고 몸부림쳤지만 미치겠더라고.

김과장 늦게라도 저희 상담센터를 찾으셨으니 다행입니다.

오화진 (갑자기 낄낄거리고 웃으며) 잊을 수 없어 그 날. 그 인간이 피투성이가 된 물건을 움켜쥐고 달려 나가는 것을 보다가 몽유병자처럼 한강에 나갔어요. 희망이 없더라고. 그런데 가는 날이 장날이라고 119구급대원들이 물에 빠진 익사자를 건져내고 있었어요. 낚시 줄에 둘둘 말려 떠올라온 시체, 저 모습이 나일 수도 있다는 생각을 하니 처참했어요. 내가 여기까지 왜 왔나? 내 인생이 왜 이렇게 꼬이게 되었나 울다가 웃다가 밤을 새웠어요.

진과장 (눈물을 훔치고는 문득 휴대전화를 건다)여보. 뭐해요? 나? 지금 상담중이야. 응? 상담을 하다보니까 나는 너무 사랑받고 살고 있다는 생각이 들어서….응, 사랑해요 여보. (문득 상담자를 깨닫고)어머 죄송해요. 여보, 전화 끊을게요.

오화진 (비웃듯)부럽네요.

진과장 (변명하듯)상담사라는 직업이 좋은 것만은 아니에요. 고통
받는 이들의 이야기를 듣다보면 스트레스를 많이 받아요.
편하다고요? 저녁에 눈을 감고 누우면 귀에 쟁쟁 꿈속에서
도 내가 그 고통의 주인공이 되어 울고 있다가 깨어나기도
해요.

오화진 그렇구나. 행복한 이면에 그런 고통도 있네요.

* 이때 창구② 전화가 울린다. ①창구에 있던 김 과장, 자리를 옮
겨 전화를 받는다.

김과장 감사합니다. 네? 누구요? 오 화진요.

오화진 어머, 나요? (놀라 속삭이듯)누구지? 어마, 남편일지 몰라요.

김과장 네? 고객 중에 오 화진 씨가 등록을 했는지 알아봐 달라고요?

오화진 (손짓으로 거절표시를 요청하며) 우리 남편일지 몰라요. 없
다고 해 주세요.

김과장 죄송합니다. 고객정보는 보안담당자가 배석해야 열수 있거
든요. 저도 접근을 할 수가 없습니다. 예예. 도와드리지 못
해서 죄송합니다. (오 화진의 휴대전화가 울린다.)

오화진 (움찔 놀라 망설이다가 전화를 받는다. 조심스럽게)네. 누
구? 머? 동준이?(기뻐서 갑자기 웃으며)어머, 동준아. 그래.
이모야. 내가 너를 잊고 있었구나. 그래 어떻게 지냈어? 학
교는 잘 다니고 있고? 어디 아픈 데는 없어? 그래, 나도 보고

싶지. 어머나, 어머나 이걸 어쩌니? 이모는 그런 줄도 모르고 병원? 그래. 벼―병원에 좀 그런 일이 있었어. 어머나, 내가 미쳤지. 네 엄마가 너를 잘 지켜달라고 그렇게 부탁을 했는데 나는 지금까지 뭘 하고 있었던 거야? 동준아, 이모 지금 갈 테니까 꼼짝 말고 거기 있어 알았지? 그래. 응응.(갑자기 서둔다)진 과장님, 나 지금 떠날 수 없어요, 살아야 할 이유가 생겼어요. <u>흐흐흐</u>.

진과장 예.

오화진 (혼잣말처럼 부르짖듯)내가 미쳤지. 어쩌다 동준이 존재를 잊고 있었던 거지?

김과장 정말 잘되었네요. 목표가 생겼다는 것은 빛나는 삶을 꾸밀 수 있는 힘이 있다는 증거이니까요.

오화진 감사해요. 고마워요(퇴장하며)저는 자살자들의 시신을 인체 실험용으로 소비되는 줄 알았어요. 제 몸은 죽더라도 깨끗이 처리해 달라고 부탁하려고 왔던 건데. 저는 제 몸이 찢기고 조직이 다른 사람의 몸에서 기생하는 것은 참을 수 없는 시신 모독이라고 생각 했어요.

진과장 그럼, 열심히 사셔야 해요.

오화진 맞아. 그럴게요.(퇴장한다)

김과장 잘 가요. (진 과장에게)이제 보고할 일만 남았네. 그래도 오늘 일곱 명이나 살렸네.

진과장 그래도 살리는 상담이 즐거워요. 가죠.(김 과장도 따라 나가면 간호사와 공박사가 검사실에서 나온다.)

공박사 그래서 여자의 변사체는 무조건 자궁과 위조직을 최우선으

로 검사하는 거야. 성폭행을 당하지는 않았는지 독극물에
의한 독살이 아닌지. 시신은 말이 없거든.

간호사 죽더라도 자신의 몸을 지킬 수가 없는 거네요.

공박사 그래.

간호사 공기총에 맞아 죽은 환자를 부검하는 걸 봤거든요.

공박사 놀라지 않았어?

간호사 머리를 톱으로 절단해서 뇌까지 꺼내 체로 총탄을 걸러내는
걸 봤어요.
비참한 모습이었어요. 죽으니까 만물의 영장이라는 인간이
짐승의 사체와 다를 바 없구나. 눈물이 나왔어요.

공박사 그래. 부검 의사들이 술을 많이 마시는 이유도 이해하겠네.

간호사 직업이니까 어쩔 수 없을 거란 생각을 해요.

공박사 (손을 잡으며)고마워, 아내한테 우리비밀을 지켜줘서…….

간호사 힘든 일을 함께 하니까. 서로 빈자리를 채웠으면 됐어요.

공박사 사랑해.

간호사 (머리를 저으며)아니, 사랑할 수 없어요. 타인의 기억 속에
남겨지게 할 수는 없어요.

공박사 미안해. 당당하게 지켜주지 못해서

간호사 (희미하게 웃는다)부탁이 있어요. 내가 뜻하지 않게 세상을
떠나게 되면 내 몸을 지켜줘요. 길가에 천사의 나팔꽃 한 그
루 심어주시고요.

공박사 (놀라)뭐? 그게 무슨 소리야?

간호사 약속해 줘요. 나팔꽃은 수줍은 조선의 여인을 닮았다고 하
셨잖아요. 박사님, 삶의 기쁨이 무엇인지 요즘 자꾸 회의가

들어서요.

공박사 (문득 깨닫고)안 돼. 선아는 그러면 안 돼. 살아있다는 게 얼마나 기쁜 일인지 몰라?

간호사 좋은 기억만 가지고 살고 있어요. 하지만 자꾸 자신이 없어져요. 이 험한 세상 어떻게 살아야 할지. (이때 안내멘트가 방송된다.)

공박사 (간호사를 팔로 감싸 안는다)선아!

안내원 (소리만)아기공장에서 잠시 후에 복제인간이 출고됩니다. 세상을 떠난 애인의 유전자로 신청한 고객은 제3공장에서, 부모님의 복제를 신청한 고객은 제4공장에서, 하늘여행을 떠나신 분들의 가족이 신청한 아기는 제7공장에서 인수하시기 바랍니다.

그리고 우주장례식에 참석하시는 분들은 123층 옥상 발사대에서 타이탄 제8호 비행선에 탑승하시기 바랍니다.

＊ 무대의 불이 꺼진다. 그 어둠속에서 주제가 **'너를 기억 할게'** 가 울려 퍼진다.

빛나는 태양 거친 세상 속에서
언제나 너는 우리의 빛이었어.
외로워하지 마 두려워하지 마
네 곁엔 언제나 우리 함께 있잖아.
소리쳐 불러도 대답 없는 메아리
이제는 안 돼 네 갈길 어두워도

빛나는 태양 우리가 안개를 헤쳐
네가 누운 자리 파랗게 빛나게 할게
외로워하지 마. 두려워하지 마
네 곁엔 언제나 우리 함께 있잖아.

거 미(전3경)

나오는 사람들

강영감 (68세: 대대로 화전과 심마니로 살아오던 농부)

맹　훈 (45세: 강희환의 아들, 부동산 중개인)

강노인 (95세: 맹훈의 조부)

영동댁 (63세: 강희환의 처, 도시를 동경하지만 체념하고 살고 있다)

박보살 (48세: 쥬리패션 대표)

박서방 (59세: 강 희환과 이웃하여 살고 있는 심마니)

때 늦은 여름

곳 어느 산촌

무대 충북영동의 어느 산간마을 돌기와집.

이 집은 시골집답지 않게 자연석 돌기와를 켜켜이 쌓아 지붕을 이은 집이다. 고풍스런 이집은 농가와 별장식 집을 절충해 지은 듯하다. 마당에는 평상이 놓여 있고, 우측에는 멀리 계곡풍경이 열려 있다.

무대가 밝아지면, 강영감이 평상마루 옆에서 괭이자루를 고치고 있다. 잠시사이—밭에서 영동 댁이 돌아온다.

영동댁　(잠시 서서)왜 자루가 빠졌슈?

강영감　(열중하며 지나는 말처럼)부러졌어.

영동댁　깎아 맞춘 지 며칠 안 됐는디…, 그러게 자루는 대추나무로
　　　　　해야 한다고 안 해유?

강영감　…….

영동댁　(바구니를 내려놓고 수건을 벗어 옷을 털며)아유 원수 같
　　　　　은 놈들, 날이 갈수록 더 하니 큰일이네. 훈이 아부지, 멧돼
　　　　　지들 땜에 올해 고구마 농사는 글렀슈. 이놈들이 대낮에도
　　　　　나란히 고랑을 타고 다니며 쑥대밭을 만들고 있으니 하루
　　　　　이틀도 아니고 당해낼 재간이 있어야 말이지.

강영감　(망치질을 하며)나도 봤어.

영동댁　군청에 가서 얘기 좀 해유. 와서 보라고

강영감　군청?

영동댁　아, 위해 조수 보호니 뭐니 요란 떨지 말구. 우리 고구마 밭
　　　　　이 어떻게 됐는지 와서 좀 보고 가라고 해유. 공무원 놈들
　　　　　도 두 눈이 멀쩡하게 박혔으면 눈이 확 뒤집어 질 데니께.

강영감　지들 농사도 아닌 디 관심이나 같을 거 같아?(한숨) 조심
　　　　　혀. 화가 난다고. 황소만큼이나 큰 멧돼지들하고 싸우려고
　　　　　하지말구. 피하는 게 상책이여.

영동댁　그놈들이 나 같은 할망구를 거들떠보기나 해유? 밭둑에서
　　　　　소리소리 질러도 '너는 소리 질러라 나는 밭고랑에 앉아
　　　　　고구마 좀 파 먹을란다' 하고 밭으로 기어 들 든디 뭐

강영감 그러니께 조심하라는 거여. 강촌 댁이 당신만 못해서 변을 당한 게 아녀

영동댁 걱정 마유. 지 놈들도 배부를 때는 사람을 공격하지는 않을 것잉께.

강영감 (괭이를 들고 일어서며)만사 불여 튼튼여! 이 사람아.(이때 박 서방이 배낭을 멘 채 들어온다)

박서방 형님, 마침 집에 계셨네유?(영동댁에게 인사) 아줌니, 밭에 다녀 오셨슈?

강영감 괭이자루가 부러져서 말여.

박서방 (고개를 끄덕이며)예, 마를 캐다 말구 왜 집에 들어가셨나 했지유.

강영감 산에 갔었어?

박서방 벌통 좀 보고 왔슈. 그런 디 훈이 아직 안 갔슈?

강영감 맹훈이? 어제 간다고 갔는디.

영동댁 우리 훈이를 만났슈?

박서방 야. 어제 간 줄 알았더니…. 산에 있대.

강영감 머? (영동댁을 보고)안 갔어?

박서방 낯선 사람들 하구 오늘도 산을 헤메든디…. 형님, 혹시 그 산을 팔라구 그래유? 결정 하신 거유?

강영감 (갑자기 화가 나서)머여? 산을 팔다니? 누가 그려? 이런 시벌 눔들, 어떤 싸가지 읍는 눔들이 장난을 치는지 요절을 내버릴 틴께.

박서방 형님, 그게 아님 맹훈이가 왜 지적도를 들고 여기는 어떻고, 저기는 어떻고, 낯선 사람들 한티 설명을 하고 그러는 거?

강영감 가만,(갑자기 눈빛이 빛나며)이놈이 나 모르게 산을 팔아 먹으려는 수작을 하는 거 아녀. 응?

영동댁 (놀라)당신두 참, 파—팔긴 누가 팔아유. 아뉴. 지 애비와 할아버지가 어떻게 가꾼 산 인디 지 맘 대루 팔어유? 지두 새끼들 잘 건사하구 사는 디 우리가 죽으면 다 지 거이니께 그때 가서야 팔든 말든 상관할게 아니지만 뭐 부족해서 애 비 재산에 탐을 내 것 슈?

강영감 (긴장하며)뭐 알고 있는 게 있는 거여?

영동댁 (당황하며)야? 아이구 참, 별 소리를 다 듣네. 내 뭘 안다 구? 나 한티 아무 얘기 안 했슈.

강영감 그럼, 어제 간다고 인사를 하고 간 눔이 왜 산에서 어슬렁 거리는 거여? 이 눔이 읍내 여관에서 자고 다시 들어 온 모 양인 디 집구석엔 안 오고 왜 산으로 올라가 돌아다니고 있다?

박서방 형님, 혹시 내륙순환고속도로가 다시 시작되는 거 아뉴?

강영감 뭐여?

박서방 몰러유? 아, 3년 전에도 그랬잖아유. 옥천으로 해서 황간 방면으로 빙 도는 순환고속도로 말유.(손바닥을 치며)그렇 구면, 맞어. 군사학교 공사 때문에 미뤄졌다는 게 이제 시 작하려나 보네. 그려. 그래서 훈이가 소식을 듣고 서울 사 람들을 불러 들이구 있는 거여.

강영감 아닐 겨. 군수도 지난 번 선거 때 그런 얘기 없었잖여.

박서방 맞어유. 그럼 뭐지? 혹시?(눈빛이 바뀐다)그러네! 바로 그 거여! 아, 내가 왜 그걸 몰랐지?

영동댁 규석이 아부지, 부탁인 디 유. 확실한 것만 얘기해유. 저 양반 엄한 새끼 잡는 거 보지말구.

박서방 난 들은 대루, 알고 있는 대루 얘기 하는 거유. 더 하지도 않구 빼지 두 않구.

강영감 금광 이야기여?

박서방 금광은 끝났구유. 형님만 그때 한 몫 잡았잖유. 광산채굴권 팔아서 40만평을 더 샀으니 형님만 땡 잡은 거지. 그때 잘 하신 규. 광산업을 하던 사람은 망했지만 형님은 그래도 땅이래도 차지하고 있었으니 오늘 같은 날이 또 온 것이지.

강영감 (헛기침, 자랑스럽다) 험, 뭐 지나간 이야기를 가지구서….

박서방 형님, 민주지산에서 파내다가 말았지만(소근 거리듯)금광 말유. 그거보다 경제적 가치가 있는 우라늄이 묻혀 있대유. (손으로 가리키며)우리가 사는 이 밑에 말유.

강영감 (침을 꼴깍 삼키며) 어디? 우리 산에 말여?

영동댁 금이 아니구유?

박서방 (손사래를 치며)형님, 생각해 봐유. 몇 년 전 지질검사를 한다고 광업공사 사람들이 온 산판을 헤집고 안 다녔슈? 그게 금이 아니라 우라늄 광맥이라는 거유. 아마 원주까지 묻혀 있다지?

영동댁 그 말 증말유?

박서방 야, 형님은 산판에서 너구리처럼 돌고 돌면서 사니께 세상 어떻게 돌아가는지 모르지만 알 만한 사람은 벌써 다 아는 사실 유. 땅값 올라간 것만 봐두 알 껏 인 디 삼거리 돼지 축사 말유. 그거 어제 만 이 천 원씩 팔렸대유.

영동댁 머 유? 그 개천 땅을? 만원을 더 받았다구유?

강영감 (고개를 끄덕이며 혼잣말처럼)그려. 뭔가 있기는 있는 거여. 천석이, 자네가 잘 좀 알아보고 얘기해줘. 내가 믿을 사람은 자네밖에 없는 거 알지. 인사는 톡톡히 할 거이니.

박서방 알엇슈. (기다리고 있었다는 듯)형님하고 저야 벌써 40년을 살아온 이웃인 디, 지가 친척이 있슈 이웃이 있슈. 달랑 형님네 식구하고 우리 집 세 식구 뿐유. 굴피 집을 새로 지어 준 것도 형님이구

영동댁 여보 이러다 해 지 것 슈. 어서 캐던 마 다 실어오구 콩두 뽑아 유.

강영감 알었구먼. (강 영감과 박 서방, 퇴장하려고 할 때 와이셔츠 차림의 맹훈이 들어온다)

맹 훈 (박 서방에게)아저씨, 오셨네요.

박서방 지금 오나? 산을 타려면 편한 복장을 해야지 구두 다 망가지것다!

강영감 (심드렁하게)서울 안 갓냐?

맹 훈 올라가는데 서울 친구들이 내려오고 있다고 해서 읍내에서 자고 다시 들어왔어요. 그 사람들이 온 김에 우리 산을 한 번 보자고 해서….

박서방 (나가며)형님, 시간 나면 저녁에 올라올게 유. 저 가유.

강영감 그려. 야, 훈아, (아들에게) 그 사람들이 산을 팔라고 하디?

맹 훈 행정수도 근처에 가격 불문하고 임야를 샀으면 하네요.

강영감 그려? 그 사람들이 우리 산을 보고 뭐라고들 혀? 산댜?

맹 훈 아버지, 이 사람들이 버들 못이 있는 마들 산을 마음에 들

어 해요. 아버지 생각은 어뗘세요?

강영감　니 생각은 뭣이냐? 애비가 그 산을 팔았으면 좋것냐?

맹 훈　아뇨. (눈치를 살피며)아버지 뜻에 따라야죠. 아버지가 피땀으로 가꾼 임야인데 제가 팔라고 말씀드리는 것 자체가 결례지요.

영동댁　얘, 그래 얼마나 처 준댜?

맹 훈　평당 20만 원요. 몇 만 원 정도는 더 조정할 수 있을 것 같아요.

강영감　(짐짓 놀란다) 5만평을 다 그렇게 셈 하겠다?

영동댁　(반갑다)야, 그럼 그것만 떼서 팔아도 우리식구들 평생을 먹고 살아도 되것다. 그자? 응?

맹 훈　그동안 고생 하셨어요. 어머니!

강영감　(혀를 차며)허, 이 여편네가 정신이 나갔구먼. 누가 판다구 했어? 왜들 날리여 난리가? 애나 어른이나 돈이라 믄? (아들에게)부동산은 쉽게 판단하구 결정하는 게 아녀. 그러니 신중하게 혀.

맹 훈　(기쁘다)아버지, 승낙 하시는 거예요? 승낙하신 거죠?내 그러실 줄 알았어.(휴대폰을 꺼내 전화를 건다)아버지가 꽉 막힌 분이 아니야. 흐흐, 가격이나 잘 절충하면 되겠군. 아버지 나머지는 걱정 마세요. 제가 멋지게 성사 시킬 테니까요.

강영감　이 눔이, 아녀. 난 생각을 더 해보자고 한 겨.

영동댁　훈이 아부지, 잘 생각 했슈 이제 애들 집도 넓혀주고 우리 손자들 외국유학도 보내고, 우리 늙은이 들두 이제 도시에 나가 편하게 좀 그렇게 삽시다.

강영감 (혀를 차며)네 어미가 갑자기 간이 밖으로 나온 모양이다. 정신 차려 이 여편네야.

맹 훈 (휴대폰을 들고)박 보살님, 접니다. 예. 아버님이 승낙을 하셨습니다. (사이)아버지도 큰 욕심을 내시는 분이 아니라고 말씀드리지 않았습니까? 더 사실 수 있다고요? 예, 아 정말요? 통이 크신 분이네요. 예예. 아버님과 다시 의논하겠습니다. 아 그것은 걱정 마세요. 5만평이나 10만 평이나 잘라 파는 것인데…. 10만 평을 팔아도 나머지 땅을 관리하기도 힘드세요. 예예. 욕심 부리지 않으실 거예요. 예, 그럼.(전화를 끊는다)

강영감 뭐여? 10만 평을 팔랴? 돈이 그렇게 많은 사람 여?

영동댁 얼마나 많은 돈을 가진 사람인 디 그 큰 산을 산다는 거여?

맹 훈 그것도 모자랄 것 같대요.

영동댁 야야, 무신 사업을 할려구 하는 디 땅이 그렇게 필요하냐?

강영감 (괭이를 들고 나서며)10만 평이라, 10만 평이면? 생각 좀 해 보자!(언덕 쪽으로 퇴장한다)돈이 얼마여? (짐짓 놀란다) 2백억?

맹 훈 (다짐을 받으려는 듯)아버지!

강영감 너 오늘 안갈 것이 믄 지게지고 따라와

맹 훈 (당황하며) 지게요? 저는….

영동댁 (눈짓으로)옷 갈아입고 어여 가봐. 맴 변하기 전에….

맹 훈 예, 아버지! (맹훈, 마루위의 허드레옷으로 갈아입는다. 이때, 돼지새끼가 비명을 지르는 소리－영동 댁이 놀라 좌측

축사 쪽으로 달려간다)

영동댁 훈아, 밭에서 멧돼지새끼 두 마리 붙들어다 놨는디 먹성이 보통이 아녀! 저녁도 안 됐는디 벌써 밥 달라구 지랄이다. 흐흐흐.

맹 훈 (건성으로) 예. (무대의 불이 꺼진다)

제 2 경

무대가 다시 밝아지면 며칠 후, 계곡위로 보름달이 높이 떠 있다. 평상위에는 강 영감이 앉아있다. 열려있는 방문에 기대 맹훈의 조부 강 노인이 몸을 방안에 둔 채 귀신처럼 멍하니 밖을 바라보고 있다. 박 서방이 모깃불을 다시 피우려고 불씨를 살린다.

박서방 종교박물관유?

강영감 그려

박서방 그 박물관을 왜 여기다 지으려고 한 대유?

강영감 강원도 태백하구 여기 영동이 기가 가장 세댜. 그런 디 태백은 휴전선하구 가깝구 국제공항하고는 멀잖여.

박서방 양양공항도 있는 디

강영감 아무튼 세종신도시 하구 가까운 이 영동이 적합지라는 거여. 중국 사람들이 투자를 한다는 디 국제공항에서 두 시간 거리의 땅을 찾고 있댜. 무안공항이나 청주공항하고도 가깝고

영동댁 (방을 향해)아버님 공기가 차요. 그만 누우서유.

강노인 ······.

영동댁 (손짓하며)그만 누우시라구유.

강영감 훈이 녀석이 집으로 사람들을 데리구 와서 땅을 파네 뭐네 하는 소리를 들으신 모양 여. 애가 철딱서니가 없어서···. 노인네가 병이나 안 날려나 모르 것어.

박서방 어르신이야 (노인을 보다가)평생을 산판을 일구며 살아오신 분이니 께 당연히 애착을 가지구 계시는 것이쥬. 형님, 여기 땅이 아니라 다른 데라고 얘기하지 그랬슈.

강영감 얘기 했지. 그런 디 훈이 녀석한테 아끼는 목침을 던지셨어. 어디서 그런 기운이 나오시는지 아까 대단했다니 께. 손자한티 욕을 하시는 걸 이번에 처음 봐. 훈이 한티는 지금까지 그런 일이 없었거든. 오냐오냐 했걸랑

박서방 그랬슈?

강영감 (화제를 바꾸며)그런데 말여. 천석이, 박물관이 생기 믄 사람들이 많이 오 것 지?

박서방 종교 박물관이라 믄 별의별 사람들이 다 오 것 지유. 사실 말이 나서 말이지만 사람들이 많이 꼬이믄 호텔이나 음식점 놀이시설 별의별 것이 다 들어설 거구 사람 살아가는 환경은 아마 최악일 거유.

강영감 그려. 내 생각도 그려.

영동댁 (옥수수와 고구마를 삶아가지고 온다)뜨거워 유. 새 한티 멕히구 짐승들 한티 멕히구 농사가 다 반타작유.(하나를 접시에 놓아 들고 호호 불며 마루로 올라간다)아버님, 뜨거워 유.

강노인	……. 일없어! (방문을 획 닫아버린다)
박서방	마음을 많이 상하셨나보네.
영동댁	(접시의 옥수수를 가지고 마루로 오며)아침에 지가 조근조근 말씀 드려서 그래두 많이 수그러드셨슈. 나무만 베어 낸다구 했으니 께.
박서방	잘 하셨슈. 내달 초부터 산림소방방제도로 공사도 해야 할 거구 등산로 시설물보수유지비도 나왔응께. 일 년에 정부 지원금 2~3억이면 작은 돈이 아뉴. 소방방제도로를 개설하면서 베어내는 나무는 펄프용으로 산주가 팔아먹어도 되구. 형님, 지가 알아보니께 소나무는 2톤 트럭으로 1행차당 18만 원을 준답니다. 나무 두 세 그루면 한차 되고도 남아유.
강영감	내가 잘 하는 짓인가 모르것어.
박서방	(눈치를 살피며)형님, 그 돈이면 물한계곡 쪽으로 가면 70만평은 더 사고도 남을 거유. 요즘 부동산 시장 얼음판 유. 임자 나왔을 때 저질러 버려 유.
강영감	그 말이 맞어.
영동댁	우리가 팔지 않아두 언젠가는 애들이 팔 틴디, 잘 생각해유.
강영감	저기 천석이 말여,
박서방	야.
강영감	내 며칠을 이 것 저것 생각해 봤는디 자식처럼 가꾼 나무를 베어내고 박물관을 짓고, 교회를 짓고, 도교사원을 짓고, 호텔을 짓는다는 게 영 달갑지 않게 생각되더라 말 여,
영동댁	그새 맘이 바뀐 거유?

강영감 군에서 볼 땐 세금도 거둬드리고 고용 창출도 되고 희망사업이라고 해도 말여. 이 푸른 산등성이들이 허물어지는 게 싫어. 그냥 슬퍼!

박서방 형님! 그건 저도 같은 생각 유.

강영감 난 평생 욕심 없이 살았어. 욕심이라면 학교에 대한 욕심 하나는 있었지. 공부는 잘 했지만, 잘 하든 뭐 햐. 아버지는 중학교만 댕기라고 했어. 그땐 참 야속했지. 울고불고 며칠을 집에 안 들어가고 마당에서 고함을 질렀어.

박서방 고등학교 입학시험에도 합격 했다면서 유.

강영감 응. 못 가게 했다니 께. 그래서 아버지가 죽으면 산을 다 팔아먹을 거라구 악담도 했지. 아버지 빨리 죽었으면 좋겠다고 하고. 그리고 집에 불을 질러버리든지 산에 불을 질러버리겠다구…. 그 바람에 엄니만 마음 고생하셨지. 불쌍하신 우리 엄니, (한숨을 쉬듯)그런 디 아버지가 산판에서 숯도 굽고 가끔 나무도 벌채해서 현금을 쥐고 있으면서 외아들인 나를 왜 학교에 안 보내시려고 했는지 한참 뒤에야 알았어.

박서방 (고개를 끄덕이며)산 때문이지 유?

강영감 지금 생각하면 나도 훈이를 공부시켜 객지생활을 시킨 게 잘 했다는 생각이 안 들어. 사실 여.

영동댁 60년을 으른들 말씀대루 산을 지켰으믄 됐슈.

박서방 알지 유. 4백년을 지켜온 고향이니 께. 여기가 영동 강(康)씨 문중의 혈거지(血居地)가 아뉴?

강영감 동생, 내 아들 눔을 봐두 그려. 유명대학을 나오면 뭐 햐.

변변한 직장에 취직도 못하고 자격증도 없는 복덕방 중개인이여. 잘못을 했어두 내가 한참을 잘못을 한 겨. 고등핵교만 졸업한 딸애들은 심성이 고와서 그런지 다들 잘 살어. (사이-.부채질을 하다가)자네가 볼 때 내 꼬라지 어떤가? 돈 잇으믄 뭐 햐. 나를 봐봐. 칠십이 가까운 노인네들이 밥 끓여 먹고 있는 게 우리 집 현실 여.

박서방 훈이 내외가 내려오기로 했다면서 유.

강영감 내려오면 뭐 햐. 지들이 일을 할겨, 살림을 할겨

박서방 내려와서 어른들 밑에서 하나 둘 배우다 보면 잘 할 거유. 처음부터 잘 하는 애들이 어디 있슈?

영동댁 애들 기반을 탄탄히 밀어줘야 하는 디 돈이 아까워 꽁생원 노릇을 하다 보니 애가 기를 못 펴서 저리 된 거지 뭐. 안 그래 유?

강영감 이 여편네 하는 소리 좀 보게. 아 대학 졸업할 때까지 유학비 꼬박꼬박 대주었지. 결혼시켜주고 집까지 사주고 하다 못해 먹고살 쌀까지 보내주고 있잖여. 그리구 가을이면 김치도 바리바리 해서 보내잖여. 그런데 멀 더 바랴?

박서방 (손을 들어 제지하며)아 이제 그만 둬유. 싸움 나것슈. (이때 방문이 벌컥 열리며 강 노인이 소리친다)

강노인 애비야!

강영감 (일어나며)아버지!

강노인 (손짓으로)이리 와 봐!

강영감 예 (마루로 다가가다)

강노인 니들 산을 팔기루 작정한 겨? 여기를 떠난다구?

강영감 아버지 아직 결정한 거 아무 것도 읍 슈. 산에 불이 날까봐 군청에서 소방방제도로를 내라며 돈을 보내와서 내달부터 공사를 할까 하는 디—

강노인 산을 팔기루 한 거냐구? (처연한 목소리로)애비야.

강영감 야.

강노인 에미!

영동댁 야. (마루 끝으로 다가간다)

강노인 혹시나 해서 말인 디, 내가 죽더라도 집터랑 밭이랑 돌밭은 지켜야 헌다.

강영감 아버지!

강노인 5백년 가까이 지켜온 선산 여, 무슨 일이 있더라도. 아냐 느희들?

강영감 잘 알고 있슈.

강노인 돈이 아무리 절박하게 필요 해 두 애들 한테두 그 땅만큼은 팔지 못하게 혀.

강영감 알아 유 아버지.

강노인 애비야.

강영감 야.

강노인 에미야.

영동댁 듣고 있슈

강노인 (마루로 나와 앉는다)내가 이 이야기를 해야 하나 마나 몇 번을 망설였는디 이제 할 때가 되었나 부다.

강영감 아버지!

강노인 침향(沈香)을 파 내거라!

강영감 · 영동댁 예? 침향요?

강노인 그려. 때가 이른 모양이다. 네가 파. 침향을 파내라구.

박서방 어르신 침향이라면 땅에 향나무를 수백 년 묻어 둔 것을 말씀하시는 거 맞쥬? 강가에 묻어 둔다는 얘기를 들은 것 같은 디

강노인 애비 네 25대 선조 되시는 '길영(永)' 영자 할아버지가 우리가 살고 있는 이 혈거지(穴居地)에 동서남북 네 군데에 **'침향'**을 묻으셨다고 들었다.

박서방 침향? 어르신 그 말 정말유? 침향을 묻었다는 거?(고개를 끄덕이며)아, 이제야 어른들이 이 산등성이를 떠나지 못하시는 이유를 알겠네유.

강영감 아버지, 지는 그 것이 어디 묻혀 있는지도 모르는 디 이 산판을 다 파헤칠 수도 없구. 어떻게 찾는대 유?

강노인 대대로 집안 장손(長孫)들한테만 비밀로 전해온 유지여.

영동댁 아버님. 그걸 파서 뭐 한 대유?

강노인 그 말이 사실이면 금보다두 비싼 보물일 것이여. 혹여 발견하면 비누처럼 되어 있을 것이다. 약으로 써도 되구 아무튼 가보로 아끼고 간직 혀. 파낸 자리에 다시 묻을 침향나무를 먼저 고르고 말 여

강영감 묻은 취지도 있을 틴 디 굳이 파낼 이유가 없잖아유?

강노인 내 보름 전부터 너희 내외랑 훈이 녀석이 하는 이야기 다 들었다. 산을 팔 작정 이잖어?

강영감 아버지 그거?

강노인 듣기 싫여. 구십이 넘어 안방 신세를 지고 있다구 송장 취

급하지 말어. 내가 눈치가 백단여.

영동댁 아버님, 산지 관리 하는 게 그리 만만치 않어유. 50만 평이 더 돼유. 저이 나이도 이제 칠십 유

강노인 안다. 그래서 말 하는 거여. 어느 산자락이 허물어지기라도 하면 산의 기운이 쇠락하는 거여. 혈기가 끊어진단 말여.

강영감 아버지.

강노인 내 말 새겨들어. 산을 팔기로 작정을 한 것이면 그리 하라는 것이여. 산자락이 허물어지고 나중에 **침향**을 파면 기가 빠져 아무 소용이 없으니께

박서방 형님, 저도 그런 이야기를 들었슈. 맞아 유. 월남에서 나오는 가남향이라는 게 있는데 보통 7백년에서 천년을 묵은 게 있대 유. 겉이 비닐처럼 되어 있는데 벗겨 환으로 지어 약으로 쓰기도 하고 용도가 많은 모양 유.

영동댁 아버님, 그 **침향**을 묻은 자리 알고 계세 유?

강노인 (주저하다가)천석아! 너도 훈이 애비를 도와 줄 게지?

박서방 예 어르신. 그럼 유.

강노인 그럼, 돌탑, 돌무덤을 파 봐.(멀리 천둥소리, 달이 갑자기 구름 속으로 들어간다)

모 두 돌무덤?

강노인 그려. 나도 조부님 한티 그리 전해 들었다.

영동댁 그럼, 돼지감자가 무성하게 자라는 돌무덤이 침향을 묻은 자리란 거유?

강영감 아버지, 임야를 팔게 되면 그리 할 께유.

강노인 그려. 나 속이지 말구. 니 뜻대로, 생각한 대루 혀. 에미 말

대루 그 넓은 산 너 혼자 감당하라는 이야기 이제 더 못 하 것다.

영동댁 아버님 알아 주서서 고맙구먼유.

강노인 조상님들 한티 혼이 날 일이 있으면 내가 혼이 나마. 내일 이라도 돌무덤을 파

강영감 예.

강노인 (비틀비틀 일어나 방으로 들어가며)이제 마음이 가볍구나. 왜 진작에 이 말을 못 했을까. 내가 욕심이 많았어. 그려. 욕심이 많았고 말구.(방문을 닫고 들어간다. 강 영감 내외 그 모습을 지켜보다가 평 마루로 내려온다)

박서방 형님 대단한 가보를 얻으셨네유.

강영감 그려.

박서방 침향, 침향 이라? 공진환을 만드는 데두 그게 들어간다지 아마?

강영감 내일 자네 시간 있지?

박서방 내야 쥬 뭐. 내일 당장 파려구유?

강영감 (고개를 끄덕이며)아버지 말씀도 있고 하니 더 미룰 생각 도 없네. 어짜피 산도 팔아야 하니 께. 애들도 내려와 산다 고 하니 잘 됐지 뭐.

박서방 알았슈. (어느 사이ㅡ. 달이 지고 천둥소리와 함께 무대로 한줄기 회오리바람이 휩쓸고 지나간다. 모두 놀라며 자리 를 피한다)

강영감 비가 오는 거 아녀?

영동댁 가을비가 웬 일이여? 추수철 인디? (비가 내리기 시작한다.

빗줄기가 점차 세어지며 천둥소리와 번개가 차츰 어둠속
에 잠기며 불이 꺼진다) **암전-**.

제 3 경

무대가 밝아지면, 다음날 오후. 일터에서 돌아오는 듯 비단보자
기에 싼 물건(침향)을 맹훈이 들고 삽과 곡괭이를 든 강영감과 박서
방이 들어온다. 그 뒤로 박 보살과 영동 댁이 사이좋게 등장한다.
강영감 천석이, 오늘 고생 많았어. 처음부터 긴가 민가 했는디 그게
묻혀 있을 줄이야. 고생했어.

박서방　고생은 뭘유. 형님이 수고가 많으셨쥬. 그런데 돌무덤에
　　　　　웬 거미가 그렇게 많대 유?

맹 훈　예. 정말 저도 깜짝 놀랐어요. 거미무덤인 줄 알았어요.

강영감　거미가 돌무덤을 지금껏 지키고 있었나 벼.

박서방　그런 디 물거미들이 어떻게 돌무덤 속에 집단을 이루고 살
　　　　　고 있었지유?

맹 훈　아버지, 돌무덤 마다 그게 참 신기했어요. 마치 거미들을
　　　　　잡아다 그곳에 집을 만들어 주고 살게 한 것처럼 요.

박서방　형님, 깊이도 장난이 아니었슈. 난 침향이 묻힌 곳이라고
　　　　　해서 물속인 줄 알았는디 깊이가 장난이 아니었슈.

강영감　그려. 나도 놀랐구먼. 깊이가 열자는 넘지?

박서방　열자 유? 열다섯 자는 넘을 거유.

강영감　열다섯 자?

박서방　지금이야 열자지만 처음 묻을 때를 생각해 봐 유. 그동안 비바람에 석자는 깎여 나갔을 것인 디

강영감　그려. 혹시나 했지만 정말 묻혀 있었어.

맹 훈　아버지, 이 침향 향이 향기가 대단해요.(고개를 숙여 다시 향기를 음미한다)본래는 향이 없다는 것인데 말이에요.

강영감　그려. 우리 선대어른들이 어떻게 이런 생각을 하셨는지 모르것다.

박보살　축하합니다. 어르신

강영감　예.

박보살　저도 침향은 처음 봐요. 그리고 **침향**이 수백 년을 땅속에 묻혀 있다가 발굴된 것도 처음 보고요.

박서방　사장님, 좋은 땅에 사업을 하시는데 좋은 일만 있었으믄 좋겠네유.

박보살　감사합니다. (턱으로 훈이를 가리키며)강 사장님한테 말씀 많이 들었습니다. 아버님 하고 산을 정말 정성스럽게 가꾸셨다고요.

박서방　산은 거짓말을 하지 않으니께유. 받은 만큼 더 내줘 유. 산은 공짜가 없슈.

박보살　예.

맹 훈　아버지, 여기 박 보살님이 **침향**을 나눠 팔 것이라면 사시겠대요.

모 두　(긴장한다)

강영감　팔어?

박보살　이 침향 진품이잖아요. 파실 수 있으면 조금만….

강영감   이건 팔 물건이 아닌 디?

박서방   가보(家寶)유.

박보살   가보요?

강영감   가보로 간직해야 할 물건이쥬. 장손들한테만 비밀스럽게 내려온 조상들의 유지도 있구.

영동댁   여섯 개나 찾았는디유, 한두 개는 팔아두 되지 뭘. 팔어유

강영감   저 여편네는 돈이라믄 환장을 했지. 환장을 했어. 팔 걸 팔 아야지 조상들의 지기가 서린 이걸 팔란 말여?

맹 훈   박 보살님 (눈짓)걱정 마세요. 제가 잘 말씀 드려서 얻어 드 릴 테니

박보살   맹훈씨 고마워요. 약속한 거예요.

영동댁   (아들의 모습을 보고 어처구니가 없다)너 지금 뭐 허냐? 속 창아리 없는 새끼 같으니

맹 훈   (미안해하며)어머니, 아버지가 너무 무안을 주시는 거 같 아서

강영감   참 아버지한테 먼저 말씀 드려야 한다는 걸 깜빡 잊었네? 임자가 얘기 안 했어?

영동댁   아까 밭에서 어지럽다고 하셔서 집으로 모시고 와서 점심 만 차려드리고 갔는데?

박서방   주무시는 거 아녀유? 아까 밭에서 보니 께 상당히 긴장하 고 계시던디?

강영감   그려? (방안을 향해) 아버지, 아버지, 지들 **침향**을 파 왔슈.

강노인   ……

박서방   주무시나 봐유

영동댁	(마루로 올라간다)아버님!
강영감	(마루에 맹훈이 들고 온 침향을 내려놓는다)아버지도 반가워하실 거여.
영동댁	(방문을 열고 들어갔다가 비명을 지르며 뛰쳐나온다)아버님! 아버님 아—악!
모 두	뭐유? 왜 그래요?
영동댁	(마루를 뛰어 내려오며)아, 아버님이? 거미, 거미가 아버님을….거미가 아버님 몸을 파먹고 있다구유. 흐흐흐.
강영감	뭐여? (방으로 들어가며)아부지! 아부지! (털석 주저앉으며 비명을 지른다) 거미, 거미!
모 두	(박보살과 영동댁을 제외하고 모두 우르르 방으로 들어갔다가 기겁을 하고 나온다)아—
맹 훈	(비명을 지르듯)할아버지, 할아버지! 할아버지 이게 웬일이예요. 할아버지! 할아버지! 거미들이 왜 할아버지 몸을 파고드는 거예요. 할아버지!
박보살	(두려움에 떨며)사모님 무슨 일이예요? 예?
영동댁	(떨며)우리 아버님 몸에 아까 돌무덤에 있던 그 거미들이 들어붙어 바글바글 몸속으로 파고들고 있슈. 으 (몸서리를 치며)무서워
박보살	예? 그럼, 할아버지가 돌아가셨다고요?
영동댁	아버님, 죄송 혀유. 다 지가 잘못 했슈. 땅을 팔자고 한 지가 잘못 했구먼유. 아버님 이걸 어떡 해유 예?
강영감	(물통과 빗자루, 집게를 찾아들고)천석이!
박서방	예 형님!

강영감   우리가 큰 죄를 지었네 그려.

박서방   형님, 우선 거미부터 잡아 내쥬. 보기 흉하니….

강영감   (고개를 끄덕이며)잡아야지. 내가 불효를 했어. 아버지는 이런 일이 일어날 걸 미리 알고 계셨던 거여.

박서방   난, 영문을 모르겠슈. 왜 이런 일이 일어난 거유? 거미들이 왜? 왜 어르신이 계신 방으로 기어 들어와서 몸속으로 파고드는 거냐구유.

맹 훈   할아버지, 할아버지 제가 잘못 했어요. 산을 떠나지 않을 께요. 돌아올 께요. 할아버지 약속해요. 제가 아버지 대를 이어 산을 지킬게요. 흐흐흐―.

강영감   (혼잣말처럼 울 듯)밭에 있던 거미들이 왜 모두 집으로 기어와서 아버지 몸속으로 파고드는 거냐고? 믿을 수가 있는 일이야. 이게?

영동댁   훈이 아부지, 나 무서워서 이제 어떻게 살아 유. 야?

박보살   아, 무서워. 영화에서 보던 일이 어떻게 내 눈앞에서 일어나는 거야 응? 거미귀신이 산사람을 잡아먹다니―

박서방   형님, 이걸 보고는 (집게를 들고 마루로 올라간다)산을 팔지는 못 하겠네 유

박보살   (맹훈을 향해)강 사장 나 나 산 안 살래. 계약금 싫어. 그냥 가져. 그 돈을 받고 내가 거미한테 시달리면 어떻게 해? 돌려주지 마. (울먹이며, 실성한 사람처럼 몸을 떨며)나한테 거미들의 저주가 내리면 어떡해. 응? 거미, 거미 소름이 끼쳐. 으(밖을 나간다)

맹 훈   (작은 통에 거미를 잡아 밖으로 나와 마당에 뿌린다)가, 가,

할아버지, 거미가, 이 거미가! 흐흐흐. 거미, 거미! 거미가
할아버지 살 속을 파고들고 있다구요!

    ✱ 명훈의 얼굴이 일그러지며 핀 소포트가 명훈의 얼굴로 모여들
며 꺼진다. 멀리서 차츰 가까이 들려오는 산사의 범종소리 ─. **막 ─.**

부록 1

◆ **연극시평**

학교극 · 청소년극의 현상

곽 영 석

kbm0747@hanmail.net

1. 학교극(아동극) · 청소년극(학생극)의 현주소

1920년대 계몽적 문화운동의 방편으로 시작된 학생극 운동이 학교극 · 청소년극의 시초라 한다면 그 역사는 거의 100여년에 가깝다. 그럼에도 청소년 전문극단의 부재와 청소년 극을 전문 집필하는 작가가 극소수라 아동극을 제외한 공연예술분야의 학교극 · 청소년극은 교사극회 회원들이 집필한 단편적인 작품들이 전부로 무대는 학예회 연장에서 목적극, 상황 극을 벗어나지 못하고 있는 것이 현실이다.

일찍이 3·1운동 이후 애국계몽운동의 수단으로 홍사용, 지환스님, 김동환과 같은 시인과 소설가들이 한때 청소년 극 창작에 참여해 문예사조면에서 희곡이 참여문학의 장르로 정착되는 계기가 되었다는 것은 뜻 깊은 일이 아닐 수 없다. 그러나 대국민 의식 계몽운동을 표방한 이 시대 주요작품들이 프롤레타리아 연극으로 변질되면서 청소년 극은 좌우 이념투쟁의 틈바구니에서 문학 장르 중에서도 사회주의 계급투쟁의 방편으로 이용된 것은 이후 해방과 한국전쟁 전후 수십여 년 간 침체기를 겪는 동인이 되었다.

특히, 이런 좌우 이념논쟁에서 자유스러웠던 종교계에서 천도교와 개신교, 원각사 등 불교단체를 중심으로 1936년 7월 이후 〈관창과 공주〉, 〈에밀레종〉, 〈성탄절의 손님〉, 〈제방위의 사람들〉 등 30여 편의 공연작품과 공연 내용을 기록한 자료가 있고, 한국전쟁 후에는 56년 5월부터 천도교에서 아동극과 청소년 극 세미나를 매년 2회씩 개최해온 기록이 있는 것을 보면 연극을 청소년포교나 특정 계층의 선교수단으로 이용했다는 점은 분명해 보인다.

재미 아동극작가 주평에 의해 1960년대 중반 〔한국아동극협회〕가 창립되고 1971년 〔한국학생극협회〕가 창립되었으며, 이듬해에는 연출가 차영선, 서빈, 성, 이영준, 박영재, 강복희, 하영사, 이동태, 김정호가 중심이 된 〔서울교사극협회〕가 모임을 결성하였다. 이들 단체의 활동은 1973년 문교부가 자유학습의 날 도입과 함께 교사연수과정에 연극프로그램을 넣어 이수하게 하게 함으로서 모처럼 전문극단이 탄생하는 기폭제가 되기도 했다. 이때 만들어진 극단이 새들, 갈매기, 꽃동네, 해님달님, 꽃동산, 북극성, 아세아, 동연, 수레바퀴, 색동문화예술단, 선녀 등 80여개나 되었다.

이와 함께 전국적으로 학교극과 청소년 극 장르가 구분되어 '전국 아동극경연대회'와 '전국학생극경연대회'를 여는가 하면, 〔월간 아동극〕과 〔계간, 학생극·청소년 극〕이 발간되고 학생극경연대회 지정작품집이 발간되는 등 신인작가 배출과 연출지도안을 제공하는 정보지로 그 역할을 다했다.

그러나 80연대 들어 청소년극단이 연기학원으로 난립하면서 방송국에 청소년 연기자 송출의 로비잡음이 검찰에 의해 비리가 포착되면서 아세아등 134개의 극단이 문을 닫고, 인형극단 백조 등 163개가 새로 탄생하여 지역별로 문을 열기 시작한 대형매장과 백화점에 상설극장을 마련하여 돌파구를 마련하는데, 이 극단의 대표들은 청소년 극운동을 하던 연기자나 스태프로 일하던 단원들이 3~5명씩 동호인으로 모여 만든 생계형 극단이었다.

신군부의 등장과 함께 위축되었던 공연예술계는 90년대 들어서야 희곡작가 하유상 김흥우, 주동운, 김대현, 김정률, 곽영석이 학교극·청소년극의 개념을 만들고 〔학교극·청소년극연구회〕를 창립하여 활동하면서 연출이론과 대본을 겸한 782쪽 분량의 이론집 〔학교극 청소년극집〕(교문연예신서02)을 펴냈다. 그리고 청소년극단 사다리, 가치창조, 코스모스, 민들레, 마당, 한우리 등 32개 극단이 창단되었으며, 한국문화예술위원회의 지원 활동에 힘입어 해외 공연을 기획하거나 뮤지컬과 행사 극을 기획하는 전문성을 키워가고 있는 실정이다.

2. 학교극 · 청소년극의 주요 작가와 작품들

60~70년의 주요 작품은 정형적 무대극이 주를 이뤘다면 80년대 이후 30여 년 동안 공연된 학교극이나 청소년 극은 '문학성이나 공연 성을 강조한 것이 아니라 놀이 개념의 오락물로 전락되지 않았느냐' 하는 지적을 앞세우게 된다.

물론, 60년대 중반부터 70년대 후반까지의 학교극이나 인형극의 소제는 세계명작동화를 각색한 것이 대부분을 차지했고, 90년대 들어와서는 노벨상 수상작품이나 우리 고전작품을 어린이나 청소년 가족이 함께 즐길 수 있는 가족뮤지컬이라는 장르를 창조하여 다양한 볼 것을 만들었다. 이 시기에 작가들이 시도하기 시작한 것은 바로 원작의 패러디였다. 그리고 명작동화나 청소년소설을 마술이나 노래, 그림자극, 동화를 섞어 만든 연극을 체험연극이라는 이름아래 선보이기 시작했다.

원작의 제목을 바꿔 부분적으로 희극적 요소를 가미하고 원작을 비틀어 순수 오락물로 만든 〈명랑소녀 심청〉과 〈탈선 춘향전〉 같은 작품은 수년간 공연무대에서 청소년 관객의 박수를 받았다. 〈잠자는 숲속의 공주〉, 〈홍길동〉, 〈해와 달이 된 오누이〉, 〈피터 팬〉, 〈스크루지〉, 〈피노키오〉, 〈파랑새〉는 70년대부터 꾸준히 공연되는 단골 메뉴가 되었고, 창작동화나 청소년소설 공모당선작품을 각색하여 무대공연작품으로 만든 〈마당을 나온 암탉〉, 〈초록별의 전설〉도 큰 호응을 받았다.

그동안 아동극이나 청소년연극을 기획 제작하는 극단이나 기획사가 막대한 저작권료를 지불하고 가져온 노벨상 수상작가의 원작 소설을 각색한 코미디 마당극 〈칼로니에의 새 이발사〉나 3개국 합작제작으로 만든 찰스 페르디난트 라뮤즈 극본 〈병사이야기〉 카플링 작 〈고양이는 왜 혼자 다닐까〉, 프란치스카 비어만 작품 〈책 먹는 여우〉, 독일의 베르너 홀츠바르트 원작의 〈누가 내 머리에 똥 쌌어?〉, 유진 오닐의 〈느릅나무 그늘의 욕망〉, 일본 타다 히로시 작품 〈사과가 쿵!〉이 대표적인 외국 작품으로 성공한 작품들이었고, 현재도 비정기적으로 공연되고 있는 작품들이다.

특기할만한 사실은 2000년대 들어와 국립극장에 청소년극장이 개관되었고, 중고등학교에 전산실을 개관하며 다목적 강당을 신축하는 학교시설 확충지원법이 국회를 통과하여 20학급이상 학교에 대형 강당이 신축되어 공연 상시공간을 확충한 것은 비록 그 장르가 연극 작품이 아니더라도 청소년 여가활동의 획기적 변화를 가져다 주었다.

그리고 지방자치제 실시와 함께 문을 연 시도별 문화재단과 정부의 문화예술위원회 활동이 가시화되면서 복권기금 운용이나 기업 문화예술 활동지정 기탁금운용에 따라 공연무대는 더욱 활성화되기 시작했는데 1990년대 중반부터의 일이다.

90년대 중반부터 주요 작가로 활동한 희곡작가 중에는 아동극(학교극) 부문에 미국에 거주하며 '월간문학' 과 '소년문학' 을 통해 매월 작품을 분재하고 있는 주평, 천정한, 고성주, 이영준, 김정호, 곽영석, 함수남, 이동태, 김숙희, 박수경, 신정옥, 박새롬, 이양구, 최우근, 김재형, 배봉기, 박원돈, 이영두, 강기홍, 위기철이 작품집 발간 등 주요작가로 활동하였다.

청소년(학생극)부문은 〔학교극 · 청소년극연구회〕를 만든 원로작가 하유상을 비롯하여 한재수, 손혜정, 하지찬, 강문수, 신진호, 조경숙, 설용수, 서진성, 한인현, 최인수, 신일석, 민동원, 이창기, 김자림, 김용락, 고동율, 송명, 유봉규 그리고 제6대 〔학교극 청소년 극 연구회〕의 대표를 맡은 곽 영석 등이 주요 핵심 역할을 다해 왔다.

또한, 이 시기에 주요 외국 작가의 작품으로 청소년 극 무대에 올랐던 작품은 바스콘 세로스 원작의 〈나의 라임 오렌지 나무〉, 앙드레 지드 원작의 〈탕아 돌아오다〉, 안톤 체홉의 〈풀밭과 사냥개〉 스탠리 호돈의 〈유산소동〉, 가다야마 야수 수께의 〈눈〉 조 코리의 〈탄갱부〉와 교실 극에서는 스티븐슨 작품의 〈보물섬〉, 칼 그림 원작의 〈백설 공주〉, 〈신데렐라〉 사이다 다까시의 〈병아리〉 등의 작품이 자주 선보였다.

그리고 상시공연장을 개장하고 있는 춘천국제인형극제를 통해서는 독일 탈리바르 극단과 튀빙겐 주립아동청소년극단, 일본 유메미 드렁크 인형극단 카제노크쿠슈, 이탈리아 라바라카 극단. 스리랑카 라비반두 등 18개 외국 전문극단이 2000년 초부터 단골참여극단으로 참여했는데 인형극장 개관이래 180여 작품이 공식 공연되었고, 인형극본 공모를 통해 설 용수 등 32명의 전문 작가를 배출하는 등 용문의 역할도 감당했다.

3. 아동극(교실극) 청소년(학생)극 무대를 바라보며

최근 아동 청소년 공연예술작품을 지켜보다보면 많은 작품들이 순수공연물보다는 기업과 지방자치 단체의 행사에 편승한 상황 극, 행사극의 형태를 극명하게 나타내고 있다는 점을 우려하지 않을 수 없다. 이와 같은 지적은 극단의 운영에 도움이 되고 기업의 기부금에 의한 홍보제작 프로그램 제작을 위해 불가피한 선택일 수 있겠지만, 교실 극이나 청소년 극에서는 자칫 상업주의 기업논리에 편승해 청소년기의 학생들을 유기할 수 있다는 비판도 심각하게 숙고해 보시아 할 것이다.

아울러 목적극의 흥행 장치로 마술이나 그림자극, 악기연주, 인형극을 혼재시켜 유희성만 강조하다보니 뮤지컬도 아닌 가족뮤지컬이라는 미명으로 국적불명의 작품이 선보이고 있는데 이제 순수 문예극의 수준 높은 작품이 요구되고 있는 시점이다.

특히, 2000년 들어 기업의 출연금으로 만드는 순회공연용 청소년극을 살펴보면 주제의식에 대한 목적이식이 강해 자칫 극예술 작품을 망칠 수 있다는 생각까지 하게 되지만 주제가 선명한 교실 극이나 학교극에서는 연극의 이해를 높이는 동기가 될 수 있을 것이라는 판단이다.

원자력문화재단이 후원하는 과학뮤지컬 〈원자력과 놀아요.〉, 교육뮤지컬 〈늑대가 그랬어요.〉 자원재생공사와 환경부가 지원하는 환경뮤지컬 〈빈병의 여행〉, 〈지구가 뿔났다.〉 재판 놀이 극 〈누가 옳은 지 말해 봐〉, 캐릭터 뮤지컬, 〈둘리의 세계여행〉 성교육뮤지컬, 〈엄마가 안 가르쳐 줘〉 등 주제가 뚜렷하다고 해서 굳이 공연형태를 구분할 필요가 있었을까 하는 생각을 해 본다.

물론 교실 극이나 청소년 극이 음악극이 전부는 아니지만, 청소년을 주 대상으로 하는 연극만큼은 작품의 다양성과 문화의 다양성, 세계관의 확대라는 사유를 보다 조화롭게 해석한 작품의 창작이 필요하다. 그리고 청소년극 제작 집단의 국제간 교류를 통해 국제 감각을 살리게 하는 노력도 선행되어야 할 것으로 본다.

＊ (한국문화예술비평가협회 발행 계간 '**예술문화비평**' 제12호 수록작품. 2014. 3. 5)

아동극작가 이영준의 문학세계

곽 영 석

Ⅰ. 유학자 집안의 가풍, 치열한 자기 구도의 삶

작가 이영준은 영남의 거유(巨儒) 수찬공 섭(燮) 어른의 16세 후손인 부친 재룡 어른과 어머니 이차술 여사 사이에 장남으로 출생하였다.

추리작가요, 소설가, 교육자, 동화작가, 뮤지컬 대본작가, 방송작가, 동요작사가, 독서 운동가, 시나리오 작가, 영화감독, 연출가라는 수식어에 걸맞을 만치 다양한 장르에서 치열한 자기 삶을 살아온 이영준은 사범학교를 진학한 사유에 대해 '해방 후 직업 직군 중에서 존경받는 직종이 교사였으며, 본래는 법관이 꿈 이었다'고 술회한 적이 있다. 사실 이영준이 부산사범학교 초급과와 본과를 졸업(1953년)하고 초등학교에 재직하면서 부산대학교 법학대학을 진학하게 된 것은 이와 같은 이유와 무관하지 않다. 그러나 법학 전공으로 법관이 되겠다는 꿈은 25세가 되던 1957년 극영화 '사춘기', '고독의 등불' 조감독을 맡으며 접게 되고, 그해 10월 박영하 극본의 아동극 '태양의 아들' 연출 작품이 히트를 하면서 인생 역정의 대전환기를 맡게 된다.

이영준은 29세가 되던 1961년 처녀작으로 집필 연출한 동화극 '동물원의 새 나라'로 개천 예술제에서 우수단체상과 연출지도상을 받게 되는데 이때부터 본격적인 집필활동과 자기 희곡 작품을 무대에 재현할 극단으로 아동극단 '갈매기'를 창단하여 단장을 맡아 활동한다. 그리고 이와 같은 성과로 67년에는 한국아동극협회가 공모한 동화극 '토끼들'로 최우수상인 문교부장관상을 받는다.

이 무렵, 문교부가 교과과정개편과 함께 초등학교 교과 과정에 '극화 학습의 교육 목표를 정하고, 학교별 지도교사를 양성'하는 것을 골자로 한 교육과정 개편안을 발표하는데 이영준은 이것을 계기로 교직을 퇴직하고 한국아동극협회 사무국장 겸 아동극강습회 전임강사, 월간 '아동극교실' 편집 실무를 맡아 일하게 된다. 하지만 지방 도시권역별 강의 일정과 강사진 배정 운영에 관한 한국아동극협회 주평 회장과의 마찰로 취임한 지 1년 4개월 만에 한국아동극협회를 떠나게 된다.

주평회장의 회고록(수필산책-미주한국일보 전자판 2012년 10월 첫주)에서도 이영준과의 결별을 안타깝게 기술하고 있지만, 안정된 직장을 잃고 2남 1녀의 가족을 부양해야 하는 책임은 더없이 막중할 수밖에 없었다. 그 대안으로 찾은 것이 바로 방송 구성작가인 스크립터였다.

장남 용석 군에 이어 차남 용학 군이 태어나던 65년 4월 방송작가 김석야, 한운사 선생의 추천으로 한국방송작가협회에 회원으로 가입하고, 6월에 KBS 전속작가로 매월 일정액의 전속료를 받는 전업 작가가 되었다, 이때부터 문교부 중앙시청각교육원(EBS의 전신) 학교방송 프로그램을 고정 집필했는데, 이후 78세가 되는 2010년까지 40여 년간 방송작품에만 전념하게 된다. 그리고 EBS가 텔레비전 방송을 송출할 때까지 고정 프로그램으로 '국사교실', '도덕극화 프로그램', '빛을 남긴 사람들' 을 CBS 기독교중앙방송에 '나비와 짐승들' 을 비롯하여 어린이 연속극과 다수의 어린이 특집극 작품을 집필하였으며, 부산동양TV에 첫 단막 텔레비전 드라마 '빨간 리본' 을 발표하면서 시나리오 작가로도 알려지기 시작했다.

이영준의 저작활동 50여년 중 첫 작품집은 1971년 동화집 '시계놀이', '요술쟁이 손가락', '그림속의 그림책' 으로 보육사가 만든 그림책이다. 이 책은 원고지 10매 내외의 유치원용 참고서로 연보에 포함시키지 않은 이유는 문학작품이 아니라 교육 참고 단편지도서라는 점 때문이다. 그래서 1973년 도서출판 범학관이 이영준 편극작품집으로 만든 '세계명작동화극 전집 10권' 을 첫 작품집으로 구분한다. 이 작품집은 본래 전국아동극경연대회 지정 참가작품으로 기획되었으나 원고의 길이와 공연시간 문제로 일선 학교에 연출과 무대 장치 제작, 분장 등 학예회 지도서의 참고교재로 보급하는데 그쳐 수익을 보장 받지는 못했다. 이 책은 희곡작가 유치진과 주평이 감수하고, 곽종원 당시 문예진흥원장의 추천을 받아 펴낸 것인데 장·단막극 61편을 수록하였다. 그런데 이 작품집에 수록한 작품들은 대부분 이미 텔레비전이나 라디오 드라마로 구현되었던 작품들로 책으로 만들기 위해 무대극으로 다시 형상화한 것들이었다. 이 책에서 이영준의 순수 창작품은 '나비와 짐승', '토끼들', '봄을 부르는 새', '청개구리의 슬픔', '식물원 이야기' 등 18편이며, 이 중에 주평의 작품은 '흥부와 놀부', '오르간', '마지막 한 잎' 등 13편, 나머지는 동화작가로 단편적으로 작품을 발표해 온 이성, 이주홍, 이원수의 작품이 각 1편씩 소개되었고, 그 외에 외국 동화를 윤색한 작품들이다.

77년 한림출판사를 통해 발간한 '세계명작동화집 전 20권'과 '어린이 토이 북 전 10권'은 KBS-TV 일일연속 프로그램인 '애기들 차지'에 반영된 작품과 어린이 연속극으로 반영된 '세계의 민화'에 소개되었던 작품을 재구성한 것들이다.

생애 가장 왕성한 작품 활동을 하던 80연대의 주요 활동을 보면, KBS-TV에 연속극 형태로 2개월간 방송된 '그림 이야기'와 '꿈나라 이야기'를 연재하기 시작한 '81년 5월부터 68세가 되던 2000년 7월까지 매일 원고지 50매 범위를 써야 했다'고 주장 할만치 한시도 손에서 펜을 놓지 않았다.

특히, 이 기간 중 아동연기자의 텔레비전 출연비리가 터지면서 기존의 60여 개 어린이 청소년 극단이 문을 닫는 사건이 발생하는데, 이 사건을 계기로 인형극이 방송이나 극단 운영의 대안으로 떠오르게 된다. 이영준은 83년 7월부터 주간 인형극장 프로를 맡아 2년간 활동하고, 이어 MBC-TV 어린이 시간을 배정받아 3년간 일일인형극 '모여라 꿈동산' 540여 편을 집필한다. 그리고 60세가 되던 해에 다시 MBC-TV에 '즐거운 꼭두 나라' 180여 편을 추가하게 된다. 작품의 소재는 MBC 라디오 쪽에서 명작 동화를 편극하여 방송하는 '무지개마을'을 민병훈과 김정란이 맡았고, 텔레비전에서는 이영준이 순수 창작과 고전우화를 중심으로 그렸는데 이 작품들은 다시 윤색을 거쳐 '중국 전래동화집', '러시아 민화집', '우리나라의 전래동화 22권'의 소재가 되었고, 장편소년소설 '시간표 없는 학교'외 12권, 고전소설집 '흥부전'을 펴내는 기초자료가 되었다.

또 한 가지 이영준 문학의 특징이라면, 장르의 다양성이다. 이영준은 아동극과 방송극 외에 지금은 장르가 사라져버린 공상과학소년소설과 추리소설부문에 한낙원 선생과 동인회를 만들고 '바베크 탐정', '꼬마탐정 Q작전', '탐정클럽1-6', '탐정클럽2', '6학년 3반 꼬마 탐정들', '또또와 노마의 모험', '검은 별을 잡아라', '아불타 불 짠짠', '공포의 유령 행진곡', '탐정왕 그룹', '뛰어라 학다리 탐정', '서울 말뚝이의 모험 여행', '마술 걸린 장화', '아리아리 아리송', '어린 마법사 피터의 모험' 등 20여권의 추리소년소설 작품을 집필하였으며 한국 MASK PLAY 회장을 맡기도 했다.

위인전기 부문에서는 파랑새가 펴낸 '생각하는 어린이가 좋다' 한국편과 외국편 2권을 비롯하여 '이순신', '슈베르트', '우장춘', '노구치 히데요', '이율곡', '안중근', '처칠' 등 9권, 교육이론서로는 '말하기와 웅변교실(대일출판사)', 동극지도서 '아동극교실(상서각)', '어린이 예절교실'과 '엄마는 교육박사' (아동교육문화연구회), 교육지침서 '글짓기 박사(상서각)' 창의지도서 '쓱싹문(예림당)' 등 6권을 펴냈다.

이영준의 대외 단체 활동을 보면, 한국방송작가협회 사무국장을 거쳐 이사로 20여 년간 활동한 것을 비롯하여 '한국연극교육연구소' 설립과 극단 '갈매기'와 '선녀'를 창단하여 단장을 맡았고, 일본아동극협회 한국위원, 한국MASK PLAY회장, 한국동극작가협회 고문, 이영준아동문학연구원의 전신인 어린이 독서회 책 나라 대표,

한국아동문학인협회 부회장, 한국아동극협회 이사장으로 다년간
활동을 해 왔으며, 고희를 넘긴 후에는 엄청난 체력을 요구하는 방
송작품 집필을 중단하고 단편 동화집과 위인전, 단막극 집필에 전념
했다.

Ⅱ. 이 영준의 작품세계

1. 아동극에 나타난 비움과 채움의 미학

작가 이영준은 화갑기념문집(1992년, 한바다) 선집에 대표작으로
실은 '동해바다 멸치', '봄을 부르는 새'를 비롯하여 생애 처음 인
세를 받고 발간했다고 자랑하던 '도토리들의 대행진(웅진출판,
1986. 5)'에 수록된 '꿀 강아지', '흥부와 놀부', '노래하는 혹', '도
토리들의 대행진'과 지성의 샘이 펴낸 '한국아동극대표작선집'에
발표한 '봄을 부르는 피리소리'와 집단야외극 '토끼들', '북쪽바람
과 해님' 등 9편을 텍스트로 하여 동극작품에 나타난 특성을 살펴보
았다.

1세대 동극작가 중 주평의 작품이 새마을 운동과 전후 재건사업
의 사회적 시류에 편승한 교도적 계몽작품과 명작동화와 전래동화
를 윤색내지 편극한 작품이 많다고 한다면, 고성주는 사랑과 박애정
신을 바탕으로 하는 '따뜻함과 포근함'이 있는 많은 성극을 집필한
것이 특징이라 할 것이다. 이 두 작가에 비해 이영준의 작품이 극명
히 대비될 수 있는 작품의 성향은 다음 3가지로 요약할 수 있다.

먼저 이영준의 작품에는 무대 공간처리가 빈틈이 없다. 전체 등장인물에 대한 대사가 균등하게 배분되어 있고, 대사가 어느 특정 인물에 치우침이 없이 사건을 이끌어 가는 특징이 있다. 이것은 일선 학교에서 다년간 연극지도를 한 연출 계획 없이는 불가능한 능력이다.

성인극이나 학교극, 아동극의 무대는 연기자와 다루는 주제의 차이만 있을 뿐 공연형태는 크게 다를 것이 없다. 동화극이나 동시극, 생활극, 뮤지컬도 마찬가지이다.

대형무대에 오밀조밀한 사실적 장치를 세우고 조명계획이 완벽하다고 해도 많은 인원이 동시에 출연하는 동극에서 특정인물에 대사가 치우쳐 다른 연기자들이 표정 없이 서있다면 그처럼 어색한 분위기는 없을 것이다.

두 번째, 대사가 간결하다는 점이다. 대사가 간결하다는 것은 대사의 배분이 적정하고 진행의 템포가 빠르다는 것을 의미한다. '동해바다 멸치'에 나타난 7명의 대사배분이나 34명이 출연하는 '흥부놀부'의 공간처리와 대사배분을 보면, 10명의 흥부아이들이나 아기제비로 출연하는 5명의 연기자가 비슷한 패턴을 보이고 있다. 그리고 등·퇴장하는 인물을 통해 다음 사건의 메시지를 던지는 진행으로 관객에게는 출연자의 동선에 자연스럽게 동화되어가게 하는 공간처리를 구사하고 있다.

'봄을 부르는 새'나 '도토리들의 대행진', 전래동화를 편극한 '노래하는 혹'도 작법에는 큰 차이가 없다.

셋째로, 등장인물의 다양화와 폭넓은 주제를 자유롭게 구사하고 있다는 것이다.

이영준의 창작동극 '파랑새를 찾아서' 외 20여 편을 살펴보면, 전체적으로 동화적 상상력을 극대화하는 장치가 있음을 발견하게 된다. 이와 같은 실험적 장치는 인물의 연구와 특징을 충분히 연구한 토대위에 그려질 수밖에 없는 기술적인 것이다.

85년 어린이회관 대극장에서 우주 탐험을 뮤지컬로 그린 '도토리들의 대행진'은 무려 471명의 어린이가 출연한 전 11마당의 작품으로, 요정과 로봇, 여신, 선녀, 나비들, 노래하는 나뭇잎, 부처님, 펭귄, 해적, 토끼, 파도 등 생물과 무생물, 상상속의 인물을 망라한 다양한 등장인물과 과자동산, 놀이터, 요정의 나라 연못, 인형의 나라, 해적의 섬, 바다, 얼음 섬, 지옥 문 등 장소의 벽을 뛰어 넘는 실험 작품으로 텔레비전 장면 전환 효과를 도입한 최초의 집단야외극이었다. 이들 작품에서 이영준은 아동극의 무한한 상상력과 이야기를 통해 용기와 창조 협동이 미래 세상을 여는 동력임을 가르치고 있다.

2. 방송작품에 나타난 주제의 다양성

방송 작품의 특징 중에 하나는 일회성이며 보존성이 없다는 한계를 지니고 있다.

이영준이 방송작품을 집필하기 시작한 1965년 33세가 되던 해부터 2009년까지 40여년 가까이 집필한 작품의 양은 실로 기적에 가까울 정도로 방대한 량이다.

이 중에 라디오 방송 작품은 교육방송의 전신인 문교부 중앙시청각교육원 학교방송을 통해 발표한 학습드라마 160여 편과 기독교 중앙방송을 통해 방송된 2편의 어린이 연속극과 KBS 라디오를 통한 어린이연속극 2편과 세계의 민화 30편을 비롯하여 5편의 연속방송 작품이 있다.

텔레비전 작품으로는 79년 KBS-TV 첫 일일연속 프로그램 '애기들 차지'를 비롯하여 '그림이야기', 주간프로그램 '인형극장' 86년 여름부터 88년 가을까지 방영한 MBC-TV 일일 인형극 '모여라 꿈동산' 540여 편, 그리고 '즐거운 꼭두 나라' 60여 편 등 편수로는 1천 2백30여 편에 이르며 작품수로는 662편(3부작 5부작 포함)에 이른다. 그리고 이들 작품에 삽입되어 작곡되어 불린 동요 노랫말은 '나뭇잎의 노래', '과자들의 노래', '우리들은 도토리', '여우가 요리한 닭고기' 등 1,230여 편에 이른다는 사실이다.

방송작품을 집필하면서 이 영준은 끝까지 '마리오넷(줄 인형) 인형극 형태는 인간성이 결여되어 아이들에게 부정적인 영향을 줄 수 있다'고 생애 4년 가까이 집필한 작품 중에 그 형식을 한 번도 채택하지 않았다는 사실이다. 그리고 이 때 구사한 전래동화, 설화, 민화, 공상과학 동화속의 등장인물이 대부분 사회성과 공동체 의식을 가진 긍정적 인물로 그리고 있으며, 반동인물로 설정된 극중 인물은 모두의 용서와 화해 속에 무리에 동화되는 해피엔딩으로 그려내었다. 이것을 일부 평자는 아동극의 특성이라고 주장하기도 하지만, 이영준은 '유아기의 어린이와 아동, 어른이 함께 보는 프로그램에 복잡한 인물구도를 그리는 것은 인성교육에도 바람직하지 않다고 생각 한다'(91년도 KBS-TV 만화영화 심사평)고 밝힌 바 있다.

3. 이영준의 동화와 소년소설의 주제와 소재의 특성

이영준은 아동극과 방송작품 외에 소설과 수필, 동화, 교육지도서 등 이론서를 망라한 여러 장르의 저작물을 집필했다. 이 저작물 중에는 방송 작품으로 발표한 작품을 다시 윤색한 것도 있지만, 대부분 신작이며 탐정소년소설과 추리극은 인형극으로 발표하기 전 소년소설로 먼저 발표하고 방송작품으로 편극하기도 했다.

그리고 이들 작품들을 살피다보면 이영준이 추구해 온 작품 세계가 장르만 다양한 것이 아니라 실제의 작품에서 나타나는 주제 역시 그 폭이 넓다는 것을 알게 된다. 자연의 이야기에서 인간 일상의 일에 걸쳐 현실을 그리기도 하고, 고전이나 우주공상과학도서에서 소재를 구해 오기도 하고 어린이들의 상상적 욕구를 그려내는 탐정과 모험담을 통쾌하게 그려내기도 했다.

소년소설과 추리소설에 등장하는 거미, 도깨비, 우주선, 로봇, 문어, 말하는 고릴라, 유령, 늑대인간, 해적, 물고기 나라, 구름, 요정, 마법사, 영혼, 거울, 바람, 반딧불이, 나무인간, 각시 풀, 딱정벌레 등의 등장인물은 소재와 제재의 다양성을 보여주고 있으며, 이 등장인물을 통해 그려지는 이야기의 구성 요소의 무한성을 예측할 수 있게 한다.

장편소년소설 '숙제왕 그룹(아동교육문화연구회)'를 비롯하여 '땅콩껍질속의 아이들), '꼴지반 수재들(상서각)', '엄마, 아빠가 줄었어요(파랑새)', '시간표 없는 학교' 등 17권의 장편소년소설과 추리소설 '공포의 유령행진곡(대일출판사)', '검은 별을 잡아라(대교출판사)' 등 14권 중단편동화집 '서울 말뚝이의 모험 여행(상서각)'

등 13권이 있다.

　아동문학평론가 제해만은 이영준에 대해 '작가 이영준은 집필 의도를 먼저 생각하고 그 일을 즐기며 실천에 옮긴 사람이다' 고 화갑 문집 출판기념회(93년 5월)에서 말했는데, 실제로 작가 이영준은 그의 대표작 '과일백화점' 에서 '나 자신의 인생관을 그려보려고 했다' 는 말을 한 적이 있다.

　이 과일백화점에서 주인공 순이는 주인아저씨의 따뜻한 보살핌과 인정에 감사하며 늦은 밤까지 달콤한 과일향기를 맡으며 일하는 동안 동화속의 왕자나 공주보다 행복한 나날을 보낸다는 부분을 말하고 있는데 작가가 가정적으로 경제적 안정을 찾던 시기를 보여주는 첫 작품으로 보면 정확할 것이다.

Ⅲ. 맺는 말

　한 작가의 인생역정을 단편적인 얼개 속에 요약하는 것은 치열하게 자기 삶을 일궈온 작가에게는 대단히 송구스런 일이며, 50여년을 추구해온 가치관과 주체적 작품사관에 자칫 흠을 내는 결과를 내지 않을까 상당히 조심하지 않을 수 없었다.

　평생 화를 내는 일이 없이 인간관계에서는 포용과 이해 속에 늘 대화의 중심에서 오롯한 삶을 살아온 작가 이영준은 지난 2012년 9월 12일 오후 10시 지병인 폐암으로 그의 작품 '북쪽 바람과 해님' 의 바람처럼 홀연히 세상을 떠났다

　주옥같은 그의 많은 작품들 중에 방송작품들은 대부분 전파를 타

고 사라졌지만 그가 추구해온 아동극에 대한 열정과 업적은 해방 후 1세대 아동극 작가 중 인형극의 독보적 존재였다는 점이다. 아울러 그의 많은 작품들은 유교사상에 바탕을 둔 인간애와 사랑과 우정, 자연친화적이고 사회성을 강조한 협동정신을 제시한 주제들로서 시대정신과 영원성을 보여주고 있다는 평가를 받고 있다.

그가 살아온 인생 80년의 세월과 문단 활동 50여년의 생활은 그리 순탄치는 않았다. 공직생활을 떠나 전업 작가를 선언한 이후에 하루도 펜을 놓지 않았다는 그의 말처럼 자신을 경책하며 한 시대 어린이들의 벗으로 살다간 많은 작품들은 모두가 인간주의에 바탕을 둔 소산이라 할 수가 있다.

끝으로, 아동극작가 고성주가 부정기간행물로 발행하던 '동극문학' 제6호(2001년 6월)에 수록된 '나의 인생 나의 창작 공간'에서 발췌한 작가 이영준의 창작의 동기와 창작생활의 모습을 살펴본다.

─(중략)전업 작가가 된 난 하루도 펜을 놓을 수가 없었다. 먼저 경제적 사유도 있었지만 늘 깨어있어야만 한다는 사명감 때문이었다. 동극은 비움과 채움을 이해하고 공간의 자유를 누릴 수 있었고, 동화는 일부 작가들이 추구하는 유아 기능적 특정 소재에 머물러 있는 한계를 뛰어넘는 그릇을 보여 줘야 하겠다는 생각에서 쓰기 시작했다.

일부 상업적 시장 논리에 편승하지 않았느냐는 지적도 있었지만, 탐정 이야기나 장편공상과학소설은 소재와 주제의 다양성을 추구한 작품으로 이 장르의 개발은 앞으로도 누군가에 의해 계속돼야 한다고 생각한다.(이하 줄임)＊

人形劇의 형태적 이해와 指導

郭 永 錫

kbm0747@hanmail.net

─── 目 次 ───

Ⅰ. 들어가는 말

1. 人形劇의 特性과 歷史

흔히 인형극을 유아교육의 단위 학습 프로그램의 한 형태로 인식하고 있으나 풍자의 대상, 공연 목적과 기능에 따라 유아극과 아동극, 풍자극으로 크게 구분할 수 있다. 그리고 공연 형태에 따라 손인형, 막대인형, 탈 인형 그림자극, 야외장치 인형극으로 나누고 이를 操作方法에 따라 다시 세분화해서 손가락 인형과 동물인형, 종이인형극으로 나누기도 한다.

人形劇의 人形은 우선 개성과 외형적상 知的이고 표현력이 강하면서도 운동성을 가진 연기하는 受動的 인형을 말한다. 고대에도 인형극은 어린이 놀이라는 인식에서 자유로울 수는 없었기 때문에 다른 史料보다 전하는 유물이나 類型이 적지 않은 것이 사실이다.

지난 1954년 중국 호남 성 명나라 지방부족장의 묘역에서 부장품으로 발굴된 악기를 연주하는 8개의 채색된 정밀 토우인형(호남 성 박물관 소장)과 그 인형을 가운데 하고 두 개의 규모가 큰 춤추는 인형의 등장은 그 기원을 새삼 짐작하게 하고도 남음이 있었다.

우리나라의 人形劇은 탈춤이나 꼭두각시 인형의 기원이 된 朴僉知놀이에서 기원을 찾기도 하지만, 최근 충북 청원군의 6百 70餘 年前의 무덤에서 耳目口鼻가 뚜렷하게 그려진 人形과 탈이 발굴되면서 목적성을 떠나 오랜 옛날부터 연희의 한 장르로 존재해온 것으로 확인되고 있다.

특히, 인형은 아프리카의 원시 부족에서부터 왕정국가의 밀실에 까지 나라마다 독특한 외형의 愛玩人形이 있고, 이러한 인형 중에는 母性 본능을 자극하게 하거나 개성이 강해서 베트남의 색반죽의 쌀 떡으로 명절 때 만드는 '또해'라는 12支干 動物을 형상화한 인형들 은 수집가들의 흥미를 자아낼 만큼 훌륭하게 만들어진 것이 의외로 많다.

기원전 4세기의 카리스토라토스나 아리스토텔레스의 증언을 보 면, '다이달로스파의 조각가들이 용수철과 같은 도구나 밧줄을 이 용해 조각상들을 실제로 움직이게 하여 대중을 歡呼를 받았다.'는 기록이 있는데, 立體人形 조종의 전형이라 할 수 있을 것이다.

이집트와 그리스 유물 중에는 많은 數의 자동인형과 움직이지 않는 人形이 있는데 조악한 장치임에도 그 인형을 통한 이야기의 전달기능을 했다는 사실만으로도 흥미를 자아내게 한다. 인형의 형태 변화를 주도한 역사적 사실은 15세기 이후 시계의 발명과 함 께 다양한 자동인형이 개발되기 시작했다. 프랑스에서는 루이 14 세를 비롯한 宮政人들의 오락물로 자주 試演했다는 기록이 있고, 17세기말 모리스 도네에 의한 그림자 인형극이 널리 보급되었다는 기록도 있다.

2. 一般 兒童劇과 人形劇의 차이점

인형극의 공연 행위 자체는 일반 아동극과 형태상 크게 다를 것이 없다. 많은 예술인들이 인형극은 '인형이라는 特定 道具를 조작해 이야기를 풀어가는 극형식의 볼거리'라고 定義한다. 그러나 인형극은 공연 形態나 연기자, 무대, 그리고 연극의 설계도라 할 수 있는 극본에서부터 엄격히 구분된다.

우선 일반 아동극에서는 작품의 성격에 맞는 연기자를 물색해서 머리 스타일이나 말씨, 생활정도, 성격, 그가 처해있는 환경 등 독자적인 개성을 부여하지만, 人形劇에서는 인형이 갖는 독특한 이미지와 동작, 머리스타일, 의상만으로도 성격이나 개성이 창조되기 때문에 작품의 성격에 따라 인형을 새롭게 만들어야 하는 수고가 필요하다.

그리고 일반 동극에서는 등장인물의 數에 크게 제약을 받지 않지만, 인형극에서는 登·退場의 공간처리 없이 동시에 독립된 5개 이상의 인형을 출연 시킬 경우에는 극의 진행이 散漫해지고 조종하기가 불편한 어려움이 있다.(북한─ 단일 무대에 15명 이상의 인물을 등장시켜 제작한 인형극이 많음) 단, 무대가 크고 전투장면이나 중국의 전통무예나 일본의 하쿠호 문화의 정수라 할 수 있는 '가키노모토노 히토마로'노래와 같은 歌舞를 극화한 내용의 경우에는 공연 형태를 줄과 탈 등 복합 人形劇으로 꾸며 수백 명의 인물을 등장시킬 수는 있다. 그러나 이런 공연은 부분 전개 장면에 주로 쓰일 뿐 이야기 진행에 따라 單線構造를 따라갈 수밖에 없기 때문에 우리나라에서는 공연한 예가 없다.

그리고 人形劇은 일반 아동극과는 달리 일정한 틀 안에서 형상화되어야 한다는 연출상의 제약을 받는다. 그래서 이야기의 진행도 단순한 과정에서 絶頂, 破局의 단계를 거치게 된다. 그러나 이러한 공간적 제약과 인형극만의 特性 때문에 저학년과 미취학기의 어린이들에게는 특정 상황을 설명하고 목적한 이야기를 주입하기에는 최상의 조건이다.

1) 人形劇의 극본

그동안 人形劇의 대본은 작가불명의 코미디 혹은 짧은 우화나 민화, 세계명작을 유아들에게 알려주는 대화글로 알려져 온 게 사실이다. 원고지 5매 이내의 그림자극이나 거리장치 인형극에서부터 공연 시간 1시간 20분 내외의 탈 인형극처럼 규모면에서 대형화된 대본도 있다.

물론, 인형극을 보는 대상이 유아나 어린이뿐 아니라 성인을 대상으로 한 정치풍자극을 비롯한 모든 분야가 인형극의 대상이 되었지만, 극본의 줄거리가 복잡해지고, 그 외 사상적 정서적 내용이 더욱 깊어지면서 등장인물의 성격을 심리적으로 충실히 그리는 형태로 다양하게 발전하게 되었다.

인형극의 극본은 조종의 형태와 제작의 편이성에 따라서 막대인형극, 줄 인형극, 손가락인형극, 팔목인형극, 장대인형극, 탈 인형극(동물인형극), 그림자극, 거리장치 인형극 등 8가지 형태로 구분하고 극본의 지도와 집필도 다르다.

연극에서의 극본은 집을 짓는 설계도와 같다. 잘 만들어진 대본은 읽어도 재미가 있다. 연기자도 공연 횟수를 거듭 할수록 작품에 매료되어 간다. 그 때문에 좋은 대본, 능력 있는 연출자, 훌륭한 연기자가 삼위일체가 되었을 때 만족할만한 작품을 무대에 올릴 수가 있다.

그래서 인형극본의 특성은 (1) 教導的 목적이 뚜렷해야 하고 (2) 娛樂性이 가미되어야 하며 (3) 관객이 즐겁게 극에 어울릴 수 있게 遊戱性이 강조되어야 하고, (4) 대사가 간결하고 플롯이 단순하다는 특징을 갖는다.

(예문—**황금알을 낳는 닭** ⟨서 인수 극본—1986 · 6⟩)

할아범　우리 저 닭의 배를 갈라봅시다. 큰 금덩어리를 꺼내면 우린 금방 부자가 될 거야.

할 멈　그래요. 내가 닭을 붙잡고 있을 테니 어서 칼을 가지고 나오세요.

닭　(필터)할아버지, 할머니, 저를 살려주세요. 제 뱃속에는 금덩어리가 없어요.

할아범　거짓말 일거야. 죽기가 싫으니까 괜히 그러는 거지.

닭　(필터)정말이에요.(중략)

위의 예문에서처럼 탐욕스런 마음 상태를 나타내는 대사를 반복하여 '지나친 욕심은 화를 부를 수 있다' 는 교훈을 가르치려 했다면, 아래 극본의 예문처럼 이미 정해진 규칙을 등장인물의 행위를 통해 깨닫도록 그려가는 방식도 있다.

(예문—**개구리왕자와 나비공주** ⟨박영재 극본—1983 · 5⟩

나비 1　공주님이 왜 거짓말을 하셨지?

나비 2　거짓말이 밝혀지면 이 숲을 떠나야 하잖아?

나비 1　그래.

나비 2 공주님은 부엉이 선생님이 주신 거라고 했는데….

나비 1 개구리 왕자님이 가지고 있던 거래.

나비 2 (놀라는 척하며)정말? 그럼 어떡해? 공주님은 숲에서 쫓겨 나셔야 하잖아?

나비 1 나비 나라의 법이 그런 걸 어떡해?

(박영재 〈아동극집 그림자 숲 누리출판사 1983〉)

인형극에서는 인형조종자와 立體人形의 행동을 자유자재로 표현할 수 있는 조종기술 못지않게 극본이 중요한 것은 일반 연극에 비해 인형극 대본에서는 등장과 퇴장하는 인형의 행동지시와 조명, 音響效果, 기타 공간처리 내용 등 圖上記號가 구체적이고 상세하게 설명돼야 하기 때문이다.

人形劇을 유아극과 혼돈하여 간결한 대사, 등장인물의 최소화, 한 개의 프롯, 10분 이내의 공연길이, 권선징악적 소재, 遊戲的 기능 강조, 무대의 입체화 등 7가지의 기준을 고려하여 작성하는 것이 바람직하다.

그리고 人形劇은 유아극과는 특성을 달리한다. 앞서 제기된 7가지 항목은 취학 전 아동과 초등학교 저학년을 대상으로 하는 교화성과 목적성을 가진 공연 목표를 염두에 둔 것이다.

극본의 내용도 필요에 따라서는 과거 세상의 궁전이 될 수도 있고, 나비 나라나 개미나라가 되기도 하고, 새들이나 눈에 보이지 않는 귀신들의 세상을 그릴 수가 있다. 素材의 다양성은 그만큼 폭이 넓다. 단, 諷刺하고자 하는 대상과 교육효과 및 목표는 사전 설정되어야 하고, 어떠한 방법으로 재미와 관객의 흥미를 촉발시킬 것인가는 작가의 역량에 달린 문제이다.

이렇게 인형극은 특정인형을 조정하여 역사적 사실이나 특정 사건 및 인물 등 諷刺하고자 하는 대상을 選定해 공연시간이나 등장인물의 제한 없이 플롯의 反轉을 꾀할 수 있다는 점이 특징이다.

2) 인형극의 舞臺

人形劇의 무대는 일반 연극에서 사용하는 사면무대와는 다르다. 관객의 눈높이와 같은 평면무대여야 한다. 보통 人形 조종자의 키에 따라 무대 막의 높이를 정하지만, 표준 높이는 대략 170cm 정도이다. 그리고 무대 幕의 선은 절선, 반원형, 타원의 일부 등 다양한 선이 등장했지만, 무대의 선은 양끝이 각을 이루며 구부러진 모습이 보편적인 인형극의 무대선이다.

그러나 북한이 제작하여 발표한 '토끼전'이나 '용감한 너구리'와 같은 인형극은 면막의 길이가 6미터에 등장인물도 단일 장면에 15개의 인형이 등장하는 등 파격적인 것들도 있다.

* 인형극 '파우스트 2장'(슈토르프 원작)의 무대 지문

무대는 텐드라 일행의 공연장이다.

빈터에는 의자가 놓여 있고 옆 거리로 통하는 빈터 입구에 매표장이 있다. 여기저기 불이 켜져 있고, 한 단 높은 대 위에서 거리의 악사 세 사람이 즐거운 음악을 연주하고 있다. 우루루 몰려오는 구경꾼 틈에 끼어서 폴이 들어온다. 친구들을 피하듯이 구석의자에 앉는다. 조금 있다가 악사들이 팡파르를 울리면 두 개의 탈을 그린 막이 열린다.

구경꾼들이 일제히 박수를 친다. 무대에서 시작된 것은 괴테의 인형극 파우스트이다. 무대 가운데서 파우스트가 독백을 하고 있다 (이 영준 편저 세계동화극전집 ⑥ 범학관, 1973.)

위 지문처럼 연극 속에 인형극을 배우들과 관객이 보는 형태인데 주로 줄 인형극과 탈 인형극을 결합하는 복합기획으로 관객으로 하여금 낯설게 하기를 도모하는 경우도 있다. 이와 같은 무대는 면막을 배제한 무대라는 점이 다르다.

무대공간을 설정할 때는 먼저 관객석의 여러 곳에서 무대를 살펴서 보여야 할 것이 보이지 않는다던지 숨겨야 할 것이 보이는지 먼저 확인을 해야 한다. 또한, 관객이 관객석 중앙에 가까우면 가까울수록 무대 주위를 잘 볼 수가 있기 때문에 무대 幕 후면의 선이 어떤 모양이더라도 다른 무대 막의 선들이 잘 보이도록 장치도에 관심을 가지고 있어야 한다.

人形劇에서 관객이 인형을 잘 보이게 하는 경우는 인형이 무대 幕의 선과 가까이 섰을 때이다. 인형이 무대 막에서 뒤로 갈수록 그 모습은 점점 잘려서 사라지고 만다는 공식을 염두에 두면 된다.

더욱이 여러 개의 안 무대 幕을 가지고 있는 다면 무대의 경우 관객들에게 보이는 시각의 위치 계획을 먼저 설정해야 한다. 즉, 무대막 안쪽에 수직으로 세운 막이 갈수록 높이가 높아지는 형태로 만드는 것인데, 이 하나하나의 막을 '안 무대 막' 이라고 부른다. 따라서 무대 막 바로 뒤에 있는 막부터 '제1안 舞臺 幕', '제2안 舞臺 幕' 으로 구분하고 있다.

아울러 무대 막의 骨彫를 감추기 위한 면막 즉, 헝겊은 무대 막의 상단에 걸어 고정시키는데 이때 주름이 지지 않도록 고리를 걸어 안정시키는 것이 바람직하다.

연극에서 무대장치는 연극속의 시대상황과 그 분위기를 사실적으로 표현하는 대도구의 역할을 한다. 그렇기 때문에 극본이 지니는 시대적 상황이나 연기자의 생활정도, 교육정도, 직업, 연령, 성격 등이 함께 표현되어야 하는데 대도구가 되는 장치를 상징적으로 꾸미거나 생략하고 엉뚱한 상황을 설정하면 자연스럽게 작가의 의도와는 관계없이 색다른 연극이 되어버리고 만다.

요즘에는 다양한 스라이드 사용과 回轉舞臺로 막간의 시간을 줄이고 映像 이미지를 도입하여 변화를 추구하고 있지만, 공간 처리보다는 장치의 제작과 設計에 보다 많은 연구가 필요하다는 지적이다.

그러나 인형극에서는 무대의 변화가 적고, 필요에 따라서 인형이 등장하는 면막 뒤편 공간의 후면을 그림으로 대치하거나 花盆을 탁자 위에 올려놓는 방법으로 간단하게 제작할 수가 있다.

또한, 인형극 무대 제작에서 유의해야 할 것은 대도구가 되는 집이나 산, 電信柱 등이 출연하는 인형보다 크기가 작아서 마치 인형이 장난감집을 가지고 노는 듯한 대도구와 인형이 뒤바뀐 경우가 되지 않도록 해야 한다.

3) 인형극의 公演形態

演劇의 공연은 충분한 무대 연습과 조명, 음악, 효과, 분장, 그리고 대도구와 소도구에 의해서 형상화되고 공연하는 형태에 따라서 음악극, 무용극, 소인극 등으로 분류한다.

그러나 人形劇에서는 인형을 조종하는 방법이나 무대의 크기, 또는 조명이나 인형의 제작 형태에 따라서 막대인형, 줄 인형, 손 인형, 손가락 인형, 동물인형, 그림자 인형, 탈 인형, 장대인형, 야외장치인형 등으로 다양한 공연 형태를 가진다.

이들 인형의 공연 형태는 일반 연극과는 달리 대본에 의해 공연하는 방법이 달라지는데 오페렛타 대본은 손 인형보다는 줄 인형으로 춤을 추고 노래하는 형태의 조작이 바람직 할 것이며, 많은 인물이 설정된 행위 장면이 나온다면 막대인형극이 적합한 공연 형태가 될 것이다.

유치원이나 유아원에서 아기들을 상대로 한 구연동화나 동화극의 제작에는 탈 인형이나 손 人形, 손가락 인형, 그림자 인형이 목적 효과를 극대화 하는데 큰 효과를 期待할 수가 있다.

특히, 완성된 대본에 의해 개성이 부여된 인형이 만들어지고 반동 인물이 設定되면 인형 조종자가 얼마나 유연하게 조종 연출하느냐 하는데 따라서 관객의 흥미를 촉발시킬 수 있게 된다.

Ⅱ. 人形劇의 이해와 연출

1. 人形劇의 종류

인형극의 매력은 상연하는 목적과 관객 대상에 따라 미적이고 조작하는 인형의 동선을 통해 관객들로 하여금 기대 이상의 환상적 세계를 보여 줄 수 있다는 것이다. 고든 크레이그(Gordon Craig)는 '배우인 사람이 극인물을 표현하는 것보다 죽어있는 인형이 사람처럼 표현하는 것이 더 연극적이고 상상력을 유발할 수 있다'고 주장을 한 적이 있다.

연극 자체가 가상의 공간에 실제가 아닌 일반적 내용을 마치 사실적 행위의 특정 부분을 표현하는 행위라면, 인형극은 인형 자체가 지닌 조형 감각을 통해 극적 효과를 극대화하는 상징성이 강한 예술 행위로 볼 수 있을 것이다.

전통적으로 인형극은 손 인형과 막대인형, 그림자극, 마리오네뜨(줄 인형)등 네 가지로 구분하여 왔다. 그러나 현대에서는 다양한 광학 기재와 특수효과를 가미해서 형태별로 크게 여섯 가지로 세분하여 갈래를 나누고 있다.

손 인형은 손 인형과 손가락 인형으로, 그림자극은 종이인형과 그림자극으로 구분하고, 탈 인형은 공연형태가 다양해지면서 머리가 면만을 쓰고 상연하는 탈 인형과 동물인형으로, 거리 장치극은 막대인형과 함께 별도의 장르로 변화를 꾀하고 있다.

1) 줄 인형극(꼭두각시 인형극)

줄을 이용한 줄 人形劇(구체 관절인형－marionette)은 가장 보편화된 인형극의 한 형태이다.

이 공연 방식은 인형의 손과 발의 관절에 가는 명주실 줄(조종선)을 연결하고, 그 명주실을 조종하여 인형이 춤을 추게도 하고, 걷고, 뛰게도 하게 한다. 대부분의 노래무용극 형태의 인형극은 줄 인형극이다. 꼭두각시 극단에서 살판, 버나 돌리기, 민속놀이의 형태인 무등타기놀이, 풍물놀이에 이어 공연하는 꼭두각시극의 형태를 연상하면 쉽게 이해할 수 있다.

단, 이 줄 人形劇은 출연 인원이 적은 작품에 응용해야 하는데 그 이유는 좁은 무대에 5개 이상의 인형을 등장시켜 조종할 경우 자칫 연결조종선이 뒤엉키는 실수를 범하기 쉽기 때문이다.

(예문-**병아리** 〈주 평 극본〉)

어 미 닭 (날갯죽지를 쭉 펴며)아아, 날이 밝았구나.

병아리들 (엄마 닭의 시늉을 내며)아아, 날이 밝았구나.

어 미 닭 오, 개나리꽃도 활짝.

병아리들 오, 개나리꽃도 활짝.

　　　　　노래① (노래한다)

병아리 1 노랑노랑 개나리 예쁜 개나리

병아리 2 보슬 보슬 이슬비와 속삭이더니

병아리들 방실 방실 웃으며 피어 나왔네

　　　　　노랑 노랑 진달래 예쁜 진달래

　　　　　살랑 살랑 봄바람에 세수하고서

　　　　　방실 방실 웃으며 피어 나왔네.

(주평아동극집 '유아극본선집, 밤나무골 영수' 한국아동극협회 1972)

(예문-**춤 추는 허수아비** 〈정호승 극본〉)

참 새 1 (원을 그리듯 춤을 추며)이렇게 바람아저씨가 휭-하고 오더라니까요.

허수아비 그래도 길을 내 줄 수가 없어.

참 새 2   무섭지 않아요?

허수아비   (노래)무섭지 않아. 무섭지 않아.

        매운바람 눈바람 무섭지 않아

        나는, 나는 허수아비 들판 지키는

        용감하고 씩씩한 허수아비야.

참 새 1   겨울바람이 무섭지 않대!

참 새 2   눈이 와도 울지 않으실까?

참 새 1   아저씨는 용감하시잖아. 겨울에도 빈 들판을 지키실 거야.(중략)

이 줄 인형을 이용한 희곡의 내용으로는 무용극이나 노래를 부르며 뛸 수 있는 음악극 등 활동적인 내용에 응용할 수 있는 인형극의 형태이다.

주요작품, '노래하는 피노키오', '목각인형 콘서트', '세상에서 제일 작은 개구리 왕자', '천둥산 도깨비 바위', '아기인형 토토', '달려라 하니', '엄마, 안녕!', '통나무집의 시간도둑' 등

2) 막대人形劇

人形劇團에서 흔히 이용하는 형태의 하나인 막대인형극은 인형의 몸통을 각목이나 막대로 하여 그 막대에 인형의 머리를 얹은 것으로서 다른 인형들과는 달리 하체 부위는 의상에 가려진 상태로 형태가 없고, 양손과 머리만 제작하여 조종선을 연결하여 이용한다.

막대人形劇의 특징은 조종자 한 사람이 한 개의 인형만을 조종할

수 있고, 인형의 행동반경이 작으며, 2~3개의 인형이 출연하는 작품에서만 응용하기가 편리하다. 그리고 등장과 퇴장 할 때의 모습은 인형이 펄쩍 펄쩍 뛰는 동작으로 이동시켜야 하는데 의상이 너무 짧거나 긴 경우에는 관객석에서 그 허점을 느끼지 않도록 세심한 주의가 필요하다. 눈알은 움직이게 한다거나 입을 벌리고 고개를 갸웃거리는 시늉 등은 내부 실선이나 손가락 조작이 필요한데 단수의 등장인물일 때 활용하기도 한다.

그리고 舞臺 면막의 높이가 보통 170cm 내외인데, 면막의 높이를 상단을 없애고 좌우측의 공간도 2배로 늘려 15개의 인형을 들고 공연하는 형태도 있다. 그러나 제한된 무대를 벗어나면 집중력이 떨어지고 인형의 진행 방향과 인형 키의 편차가 부정확해 산만해 질수가 있기 때문에 제한된 무대를 사용하는 게 유익하다.

특히, 비천한 신분의 머슴이나 하인을 등장시켜 笑劇的 분위기를 만들기 위한 목적으로 벌거벗은 모습을 등장시킬 때는 무대의 면막 밖으로 하반신을 들어내야 조종막대를 감출 수가 있기 때문에 객석에서 볼 때는 면막의 경계에 걸터앉은 모습처럼 보이기도 한다.

(예문-**소 팔고 오던 날**-김명희 극본)

주 인 돌쇠야, 전대는 잘 챙겼느냐?

돌 쇠 예. 허리춤에 잘 동여맸습니다.

주 인 어서 가자. 날이 저물면 산을 넘기 힘들어.

돌 쇠 예.(허리춤을 헤치며 앞으로 나오다)

주 인 뭐 하느냐?

돌 쇠 오줌 좀 뉘고요.(무명바지를 빙그르르 돌리면 고추와 긴 호
박처럼 큰 낭신이 나온다. 오줌을 길게 눈다.) 한참을 참았더
니 도랑물 내려가듯 하네.

주 인 허허 저놈 아무데나 고추를 내놓고 ….

(아동극교실1973, 5월호, 아동극협회 발간)

주요작품, '내 동생 너 가져', '나비의 탄생', '떠버리 아저씨와 아
이들', '파랑새가 된 아가씨', '꾀 많은 아이', '들쥐들', '엄마를 바꿔
주세요', '발해공주', '테이블 인형극 꼬마 오즈', '하나님께 보낸 편
지' 등

3) 손 人形劇과 손가락人形劇

손 人形과 손가락 人形은 조종하는 사람이 직접 출연하여 연극
을 관람하는 대상과 이야기를 하듯 진행시키는 방법이다. 출연인
원이 하나나 둘일 때 직접 대사를 하며 손가락을 조작하여 행동
한다.

(예문– **손가락 오형제 이야기** 〈곽 영석 극본〉)

엄 지 안녕하세요? 엄지입니다.

중 지 형, 나도 인사할래.

엄 지 그래. 제 동생 중지입니다.

중 지 헤헤헤. 중지입니다. 형보다 키가 좀 큽니다.

엄 지 우리형제는 종이비행기도 잘 접고 배도 잘 접습니다.

중 지 예. 맞아요.

검지 형은 중지가 있어 정말 편하다고 해요.

(유아문학 2005. 6월호 유아교육협회)

人形劇의 특징으로는 인형의 손과 발을 이용하지 않고 입을 벙긋거리거나 눈을 깜박이는 동작으로 지시된 동작을 할 수가 있다. 손 人形劇에서는 한 사람이 한손으로 한 개씩 두 개의 인형을 사용할 수가 있다.

그리고 손가락 인형은 손가락이 인형의 몸통으로 이용되는 것인데, 두 손을 들었을 때 엄지손가락을 제외한 8개의 손가락에 인형을 끼워 사용할 수가 있다.

따라서 이 두형태의 人形劇은 보육을 목적으로 한 유치원 교육이나 특수학교의 특별 활동에 응용하기 편리한 방법이며, 人形劇의 형태 중에서도 단 시간 내에 가장 저렴한 비용으로 만들 수 있는 작품이다.

주요작품, '손가락 5형제', '엄지가 최고야', '민들레의 홀씨', '무지개 형제', '누나하고 나 하고', '진짜 거짓말쟁이', '나도 잘할 수 있어', '씨앗가게 오리누나', '찡그린 얼굴', '형아야, 같이 놀자', '의좋은 형제', '완두콩 5형제 이야기', '거짓말' 등

4) 동물 인형극

動物 人形劇은 인형극 무대를 별도로 꾸미지 않고 일반 연극무대에서도 가능한 방법이다. 이 인형극은 동화극 형태이긴 하지만, 머리인형을 쓰고 연기자가 직접 가죽옷(의상)을 입고 출연하는데 머리인형과 가죽옷만 걸쳤을 뿐이지 공연 형태는 일반 연극

과 같다.

공연 방법은 머리탈만 쓰고 복장은 일반 사람의 옷을 그대로 사용하여 진행하는 방법이 있고, 머리 탈 뿐만이 아니라 몸 전체를 감싸 안을 수 있는 털옷을 입고 진행하는 두 가지 형태가 있다.

(예문―**아기돼지 삼형제** 〈이영옥 극본〉)

첫　째 엄마가 돌아오실 때까지 밖에 나가지마.

둘　째 형, 나가려고 그러지?

첫　째 엄마가 어디쯤 오시나 보고 올께.

둘　째 나도 볼 거야.

셋　째 나도 볼 거야.

첫　째 여우가 달려들면 힘껏 도망칠 수 있어?

동생들 여우?

첫　째 너구리를 잡아가는 거 봤지? 너희들은 걸음이 느려 잡히고 말 거야.

둘　째 (막내를 보고)막내야, 어떻게 하지?

셋　째 어떻게 하지? 여우털모자를 쓰고 갈까?

특히, 동물 인형극은 관람 인원이 많고 무대가 큰 장소에서 자주 응용하고 있는데, 텔레비전 드라마와 같은 생동감 있는 극본 내용에 적합한 극이다. 이런 형태의 인형극은 특수 분장의 제작비용이 많이 소요되는 단점이 있다.

주요작품, '집나온 토끼', '미운오리 바들', '도깨비들의 모험', '완희와 털복숭이 괴물', '개구리 왕자', '너구리의 생일날', '겁 많은 여우', '여우의 꼬리상점', '고양이는 왜 혼자서 다닐까', '거북이 임금님', '나비의 무용대회', '소풍 나온 돼지', '숲속의 씨앗가게', '황소아저씨의 회갑 날' 등

5) 그림자 人形劇과 종이 人形劇

80년대 초부터 우리나라에도 그림자 연극만을 전문적으로 공연하는 극단이 창단되어 유치원 원아를 대상으로 한 장기 예약 공연까지 매년 기획하고 있는 단체가 있다. 이 그림자극의 공연 형태는 환등기가 보편화되던 70년대 새마을 유아원등에서 자주 응용되던 놀이 연극 중에 하나이다.

그림자 人形劇은 널빤지를 오리고 잘라서 만든 人形을 조종하는 선으로 관절을 연결해 동작을 하게하고 인형의 앞면에 스크린을 만들어 무대의 후면에서 조명을 통해 그 동작을 그림자로 비치게 하는 방법이다.

(예문－**아기오리와 나비** 〈곽영석 극본〉)

오리 1 (수면 위에 갈대를 보고) 와－, 갈대숲이네. 저기 가서 쉬어야 하겠다.

나비 2 거긴 잠자리의 집이야.

오리 1 잠자리의 집?

나비 2 그래. 잠자리가 쉬는 곳이야.

오리 1 그래도 상관없어. 잠자리랑 친구하면 되지 뭐.

나비 2 애, 물총새도 잠자리를 무서워하는데 너 무섭지 않아?

오리 1 그래.

나비 2 (어쩔 줄 몰라)아이참, 안 되는데….

오리 1 난 연못 위에 떠 있는 구름이나 보며 잘 거야.

(예문-**숲속의 음악회** 〈곽영석 극본〉)

＊ 종이동물인형들(30명)이 즐겁게 노래를 부르고 있다.

(곡4)아름다운 유치원

숲 속에 아기들 함께 모여서

음악공부 셈 공부 함께 배운다.

찌르찌르 파랑새 우리 선생님

해님의 자장가도 가르쳐줘요.

＊ 이때 왼쪽 후면에 늑대그림자가 오리가 노는 곳으로 다가가 오리를 잡아 삼킨다.

파랑새 자, 오늘 수업은 여기서 그만.

아이들 (환성을 지른다)야ー!

파랑새 모두 가방 잘 챙기고

아이들 예!

파랑새 연못가 바위에 늑대삼촌을 조심하고,

다람쥐 선생님, 늑대아저씨 하나도 안 무서워요.

파랑새 뭐? **(중략)**

(곽영석 아동극집, 〈하늘을 나는 자전거 1996, 구리거울〉)

이 그림자극에서는 극의 효과 면에서 특수한 경우가 아니고서는 두 개 이상의 인형을 쓰지 않는다. 그림자극의 특징은 물체가 검은 그림자로만 비치는 단점이 있으나 성장기 아동들에게는 신기하고 재미있게 받아들일 수 있는 방법이기도 하다 .그러나 두 개 이상의 인형을 사용할 때는 환등기의 각도와 빛의 굴절 상태를 고려해서 어색함이 없도록 주의해야 한다.

이와는 반대로 종이人形劇은 부분적 입체감을 살린 종이인형을 실제로 무대 앞에 보여주고, 人形을 지탱하고 있는 판지를 좌우로 미세하게 움직이거나 종이를 잡아당겨 입이나 눈모양의 변화를 통해 부분적 감정 표현도 할 수 있게 만들이진 형태이다.

러시아 國立人形劇場의 초청작품이었던 '기묘한 콘서트(종이 인형극)'는 무려 합창하는 人形이 50명에 지휘자까지 51명을 형상화하고 있다.

주요작품, '여우와 두루미', '토끼와 거북이', '늑대와 아이들', '소나기 온 뒤', '오리농장의 사냥꾼', '무지개 마을의 전설', '연못가의 개구리들', '바람과 나비', '말 아저씨와 검둥이', '거미의 농장', '숲속의 사자 임금님' 등

6) 탈 人形劇

탈 인형은 동물 인형극과 흡사한 형태이긴 하지만, 공연 형태는 엄격히 구분된다. 그것은 꼭두각시 인형놀음이나 일반 동화극의 경우와는 달리 인형을 조종하는 사람이 탈 인형을 쓰고 직접 출연하는 형태이다. 따라서 어린이 연기자를 쓰지 않고도 성인이 유희적 행동을 보여주며 극을 이끌어가는 형태이다. 국내의 대부분의 어린이 극단이 이 형태를 따르고 있다.

그리고 이 극은 人形으로 분장한 사람이 머리 부분만이 부자유스러울 뿐 온몸을 자유자재로 움직일 수 있기 때문에 극 내용에 사실감을 더해 줄 뿐 아니라, 공연시간에 크게 구애받지 않는 장점이 있다. 우리나라에서 공연되는 대부분의 성인 연기자를 등장시킨 인형극이 탈 인형극이다.

이 인형극의 공연 형태는 출연자가 남녀노소를 구분하지 않고 탈을 이용할 수 있다는 점에서 탈이 제작되면 누구나 응용할 수 있고, 공연 시간이 긴 작품도 소화할 수 있다는 이점도 있다.

주요작품, '호랑이를 아들로 둔 어머니', '오리엄마와 아기 거위', '숲속의 사자임금님', '개구쟁이 늑대', '부엉이 유치원의 여우 아빠', '양반놀이', '구렁이 아들 만득이', '떠벌이 여우와 아기사슴' 등.

여기서 장대인형극이나 최근 자치단체의 문화행사에 초청되어 시연되는 컴퓨터와 모형을 장치를 이용한 (대형트레일러에 조종자와 거대 인형을 실어 보여주는) 야외장치인형극은 공연 사례가 5차례 내외로 아직은 생소할 뿐 아니라, 우리나라에 전문 공연 단체가 없고 정기적 공연을 기획하는 단체가 없어 2006년 수원시가 거리축제의 행사로 보여준 스페인 극단의 〈Insectes〉 사례만을 참고로 소개한다. 아직 우리나라에서는 외국에서처럼 어린이를 위한 대형 이동무대극이나 야외극을 기획하는 단체를 찾아보기 힘들다.

2. 人形과 舞臺裝置의 製作

1) 人形의 製作

人形劇에서 인형의 제작과 무대장치의 제작은 극의 성패를 좌우하는 중요한 관건이다. 특히, 인형의 제작은 연기자를 선발해서 배역을 정하고 연습을 시켜 연극 속에 동화될 수 있는 배우로 만드는 것처럼 크기, 의상, 얼굴표정과 머리스타일 등 인물창조 작업 중에 하나이다.

비록, 쓸모없는 재활용품으로 만든 인형이지만, 인형마다 성격이 부여되고, 의상, 머리, 얼굴표정 등을 만드는데 따라 극본에서 지시된 이미지를 충분하게 만족시킬 수 있는데, 광대인형이나 특수장치 人形을 제외하고는 대본의 지표기호를 잘 파악하여야 완벽한 인형을 제작할 수 있다.

그리고 무대장치는 인형이 제한된 구역에서 주어진 극의 내용을 전달하기에 불편함이 없고, 관객으로서는 주의를 집중할 수 있는 크기로 내용에 부합될 수 있는 신선한 감각을 표현해 주면 좋을 것이다.

(1) 材料의 選擇과 構成

인형을 제작하기에 앞서 연출자는 극본의 상황과 분위기, 등장인물의 수효, 의상, 등에 대한 종합적인 제작 설계표를 작성해야 하는데, 이것은 일반 연극에서의 분장 계획표와 같다.

人形劇 劇本은 동식물을 의인화한 내용이 많기 때문에 유아나 유치원생을 대상으로 한 극에서는 실제 토마토와 수박 같은 열매채소

등을 人形의 머리로 형상화시킬 수도 있다. 손가락 인형극의 경우에는 손가락 첫 마디에 얼굴을 그려 다섯 형제를 만들 수 있고, 완두콩 5형제 이야기를 손가락과 손바닥만으로 연출할 수도 있다.

그림자극에서는 두 손 이외에 환등기나 集束光를 통해 비출 수 있는 사물이 재료가 되겠지만, 탈 인형이나 줄 인형은 하반신과 하반신이 다 보이기 때문에 인형에게 부여된 성격에 맞게 재료의 선택에 신중을 기하지 않으면 안 된다.

하지만, 장기 공연이나 공연장소의 이동으로 견고하게 제작해야 할 필요가 있다고 판단될 경우에는 나무나 종이, 헝겊, 석고 등을 이용하여 만드는 것이 효과적이다. 이때 유의해야 할 일은 人形을 조종하는 조종선을 연결하거나 操作하기에 불편함이 없도록 해야 한다는 것이다.

또한, 연출 방법에 따라 달라질 수 있지만, 야구르트 병이나 빈 깡통, 부러진 숟가락등도 인형 제작의 훌륭한 소재가 될 수가 있다.

(2) 人形의 個性附與

外形이나 작품 구조에서 비롯되는 人形들의 특징은 하나의 연극 속에서 통일되어 있지 않으면 안 된다. 등장인물의 여러 가지 성격을 위해서 특정 공연물에서 여러 가지 개성을 가진 인형들을 사용하고자 할 경우에는 미술가가 공연 내용의 조화가 손상되지 않도록 연출자와 협의해야 하는 이유가 바로 이것 때문이다.

왜냐하면, 한 인형의 얼굴이나 의상을 바꿈으로서 다른 인형극에 전용한다는 것은 이미 창조된 성격을 바꿔야 하기 때문에 부자연스런 분위기를 만들 수밖에 없다. 특히, 영웅이나 광대역의 인형이었다면 더더욱 조화를 이룰 수 없다. 그래서 人形 劇本에 맞춘 서로 다른 인형을 만드는 것과 배역의 성격에 따라 人形의 외형을 결정하는 것은 미술감독의 중요한 소임 중에 하나이다.

그리고 인형의 제작은 그 인형을 운용할 때의 간편성과 효과를 염두에 두고 만들어야 한다.

특히, 장대인형이나 야외에서 공연 목적으로 준비한 탈 인형의 경우는 관객의 접근으로 인한 탈 벗기기나 장대 넘어뜨리기 같은 응급 상황을 대비하여 고정 장치를 느슨하게 하지 않도록 유념해야 한다. 야외에서 공연되는 裝置人形劇의 경우 공연하는 날의 일기를 최종 점검해야 한다. 간혹, 갑작스런 突風에 대형 장치인형이 날아가거나 거리 조정이 미숙해 상대 造形物에 부딪치거나 넘어지는 일도 있기 때문이다.

이렇게 제작된 인형은 인형 각개의 머리 스타일과 표정, 수염, 의상에 따라 그 인물의 신분이 결정된다. 가령, 눈 꼬리를 치켜 올려서 그리면 성미가 사납게 보이고 눈을 둥글고 크게 그리면 총명한 느낌을 갖게 한다.

또한, 얼굴표정은 눈썹이나 인중의 윤곽을 크게 그리고 입모양의 변화에 따라 다른 성격을 만들 수가 있는데 눈동자가 열리고 닫히는 등의 조종선의 조작과 연결방법은 특수한 경우이므로 생략하기로 한다.

(3) 머리스타일과 衣裳

人形이 제작되고 얼굴에 개성을 부여하고 나면 인형에게 어떠한 옷을 입힐 것인가를 결정해야 한다. 경우에 따라서는 인형에게 상의

와 하의를 제작하기도 하지만, 손가락 인형극이나 손 인형극에서는 원피스 형태의 옷을 입히되 조작하는 손과 팔목을 의상 속에 감출 수 있는 크기로 만들어야 한다.

그리고 머리 모양이나 모자, 스카프 등을 머리에 쓰게 할 경우에는 최소한 사실적으로 표현해야 한다.

얼굴의 윤곽이나 색칠만으로 머리의 모습이 완전하게 형상화 되는 것이 아니라 모자나 스카프 같은 악세사리와 정돈된 머리털에 의해서 극중 인형의 생활정도와 지위를 가늠하게 하기 때문이다.

2) 무대 장치의 제작

(1) 人形劇 무대의 특징

무대장치 없이는 연극의 幕은 열리지 않는다. 아무리 프로그램의 구성 내용이 훌륭하고 출연자들의 연기가 뛰어나다고 해도 미술 관계의 모든 장치나 준비 등이 완벽하게 갖춰지지 않으면 막을 열수가 없다.

직접 동물가면을 쓰고 나오거나 탈을 쓰고 나오는 인형극을 제작할 때는 미술세트가 디자인되어 그 장치가 올바르게 정해지지 않는 한 출연자의 의도에 맞는 연기자의 구체적인 위치도 결정할 수가 없다. 2면식 칸막이 무대나 多面式 칸막이 무대는 좌·우 상·하로 열고 닫는 식의 면막을 설치하고, 그 뒤편에 배경을 세워 극을 진행하는 단순한 무대와는 다른 계획이 필요하지만, 여기에서도 사실적 무대 미술은 더없이 중요하다.

무대미술의 형식에서 표현방법은 다음 두 가지로 요약할 수 있을 것이다.

먼저 사실적인 형식으로 인물이나 풍경이라면 실물에 가깝게 사실적으로 표현되도록 하는 형식을 말한다. 즉 같은 인상, 같은 이미지를 보여 주는 것으로 개성이 넘친 디자인이 프로그램 내용에 매치되었을 때 감동적인 인상을 주게 된다.

그리고 裝飾的인 형식이 있는데, 이 표현 방법은 아름다운 모양이나 색으로 장식하려고 하는 형식이다. 노래무용극 같은 내용에서는 호화스럽고 약간 과장된 모습으로 표현하는데 바로 이러한 경우에 해당한다.

인형극 무대는 출연인원, 공연 형태에 따라 크기와 규모가 달라질 수 있지만, 일반적으로는 상자 속에 연극이라고 표현할 만큼 제한된 무대에서 이루어진다. 그리고 무대 장치도 크기가 화려하지 않고 필요할 때는 장치 없이 인형의 登·退場만으로 劇을 진행시키기도 한다.

특히, 극본의 내용이 여러 장면으로 나뉘는 長幕劇일 때는 무대를 回轉舞臺로 꾸며 많은 인원과 補助裝置를 수용하기도 한다. 그러나 일반 연극과는 달리 몇 개의 화분만으로 무대의 배경을 꾸밀 수 있고, 인형만 준비되면 어느 장소, 시간에 구애됨이 없이 바로 공연할 수 있는 것이 인형극의 특징이기도 하다.

舞臺의 공간처리도 좌우만 구분될 뿐 일반 연극처럼 무대의 앞과 뒤 좌와 우의 구분을 할 필요가 없기 때문에 아마추어 연출자라도 쉽게 무대를 준비할 수가 있다.

(2) 裝置의 構成

반원형의 무대는 바닥이나 프로시니엄의 틀에 고정되어 있지 않은 무대 구조로서 가장 안정되어 있는 것인데 많은 장치를 기대어 세울 수 있는 이점이 있다. 더욱이 이런 장치가 좌·우 對稱으로 배치되면서 높지 않으면 전체는 더욱 安定感을 갖고 옆으로 흔들리지도 않는다.

人形劇 舞臺의 불안정한 것을 든다면, 직선형의 무대 막으로 특히 그 안의 깊이가 없고 그것을 세우기 위한 칸막이와 같은 것의 길이가 너무 짧을 경우이다. 이러한 무대는 바닥에 못질을 하거나 裝置 箱子에 고정하여 震動에 움직이지 않도록 해야만 한다.

그리고 인형극의 무대는 인형만을 위해 만들어져야 한다. 보통연극에서 눈높이가 높여진 무대는 관객이 출연한 배우를 편하게 보는 데 도움을 주지만, 인형극에서는 무대 幕의 상단과 관객의 눈과의 거리가 멀어져서 관객이 인형을 감상하기에는 적당하지 않다는 사실이다.

裝置의 標準을 지적하면 아래와 같은 기준이다.

人形劇의 무대 장치는 비록 작은 형태이지만, 주 무대와 보조무대로 장치가 구분된다. 우선 무대는 상수 지주목과 무대의 幕을 걸어놓을 수 있는 하수 뒤쪽의 지주목 사이에 가로 2.2m 세로 1.2m의 공간에서 이루어진다. 이때 무대의 눈높이는 1.7m가 되는데 대부분의 人形劇무대가 비슷한 기준을 따르고 있다.

이렇게 무대의 기존 틀을 완성한 다음에는 면막을 준비하고 면막 뒤의 배경을 제작한다. 이때, 면막 뒤의 나무숲이나 바다풍경 혹은 꽃무더기 등은 화분이나 그림액자로도 구성할 수가 있는데 花盆을 이용할 때는 받침의자의 높낮이를 조정해서 쓸 수가 있다.

(3) 大道具와 小道具

人形劇에서 극본의 사상적 정서적 내용을 관객들에게 전하는 도구는 바로 個性이 부여된 인형이다. 그래서 이도구가 완전하면 할수록 또 인형의 材料가 다양하면 할수록 전달 효과는 극대화되고 인형의 조종자가 능숙하면 할수록 극본의 내용은 완벽하게 관객들에게 전해 질수가 있다. 대도구나 소도구에 사실성을 부여하는 것은 바로 이 때문이다.

무대를 구성하는 主裝置 이외에 작은 바위나 의자, 나무와 같은 것을 대도구라 한다면 망치나 작은 손가방, 스카프 같은 것은 소도구가 된다.

人形劇에서 대도구가 되는 것은 인형극의 배경이 되는 나무와 꽃, 풀숲 같은 것 등이다. 그리고 소도구는 인형이 들고 등장하는 물건이나 머리에 쓰고 나오는 모자, 스카프 등 비교적 다루기 쉬운 소도구의 일종이다. 그러나 사소한 것으로 여겨 무시할 수 없는 것이 소도구의 준비와 활용인데 극본에 따라 소도구가 극을 이끌어 가는 매개 역할을 하는 경우가 있음을 염두에 두어야 한다.

3. 人形劇의 演出

1) 人形의 조종 형태

인형과 일반 연기자가 함께 이중화된 무대에서 공연하는 半人形劇의 형태에서는 등장해 있는 연기자의 임기응변적 대사와 동작으로 실수를 쉽게 처리할 수 있지만, 인형이나 탈처럼 독자적 형태의 공연은 동작이 수반되므로 쉽지 않다.

(예문 **'꼭두각시 인형의 풍물놀이'** 〈곽 영석 극본〉)

　＊ 담장위의 綿幕－인형극－무대가 밝아진다. 무대 위에 있던 풍물패들은 좌우로 비켜선다. 날나리와 북이 서글픈 굿거리장단을 연주하는 속에 상여소리가 들려온다. 면막위에 팽 진사(인형)가 등장한다.

풍물패들 (허리를 굽혀 인사하며)진사 어르신!

팽 진사 자네들이었구먼.

꽹과리 어르신, 얼마나 마음이 아프십니까?

팽 진사 고맙네.(상여가 오는 쪽을 바라보다가)아, 오셨습니까? 진사 팽가입니다. 바쁘실 텐데 이렇게 문상까지 와 주셔서 감사합니다. 둘째 손자 녀석이 혼인날을 앞두고 이런 일을 당하고 나니 황망하기 그지없습니다. 그냥 가시지 말고 산에 가서 국밥이라도 한 그릇 들고 가십시오.

　위의 상황은 무대 위의 사람이 면막 안의 인형과 대화를 하는 형식의 實驗劇이다. 인형극 속에 狀況劇을 진행하는 형태이다.

　인형이 실제 걷는 것처럼 보이게 하기 위해서는 조종자 자신이 무대 막 뒤에서 잰걸음으로 걷던가 인형을 조종하는 손이 재빠르게 움직여야 한다. 인형이 이야기를 할 때는 움직이지 않으며, 대사가 없을 때 움직인다. 이 公式을 잊으면 관객들은 어느 인형이 이야기를 하고 있는지 알 수가 없고 이야기에 몰입할 수가 없다.

그리고 人形의 조종자는 人形의 시선이 어느 방향을 향하고 있는 가? 인형이 똑바로 걷고 무대 밖으로 너무 기울어져 있지는 않은지, 또 막 위로 너무 추켜올려 들려있지는 않은지 지속적인 주의가 필요 하다.

옛날 손 인형극에서 등·퇴장의 조종은 아주 단순하였다. 인형이 갑자기 무대 막 밑에서 튀어나와 움직이다가는 밑으로 사라지는 방 법을 주로 이용했다. 현재는 사용하지 않는 조종방식이다.

人形을 제작하는 것 못지않게 인형을 조종하는 것은 오랜 시간 반복 熟達課程을 필요로 한다. 극본이 아무리 훌륭하고 연출자가 능력 있는 사람이라 해도 인형극을 조종하는 사람이 작품에 同化 되어 있지 않고 조종의 실수나 연발한다면 그보다 안타까운 일은 없을 것이다.

人形의 조종은 크게 4가지로 구분한다.

먼저 조종자가 앉아서 손을 들어 인형을 조작하는 방법과 서서 조 작하는 방법, 그리고 人形과 조종자가 관중 앞에 나타나서 함께 극 을 꾸며가는 방법. 무대 앞에 면막을 설치하고 조종자는 막 뒤에서 인형을 든 팔목만 내밀어 操作하는 방법 등인데, 어느 방법이든 조 종자가 편하고 손쉽게 조종할 수 있는 자세이면 된다. 그러나 허리 를 너무 굽히거나 공연 시간이 경과됨에 따라 조작하던 팔의 痛症으 로 팔이 자연스럽게 내려오게 되는데 이때 인형은 앞으로 눕게 되거 나 상체부분을 끄덕거리며 인사를 하는듯한 동작으로 표현되기 때 문에 유의해야 한다.

또한, 인형을 조작하는 방법에는 다음과 같은 3원칙이 있다.

첫째, 인형은 관객의 방향에서 무대 중앙을 중심으로 35도의 각도를 유지해서 비스듬히 서 있는 자세가 되어야 한다. 등장한 인형이 서로의 얼굴만 바라보고 이야기 하는 듯한 모습은 관객의 시선을 弛緩시킬 수 있기 때문이다.

두 번째로, 같은 동작을 5회 이상 反復하지 않게 하고 처음과 끝의 동작은 같아야 한다.

셋째로, 모든 동작은 豫備動作을 취한 다음에 실시한다. 다시 말해서 절을 하는 동작이라면 앞으로 허리를 굽히기 전에 머리를 15도쯤 뒤로 젖혔다가 굽히는 것이 동작의 크기가 크기 때문에 시선을 집중시킬 수가 있다.

2) 人形劇의 조명

(1) 觀客의 시선과 조명

조명의 범위는 대단히 넓고 그 성질에 따라 여러 가지 분야로 나누어지지만 크게는 일반조명과 연극조명으로 구분한다. 一般照明이란 일반 건축물의 조명 옥외조명, 광고조명을 말하며, 연극조명은 무대조명, 영화조명, 텔레비전 조명등 세 가지로 나눈다.

연극조명도 우선 보여주는 것부터 시작하여 잘 보이게 하는 것에 의해 그 목적은 달성 되지만, 이들을 구성하는 요소로서 먼저 視覺과 疲勞, 효과적 사실묘사, 美의 追求, 효과적 心理描寫, 매체에 의한 제약 등을 들 수가 있다.

적당한 밝기와 적당한 콘트라스트를 생각하는 것으로 밤 장면이라고 해서 전체를 어둡게 한다면 그 속에서 행해지고 있는 연기나 세밀한 표정을 열심히 보려고 하여 필요 이상의 視神經을 자극하여 피로의 원인이 되므로 적당한 밝기는 조명감독자의 照明設計에 분명한 설정이 필요하다.

그리고 연극에서 효과적 事實描寫는 극의 분위기를 반전시키는 역할을 다하는데 연출자가 아무리 새로운 기법을 창조한다고 해도 분위기를 현실처럼 재현할 수 있는 방법은 조명 이외에는 다른 방법이 없기 때문이다. 특히, 계절, 아침, 낮, 저녁, 밤을 때라고 규정한다면, 개인 날 흐린 날, 비오는 날을 표시한 일기는 인형극 무대에서뿐 아니라 일반 연극이나 영화에서도 먼저 畵面 構成에 필요한 요건 중에 하나이다. 그래서 사실적 조명도 현실의 현상에 비슷한 조명을 추구해야 한다.

人形劇의 조명은 특수한 기재를 사용하는 것이 아니다. 단지 인형이 보다 확실하게 부각되고 그림자가 생기지 않도록 反射光線을 逆으로 橫斷하는 2개의 소포트와 2개의 보조조명이 전부이다. 필요에 따라서 더 많은 조명기기를 사용할 때도 있겠지만, 조종에 의해 操作되는 인형극에서는 거의가 이 정도의 조명 效果만으로도 충분하다.

(2) 그림자劇과 照明

人形劇 중에서 가장 손쉽게 제작할 수 있고 조명기만 확보되면 누구나 손쉽게 준비할 수 있는 그림자극은 조명기기가 설치된 위치에 따라 다음 두 가지로 인형의 조작 방법이 달라진다.

조명은 어떤 角度에서 어떤 형태로 비추느냐에 따라서 인형의 얼굴이 달라지기도 하고 작품의 雰圍氣가 달라지기도 한다. 화목

하고 따뜻한 홈드라마에서는 조명이 부드럽게 비춰야 하고 恐怖物이나 미스테리물에서는 조명은 明暗의 농도차가 굉장히 강하게 어둠과 밝음이 격차가 심하게 해야 무섭기도 하고 편안한 느낌을 갖게도 한다.

텔레비전 드라마나 연극 조명이 같은 것은 直光과 補助光, 逆光 등 세 가지 조명을 사용한다는 점이다. 직광을 키 라이트라고 하고, 역광을 백 라이트, 보조광을 필 인 라이트라고 부르는데, 모든 인물의 被寫體나 인물에게는 이 세 가지 조명을 반드시 사용하게 된다.

인형극에서는 최근 들어 그림자극을 제외하고는 소포트를 거의 사용하지 않고 플루트 라이트를 사용하는데, 이것은 부드럽게 조명이 들어오기 때문에 면막이 열리고 나서 暗轉이 될 때까지 사용한다.

문제는 그림자극의 경우다. 소포트를 10분 이상 사용할 수 없다는데 있다. 공연 시간이 긴 작품에서는 특수 조명기재를 사용하거나 별도의 照明器를 준비해야 한다.

간혹, 연기자가 직접 출연하는 것도 아닌데 조명이 필요하냐고 반문 할지 모르나 무대가 작고 등장인물이 작은 인형이기 때문에 관객의 주의를 집중시킬 수 있는 강렬한 조명의 효과를 필요로 하는 것이다.

특히, 일반 연극에서는 照明器機의 光度에 따라 등장인물의 분장에 변화를 초래하는 경우가 있지만, 인형극에서는 극의 분위기를 조성하는 色調 照明을 쓰더라도 무관하다. 그것은 면막을 설치한 뒤쪽에 조명기를 설치하고 관객 쪽에서 밝게 투영된 스크린위에 그림자가 아닌 인형을 조작하는 방법이고, 또 한 가지는 보편적으로 많이 응용하는 방법인 불빛에 인형의 그림자가 스크린에 投影되게 하는 방법이다.

Ⅲ. 結 論

演劇은 가상적인 事件行動의 模倣行爲에 지나지 않지만, 목적효과는 그 어느 장르의 예술 행위보다 크다. 단순히 조형미를 갖춘 인형을 사용해서 이야기를 전개시키고 목적한 의도의 전달에만 급급해서 무대를 준비한다면 아무리 유능한 公演 企劃者라고 해도 試行錯誤에 부딪칠 것은 틀림이 없다. 그래서 인형극의 연출자는 劇本의 선택에서 인형의 제작과 무대 장치 제작에 이르기까지 다각적 연구와 계획이 필요하다.

우선 인형극 무대는 일반 공연장보다 관객과 무대가 근접해 있어 관객과 호흡하며 극을 진행할 수 있고, 그러므로 극본 내용에 충실한 인형의 제작과 얼굴의 개성, 의상에 각별한 관심을 갖지 않으면 안 된다. 그리고 人形의 操縱者가 활동할 수 있는 공간인 무대 막 안의 장치를 單面으로 할 것인지, 또는 2面식으로 할 것인지, 아니면 多面式으로 만들어 여러 인형을 등장시키는 무대로 만들 것인지는 연출자의 몫이다.

이 拙稿에서는 인형극 제작의 보편적 형태의 이해와 준비에 대해 기술하였다. 가스똥 바띠의 '人形劇의 역사'와 일본 그림자 인형극단 '빛과 그림자' 러시아 출신 인형극의 대가 A · 훼도토프의 저서 '人形劇의 기술' 내용을 부분적으로 참조하였다.

요즘에는 옴부즈맨 제도가 활성화 돼서 공연 후 공연 전반에 대한 의견이 즉시 수렴되지만, 대형공연장이 아닌 소극장과 차량을 이용한 관객을 찾아가는 海邊 人形劇場과 같이 인형극단 운영의 小規模 集團化, 專門化 추세는 무척 바람직한 모습이라 하겠다.

1. 우리나라 人形劇 現況

우리나라 人形劇은 일본 작가들에 의해 試演된 작품을 그대로 전수하여 인형제작과 장치, 조종기술을 그대로 답습하고 있다는 지적도 있지만, 탈 인형극의 경우는 이미 수백 년의 公演歷史를 가진 꼭두각시놀음과 같은 전통놀이 극으로 발전을 거듭해온 것이다.

운영요원을 최대한 줄이고 경비 지출를 최소화하면서 人形劇 무대를 지켜온 安정의, 金인식, 李성, 徐빈 등과 같은 인사의 노력은 그림자 人形劇, 손가락 人形劇, 탈 人形劇의 구분을 명확히 했고, 각 극단의 공연 전문성이 나타나기 시작한 것은 불과 20년도 채 안 된다.

최근 유희 개념으로 거리극의 형태로 자주 공연되고 있는 장대인형극이나 昆蟲을 대형화해서 줄 인형 형태로 트레일러에 실어 試演하는 거리장치 인형극은 탈과 줄을 조합한 進化한 형태의 극 공연 양식이다.

현재 전국적으로 활동하고 있는 人形劇團의 數는 공연단체 등록을 하지 않은 지역 演劇協會 소속이나 전문대학 幼兒敎育學科를 중심으로 학생극회로 활동 중인 극단을 포함하여 134개에 이른다. 특히, 1997년부터 백화점이나 쇼핑몰의 입주 상인이 부모와 함께 오는 어린이들의 놀이공간을 인형극무대로 만들어 잠실 롯데 등 28개 쇼핑몰이 인형극 상설 무대를 운영하고 있는데, 이것은 춘천국제인형극제와 서울人形劇際, 2005년부터 열리고 있는 '서울 아시테지 겨울축제' (인형극 축제), 그리고 새 세대 心腸財團이 15년 전부터 운영하고 있는 전국대학생 인형극 경연대회와 함께 인형극 극예술 발전을 위해 의미 있는 일이라고 할 수 있겠다.

2. 專門 공연장의 설립과 專門 人力의 양성

우리나라 어린이극이 가장 활발하게 공연되고 전문아동극단이 창단 러시를 이룬 시기는 1969년부터 81년까지 약 12년 동안의 기간이다. 이 무렵 교육부가 교과과정에 극화단원을 확대하고 매주 수요일을 자유학습의 날로 정하는 한편, 教員들의 진급심사에서 극화교육에 대한 研修時間(교장-100시간)을 정해 강제함으로서 학교마다 학예회에 아동극이 준비되는 등 매년 競演大會도 시도단위에서 전국단위로 참여 학교 수만도 100여개 학교를 헤아리던 때가 있었다.

당시 兒童劇競演大會로 연기생활을 시작했던 어린이들이 탈렌트와 공연기획자가 돼서 무대를 지키고 있지만, 외국의 경우처럼 아동극 전용극장 하나 마련하지 못하고, 國民總生産 기준 3%도 文化豫算으로 할애하지 못하는 기형적 모습으로 선진국 대열에서 어깨를 같이하고 있다.

일부 뜻있는 人士의 노력으로 人形劇은 전용 박물관도 지방에 세우고, 공연작품을 만들어 관객이 찾아오는 무대가 아니라 관객을 찾아가는 무대로의 전환으로 專門性을 살려가고 있지만, 기업의 利潤追求도 간과할 수 없어 糊口之策의 방편으로 운영되고 있다는 지적이 과장은 아니다. 따라서 전문 인형극단 운영은 요원한 상태로 무대 기술의 연구나 인형 제작과 衣裳, 미술, 조명기술에 대한 극단 교류는 극히 제한된 상태에서 이뤄지고 있으며, 지방자치단체가 그나마 人形劇 상설 극장을 마련해 90년대 중반부터 다양한 볼거리를 제공하고 國際交流를 기획하는 등 可視的 성과를 보여주고 있는 곳도 있다.

전문 인력의 양성 문제에 있어 宗教 日刊紙가 어린이 聖劇(유아극)을 지난 2002년부터 新春文藝에 신설 아동극작가를 등단시켜 宋은영과 6명의 작가를 뽑았고, 인형극단과 아동극단이 자구적 창작 극본을 얻기 위해 공연대본을 공모하는 일도 있었는데, 아동극단 사다리(2005년부터 공모)의 극본 공모제 행사가 그것이다.

그리고 인형극 전문 작가의 등단은 서울 人形劇際와 전국대학생 인형극제, 춘천 國際人形劇際를 통해 발표된 창작극의 작가에게 주어지는 최우수 脚本賞 수상자로 2001년부터 鄭미라, 이정민, 임정희, 金명애, 李향희, 盧순자, 김영미, 金원경 등 12명의 작가가 배출되었다. 또한 방송실무자들의 아동극단 창단도 주목할 만한 일인데, 인기 개그프로그램 유머 일 번지를 제작 하던 김 웅래 PD가 전문극장을 개관(심연 아트홀)하는가 하면, 극작가 함세덕, 정상식, 조광호, 위성신, 정호순, 곽영석, 고성일, 김경황, 배삼식, 이유진 등이 참여하여 인형극의 활로를 개척해 가고 있다.

그리고 연출과 인형극단 창단의 주역은 새 세대 心臟財團이 주관

해온 全國 大學生 人形劇際에 입상했던 학생들이 주축이 되어 '人形과 그림자' 등 23개 극단이 창단을 했고, 이 극단을 중심으로 연출자와 인형 조종자가 실험무대를 만들어오고 있다. 이들 극단이 소유한 전용극장은 몇 개 극단을 제외하고는 열악한 소품 倉庫만 소유하고 있는 狀況이다.

젊은 작가들의 열린 무대를 만들어 주고 실험정신을 發揮할 수 있는 무대의 마련은 그래서 필요하다. 그러나 다양한 어린이극(인형극 · 무대극 · 교실극 · 청소년극 · 그림자劇)을 소화할 수 있는 專用劇場의 설립은 국가적 관심과 애정이 없이는 불가능하다. 오래전 1만6천 평 규모의 '국립어린이극장 설립 案'이 국회 예산협의 중에 補流된 것은 전문적 소양을 갖춘 미래를 보는 문화정책 위정자의 각성이 부족했던 탓만은 아닐 것이다. 학교마다 대강당이 신축되고 종합 행사를 할 수 있는 공간이 확충되었다고 하지만, 多樣한 장르의 아동극이 공연되고 젊은 연출가 그룹의 實驗劇을 지원하는 어린이극장의 설립은 미래를 위한 값진 투자로서 검토되어야 할 것이다.

Ⅳ. 參考文獻

곽영석, 『인형극을 이용한 어린이 포교』, 문서 포교원, 1986

곽영석, 『인형극 18인 선집』, 인형극연구회, 2003

곽영석, 『꼭두각시 인형의 눈물』, 미리내, 2007

국악협회, 『전통예술창작공모 우수작 당선작—그림손님』, 국악협회,

2007

박영정,『북한 인형극의 연구』, 연극과 인간, 2007

최상수,『한국인형극의 연구』, 정동출판사, 1981

최웅·유태수·이대범,『한국연극 다시보기』, 북스 힐, 1999

김방옥 외,『민속학술자료총서 212: 민속극1』, 우리 마당 터, 2002

허규,『민속극과 전통예술』, 문학세계사, 1991

주평,『주평아동극전집』, 신아출판사, 2004

주평,『아동극과 반세기』, 교학사, 2007

小澤明,『인형극 그리고 인형극』, 敎硏, 昭和 49년

심상교,『교육연극』, 연극과 인간, 2004

민병욱·한귀은,『교육연극의 현장』, 2004

이영준 편저,『세계명작동화극전집』, 범학관, 1973

Esslin, Martin, 김문환·김윤철 옮김,『극마당: 기호로 본 극』,
　　　　현대미학사, 1993

박원돈 외 8명,『봄을 파는 가게』, 계몽사, 1992

Couprie, Alain, 장혜영 옮김,『연극의 이해: 극작품, 연출, 연극사』,
　　　　동문선, 2000

명인서,『탈춤, 동양의 전통극, 서양의 실험극』, 연극과 인간, 2002

박 진,『한국가면극연구』, 새문사, 1985

서연호,『꼭두각시놀음의 역사』, 연극과 인간, 2000

이양숙·송영아 옮김,『영어 아동극 모음집2』, 동인, 2001

조동일,『탈춤의 역사와 원리』, 홍성사, 1979

Barranger, M.S., 우수진 옮김,『서양연극사 이야기』, 평민사, 2001

이광래 외,『현대 희곡론』, 삼우출판사, 1983

곽영석 외, 『동해 바다멸치』, 웅진출판주식회사, 1988

고성주 외, 『어린이 동극집』, 대일출판사, 1987

Reaske, 유진월 옮김, 『드라마의 분석-극의 이론과 실제』, 시인사,
    1987

하유상, 『학교극 · 청소년극』, 교문사, 2001

A · 훼도로프 · 심우성역, 『人形劇의 技術』, 동문선, 1988

장기오, 『TV드라마 演出論』, 창조출판사, 2002

가스똥 바띠 렌네 새방스저 심우성역, 『인형극의 역사』, 시사연문고
    4, 1987

마법사의 황금 동화책

초판 인쇄 2016년 4월 29일
초판 발행 2016년 5월 10일

지은이 | 곽영석
펴낸이 | 서영애
펴낸곳 | 대양미디어
등록 | 2004년 11월 8일 제2-4058호
주소 | 서울시 중구 충무로5가 8-5 삼인빌딩 303호
전화 | 02-2276-0078
팩스 | 02-2267-7888

값 | 30,000원
ISBN 978-89-92290-96-8 03810

이 도서의 국립중앙도서관 출판예정도서목록(CIP)은 서지정보유통지원시스템 홈페이지
(http://seoji.nl.go.kr)와 국가자료공동목록시스템(http://www.nl.go.kr/kolisnet)에서
이용하실 수 있습니다.(CIP제어번호 : CIP2016010712)